Anna Jansson
Giftgrab

AF186199

ANNA JANSSON

Giftgrab

Ein Kommissar-Bark-Krimi

Deutsch von
Susanne Dahmann

blanvalet

Die Originalausgabe erschien 2023 unter dem Titel
»Må evigheten förlåta« bei Norstedts, Stockholm.

Penguin Random House Verlagsgruppe FSC® N001967

1. Auflage 2025
Copyright der Originalausgabe © Anna Jansson 2023
by Agreement with Grand Agency
Copyright der deutschsprachigen Ausgabe © 2025
by Blanvalet in der Penguin Random House Verlagsgruppe GmbH,
Neumarkter Straße 28, 81673 München
produktsicherheit@penguinrandomhouse.de
(Vorstehende Angaben sind zugleich
Pflichtinformationen nach GPSR)

Redaktion: Julie Hübner
Umschlaggestaltung und -motiv: © Johannes Wiebel | punchdesign;
unter Verwendung von Motiven von stock.adobe.com
(Palsur; Lana Kray; Rik; MindestensM; Conny Sjostrom;
avelksndr; cat_arch_angel)
JS · Herstellung: DiMo · ChS
Satz: KCFG – Medienagentur, Neuss
Druck und Bindung: GGP Media GmbH, Pößneck
Printed in Germany
ISBN 978-3-7341-1401-4

www.blanvalet.de

Prolog

Mai 1945

Tom Gruvberg wusste, dass es eine riskante Sache war, ja geradezu lebensgefährlich, aber er hatte Vilho Björk versprochen mitzukommen. Sie würden sich klammheimlich in die aufgelassene Grube begeben, wo man in alten Zeiten Silber geschürft hatte.

Als sie losgingen, war es immer noch dunkel, und nachdem es die ganze Nacht über geschüttet hatte, regnete es jetzt nicht mehr. Tom trug eine Karbidlampe, die einen weißen Schein über dunkle Bäume und glitschige Wurzeln warf. Der Rucksack wog schwer von den Dynamitstangen, einigen Seilen und einem benzingetriebenen Bohrer, einem Cobra, den er heimlich aus der Eisengießerei mitgebracht hatte. Um die Löcher für das Dynamit zu bohren, wäre ein richtiger Kernbohrer besser gewesen, aber der war zu schwer für eine Wanderung in unwegsamem Gelände. Vilho ging hinter ihm, mit Vorschlaghammer und Hacke über der Schulter. Unterhalb ihres Wanderwegs breitete sich der Ormtjärnen, der Schlangenteich, aus, ein glitzerndes schwarzes Auge, das aussah, als würde es blinzeln, wenn Wolkenbänder den See im Mondlicht mal bedeckten und dann wieder offenbarten. *Die haben Ende des 18. Jahrhunderts nicht alles Silber abgebaut, was es hier gibt.* Vilhos Worte aus ihrem Gespräch, in dem Tom sich hatte überreden lassen, hallten in ihm nach. *Ein Mann aus dem Arbeitstrupp konnte den Grubenchef nicht leiden und sagte deshalb, da käme nur noch Gneis, obwohl sich die Silberader noch weiter in den Berg hinein erstreckte.* Ein Geheimnis, das fortan vom Vater an den Sohn weitergegeben worden war, bis es bei Vilho ankam. Und jetzt hatte er Tom, seinen besten Freund, eingeweiht.

Vilho war ein Nachkomme der sogenannten Waldfinnen aus Savolax, denen man in Schweden Steuerfreiheit gewährte, damit sie im Gegenzug Waldgebiete urbar machten. Das geschah durch Brandrodung, und auf dem noch warmen, nährstoffreichen Ascheboden wurde dann Roggen gesät. Abgesehen von der Landwirtschaft arbeiteten die Waldfinnen später auch als Köhler und in den Gruben. Der erste finnische Siedler in der Gegend um Hällefors hieß Simon – er ließ sich am See Sången nieder. Die Silberader wurde 1634 von seinem Sohn Göran entdeckt, der die Sache eigentlich geheim halten wollte, dann aber im Suff versehentlich ausplauderte, was er da gefunden hatte.

Vilho blieb stehen, um Atem zu schöpfen.

»Es sollte eigentlich *die* Silbergrub*en* heißen, denn es sind mehrere Einstiege, nicht nur einer«, sagte er und zeigte auf der Karte, wohin sie gehen sollten. Der kleine Ort, der am nächsten lag, hatte auch den Namen Silvergruvan, »Silbergrube«, erhalten. Vilho klang kurzatmig und musste manchmal stehen bleiben, um zu husten. Kürzlich erst war sein Vater an Tuberkulose gestorben, und wahrscheinlich trug sein Freund die Krankheit ebenfalls in sich. Er war siebzehn Jahre alt, Tom ein halbes Jahr jünger, und es war nur eine Frage der Zeit, wie lange Vilho seine Arbeit in der Granatenfabrik noch würde bewältigen können. Aber da nun der Frieden in Sichtweite war, würde dieser Industriezweig ja sowieso bald stillgelegt werden. Tom selbst arbeitete in der Eisengießerei unten in Hällefors. Viele Männer im arbeitsfähigen Alter waren einberufen worden. Wenn der Frieden kam, würden sie zurückkehren. Vilho hatte Angst, seine Arbeit zu verlieren, wenn es andere gab, die besser geeignet waren als er. Deshalb wollte er so verzweifelt in die Grube hinunter, um Silbererz zu finden, das abzubauen sich lohnen würde. Danach wollte er den Fund beim Bergmeister in Nora muten. Er hoffte, dass sein gespartes Geld sowohl für die Abbaugenehmigung als auch für die Reise dorthin reichen würde.

Sie wanderten weiter und sprachen leise über den Krieg und darüber, was der Frieden mit sich bringen würde.

»Man stelle sich vor, jetzt hat sich der Teufel das Leben genommen«, sagte Tom. Am Tag zuvor hatten sie in der *Nerikes Allehanda* gelesen, dass Adolf Hitler Selbstmord begangen hatte. Noch kurz zuvor war im deutschen Rundfunk behauptet worden, er sei auf seinem Befehlsposten gefallen. Das war also nicht die Wahrheit gewesen.

Vilho bekam einen neuen Hustenanfall.

»Kannst du begreifen, dass er sich 105 Tage in diesem Bunker versteckt hat? Seit dem 16. Januar hat er da gehockt. Stand ja in der Zeitung. Und der Bunker, in dem er sich erschossen hat, lag unter der Reichskanzlei und hatte wahnsinnig dicke Wände! Und was macht Hitler am Tag, bevor er ans Höllentor klopft? Er heiratet! Wenn ich noch einen Tag zu leben hätte, dann würde ich nicht heiraten, sondern mich sinnlos betrinken.«

»Muss man da wählen? Ich würde erst heiraten und mich dann sinnlos betrinken«, erwiderte Tom lachend.

Während sie liefen, redete Vilho die ganze Zeit von Hitlers Tod. Tom beschäftigte diese Neuigkeit nicht so sehr. Er wollte sich auf die Aufgabe vorbereiten, die vor ihnen lag.

»Woher weißt du, dass die Grube nicht mit Wasser gefüllt ist? Wahrscheinlich haben die Leute damals aufgegeben, weil es so schwer war, das Wasser wegzukriegen, als die Grube immer tiefer wurde.«

Vilho nahm seine Kappe ab und kratzte sich das kurze dunkle Haar. Seine braunen Augen leuchteten vor Eifer. »Es gibt so unheimlich viel, was du nicht weißt. Ich war hier schon mal mit Vater, ehe er krank wurde. Das Wasser steht höchstens einen Meter hoch. Aber stell dich drauf ein, dass es eiskalt ist.«

Sie gingen in die Richtung, in die Vilho gezeigt hatte. Der Wald öffnete sich, und er blieb stehen, nahm wieder die Kappe ab und fächelte sich Luft zu, während er nach Atem rang. »Dahinten ist es«, erklärte er, und ein Grinsen breitete sich auf seinem Gesicht aus.

Kurz darauf standen sie vor einem Haufen tauben Gesteins, aus dem scharfe, mit Moos und vergilbtem Gras bedeckte Steine ragten. Ein kleines Stück davon entfernt entdeckten sie den Einstieg zur Grube, einen fast zugewucherten Gang direkt ins Granitgestein. Nachdem sie ein Stück in den Berg hineingegangen waren, kamen sie zu einem lotrechten Schacht direkt in die Unterwelt. Tom trat mit der Lampe näher. Zu Beginn war das Grubenloch abgerundet, was darauf hindeutete, dass es nicht aufgesprengt worden war. Stattdessen hatte man Feuer im Fels gemacht und das Gestein dann Stück für Stück abgeschlagen, was eine sanft geschwungene Bergwand ergeben hatte. Eine Leiterkonstruktion führte nach unten. Wie zuverlässig konnte die Leiter nach all der Zeit wohl noch sein, und wie tief war es bis zum Boden der Grube? Ein durchdringender und unbestimmbarer Gestank schlug ihnen entgegen – wie der Atem des Todes selbst.

»Vater ist hier runtergeklettert«, erklärte Vilho aufgeregt. »Es ist nicht so gefährlich, wie es aussieht. Meine Vorfahren haben das beste Seil verwendet, und das Dach hat die Grube immer gegen Regen und Schnee geschützt. Ich habe keine Angst. Ich kann zuerst hinunterklettern, dann fierst du den Vorschlaghammer und den Rucksack runter und kommst hinterher.«

Plötzlich war Tom übel vor Angst. Seit dem Haferbrei am Abend zuvor hatte er nichts gegessen. Das Ziehen im Bauch konnte Hunger sein. Oder Angst. Um nicht feige zu wirken, nickte er bloß. Würde er jetzt sterben? Er dachte an Ester, mit der er sich – wie in jeder Woche davor auch – am Samstag auf der Tanzdiele getroffen hatte.

Früher war man mit einem von Schlachter-Erik und seinem Schwager an einem Seil gezogenen Floß umsonst über den Svartälven zum Krokbornspark gekommen, aber jetzt, nachdem das Militär eine Brücke gebaut hatte, kostete es fünf Öre, hinüberzukommen. Tom hatte keine fünf Öre übrig gehabt – er musste ja noch die Eintrittskarten zum Tanz kaufen –, also war er hinübergeschwommen und hatte sein Kleiderbündel auf einer Rettungsboje hinter sich her gezogen. Und Ester war da gewesen, wie sie es versprochen hatte. So schön in einem geblümten Kleid, das über ihrer Brust und der schmalen Taille aufregend eng anlag. Wenn sie ging, tanzte das lange dunkle Haar auf ihrem Rücken. Nach vielen Küssen und heftigen Umarmungen, die seine Hose spannen und seinen Verstand schwinden ließen, hatten sie sich von den anderen entfernt und sich ein eigenes Nest in einem grünen Busch gesucht. Da war sie sein gewesen, hatte sich ihm voll und ganz und ohne Scheu hingegeben. Von diesem Moment erfüllt, hatte er ihr einen Heiratsantrag gemacht. Und sie hatte Ja gesagt, als würde sie es auch wirklich meinen, ohne zu kokettieren oder um Bedenkzeit zu bitten.

Jeden Augenblick, an dem Tom nicht gezwungen war, an anderes zu denken, dachte er an sie. Auch jetzt, als er in das finstere Loch der Grube starrte, dachte er an Ester. Sie war so schön, vielleicht manchmal ein wenig traurig, aber wenn sie lachte, wurde alles um sie herum licht. Sie war erst kürzlich von Stockholm in die Gegend gezogen und wohnte nun bei ihrer Großmutter namens Rakel in der Nähe vom Ormtjärnen und arbeitete auf dem Gutshof. Mehr wusste er nicht. Auf dem Weg zur Grube hatte er Vilho anvertraut, dass er rettungslos verliebt war. Damit Vilho begriff, wie ernst es ihm war, hatte Tom von dem Heiratsantrag erzählt und davon, dass Ester seine Ehefrau werden sollte. Er hatte gedacht, dass Vilho ihn auslachen und sagen würde, dass sie zu jung seien, aber der Freund war mit einem Mal todernst gewesen. Wie Peitschenschläge waren die Worte gekommen: »Halt dich von Ester fern, Tom. Sie ist nichts für dich«, hatte Vilho gesagt.

Tom hatte ihn gefragt, was er damit meine, doch der Freund hatte nicht geantwortet. Das Unausgesprochene stand scharf wie Granatsplitter zwischen ihnen, und jetzt, am Rand der Grube, kam Tom der Gedanke, dass sein bester Freund vielleicht auch in Ester verliebt sein könnte.

Vilho hatte begonnen, die Leiter hinunterzuklettern. Tom beugte sich mit der Lampe vor, um zu sehen, wie weit er gekommen war. Wie eine fette Spinne in einem Netz aus braunem Seil bewegte sich ein graues Wesen in dem komplett schwarzen Loch nach unten. Es war, als würden Vilhos keuchende Atemzüge aus dem Reich des Todes widerhallen. Plötzlich brach eine Stufe, und Vilho blieb nur noch an den Armen hängen. Tom durchfuhr ein Schreck, und er schwankte, als würde er selbst das Gleichgewicht verlieren. Wie sollte er Vilho denn wieder heraufholen, wenn der sich ernsthaft verletzte? Niemand wusste, dass sie hier waren. Doch schon bald konnte er aufatmen. Vilho war außerordentlich stark und schwang sich weiter in die Dunkelheit hinunter.

Toms Großmutter hatte erzählt, dass sie die Erzloren früher mit einer Pferdewinde oder mit Tretmühlen, in denen erwachsene Menschen wie in einem Hamsterrad laufen mussten, hochgefiert hatten.

»Verdaaammt, ist das Wasser kalt! Beeil dich, den Rucksack runterzubringen!« Ein neuerlicher Fluch von Vilho hallte aus der Tiefe des Berges, während Tom den Rucksack hinunterließ. »Hier unten liegt ein stinkender toter Fuchs, ich bin grad auf den Kadaver getreten. Jetzt komm endlich runter!«

»Bin schon auf dem Weg!«

Vilho war klein und besaß kräftige Muskeln im Gegensatz zu Tom, der lang und schmal war und mit Schwindel kämpfte. Das wurde auch nicht besser davon, dass Vilho ihn antrieb. Sie mussten Löcher für das Dynamit in den Fels bohren, und der Weg runter war ein schwankender Albtraum, aber irgendwann erreichte auch Tom den Boden, und sie bewegten sich in den Gang hinein.

»Hier haben sie früher schon mal gesprengt«, erklärte Vilho. »Hoffen wir mal, dass wir nicht auf einen Blindgänger treffen.« Seine angespannte Miene wirkte ernst.

»Einen Blindgänger?« Tom war nicht sicher, was Vilho damit meinte.

»Es kann von der Zeit, als die das letzte Mal hier unten waren, noch Dynamit im Felsen sitzen, Ladungen, die nicht losgegangen sind. Wenn wir falsch bohren …« Er machte eine explosive Geste mit den Armen. »Aber jetzt sind wir hier. Kannst du mal leuchten, damit ich was sehe?«

Vilho zeigte auf die Stellen, wo sie die Löcher für das Dynamit bohren würden.

Mit zitternden Händen holte Tom den Bohrer heraus. Er redete nervös weiter, um die gefährliche Situation hinauszuzögern.

»Von den alten Bohrern konnte man Stahlsplitter in die Augen kriegen«, sagte er. »Mein Großvater ist davon auf einem Auge blind geworden. Und als es die Grubenmägde noch gab und man eine Bohrleier benutzte, da war es oft die Aufgabe der Frauen, den Bohrer zu drehen, während die Männer mit dem Hammer schlugen. Die kriegten für ihre Arbeit genauso viel Geld wie die Männer. Aber Anfang des 20. Jahrhunderts hat man den

Frauen dann verboten, in der Grube zu arbeiten. Es gab viele, denen die Hände so zitterten, dass sie sich nicht mehr länger versorgen konnten.«

Toms Ururgroßmutter war Grubenmagd gewesen und hatte an der einen Hand die Finger verloren. Der Mann, der den Vorschlaghammer bedient hatte, heiratete sie aus bloßem Schuldgefühl. Die Arme konnte sich schließlich nicht mehr ernähren, nicht ohne Finger. Tom schauderte es bei dem Gedanken, wie es wohl sein musste, mit jemandem zu leben, den man so schwer verletzt hatte, also aus Schuld und nicht aus Liebe zusammenzuleben.

»Worauf wartest du noch?«, schimpfte Vilho. »Es ist kalt wie Teufel, und du redest nur von irgendwelchem alten Zeug.«

»Ich bin ja schon still«, sagte Tom und warf den Benzinmotor an. Er setzte den Bohrer auf den Fels und begann zu arbeiten.

Als die Löcher für das Dynamit tief genug waren, hatte er schon lange kein Gefühl mehr in den Füßen. Sie waren nicht geübt, und der Bohrer hatte sich mehrmals im Fels festgefressen. Stunden hatte es gedauert. Jetzt waren sie erleichtert, es geschafft zu haben, ohne in die Luft geflogen zu sein.

»Sind die Lunten noch trocken?«, fragte Vilho und lächelte ihn an, sodass man seine krummen weißen Zähne sah. Natürlich hatte auch er Angst gehabt, es aber nicht zeigen wollen.

Tom erwiderte das Lächeln. Es war befreiend, endlich in die Morgendämmerung hinaufklettern zu können, deren Licht durch das Gestrüpp vor der Einmündung der

Grube sickerte. Es war fast vollkommen still, bis auf die Laute eines Birkhuhns, die der Wind herantrug. Aus der Ferne war das gluckernde Rollen zu hören, das manchmal in Schreie überging, wenn die Hähne miteinander kämpften, um den Hühnern unten auf dem Moos zu imponieren.

Vilho zündete die Lunte an, und sie brachten sich eilig in Sicherheit. Dann warteten sie auf den Knall – der nicht kam.

»Teufel noch mal!«, rief Vilho schließlich und ging mit entschlossenen Schritten auf das Grubenloch zu. »Wir müssen runter und nachsehen, was schiefgegangen ist. Du bist doch wohl nicht feige, oder? Vielleicht ist die Lunte ins Wasser gerutscht und ausgegangen. Oder sie ist abgefallen.«

Vilho kletterte hinunter, und Tom folgte ihm langsam. Als feige wollte er sich nicht bezeichnen lassen, aber trotzdem war ihm übel vor Angst. Er hatte gesehen, was Dynamit mit einem Körper machen konnte. Das hier war ernst. Nichtsdestotrotz folgte er Vilho gehorsam Schritt für Schritt mit der Lampe in der Hand in die Dunkelheit.

Gerade als Vilho auf dem Boden des Schachts angekommen war, kam der Knall. Es dröhnte in der Felsenhalle. Das Krachen und die Erschütterungen im Gestein vibrierten durch seinen Körper, und Tom fiel hilflos von der Leiter ins Wasser, die Lampe hielt er immer noch krampfhaft umklammert. Er hörte Steine herunterrutschen und ins Wasser auf den Grund der Grube plumpsen, und dann wurde es still. So schrecklich still. Er lag im eiskalten Wasser und starrte zu dem grauen Licht hinauf. Die Lampe war erloschen. »Vilho, wo bist du? Lebst du noch?«

Von seinem Kameraden war ein schwaches Jammern zu hören. Er lebte. Tom kroch näher. Seine Ohren waren fast taub, deshalb hörte er das Geräusch nur gedämpft. Er fasste sich ans linke Ohr, das wehtat, und spürte da etwas Warmes und Feuchtes, vielleicht Blut. Die linke Hand pochte von einem immer stärker werdenden Schmerz, und als er sie mit der rechten Hand abtastete, merkte er zu seinem Entsetzen, dass da Finger fehlten. Müsste das nicht eigentlich mehr wehtun? Wahrscheinlich würde der Schmerz später kommen, ihn mit Macht überspülen, so wie wenn man sich den kleinen Zeh an einer scharfen Ecke stößt. Nur schlimmer. Tom tastete sich mit der unverletzten Hand an der rauen Steinwand entlang. Dann fuhr er mit den Fingern durchs Wasser und bekam den Kadaver des Fuchses zu fassen, den er mit einem Schrei losließ. Schließlich spürte er etwas, das Vilhos Bein sein musste. Es war unter den Felsmassen eingeklemmt. Tastend arbeitete sich Tom zu seinem Kopf hinauf.

»Vilho!«

Vilhos Stimme war nur ein Krächzen.

»Ich werde hier unten sterben. Ich sitze fest, und alles Blut läuft aus mir heraus.« Die Worte kamen stoßweise. »Hilf meiner Mutter und meinen Geschwistern, wenn du kannst. Mein Onkel wird für sie sorgen und mein Vetter Matti. Aber tu für sie, was du kannst.«

»Du wirst nicht sterben! Ich werde Hilfe rufen!«

»Die kommt zu spät. Hör mir zu, Tom! Mir wird schon schwarz vor Augen, ich habe also nicht mehr viel

Zeit, und es gibt noch etwas, das du erfahren musst. Aus irgendeinem Grund habe ich mich gescheut, es dir zu erzählen. Weil es so schwerwiegend ist.« Vilhos Stimme war jetzt nur noch ein Flüstern und kaum zu vernehmen. Aber als Tom dann begriff, was sein Freund da sagte, waren Vilhos Worte von unfassbarer Macht und verletzten Tom mehr als die eben detonierte Sprengladung.

»Das ist nicht wahr«, widersprach Tom, als er genug gehört hatte, um zu verstehen, was das bedeutete. Er wollte es nicht an sich heranlassen.

»Es ist wahr. Gott ist mein Zeuge. Es war kein Bär, der deinen Vater zerrissen hat. Es war eine Strafe für das Böse, das er getan hat.«

»Aber hast du irgendjemandem sonst davon erzählt?«, fragte Tom entsetzt.

»Wenn ich überlebe, muss ich es dem Pfarrer sagen! Ich kann nicht mehr schweigen. Die Wahrheit über deinen Vater und alles, was er getan hat, muss ans Tageslicht!«

Völlig außer sich griff Tom nach einem großen Stein und schlug ihn dem Kameraden auf den Kopf. Erst das Geräusch von Stein auf Knochen und der platschende Laut von Weichteilen ließen ihn erkennen, was er getan hatte. Aber er schlug trotzdem weiter zu, bis kein Zweifel mehr bestand, dass Vilho tot war.

Dann setzte sich Tom in das eiskalte Wasser und weinte um seinen besten Freund. Er weinte vor Verzweiflung und Angst und Ekel. Er hatte keinen anderen Ausweg gesehen – was ihn dennoch zum Mörder machte. Er musste hier weg, musste vergessen, was geschehen war. Sonst war es aus mit ihm.

Erst als er sich mit großer Mühe hinauf ins Licht der Morgendämmerung gearbeitet hatte und deutlich sah, dass an seiner linken Hand drei Finger fehlten, fiel er vor Schmerzen in Ohnmacht.

I

Kristoffer Bark erwachte vor dem Klingeln des Weckers. Er kochte sich einen Kaffee und beschloss dann, sich auf den kühlen Balkon zu setzen. Die Herbstfarben hatten sich allmählich in die Baumkronen um den Spielplatz geschlichen. Er blickte über den kleinen Hügel und den Streifen mit Wiesenblumen, der als ein Restaurant für Bienen und Schmetterlinge angelegt worden war. Hier im Park hatte er mit seiner Tochter gespielt. Da waren Ella und er noch verheiratet und wohnten in einer Vierzimmerwohnung in derselben Gegend. Er konnte Vera immer noch hören, wie sie auf der Schaukel fröhlich kreischte. Sie hatte so viel Lachen und Lebensfreude in sich gehabt, als sie klein war. Obwohl sie jetzt schon fünf Jahre nicht mehr lebte, war sie doch immer an seiner Seite.

Im Bus in die Stadt bekam Bark einen Anruf von Regina Zimmermann, der Polizeichefin der Region. Er sollte sich um neun Uhr in ihrem Büro einfinden. Es war nie ein gutes Zeichen, wenn man zur Chefin gerufen wurde. Seit einiger Zeit war Bark für ein Team versetzter Kolleginnen und Kollegen verantwortlich. Gemeinsam sollten sie alte ungelöste Fälle bearbeiten, und dafür hatten sie das Turmzimmer bekommen, einen entlegenen Ort in sicherem Abstand zum ereignisreichen Zentrum der Polizeizentrale. Bark war sogar bereit gewesen, sein Gehalt zu reduzieren, wenn ihm die Führungsverantwortung in einem Team erspart geblieben wäre, aber Zimmermann hatte in der Sache nicht mit sich verhandeln lassen. Jetzt, da das Team gut etabliert war, machte er sich große Sorgen, dass es wegrationalisiert werden würde. Immerhin hatten sie gemeinsam, trotz persönlicher Defizite und Benachteiligungen, recht anständige Ergebnisse erzielt.

Weil der Fahrstuhl immer viel zu langsam war, nahm Bark die Treppe hinauf zum Turmzimmer. Der Raum lag wie ein Kubus über dem Gerichtszentrum. Er hatte große Fenster in drei Himmelsrichtungen und Glasscheiben zum Flur, dazu eine Teeküche. Gegenüber der Küche hatte Ingrid ihre Abseite. Sie arbeitete am besten, wenn man sie nicht störte.

Ingrid und Alex waren schon da, Henrik jedoch hatte mitgeteilt, dass er zu Hause bleiben musste, weil sein Kleinster krank war.

»Um es mit Henriks eigenen Worten zu sagen: *Ein Teufelsding mit Fieber, grünem Rotz und schleimigem Husten*«, erklärte Alex und warf seinen langen schwarzen Pony herum, sodass seine intensiv dunkelblauen Augen kurz sichtbar waren.

»Danke, das genügt«, beeilte sich Bark zu sagen, um einer ausführlicheren Beschreibung vorzubeugen. Von der vorangegangenen Ermittlung war noch eine Menge administrativer Arbeit zu erledigen. Er erkundigte sich danach, und es schien alles zu laufen. Als Bark aufstand, um zu seiner Besprechung zu gehen, hielt Ingrid ihn mit einer Geste auf.

»Hat jemand mein Handy gesehen? Ich habe versucht es anzurufen, aber das Klingeln ist nicht zu hören.«

»Hast du die Suchfunktion eingeschaltet?«, fragte Alex.

»Bin irgendwie nicht dazu gekommen«, erwiderte Ingrid verärgert.

»Wann hattest du das Handy denn zuletzt?«, erkundigte sich Bark.

»Heute Morgen. Da hat mich eine Frau angerufen, die was verkaufen wollte, obwohl ich ihnen vorher schon verboten hatte, meine Kontaktdaten zu speichern. Ich hab ihr gesagt, dass ich solche Gespräche immer aufnehme, um die Einhaltung der gesetzlichen Vorgaben der Datenschutz-Grundverordnung besser nachvollziehen zu können.« Ingrid verdrehte die Augen. »Aber die Frau, die da angerufen hat, meinte, sie würde nichts verkaufen, was verordnet werden müsste.« Sie lachte laut.

Als Bark um neun Uhr hinunter zum Büro seiner Chefin kam, stand Zimmermanns Tür schon offen. Das Handy zwischen Ohr und Schulter eingeklemmt, suchte sie zwischen irgendwelchen Papieren herum, um dann ihre übliche Wanderung durchs Zimmer zu beginnen. Die Absätze der hochhackigen Schuhe knallten aufs Parkett, während sie in regelmäßigen Abständen zustimmend brummte. Regina Zimmermann war knapp sechzig, hatte aber die Figur eines Teenagers, die langen kreideweißen Haare waren zu einem hohen Pferdeschwanz gebunden. Wie gewöhnlich trug sie ein maßgeschneidertes marineblaues Kostüm und war diskret geschminkt.

Jetzt winkte sie ihn herein und legte einen Zeigefinger auf den Mund, um ihm zu signalisieren, dass er still sein sollte.

Bark nickte, dass er verstanden hatte, und ließ sich

im Besucherstuhl nieder. Es war deutlich zu hören, dass Zimmermann mit Gaby Wide sprach, der Staatsanwältin, der Bark unter dramatischen Umständen bei der Geburt ihres Kindes im Auto direkt vor dem Eingang zum Kreißsaal des Bezirkskrankenhauses geholfen hatte. Die Staatsanwältin war nach einer sehr kurzen Elternzeit mit der kleinen Ruth inzwischen wieder zurück im Job.

Gaby sprach mit lauter Stimme, und Bark konnte jedes einzelne Wort verstehen. Es ging um jemanden von der Polizei, der oder die beim Stehlen im Umkleideraum ertappt worden war. Gaby selbst waren der Geldbeutel und ein Paar schweineteure Sportschuhe geklaut worden, irgendwem anders systematisch sämtliche Lunchdosen.

»Okay, ich kümmere mich heute Nachmittag darum«, sagte Zimmermann und beendete das Gespräch. Sie sah Bark mit leicht verwirrtem Blick an, als würde sie erst nicht richtig begreifen, was er in ihrem Büro zu suchen hatte. Dann wurde ihre Miene wieder klar.

»Es geht um eine Mordermittlung. Kannst du nach Hällefors fahren? Eine Beerensammlerin hat in einem Moorgebiet einen toten Säugling gefunden. Der Fundort ist bereits abgesperrt, und ein Kriminaltechniker ist schon da. Ich will, dass du den Fall mit deinem Team übernimmst. Im Moment kann ich keine weiteren Ressourcen auf die Sache verwenden, ehe wir nicht wissen, worum es dabei geht. Staatsanwältin für die Voruntersuchung wird Gaby Wide.« Zimmermann machte eine Pause. »Ich habe dich hierhergebeten, damit wir gemeinsam besprechen, ob du mit deinen momentanen Ressourcen eine Mordermittlung bewältigen kannst.«

»Das haben wir doch in der Vergangenheit bereits

mehrfach getan. Gab es Klagen? Henrik hat zwar fünf Kinder und ist ihretwegen etwa fünfzig Prozent abwesend. Aber wenn er da ist, macht er ausgezeichnete Ermittlerarbeit. Alex hat Probleme mit seiner Impulskontrolle, deshalb kann man ihn in gefährlichen Situationen nicht gebrauchen. Er denkt aber schnell, und ich werde ihn noch eine Weile als Chauffeur benötigen. Und dann haben wir noch Ingrid, die kürzlich einen schweren psychischen Zusammenbruch erlitten hat. Sie verweigert eine Krankschreibung. Ich weiß, dass sie als Ermittlerin ein echter Gewinn ist. Sie ist ein Phänomen darin, in Registern und alten Archiven Sachen zu finden, und was sie da nicht findet, erfährt sie über die Bekannten von Bekannten.«

»Müsste Ingrid nicht bald in Rente gehen?« Das war wohl eher Wunschdenken, denn Zimmermann und Ingrid hatten in der Vergangenheit ihre Schwierigkeiten miteinander gehabt.

»Ich glaube nicht, dass sie das vorhat.« Bark holte tief Luft und fuhr fort: »Und dann hatten wir noch Sara, die, wie du weißt, nicht länger unter uns weilt.« Bark spürte einen Kloß im Hals und beeilte sich, das Thema zu wechseln. »Du hast gesagt, es gehe um eine Mordermittlung. Ich bräuchte einen weiteren Ermittler und hätte gern Mia Berger als Verstärkung«, sagte er ganz direkt. Einen Versuch war es wert, sie aus Stockholm zurückzuholen, wohin sie vorübergehend versetzt worden war. Er hoffte, dass man ihm nicht ansah, wie wahnsinnig schön er das finden würde. Mia war seine Therapeutin gewesen, und er hatte sich ebenso unpassend wie unsterblich in sie verliebt.

Zimmermann lachte, aber nicht gehässig, sondern um zu zeigen, wie hoffnungslos sein Begehren war. »Das kommt nicht infrage, jedenfalls nicht in dieser Phase der Ermittlung. Wenn du dir vor Ort ein Bild gemacht hast, dann reden wir zusammen mit Gaby noch einmal neu über den Fall. Wir wissen ja noch gar nicht, ob es sich überhaupt um Mord handelt. Und noch weniger haben wir einen Täter, zu dem wir einen Profiler gebrauchen könnten – was ja Mias Spezialgebiet ist.«

»Mia Berger ist zwar Zivilangestellte, aber trotzdem eine ausgezeichnete Ermittlerin und Vernehmungsleiterin.« Bark kannte Zimmermanns Meinung über Zivilangestellte.

»Das ist mir bewusst, aber momentan wird ihre Kompetenz in Stockholm dringender benötigt.«

Dem gab es nichts mehr hinzuzufügen. Bark würde sich nach Hällefors begeben. Aufgrund einer ungewöhnlichen Form von Epilepsie, die kürzlich bei ihm diagnostiziert worden war, war er vorübergehend mit einem Fahrverbot belegt worden. Er würde im Turmzimmer nachfragen, ob jemand Lust auf einen Ausflug hatte. Alex liebte solche Unterbrechungen der administrativen Arbeit in der Regel sehr.

Alex saß mit krummem Rücken vor dem Computer, starrte auf den Bildschirm, seufzte tief und vollführte mit dem Stuhl eine halbe Drehung. Er sah immer so aus, als würde es ihm im ganzen Leib kribbeln von all dem formalen Kram, und es fiel ihm sichtlich schwer, Aufgaben zu Ende zu bringen, die ihn langweilten.

»Du musst mich nach Hällefors fahren«, erklärte Bark.

»Eine Beerenpflückerin hat heute früh einen Säugling in einem Gebiet gefunden, das, warum auch immer, Tyskmossen heißt, ›das Deutschmoor‹. Das tote Baby war nur einen knappen Monat alt.«

»Wie schrecklich«, sagte Ingrid. »Ist es gerade passiert?«

»Mehr weiß ich noch nicht. Ein Techniker ist schon vor Ort, und ein Streifenwagen von Karlskoga ist unterwegs. Wir sollen die Beerenpflückerin vernehmen.«

»Haben die in Hällefors denn keine eigenen Polizisten?«, fragte Alex, während er sich aus seinem Computer ausloggte.

»Doch«, entgegnete Ingrid und tickerte schnell auf ihrem Laptop. »Normalerweise hat die dortige Polizeistation montags und donnerstags von neun bis fünfzehn Uhr geöffnet, aber wegen Krankheit hat man das Revier heute nicht besetzen können. Die Polizei in Karlskoga springt für die Kollegen ein.«

Alex warf den schwarzen Haarschopf wieder herum. Seine Augen leuchteten. »Okay, dann sollte man also weder am Montag noch am Donnerstag einen Anschlag auf den Geldautomaten planen. Ich habe von einem Freund gehört, dass irgendjemand den vor ein paar Jahren in die Luft gejagt hat.«

Ingrid schob die Lesebrille in das graue Haar, das ihr bis zur Taille reichte, und rückte ihre grün gebatikte Tunika zurecht. »Das ist lange her. Aber in der Region ist schon eine ganze Menge explodiert. Offenbar ist es da oben leicht, an Dynamit zu kommen, und das ist zu einem selbstverständlichen Mittel der Konfliktbewältigung geworden«, erklärte sie trocken. »In den Siebzigerjahren hat man Hällefors ›das kleine Chicago‹ genannt. Zu der Zeit ist die Tür zum Polizeirevier mehrmals mit Dynamit in die Luft gesprengt worden. Womöglich war es jemand von auswärts, der nicht begriffen hat, dass die Bank eine Treppe tiefer lag. Oder jemand, der eine Rechnung mit der Polizei offen hatte. Einmal haben Hooligans einen toten Elch vor die Tür des Reviers gelegt. Sie hatten vom Pferdekopf in *Der Pate* gehört und wollten das übertrumpfen. Heute sind die Beziehungen zwischen Bevölkerung und Polizei respektvoll und gut. Aber unter Umständen kann es immer noch schwierig sein, Zeugen in Hällefors zum Reden zu bringen. Mach dich darauf gefasst, Bark!«

Der wurde langsam unruhig und ging schon mal zur Tür, während Alex noch seine Sachen zusammensuchte. »Ja, aber die Gerüchte sind übertrieben. Ich glaube, es gibt tatsächlich nur für zwei Sprengungen der Tür des Polizeireviers Belege, einmal mit einer Handgranate und ein zweites Mal mit ungewöhnlich viel Dynamit«, ergänzte Bark.

Doch Ingrid hatte noch mehr hinzuzufügen. »Und ich weiß zufällig noch, dass die Polizei vor ein paar Jahren einen Tag der offenen Tür hatte. Bei der Gelegenheit sind aus der Asservatenkammer eine meterhohe Cannabis-Pflanze und ein paar Haschpfeifen gestohlen worden.«

Das erstaunte Bark wenig. »Kürzlich habe ich in der Zeitung gelesen, dass jemand in seinem Gewächshaus Cannabis gezüchtet und dann behauptet hat, die Hühner seien schuld. In deren Futter wären schließlich Hanfsamen.«

»Und wie ging das aus?«

»Darüber reden wir ein andermal.« Bark hatte es eilig loszukommen, auch wenn sich schon Polizeikollegen vor Ort befanden. Vielleicht gab es Zeugen. Ein Säugling konnte nicht einfach so verschwinden oder sich aus eigener Kraft ins Moor begeben. Jemand musste das Kind getötet oder es zum Sterben zurückgelassen haben.

2

Alex war während der achtzig Kilometer langen Fahrt nach Hällefors ungewöhnlich schweigsam. Eigentlich passte es Bark ganz gut, seine Gedanken sammeln zu können, aber er hatte doch das Gefühl, nachfragen zu wollen, ob den jungen Kollegen etwas bedrückte.

Alex nahm den Blick für einen kurzen Moment von der Straße. »Ich mache mir Sorgen um meine Mutter.«

Bark verspürte ein Ziehen im Bauch. Alex, ursprünglich als Polizeianwärter ins Team gekommen, war Mia Bergers Sohn. Davon hatte Bark zuerst allerdings keine Ahnung gehabt. Alex seinerseits hatte bisher bestenfalls noch nicht gemerkt, dass Bark Gefühle für seine Mutter hegte. Hoffentlich spürte er jetzt nicht, wie ihn seine Worte berührten. »Ich habe gehört, Mia ist in Stockholm. Ist denn etwas passiert?«

Mia hatte ihm erzählt, dass sie früher eine toxische Beziehung zu einem Mann gehabt hatte, der jetzt im Gefängnis saß. Ging es um jenen Verrückten? Alex' Kindheit mit dem Stiefvater war die reine Hölle gewesen, so viel hatte Bark schon begriffen. Laut Mia war der Mann ein Vollblutpsychopath. Sie hatte über mehrere Jahre hinweg versucht, sich von ihm frei zu machen. Nach der Gerichtsverhandlung dann hatten Mia und Alex ihre Namen geändert und waren untergetaucht. Sie war die Frau ohne

Vergangenheit. Auch Alex hatte nichts von sich selbst erzählen dürfen – so viel Macht besaß der Mann immer noch über ihrer beider Leben, obwohl er im Gefängnis saß.

»Meine Mutter wollte nicht nach Stockholm. Ich kann nicht sagen, warum, aber dort ist natürlich die Gefahr größer, dass sie erkannt werden könnte. Und es ist eine ziemlich unerklärliche Sache passiert …« Alex fuhr sich mit der Hand durch das schwarze Haar, während er abzuwägen schien, wie viel er sagen durfte.

Bark versuchte, es ihm leichter zu machen. »Du weißt, dass du mir vertrauen kannst. Ich würde alles tun, was in meiner Macht steht, um euch zu helfen, falls etwas passiert.«

»Genau dem will meine Mutter niemanden aussetzen. Mein Stiefvater ist gefährlich. Du kannst dir überhaupt nicht vorstellen, zu was der imstande ist! Deshalb lebt Mama auch allein.«

»Wenn es okay für dich ist, kannst du mir gerne erzählen, was passiert ist.«

Alex' Hände auf dem Steuer fingen an zu zittern, er fuhr rechts ran und stoppte den Wagen. »Ich weiß nicht, ob …«

Bark wurde klar, dass es richtig schlimm war. »Du weißt, dass du mir vertrauen kannst. Ich trage nichts weiter.«

Offenbar hatte Alex beschlossen zu sagen, wie es war, denn er fing an zu erzählen. »Meine Mutter hat gesagt, sie hätte den Kerl gesehen. Ich hab ihr gesagt, dass das nicht sein kann, aber sie ist sich ganz sicher. Am Stockholmer Hauptbahnhof. Er kam aus der U-Bahn und sie von der Regionalbahn. Er hat im Buchladen Taschenbücher angeschaut. Sie ist ganz sicher, dass er es war.«

»Hat er sie gesehen?« Bark verspürte einen Schlag in die Magengrube. Mia durfte nichts zustoßen. Er musste alles erfahren. Und ihr helfen, wenn sie in Gefahr war.

»Ja, er hat ihr ins Gesicht gesehen und sein widerliches Grinsen draufgehabt. Aber sie glaubt nicht, dass er ihr gefolgt ist. Sowie meine Mutter ins Hotel kam, hat sie den Anwalt angerufen, der sie vor Gericht vertreten hat, und der hat sich im Gefängnis erkundigt.« Alex schüttelte den Kopf. »Aber der Satanspsychopath war die ganze Zeit im Gefängnis und auch nicht auf Freigang oder so draußen gewesen. Total fucking unbegreiflich, denn Mama war absolut sicher. Sie traut sich nicht, weiter in Stockholm zu bleiben, und will jetzt zurückkommen. Es ist zu unsicher, den Zug oder den Bus zu nehmen. Ich werde morgen rauffahren und sie nach Hause holen. Sie hat gesagt, falls der Wahnsinnige sie überwacht, darf ich nicht mit meinem eigenen Auto kommen. Also fahre ich mit einem Leihwagen.«

Bark wollte eben anbieten zu fahren, als ihm klar wurde, dass er nicht ans Steuer durfte, solange die Epilepsie nicht unter Kontrolle war.

Bis sie in Hällefors waren, sprachen sie weiter über Mias Sicherheit. Alex hatte Angst, dass Mia verrückt werden könnte, da sie am helllichten Tag Gespenster aus der Vergangenheit sah. »Du kannst dir nicht vorstellen, was sie und ich durchgemacht haben. Ich würde es dir gern erzählen, aber es geht nicht. Zu gefährlich.«

Bark wünschte wirklich, dass Mia sich ihm anvertrauen würde, aber das konnte er Alex natürlich nicht sagen.

Die Ebene der Provinz Närke war während der Fahrt in eine bergige Waldlandschaft mit Seen übergegangen. Nördlich von Hällefors nahmen sie die Straße nach Svartälven, bogen dann nach Jordbro ab und dann links Richtung Tyskmossen, wie die Gegend genannt wurde. Ungefähr einen Kilometer vor dem kleinen Ort Silvergruvan wartete der Chef der Kriminaltechnik Ali Kathami auf sie. Schon von Weitem sahen sie die Absperrung, den Technikerbus und das hellblaue Modell eines VW, das gut und gerne als Oldtimer bezeichnet werden konnte.

Ali kam auf sie zu, als sie aus dem Auto stiegen. »Es ist noch zu früh, als dass ich schon etwas sagen könnte. Es ist ein Säugling, ungefähr einen Monat alt. Die alte Dame, die das Kind gefunden hat, ist sehr erschüttert, seid also vorsichtig mit ihr.«

Bark nickte. Die Frau stieg gerade aus dem Technikerbus. Sie trug Mantel, Mütze und Handschuhe und hatte eine Dose Red Bull in der Hand, mit der sie der Techniker Rödeby wahrscheinlich in Ermangelung von Kaffee versorgt hatte. Bark ging ihr entgegen und schlug vor, dass sie sich auf den Rücksitz des Streifenwagens setzen sollten, sodass er sie befragen konnte.

Er schaltete das Aufnahmegerät ein. Berit Nilssons Personennummer verriet, dass sie schon über achtzig Jahre alt war. Sie sah zehn Jahre jünger aus und wirkte noch sehr beweglich. »Das ist so schrecklich! Ein kleines Kind. Wer macht denn etwas so Furchtbares?« Berit Nilsson schauderte es, und Bark legte ihr eine Decke über die Knie. »Ich bin so dankbar, dass die Leute mich erst nach Hause gefahren haben, damit ich mir etwas Trockenes anziehen konnte. Normalerweise gehe ich nie alleine ins

Moor. Wenn keine Freundin mitgeht, dann halte ich mich immer an die Planken, die ausgelegt worden sind, damit man trockenen Fußes darübergehen kann und nicht einsinkt. Aber die Multbeeren waren einfach so schön. Dumme Alte, die ich bin, konnte ich mich nicht beherrschen. Erst als ich mit den Füßen im eiskalten Wasser einsank, habe ich gemerkt, wie weit ich schon draußen war.«

»Frieren Sie denn noch?«, fragte Bark. »Wir können auch die Heizung im Auto anmachen.« Wenn sie unter den Schwingrasen des Moores eingesunken war, dann war es ein Wunder, dass sie sich überhaupt selbst wieder hatte herausarbeiten können.

»Jetzt, wo ich aus den nassen Kleidern raus bin, ist es kein Problem mehr. Aber natürlich dachte ich, mein letztes Stündlein hätte geschlagen, als ich plötzlich so wegsackte und keinen Boden mehr unter den Füßen hatte. Man muss sehr schnell Arme und Beine ausbreiten, das habe ich schon als kleines Kind gelernt. Es ist mir gelungen rauszukrabbeln, und ich wollte gerade zum Weg zurückkriechen, als ich einen kleinen … Fuß sah.« Berit Nilsson schlug die Hände vors Gesicht und schluchzte laut. »Es war ein Säugling, vielleicht einen Monat oder zwei alt. Wer tut seinem Kind so etwas an? Inzwischen gibt es doch ganz andere Möglichkeiten, ein Kind zu versorgen als früher, da war es noch eine Schande, wenn man unverheiratet schwanger wurde. Was für ein Mensch ist das, der sein Kind ertränkt?«

»Was haben Sie gemacht, als Sie das Baby sahen?«, flocht Alex ein, der sich auf dem Fahrersitz niedergelassen hatte. Der Motor lief, damit es im Auto warm blieb.

»Ich habe das Kleine nicht losgelassen. Erst dachte ich,

es könnte ja noch am Leben sein. Aber es war ganz kalt, hat nicht geatmet. Am Leib hatte es Lumpen und eine Halskette, eine schwarze Kette mit einem kleinen Anhänger. Als ich zum Weg kam, habe ich es auf die Planken gelegt. Ich dachte, ich könnte das Kind noch retten, habe versucht, Luft in seine Lunge zu blasen und mit zwei Fingern über dem Brustkorb Herzmassage gemacht. Ihr Kollege, der Ali heißt, hat gesagt, es wäre nicht meine Schuld, ich hätte alles richtig gemacht. Ich hätte das Kind nicht retten können.« Berit Nilsson wischte sich die Tränen aus den Augen. »Das Handy hatte ich im Auto vergessen, und das war nur Glück. Sonst hätte es nämlich nicht funktioniert, und ich wäre erfroren. Ich habe die 112 angerufen, und der Krankenwagen kam. Aber sie haben die Leiche nicht mitgenommen, haben festgestellt, dass die Kleine tot war. Das ist so furchtbar traurig. Ein kleines Kind!«

»Ja, das ist schlimm«, ergänzte Bark mit seiner sanftesten Stimme. »Ich verstehe, dass Sie das sehr erschüttert.« Die Decke war runtergerutscht, und er steckte sie wieder um die alte Dame fest. Ihre schmalen Beine zitterten immer noch. »Haben Sie eine Ahnung, wessen Kind das sein könnte?«

Berit Nilsson schien nachzudenken. »Sie meinen, es könnte jemand aus Hällefors oder aus der Gegend hier sein? Ich weiß nicht. Inzwischen macht jeder sein Eigenes, die Alten bleiben unter sich und die Jungen ebenso. Ich habe keine Kinder oder Enkel und kenne niemanden, der kleine Kinder hat.«

Nachdem Bark die Zeugenvernehmung abgeschlossen

hatte und wieder aus dem Wagen gestiegen war, sah er einen roten Mazda MX-5 vor der Absperrung halten und ahnte das Schlimmste. Seine Schwester Kristina war Journalistin und hatte angefangen, als Freelancerin bei der Lokalzeitung zu arbeiten. In den letzten Jahren hatte sie einen Schönheitssalon namens *Ganz du* in Kumla betrieben, doch während der Pandemie waren die Kunden weggeblieben, und sie hatte den Laden aufgeben müssen. Die Aufträge für die Lokalzeitung, die sich vielleicht zu einem Vertretungsjob entwickeln konnten, waren da genau im richtigen Moment aufgetaucht.

Kristina Barklöv stieg aus ihrem Auto und kam mit ausgestreckten Armen und zuckersüßer Miene auf ihn zu. Sie sah ihrer Mutter so ähnlich mit dem halblangen blonden Haar, das auf dem Rücken tanzte, und den melierten Augen, die – genau wie seine eigenen – Stimmungen und Licht einfingen. Sie galt als schön, aber da sie seine Schwester war, konnte er das nicht recht beurteilen.

»Die Antwort lautet nein«, sagte Bark, noch ehe sie den Mund aufmachen konnte. »Es ist zu früh, um etwas zu sagen. Regina Zimmermann wird später am Nachmittag eine Pressekonferenz abhalten, bis dahin musst du dich gedulden.«

»Komm, bitte, Kristoffer. Du weißt doch, was für eine Chance das für mich ist. Ich habe gehört, dass ihr einen Säugling gefunden habt. Eine meiner ehemaligen Kundinnen vom Salon hat mich angerufen und mir den Tipp gegeben.«

»Wer denn?«, erkundigte sich Bark.

»Das darfst du nicht fragen, und ich darf keine Quelle preisgeben. Das weißt du genau!«

»Okay, dann schweigen wir. Wie laufen denn Leben und Liebe so?«

Kristina senkte die Stimme zu einem Flüstern. »Ich dachte mir schon, dass du das fragen würdest. Morgan und ich üben uns darin, wieder Vertrauen zueinander zu haben. Zu meinem Verdacht, dass er mir untreu wäre, sagt er, wenn ich das schon glauben würde, dann könnte er es ja genauso gut auch sein. Wie soll ich ihm da vertrauen?«

»Dann wirst du ihm wohl eine Zwangsjacke anlegen müssen«, erwiderte Kristoffer mit einem Zwinkern. Diese Art von Humor besaß Kristina allerdings nicht, das war schon immer so gewesen.

»Wenn du und Ella eine Therapie gemacht hättet, dann wärt ihr vielleicht immer noch verheiratet!«, sagte sie mit lauter Stimme.

»Schrecklicher Gedanke«, entgegnete Kristoffer, der diese Sache nicht am Arbeitsplatz mit Alex, Ali und Rödeby in Hörweite diskutieren wollte.

»Aber du bist doch zur Therapie gegangen, oder? Musstest du das nicht machen, um deinen Job nicht zu verlieren? Mia Berger, so hieß sie doch, deine Therapeutin. War sie gut?«

Jetzt genügte es, fand Kristoffer. Niemand konnte so passiv-aggressiv und nervig sein wie Kristina, wenn sie diese Seite herauskehrte. Dennoch würde er alles für sie tun, wenn es wirklich einmal darauf ankam. »Ich finde, du solltest jetzt nach Hause fahren und den Fernseher einschalten, damit du Zimmermanns Pressekonferenz nicht verpasst«, sagte er und schob sie mehr oder weniger vor sich her.

Doch Kristina blieb stehen, und er machte einen Schritt

zurück. »Wer ist die Dame da im Streifenwagen? Hat sie das Kind im Moor gefunden? Die muss ich interviewen!«

»Jetzt ziehst du dich gefälligst zurück und begreifst bitte mal, dass in der Frage, was hier passiert sein könnte, die Ermittlung der Polizei über das allgemeine Interesse geht. Es kann Mord oder Totschlag oder ein Unfall gewesen sein. Wir wissen es nicht. Wenn die Zeugen vernommen worden sind, dann kannst du mit ihnen sprechen, aber nicht vorher.«

3

Lydia

Als ich zu Ester in die Hütte am Schlangenteich komme, ist sie schwer erschüttert.

»Was ist los mit dir?«, frage ich, und weil es bitterkalt ist, schiebe ich einen Holzkloben in den Ofen. In den letzten Wochen habe ich sie öfter besucht, aber noch nie war sie so aufgewühlt.

Sie weint. Tränen der Angst und der Scham rollen über ihre runzligen Wangen. Die Nase läuft. Aber obwohl ich ihr Papier reiche, schnäuzt sie sich nicht, wischt sich nicht die Tränen ab. Das weiße Haar ist offen und struppig wie ein Elsternest, und sie friert so, dass sie in ihrem dünnen weißen Spitzennachthemd zittert.

Stammelnd erzählt sie, dass man im Tyskmossen eine Kinderleiche gefunden hat. Im Lokalradio wird von nichts anderem mehr gesprochen. Das Transistorradio, eine schmutzig braune Kiste mit einem Stecken als Antenne, steht auf dem Küchentisch und gibt undeutliche und knisternde Laute von sich. Die Lokalnachrichten gehen in den Wetterbericht über. Die Wortkombination aus Skagerrak, Kattegat und Doggerbank klingt wie ein Kinderreim. Es ist die Nachricht von dem Kind im Moor, die sie aus der Fassung gebracht hat. Und ich denke, dass es sie vielleicht an etwas erinnert, was passiert ist, als sie jung war. Aber als sie dann anfängt zu sprechen, begreife ich, dass es schlimmer ist als das, viel schlimmer. Wenn ich nicht ausgerechnet heute gekommen wäre, wenn ich nicht das Feuer geschürt und ihr in dem Moment, als sie Trost brauchte, heißen Tee zu trinken gegeben hätte, dann hätte ich nie erfahren, wie alles passiert ist.

Stück für Stück entlocke ich ihr die Wahrheit, Fragment um Fragment all des Schrecklichen, was so lange verborgen lag und das Leben von Menschen auf furchtbare Weise beeinflusst hat, ohne dass die Betroffenen eine Ahnung davon gehabt hätten, was ihr Schicksal lenkte.

Esters Geschichte formt das Undenkbare zu einem Muster, das sich mir jetzt endlich erschließt. Es spiegelt auch mein Leben, und die Puzzleteile werden zu etwas Begreiflichem zusammengefügt. So wird deutlich, was nun meine Aufgabe ist – die ich mir keineswegs wünsche, ich will nicht, denn die Verantwortung wiegt so schwer, und das macht mir Angst. Aber es gibt niemanden sonst, der die Ordnung wiederherstellen könnte.

4

Tom Gruvberg wusste, dass die Zeit gekommen war. In der Morgenzeitung hatte er von dem Säugling gelesen, den man im Tyskmossen gefunden hatte. Die Zeitung lag aufgeschlagen auf dem Küchentisch. Tom sah auf seine linke Hand hinunter, an der drei Finger fehlten. Nur der Daumen und der Zeigefinger waren noch da, wie eine Greifzange. Er hatte Glück, dass er die Explosion damals überlebt hatte und mit über neunzig immer noch einen Elchstutzen bedienen konnte. Nun hatte er sein altes Remington-Gewehr aus dem Waffenschrank geholt und geladen. Im tiefsten Innern hatte er lange befürchtet, dass dieser Tag kommen würde. Er zog Mantel und Stiefel an. Die Schuhe anzuziehen war schwer, obwohl er die Schnürsenkel gegen Klettverschlüsse ausgetauscht hatte. Obwohl es regnete, ließ er den Mantel offen. Er hatte keine Zeit, sich mit den Knöpfen aufzuhalten. Um die Waffe wickelte er ein Stück Wachstuch. Unten an der Treppe stand der Rollator bereit, und er platzierte das Gewehr im Korb. Er musste sich beeilen, hoffentlich war es noch nicht zu spät. *Guter Gott, hilf mir! Lass die Kinder nicht zu Schaden kommen. Meine Zeit ist bald vorbei, aber lass sie leben.*

Etwas früher am selben Morgen hatte die Alte vom Schlangenteich, wie sie im Volksmund genannt wurde, ihm einen Besuch abgestattet. Zeit und Stunden flossen ineinander, aber es war sicherlich Jahrzehnte her, dass er sie zuletzt gesehen hatte: Ester, die Frau, die er einst mehr geliebt hatte als sein eigenes Leben. Ihre Haut war grau und wettergegerbt, und das offene Haar hing weiß und wellig über die maulwurfsgraue Jacke. Ester war in ihrem alten, rostigen Saab in den Ort hinuntergekommen, um ihn zu warnen. Sie sagte, es könnte das letzte Mal sein, dass sie sich in diesem Leben sähen. Das wollte er nicht hören, aber sie half ihm, den Ernst der Lage zu erkennen. Sie war gekommen, um ihn zu warnen, und hatte gesagt, die Zeit sei jetzt da. Das Kind im Moor sei gefunden worden, und er müsse seine Familie beschützen. Ehe sie wieder fuhr, lud er sie noch zu Punsch mit Kräutern ein, damit sie wieder warm würde, denn draußen war es bitterkalt, und sie hatte keine Heizung im Wagen. Sie hatten Punsch getrunken und einander in die Augen gesehen – so wie damals in einer anderen Zeit, als alles leicht gewesen war und nichts gefährlich. Als sie dann auf der Schwelle stand, um zu gehen, drehte sie sich noch einmal um und sah ihn ein letztes Mal an. Sie hatte Tränen in den Augen. »Tu, was du tun musst, um die Deinen zu schützen! Und wenn du nach Mitternacht zum Millesparken kommen kannst, dann werde ich dort sein.« Hatte sie das wirklich gesagt? Oder war es nur sein Wunsch, dass sie sich so bald wiedersehen würden?

Diejenigen, die es nicht besser wussten, behaupteten, das Gerede von der Alten vom Schlangenteich sei eine Lügengeschichte. Doch es gab sie seit Urzeiten, und sie wachte über alles, was unter der Erde lag. Nicht allen zeigte sie sich in menschlicher Gestalt, manchmal entschied sie sich, als Wölfin aufzutreten, als Luchs, als Falke oder Fledermaus in den finsteren Gruben. Manche sagten, sie besäße ewige Jugend, und andere waren überzeugt, dass die Aufgabe der Grubenhexe von der Mutter auf die Tochter überginge. Was die Wahrheit war. Diejenigen, die ihr Böses wollten, behaupteten, dass sie Kinder in den Berg locken würde und dass bei den so Verschollenen, wenn sie es denn jemals zurück zu den Menschen schafften, der Sinn verkehrt und die Haut grau wäre wie bei den Trollen. Doch das war reine Lüge, das würde sie niemals tun. So wollte man einfach den Kindern Angst machen, damit sie sich nicht in die alten Grubengänge verirrten. Doch Tom kannte sie besser als das. Vor Ester hatte er keine Angst.

Der alte Mann eilte hinaus in den Regen und dachte an den Fluch, den Esters Großmutter einst über seine Familie ausgesprochen hatte. Das war vor seiner Geburt geschehen, und wenn in diesem Fluch irgendeine Kraft gewesen wäre, dann hätte er längst tot, verrückt oder ein Krüppel sein müssen. Doch das Schicksal hatte anderes für ihn bereitgehalten. Er war vor eine schwere Wahl gestellt worden und hatte dann seinen besten Freund Vilho getötet, damit der nicht das furchtbare Geheimnis ausplauderte, das sein eigenes Leben zerstört hätte. Vielleicht hatte die Alte vom Schlangenteich damals über ihn gewacht, hatte eine Ausnahme gemacht und ihm die Chance gegeben zu überleben.

Natürlich hatte es einen Aufstand gegeben, als Vilho verschwand. Seine Mutter war untröstlich. Um kein Misstrauen zu erregen, nahm Tom selbst an der Suchkette teil. Wenn ihn jemand fragte, wie er seine Finger verloren hätte, antwortete er, dass er von einem Wolf gebissen worden sei. Vilhos Cousin, Matti Björk, glaubte ihm nicht, doch nach einer Vernehmung bei der Polizei wurde Tom freigelassen. Er hatte beteuert, die ganze Nacht geschlafen zu haben, bis im Morgengrauen die Hühner gackerten, schrien und furchtbaren Lärm machten. Da sei er rausgegangen und habe einen Wolf im Hühnerhaus entdeckt. Der habe sich wohl in die Enge getrieben gefühlt, und als Tom den Ausgang blockierte, sei er zum Angriff übergegangen. Jedem, der es hören wollte, sagte er, dass es der größte Wolf gewesen sei, den er je gesehen habe. Und der habe ihm die Finger abgebissen, behauptete er, denn er konnte ja schlecht die Wahrheit sagen, dass er sie sich weggesprengt hatte. Vielleicht war es auch ein Fuchs im Hühnerhaus gewesen, mit der Zeit war die Erinnerung verblasst. Tom war nicht mehr sicher, was seine eigenen Gedanken waren und was wirklich in jener Nacht im Mai 1945 passiert war. Seine Mutter hatte bestätigt, dass er die Wahrheit sagte, sie hätte die Hühner ebenfalls lärmen hören. Und sein Onkel, der sich nach dem Tod des Vaters um ihn und seine Mutter gekümmert hatte, sagte ebenfalls aus, dass Tom zu Hause gewesen sei und dass sich im Hühnerhaus ein Raubtier verlustiert hätte. Vier der Hühner waren tot. Nachdem die Suchkette für Vilho aufgegeben worden war, gingen in Hällefors die Grubenarbeiter gemeinsam auf Wolfsjagd.

Tom ließ die Vergangenheit sein und konzentrierte sich auf das, was er tun musste. Es regnete jetzt noch stärker, und die Tropfen hüpften auf dem Asphalt, wo er ging. Feuchtigkeit und Kälte krochen ihm durch die Kleider bis auf die Haut. Er fasste sich ans Herz. Atmen fiel ihm schwer. Er hätte eigentlich seine entwässernden Tabletten nehmen müssen, aber das hatte er absichtlich nicht getan, um sich nicht einzupinkeln. Für so etwas hatte er jetzt keine Zeit. Der Teufel, der den Kindern Übles wollte, würde nicht warten. Tom wusste nicht, in welcher Erscheinung das Böse auftreten würde, oder wie die Kinder zu Schaden kommen sollten, doch er musste bereit sein. Er kontrollierte, dass der Elchstutzen noch im Rollatorkorb lag, und ging mit eiligen Schritten Richtung Kita. Der Hass gegen den, der ihnen Böses wollte, blitzte in seinem Kopf auf. Und wenn es das Letzte war, was er in seinem Leben zustande brachte – er würde diesen Satan mit ins Grab nehmen.

5

Es war kurz vor acht am Dienstagmorgen. Kristoffer Bark befand sich im Turmzimmer, wo Ingrid und Henrik darauf warteten, dass Kriminaltechniker Ali Kathami seinen Bericht abgeben würde. Alex war nach Stockholm gefahren, um seine Mutter zu holen. Bark hoffte, dass Mia nicht noch mehr Unannehmlichkeiten begegnet waren.

Den Säugling, der am Tag zuvor tot im Tyskmossen bei Hällefors gefunden worden war, hatte man zur gerichtsmedizinischen Obduktion nach Linköping geschickt. Es würde dauern, ehe sie Antworten auf ihre Fragen bekamen. Bark hoffte, dass Ali wenigstens eine Vermutung zur Todesursache hatte. Im Polizeidistrikt Bergslagen, zu dem außer dem Landkreis Örebro auch die Provinzen von Värmland und Dalarna gehörten, verschwanden jährlich circa 600 Personen. Die allermeisten kehrten zurück. Die Polizei im Landkreis Örebro hatte derzeit 31 offene Ermittlungen über verschwundene Personen. In den Fällen, die über zwanzig Jahre alt waren, hatte man die Personen für tot erklärt. Doch die Nachforschungen waren immer noch nicht endgültig eingestellt worden, da man die Leichen nicht gefunden hatte. Manche Menschen verschwanden auch aus freiem Willen, aber das traf auf einen Säugling natürlich nicht zu.

Ingrid hatte einen riesigen Becher mit Kaffee vor sich.

Normalerweise trank sie daraus Suppe. Ihre grauen Haare waren geflochten, die Lesebrille war ihr auf die Nasenspitze gerutscht. Meist war sie morgens wortkarg, doch der Fall mit dem kleinen Kind hatte sie offensichtlich tief berührt. Am Abend hatte sie das Turmzimmer als Letzte verlassen und war am Morgen als Erste wieder da gewesen. »Es gibt keinen ähnlichen Vermisstenfall«, erklärte sie. »Keine Suche nach einem so kleinen Kind in den letzten fünf Jahren. Weiter bin ich noch nicht gekommen. In welchem Zustand befand sich die Leiche?«

Bark schauderte es bei der Erinnerung. »Schwer zu sagen, ein Baby, vielleicht zwei Monate alt. In Lumpen eingewickelt, die aussahen wie ein kleines Kleid. Weichteile waren noch vorhanden, offensichtlich sind keine Tiere an die Leiche gekommen. Das Kind hatte noch keine Haare oder Zähne. Ali hat gesagt, es sei ein kleines Mädchen, und es trug eine Kette.«

»Wie kann man einen Säugling töten?«, fragte Henrik. Er sah wie immer übermüdet aus.

Ingrid hatte eine Theorie. »Es gibt Beispiele für Eltern mit psychotischen Wahnvorstellungen, die ihr Kind als ein böses Wesen erleben und es deshalb töten.«

Bark stimmte widerwillig zu. »Das kommt nicht oft vor, aber ich habe solche Fälle auch schon gehabt.«

Ingrid schlang die Arme um ihren Körper. »Das ist furchtbar und schrecklich traurig, wenn so etwas passiert. Man muss sich Eltern vorstellen, die bis zum Zerspringen unter Druck stehen. Aber warum hat denn niemand Alarm geschlagen? Da muss es doch Anzeichen gegeben haben. Vielleicht war es auch ein unerwünschtes Kind. Von jemandem, der wirklich keine Kinder wollte.«

Henrik war skeptisch. »Aber passiert so was denn heute noch? Das scheint mir unwahrscheinlich, wo es doch Verhütungsmittel und Abtreibung gibt. Und warum sollte man neun Monate warten, bis einem einfällt, dass man kein Kind will? In dem Fall muss die Mutter doch völlig blockiert gewesen sein und nicht begriffen haben, dass sie schwanger war. Oder derjenige, mit dem sie das Kind großziehen wollte, ist einfach verschwunden oder hat ihr etwas richtig Schlimmes angetan, sodass sie keine Verbindung mehr zu ihm wollte.«

»Was, wenn es ein Unfall war«, sagte Ingrid. »Ein Elternteil lässt das Baby zu Hause fallen, da reicht schon ein unbeaufsichtigter Moment auf dem Wickeltisch. Das Baby schlägt sich den Kopf an und stirbt, und sie vertuschen das, indem sie das Kind im Moor beerdigen.«

»Aber da würde man doch meinen, dass die übrige Familie, Nachbarn oder Freunde reagieren würden, wenn das Kind plötzlich weg ist«, gab Bark zu bedenken. »Wir müssen die Leute in Hällefors und Umgebung befragen. Die Kollegen, die in Hällefors stationiert sind, organisieren das gerade mit Verstärkung aus Karlskoga. Scheinbar ist das Revier in Hällefors für eine Weile besser besetzt.«

Mehr konnte Bark nicht sagen, da Ali in Hemd, Schlips, dunkelblauem Jackett und passenden Hosen im Fischgrätmuster das Turmzimmer betrat. Ali war mit der Flüchtlingswelle in den Siebzigerjahren aus dem Iran nach Örebro gekommen. Er war ein Gesundheitsapostel, der weder Alkohol noch Tabak konsumierte und gerne vor der Arbeit diverse Kilometer joggte. Seine Körpersprache war energisch, die Haare streng zum Seitenscheitel gekämmt, und die intelligenten braunen Augen waren voller Leben.

»Kannst du etwas über das tote Kind sagen?«, fragte Bark ohne Umschweife.

Ali sank mit kerzengeradem Rücken auf einen Stuhl an dem ovalen Tisch. Er runzelte die Stirn und sah sie an. »Ich verstehe eure Frage. Das Problem mit Moorleichen ist nur, dass sie, ohne dass die Weichteile zerstört sind, trotzdem sehr alt sein können. Das Moor konserviert sie. Wir haben ein Beispiel von 1942, das sogenannte Arden-Mädchen. Die Polizei ist zum Fundort gerufen worden, weil man glaubte, es würde sich um einen jüngst geschehenen Mord handeln. Doch nachdem die Leiche untersucht worden war, musste man feststellen, dass das Mädchen in der Eisenzeit gelebt hatte. Die Kleider, die es trug, passten dazu.« Ali schüttelte bedauernd den Kopf. »Es ist unmöglich zu sagen, ob das kleine Mädchen im Tyskmossen vor ein paar Monaten gestorben ist, oder ob es sich bei ihr um einen vorzeitlichen Fund handelt. Wir haben keine Hinweise, abgesehen von dem Stück Stoff, in das sie eingewickelt war, und die silberne Halskette.«

»Die Kette war schwarz. Ich dachte, es sei Eisen«, meinte Bark.

Ali lächelte ein wenig von oben herab. »Silber wird im Laufe der Zeit schwarz. Es ist eine dünne Kette, und der Anhänger besteht aus einem in Silber gefassten blau-grünen Stein.«

»Kannst du etwas darüber sagen, wie das Kind gestorben ist?«, fragte Bark.

Ali schien seine Worte genau abzuwägen. »Ich glaube, das Mädchen war physischer Gewalt ausgesetzt, es sieht aus, als sei ihm das Genick gebrochen worden.«

6

Ein Auto fuhr in hoher Geschwindigkeit an ihm vorbei und spritzte Tom schlimmer nass als der Regen, der noch mehr zugenommen hatte. Auf dem Beifahrersitz saß Adrian, ein pickliger junger Mann, der sich wichtigmachen wollte, doch Tom war das alles egal. Er strebte durch den eisigen Wind, der seine Finger steif werden ließ. Es war nicht weit bis zur Kita Lillbacka, aber der Weg zum Tor kam ihm unendlich lang vor.

Ein Stahlseil mit Karabinerhaken an den Enden, das verhindern sollte, dass die Kinder eigenständig die Tür öffnen konnten, erschwerte es auch Tom. Sein Rheumatismus war vor allem bei schlechtem Wetter eine Geißel, und mit seinen krummen Fingern gelang es ihm nur mit großer Mühe, das Tor aufzuhaken.

Draußen auf dem Hof waren keine Kinder. Die Schaukeln wiegten sachte im Wind, und die Rutsche war leer. Im Sandkasten hatte jemand einen Tunnel und ein Schloss mit einem Eisstiel als Spitze gebaut. Ein vergessenes, von der Sonne ausgebleichtes Spielzeugauto mit fehlendem Rad lag herum.

Tom stolperte auf den langgestreckten, gelb gestrichenen Bungalow zu. Er näherte sich dem Fenster und spähte hinein. Die Kinder saßen in einem Kreis auf dem Fußboden und sangen ein Lied, das er kannte:

»In dem Walde steht ein Haus, schaut ein Reh zum Fenster raus, kommt ein Häslein angerannt, klopfet an die Wand. Hilfe, Hilfe, große Not, sonst schießt mich der Jäger tot …«

Eine stämmige Frau mit Brille und schulterlangem Haar stand auf und ging zum Fenster. Sie war ungefähr fünfzig Jahre alt. Tom machte kehrt und wanderte zur Eingangstür. Er parkte den Rollator und nahm das Wachstuchpaket mit dem Elchstutzen aus dem Korb. Als er die Tür öffnete, zitterten ihm die Hände vor Kälte und Anspannung. Er betrat den Flur, wo die Jacken der Kinder dicht an dicht auf Haken unter Bildern von verschiedenen Tieren wie Löwe, Elch und Hahn hingen, damit jedes seinen eigenen Platz finden konnte. Die Stiefel standen ordentlich auf dem Brett darunter. Der Fußboden war nass und glatt, und er musste aufpassen, nicht auszurutschen.

Tom wickelte den Elchstutzen aus dem Wachstuch. Mit der Waffe in den Händen schob er die Tür auf und kontrollierte die Toilette, damit sich da niemand versteckte. Er musste alle Kinder bei sich versammeln, um sie verteidigen zu können. Er wusste nicht, wie lange er durchhalten würde. Die Alte vom Schlangenteich hatte nicht sagen wollen, wer die Kinder bedrohte, sondern nur, dass sie in großer Gefahr seien.

»Komm raus, du Teufel, dann schieße ich dir den Kopf weg!«, schrie er, und die Angst umklammerte seine Kehle. Er wusste natürlich, dass sein Reaktionsvermögen nicht mehr sonderlich schnell war, doch seine Erfahrungen im Kampf waren umso größer.

Die Tür zum Flur ging auf, und die Leiterin von Lillbacka, Eva Sandell, starrte ihn an und gab einen Schrei von sich. »Was soll das? Was geht hier vor?«

Tom hob den Elchstutzen, der schwer in seinen Händen wog. »Gehen Sie rein, nehmen Sie die Kinder mit in die Speisekammer, weil die keine Fenster hat, und bleiben Sie da, bis ich Ihnen sage, dass Sie wieder rauskommen können. Es ist ernst!«

Eva fasste sich wieder. »Wir haben gerade Spielkreis«, sagte sie und sah ihn streng an, als wäre er ein ungehorsames Kind.

»Ist hier außer Ihnen noch ein Erwachsener?«, fragte er, um zu erfahren, ob die gefürchtete Person vielleicht schon vor ihm dagewesen sein könnte.

»Ist die da geladen?« Eva zeigte mit immer noch aufgerissenen Augen auf den Elchstutzen. Ihre Unterlippe zitterte leicht, und die Nasenlöcher weiteten sich wie bei einem Tier, das eine Witterung von Gefahr aufnimmt.

»Ja! Teufel noch mal, natürlich ist der geladen!« Auffordernd hob er den Gewehrlauf. »Sind hier noch mehr Erwachsene?«

Eva schüttelte den Kopf, besann sich dann aber und nickte. »Ein junger Mann, der hier ein Praktikum macht. Er kümmert sich gerade um das Geschirr in der Küche. Könnten Sie bitte aufhören, mit dem Gewehr auf mich zu zeigen?« Sie machte ein paar schnelle Schritte und versuchte, den Gewehrlauf zu packen und ihn zu entwaffnen.

Tom wich einen unsicheren Schritt zurück. »Zur Hölle, Frau! Du machst jetzt, was ich sage. Erzähl den Kindern, dass es nur ein Spiel ist. Sie dürfen keine Angst kriegen. Beeil dich. Das Leben der Kinder ist in Gefahr!«

»Haben Sie die Polizei gerufen?«, fragte die Erzieherin diplomatisch.

Da versetzte er ihr eine harte Ohrfeige. »Das hier regeln wir alleine.«

7

Nachdem das Treffen mit Kriminaltechniker Ali Kathami abgeschlossen war, hatten sich Bark und Henrik nach Hällefors begeben. Während der Fahrt rief Kristoffer die Staatsanwältin Gaby Wide an, um ihr eine Zusammenfassung von Alis Bericht zu geben. Auf die Information über das gebrochene Genick des Säuglings reagierte sie ohne zu zögern: »Bis wir mehr wissen, betrachten wir es als eine Mordermittlung. Wenn das Kind kürzlich erst gestorben ist, dürfen wir keine Zeit verlieren, nur um die zeitliche Einordnung zu konkretisieren.«

»Ganz meine Meinung«, sagte Bark.

Als sie die Ortschaften Nora und Grythyttan passiert hatten, fragte Henrik: »Was wissen wir eigentlich über Hällefors?«

»Es ist eine Einwanderergemeinde«, erklärte Bark. »Finnen, Jugoslawen, Italiener und Syrer sind abwechselnd hierhergekommen, und jetzt hat man Flüchtlinge aus der Ukraine aufgenommen. Die Gemeinde hat knapp siebentausend Einwohner. In den Sechzigerjahren wohnten dort fast doppelt so viele Menschen. Bis im späten 18. Jahrhundert gab es eine Silbergrube hier, die ist dann in die Eisengießerei Hällefors Järnverk AB übergegangen und heißt heute Ovako. Das ist wohl der größte Arbeitgeber mit ungefähr fünfhundert Angestellten.«

»Wenn man von den Angestellten der lokalen Behörden absieht«, ergänzte Henrik. »Soweit ich weiß, ist das Durchschnittsalter hoch, und viele arbeiten in der ambulanten Pflege. Es scheint, als wäre die Kommunalverwaltung ziemlich scharf auf neue Projekte. Ich habe über ein interessantes Unternehmen gelesen, das sich in dieser Gemeinde etablieren möchte. Es hat Speichermöglichkeiten für Energie in aufgelassenen Gruben entwickelt. Da geht es um unterirdische Wasserkraftwerke. Könnte umwelttechnisch ziemlich schlau sein. Aber um ehrlich zu sein, weiß ich nicht so viel darüber.«

Henrik überholte einen Lastwagen, der irritierend langsam vor ihnen her gefahren war. »Wenn du immer noch nach einem Haus suchst, dann kannst du hier für eine halbe Million Kronen eins mit Blick über den Svartälven bekommen«, sagte er.

»Das wäre ausgezeichnet. Vielleicht sollte ich mir hier draußen eine Teilzeitstelle suchen, von Jagd und Fischerei leben und einen eigenen Kartoffelacker haben.«

»In Hällefors hat man, soweit ich weiß, ziemlich viel Geld auf Kunst in Wohngebieten verwandt«, machte Henrik ihm Mut.

»Ja. Millesparken kenne ich. Die Statue *Gottes Hand*, wo ein Mensch auf Gottes Daumen und Zeigefinger balanciert, steht dort, außerdem gibt es bei einem Altersheim den Park für Sinne und Erinnerungen mit Tanzdiele, Teehaus und einer Backhütte, und am Svartälven liegt außerdem der älteste öffentliche Park Schwedens, der Krokbornsparken ...«

Weiter kam er nicht, denn sie erhielten einen Anruf von der Leitzentrale. »In der Kita Lillbacka in Hällefors ist ein bewaffneter alter Mann. Es ist unklar, was er will. Eine Mutter, die ihre Tochter zu einem Arztbesuch abholen wollte, hat uns angerufen. Der Alte ist scheinbar aggressiv und mit einem Elchstutzen bewaffnet. Könnt ihr da hinfahren? Von Karlskoga aus sind zwei Streifenwagen unterwegs, aber ihr seid wahrscheinlich am schnellsten vor Ort.«

»Ja, wir sind in sieben Minuten da. Ist der Alte mit dem Elchstutzen identifiziert?«

»Er heißt Tom Gruvberg und ist über neunzig Jahre alt. Laut der Frau, mit der ich gesprochen habe, ist er ein richtiger Eigenbrötler. Der Rollator steht vor der Kita. Er wohnt alleine. Keine ambulante Pflege. Nächste Angehörige ist eine Tochter. Sie wollte hingehen und mit ihrem Vater sprechen, aber ich habe gesagt, da er bewaffnet ist, soll sie sich fernhalten und warten, bis ihr kommt.«

»Und die Mutter, die angerufen hat, wo ist die jetzt? Habt ihr eine Handynummer von ihr?«

»Die schicke ich euch rüber. Sie ist natürlich total außer sich, weil ihr Mädchen und die anderen Kinder noch da drinnen sind. Ich habe deutlich gesagt, dass sie nicht eingreifen darf, sondern vor dem Zaun der Kita auf euch warten muss. So wie ich es verstanden habe, hat Tom Gruvberg die Kinder, die Erzieherin und einen Praktikanten in ein fensterloses Zimmer neben der Küche eingesperrt. Der Raum liegt im südlichen Teil des Gebäudes, der auf den Spielplatz rausgeht.« Die Stimme verschwand, und kam dann in ganz anderer und bedeutend lauterer Tonlage zurück. »Es ist ein Schuss gefallen!«

8

Henrik parkte vor der Kita Lillbacka, und Bark bat ihn, im Auto zu bleiben. In einer brenzligen Lage konnte er seinem Kollegen nicht wirklich vertrauen. Henrik hatte im Zusammenhang mit einem Zugriff schon einmal eine Panikattacke erlitten, und damals hätte die Sache wirklich schiefgehen können. Als Ermittler gehörte Henrik zu den Besten, doch dies hier war eine andere Situation. Ein verrückter alter Mann mit Elchstutzen hatte eine ganze Gruppe Kinder als Geiseln genommen, und keiner wusste, zu welchen Bedingungen er sie wieder freilassen würde. Ein Schuss war abgegeben worden, und was das bedeutete, darüber konnte Bark nur spekulieren. War jemand verletzt oder im schlimmsten Fall getötet worden?

Eilig zog er sich eine schusssichere Weste über. Er hatte keine Dienstwaffe dabei, wollte aber nicht auf die Verstärkung warten, da es schließlich um Kinder ging und der Wahnsinnige angefangen hatte zu schießen.

Er wandte sich an Henrik. »Kannst du die Frau, die Alarm geschlagen hat, schon mal befragen, und natürlich die Tochter von Tom Gruvberg, wenn sie hier ist? Vielleicht weiß sie, worum es hier geht. Ich gehe rein. Falls jemand verletzt worden ist, kann ich nicht mehr warten. Ein Notarztwagen und Verstärkung mit zwei Teams aus Karlskoga sind unterwegs.«

Henrik antwortete nicht. Er sah sehr blass aus und nickte nur.

Bark rannte zu dem gelben Bungalow hinüber. Auch wenn sich die Geiseln und der Täter in einem Raum ohne Fenster befanden, hielt er sich trotzdem dicht an der Hauswand, vermied den Kiesweg und bewegte sich so leise er konnte über das Gras. Falls die Kinder doch im Gruppenraum waren, wollte er einen kurzen Blick hineinwerfen, um die Situation einschätzen zu können. Er schaute sich den Raum von außen an, konnte dort und in den angrenzenden Spielzimmern aber niemanden entdecken. Er würde sich also unbemerkt durch den Haupteingang in das Gebäude begeben können. Hoffentlich machte die Eingangstür kein Geräusch, wenn er sie öffnete. Im besten Fall war der Alte schwerhörig. War er vielleicht dement und geistig verwirrt?

Bark begab sich in das Gebäude. Er horchte und konnte ein Weinen hören. Das Geräusch wurde lauter, als er in den großen Raum kam, an dessen einem Ende der Personalraum und am anderen die Küche lag. Er hielt sich weiterhin nahe an der Wand, blieb stehen und horchte wieder. Jetzt konnte er deutlich eine flehende Frauenstimme hören. »Aber bitte, warum sind Sie denn so böse?«

Und dann eine raue Altmännerstimme: »Still! Ihr müsst still sein.«

»Bitte, Sie erschrecken die Kinder. Bitte lassen Sie die Kleinen zu ihren Eltern. Sie sehen doch, dass sie weinen. Ich kann anrufen.«

»Hier ruft niemand irgendwen an!«

Bark war jetzt an der Küche angekommen. Da die Küchentür angelehnt war, konnte er durch einen Spalt bei den Türangeln hineinsehen. Tom Gruvberg stand mit dem Rücken zu ihm und zielte auf die Gruppe vor sich. Zwei Erwachsene waren dabei, eine Frau um die fünfzig und ein junger Mann um die zwanzig Jahre, laut seiner Information der Praktikant. Hinter ihnen, in der Speisekammer, standen die Kinder. Einige weinten laut. Ein kleines Mädchen hielt sich die Augen zu. Zwei rothaarige Jungs im Alter von ungefähr fünf Jahren hielten einander fest umarmt. Es sah nicht so aus, als ob jemand zu Schaden gekommen wäre, aber Bark entdeckte hinter ihnen in der Wand einen schwarzen Punkt, der ein Einschussloch sein konnte. Tom Gruvberg hielt den Finger am Abzug, doch der Gewehrlauf war, während er sprach, langsam herabgesunken. Sicherlich fiel es ihm schwer, die Waffe so lange hochzuhalten, zumal Bark aufgefallen war, dass dem Alten an der einen Hand drei Finger fehlten.

Bark überlegte, welche Möglichkeiten es für ihn gab. Sein eigener Großvater hatte ein solches mit Schwarzpulver betriebenes 1867er Remington-Gewehr gehabt. Wenn der Alte einen Schuss abgegeben hatte, dann musste er danach neu laden. Hatte er das schon getan? Die Aufmerksamkeit des Mannes war auf die Leiterin der Tagesstätte gerichtet. Bark warf einen raschen Blick aus dem Fenster. Da stand Henrik allein. Die Verstärkung war noch nicht gekommen. Wenn der Eindringling absichtlich in die Wand geschossen hatte, dann um seine Geiseln zu erschrecken und nicht, um sie zu verletzen. Bark holte tief Luft und machte sich bereit, den Alten zu überwältigen.

»Ich sehe deinen Schatten, komm raus!«, brüllte Tom

Gruvberg. »Ich weiß, dass du hinter der Tür bist. Komm raus, oder ich schieße!«

Bark sah die Sonnenflecken und das Muster aus Lichtstreifen auf dem grauen Kunststoffboden. Ohne darüber nachzudenken, hatte er den Lichtstrahl durchbrochen. Bark verließ sein Versteck. »Kristoffer Bark«, stellte er sich vor. »Ich bin Polizist.«

Als sich die Tür zum großen Raum öffnete, betrachtete der alte Mann ihn mit zusammengekniffenen Augen gegen das Licht. »Stell dich zu den anderen!«, befahl er.

»Was ist denn passiert?«, erkundigte sich Bark mit ruhiger Stimme. Für den Fall, dass der Alte schlecht hörte, versuchte er langsam und laut zu sprechen.

Tom Gruvberg sah aus, als würde er nachdenken. »Bark, den Namen habe ich schon mal gehört. Bist du mit Robert Bark verwandt?«

»Das ist mein Vater«, erwiderte Bark erstaunt.

Nun sah Tom ein wenig freundlicher aus. »Er ist ein Ehrenmann. Ist aber lange her, dass ich ihn gesehen habe.«

»Er wohnt noch in Garphyttan.« Kristoffer fragte sich, woher die beiden sich wohl kannten, und bekam rasch eine Antwort darauf.

»Dein Vater war der reinste Teufel im Axtwerfen. Wenn ich mich recht entsinne, hat er irgendwann in den Siebzigerjahren die Meisterschaft in Hällefors gewonnen.«

Davon hatte Kristoffer keine Ahnung, hoffte aber, dass es ihm einen Vorteil in den Verhandlungen verschaffen würde.

Die Leiterin der Kita starrte sie beide mit großen Augen

an, und der Praktikant, der aussah, als wäre er einer Ohnmacht nahe, sank mit einem tiefen Seufzer mit dem Rücken zur Wand in die Hocke. Sicher stand er schon ewig in voller Anspannung hier. Bark wandte sich an den alten Mann.

»Kann ich Ihnen irgendwie helfen? Können Sie mir sagen, was hier los ist?«

»Ich bin hier, um die Kinder zu beschützen!«, sagte Tom Gruvberg und erhob sofort wieder mit zornigem Blick die Waffe.

»Wieso müssen Sie die Kinder denn beschützen? Wer will ihnen etwas antun?«, erkundigte sich Bark und trat einen kleinen Schritt näher und dann noch einen. Jetzt konnte er das Gewehr fast erreichen.

»Ich weiß es nicht«, sagte Tom Gruvberg unsicher.

»Jetzt bin ich ja hier, und ich kann Ihnen die Verantwortung für die Sicherheit der Kinder abnehmen. Sie haben Ihre Pflicht getan, Tom. Sie waren eine große Hilfe. Ich kann jetzt das Gewehr übernehmen, dann können Sie Ihre Arme ein Weilchen ausruhen. Ich weiß, dass Sie alles gegeben haben, und deshalb müssen Sie jetzt mal abgelöst werden.«

Bark fürchtete, dass jemand sich einmischen und die vertrauensvolle Stimmung ruinieren würde, während Tom Gruvberg noch nachdachte. Doch nach einem Moment des Zögerns legte der ältere Mann das Gewehr in Barks ausgestreckte Hände, sackte in sich zusammen und musste sich an der Wand abstützen. Die Situation war auf dem besten Wege, ein ruhiges und würdiges Ende zu finden, als die Erzieherin plötzlich einen Anfall bekam.

»Sie sind ein verdammter Wahnsinniger, der eingesperrt

gehört! Der Teufel soll Sie holen! Der Teufel soll Sie holen, Sie verdammter Idiot. Die Kinder können fürs Leben Schaden genommen haben. Begreifen Sie überhaupt, was Sie den Kindern angetan haben?«

9

Tom Gruvberg versuchte, den Elchstutzen wieder an sich zu reißen, doch Bark hielt dagegen. Im selben Moment stürmten die Kollegen herein. Der Alte fuchtelte mit den Armen und schlug mit den Fäusten um sich, die Kinder schrien, und die Erzieherin kreischte den Alten weiterhin an, dass er ein Psychofall und ein verdammter Verrückter wäre. Bark musste sie ermahnen, sich zusammenzureißen, auch wenn er – jetzt, da die schlimmste Anspannung vorbei war – ihre Wut verstand.

Als die Kollegen übernommen hatten, führte Bark den alten Mann aus der Kita und schob ihn ins Auto, um mit ihm zum Revier zu fahren. Henrik setzte sich ans Steuer. Er sah immer noch sehr blass aus und roch nach Zigarettenrauch – wenn eine Situation ihn überwältigte, musste er immer rauchen.

»Und jetzt?«, fragte Henrik gedämpft.

»Unsere Kollegen übernehmen hier. Die Leiterin der Tagesstätte ruft jetzt alle Eltern an und informiert sie, dass die Kita für heute schließt, der Praktikant beaufsichtigt derweil die Kinder. Wenn das geregelt ist, können wir die beiden vernehmen.«

Bark wandte sich an den alten Mann, der unruhig wirkte. »Die Polizei hat alles unter Kontrolle. Niemand kann den Kindern jetzt etwas antun. Wir fahren zum

Revier und trinken in aller Ruhe einen Kaffee und unterhalten uns darüber, was hier los war.«

Eine Frau mit kurzen grauen Haaren und einem blau gepunkteten Regenmantel kam mit schnellen, ruckartigen Schritten auf das Auto zu. Man konnte schon von Weitem erkennen, dass sie aufgewühlt war. Bark nahm an, dass es sich um Tom Gruvbergs Tochter handelte, laut Henrik hieß sie Lillemor. Er öffnete die Autotür, um sie anzusprechen.

Lillemor Gruvberg beugte sich in den Wagen. Ihr Gesicht war ungeschminkt und blass. Es sah aus, als würde sie gleich in Tränen ausbrechen. »Aber Papa, was hast du nur getan? Ich verstehe gar nichts! Warum hast du das gemacht?«, fragte sie mit ängstlicher Stimme.

»Halt die Schnauze!«, erwiderte ihr Vater unerwartet grob. »Du begreifst gar nichts. Das war schon immer so! Verschwinde! Ich will nicht mit dir reden!«

Lillemor fuhr zurück, als hätte sie eine Ohrfeige bekommen. Obwohl der Alte über neunzig Jahre alt war, hatte sie offensichtlich Angst vor ihm, stellte Bark fest und dachte kurz darüber nach, wie seine eigene Kindheit ausgesehen hatte. Lillemor schien Angst vor Schlägen zu haben.

Bark bot ihr an mitzufahren, doch sie wollte den kurzen Weg zum Polizeirevier lieber laufen. Später wollte er noch unter vier Augen mit ihr sprechen, um einschätzen zu können, inwiefern ihr Vater vernünftig und bei klarem Verstand war.

Für die nun folgende Vernehmung hatte Tom Gruvberg beschlossen zu schweigen. Er antwortete auf keine Ansprache und schien völlig in sich selbst versunken. Nach einer Stunde vergeblichen Bemühens ließ Bark ihn mit einer Tasse Kaffee und einem Butterbrot im Verhörraum sitzen. Das hier war ein sehr alter Mann, und sie mussten vorsichtig vorgehen. Während der Pause nutzte Kristoffer die Gelegenheit, zu kontrollieren, für welche Waffen der Alte denn eine Lizenz besaß. Abgesehen von dem Remington-Gewehr gab es offenbar noch eine doppelläufige Schrotflinte aus Huskvarna und ein bestimmtes Salongewehr, das seit dem Eichhörnchen-Krieg in den Dreißigerjahren, als man die Tiere abknallte, um den Pelz zu gewinnen, nicht mehr gesichtet worden war.

Außerdem wollte er ein paar Worte mit Lillemor Gruvberg wechseln, die rastlos und unglücklich in der Sofaecke an der Rezeption wartete. Ihre Augenlider waren vom Weinen geschwollen, und das kurze graue Haar hatte sich in der feuchten Luft gelockt. Irgendwann musste sie einmal sehr hübsch gewesen sein, dachte er.

Bark schenkte ihnen beiden Kaffee ein und stellte eine Tüte mit Kardamom-Schnecken, die er in der Küche gefunden hatte, auf den Tisch.

Lillemor drückte den Kaffeebecher an sich, als bräuchte sie Wärme. »Ich erkenne meinen Vater nicht wieder. Natürlich ist er manchmal fordernd und zornig, aber so habe ich ihn noch nie gesehen. Er ist durchaus vernünftig und kommt zu Hause noch alleine zurecht, wenn man mal vom Putzen absieht, was ich für ihn erledige, und vom Rasenmähen, was mein Sohn Daniel übernimmt. Ich habe eben Papas Arzt angerufen, weil ich dachte, es könnte vielleicht irgendetwas mit den Medikamenten sein, das ihn verwirrt hat. Er hat für heute Nachmittag einen Akuttermin bekommen. Ich werde dabei sein. Darf ich mit ihm zum Arzt fahren? Da würde man eine erste

Demenzeinordnung versuchen und vorher noch einen Blick auf die Liste seiner Medikamente werfen.«

Bark war von ihrer Tatkraft beeindruckt. »Gut, so machen wir das. Hat Ihr Vater noch mehr Waffen?«

Sie sah ihn mit ihren hellblauen Augen erstaunt an. »Keine Ahnung, ich dachte, er hätte den Stutzen abgegeben. Ich weiß, wo der Schlüssel zum Waffenschrank ist, und ich kann kontrollieren, was sonst noch da ist, und es Ihnen aushändigen, wenn ich etwas finde. Ich verstehe ja, dass es unpassend ist, wenn einer Waffen besitzt, der solche Sachen macht.«

»Ausgezeichnet. Fährt er noch Auto?«, fragte Bark routinemäßig. Henrik hatte ihm gesagt, dass Tom Gruvberg einen Führerschein besäße.

»Nur zum Einkaufen. Das ist nicht weit, und es würde ihm den Lebensfunken rauben, wenn er den Führerschein nicht mehr hätte. Er will wirklich alleine klarkommen.«

»Ich fände es gut, wenn Sie seine Autoschlüssel in Gewahrsam nehmen könnten, bis die Ermittlung vorbei ist und wir die Einschätzung des Arztes haben.«

»Ich kann es versuchen, aber das wird nicht leicht!«, sagte Lillemor, setzte sich kerzengerade im Stuhl auf und faltete die Hände im Schoß wie ein gehorsames Schulmädchen. Sie hatte wirklich etwas Unterwürfiges, ihr Blick hinter den dunklen Wimpern wirkte ängstlich.

»Wenn Sie möchten, kann ich das mit den Autoschlüsseln regeln«, sagte Bark, um ihr die Konfrontation mit ihrem Vater zu ersparen.

»Nein, ich kümmere mich darum.« Sie rang die Hände im Schoß und sah verdrossen aus, aber ihre Stimme klang entschlossen.

»Wissen Sie, was ihn beunruhigt haben könnte? Ich meine, wie ist er darauf gekommen, sich so zu verhalten?«

»Keine Ahnung. Stimmt es, dass er die Kinder mit dem Elchstutzen bedroht hat, dass er sie als Geiseln genommen hat?« Sie schloss die Augen und schüttelte leicht den Kopf, als wolle sie die Wahrheit eigentlich nicht hören.

»Es klang eher so, als hätte er das Gefühl, sie vor jemandem, der ihnen schaden wollte, beschützen zu müssen.«

Lillemor seufzte tief und sah auf ihre Hände. »Ich habe zwei Enkelkinder im Alter von fünf Jahren, Zwillinge. Sie waren mit da drinnen. Vielleicht sind sie es, um die er sich Sorgen macht. Sie sind eher wild als zahm und kämpfen die ganze Zeit miteinander. Heute war nur die Vorschulklasse da, der Rest der Kita ist auf einem Ausflug. Dafür kann man nur dankbar sein.« Lillemor hob den Blick und sah Bark an. »Mein Sohn und seine Frau haben sich getrennt. Sie stecken mitten in einem Sorgerechtsstreit. Sie hat das alleinige Sorgerecht beantragt. Daniel ist außer sich und hat sich meinem Vater anvertraut. Das könnte ihn natürlich beunruhigt haben.«

»Das klingt logisch.« Bark reichte ihr die Kuchenschale, doch Lillemor lehnte ab.

»Kann ich mit meinem Vater reden und ihn fragen, worum es ging und ob er sich jetzt beruhigt hat?«

»Wir können einen Versuch unternehmen«, sagte Kristoffer, der fürs Erste keine weiteren Fragen hatte. Zusammen gingen sie in den Vernehmungsraum. Tom Gruvberg, der ruhig und still dort gesessen hatte, erhob sich. Die Angst leuchtete aus seinem Blick, als er seine Tochter ansah.

»Verschwinde von hier. Das hier ist gefährlich für dich. Verschwinde, solange noch Zeit ist, und nimm Daniel und die Zwillinge mit. Fahrt weit weg!«

10

Lydia

Ester hält einen Nachmittagsschlaf auf dem Sofa vor dem Kamin, wo das Feuer langsam zu Glut zusammensackt. Ihr Schrotthaufen von einem Auto steht unten auf dem Wendeplatz. In dem weichen Boden sind neue Reifenspuren zu erkennen. Ich habe den Schlüssel, der immer noch im Zündschloss steckte, an mich genommen. Ohne den kommt sie nirgendwohin.

Ich weiß nicht viel über ihr Leben, und bald wird es auch zu spät sein. Ich habe Fotos gefunden, aber die Gesichter sind mir fremd. Ich suche nach Ähnlichkeiten, suche nach all den Personen, die mir geraubt wurden. Ich denke an meine Mutter, die sich niemals so um mich gekümmert hat, wie es sich für eine Mutter gehört. Warum durfte ich von alldem anderen nichts wissen? Was wollte sie verbergen? Über dem Sims des offenen Kamins, auf dessen anderer Seite es auch einen Backofen gibt, hängen Kräuter zum Trocknen. Ein paar davon erkenne ich, wie Oregano, Thymian, Lavendel und Zitronenmelisse.

Ester schläft mit offenem Mund und schnarcht leicht, als ich zu ihr gehe, um sie ein letztes Mal anzusehen, ehe ich wegfahre. Der Regen, der über dem Wald gefallen ist, hat den Duft von Tannennadeln und Erde freigesetzt. Als ich draußen auf der Veranda stehe, atme ich in tiefen Zügen ein und aus. Der Schlangenteich blinzelt mich zwischen den Bäumen hindurch an, und ich denke an das, was Ester von ihrer Großmutter erzählt hat, die eine kluge Frau war. Zu ihr kamen die Leute mit Pferdekutschen oder zu Fuß von überallher, um gute Ratschläge über Körper und Seele und Kräuter für Lust und Leiden zu erhalten. Ich habe noch viel zu lernen.

Vor der Hütte gibt es einen von Unkraut überwucherten Küchengarten, ein verfallenes Gewächshaus an der Hausecke und eine Bank aus morschen Holzplanken. Neben der Bank wächst Eisenhut. Die Blüte ist vorüber, aber ich erkenne die Blätter dieses giftigen Gewächses, auf deren Anpflanzung in der griechischen Antike die Todesstrafe stand. Fand Ester die Blume einfach schön, oder gibt es noch einen anderen Grund dafür, dass sie hier steht?

Jetzt, da ich sehe, was Ester in ihrem Küchengarten angepflanzt hat, könnte ich laut loslachen. Nicht Mohrrüben und Rote Bete und Kartoffeln, wie man es von einer respektablen älteren Dame erwarten würde. Vielmehr sehe ich Schierling, Schwalbenwurz, Digitalis und Belladonna, giftige Pflanzen, die in der richtigen Dosis im guten Sinne Heilmittel sind, aber auch Wahnsinn und Tod bringen können. Im Schatten am Gewächshaus sehe ich zu meiner großen Freude die ungekrönte Königin der Hexenkräuter: Bilsenkraut. Früher warf man die Samenkapseln ins Feuer, sodass ein narkotischer Rauch entstand, mit dessen Hilfe man zum Blocksberg der Hexen reisen konnte. Dafür brauchte man nicht mal einen Besen.

Doch als ich das Auto anlasse und Richtung Hällefors fahre, vergeht mir jegliche Heiterkeit, denn ich erkenne plötzlich, dass Ester durchaus unten bei Tom Gruvberg gewesen sein könnte, um ihn zu warnen. Ein unverzeihlicher Betrug, aber das wird sie nicht noch einmal tun. Ohne Auto und Telefon ist sie in der Hütte gefangen. Und als zusätzliche Vorsichtsmaßnahme habe ich noch die Eingangstür abgeschlossen und den Schlüssel in meine Tasche gesteckt.

11

Es war schon früher Nachmittag, als Kristoffer Bark den kurzen Weg zur Kita Lillbacka zurücklegte. Der Himmel war klar und blau, die Herbstluft frisch. Die Leiterin, Eva Sandell, hatte ihnen gerade mitgeteilt, dass die letzten Kinder von ihren Eltern abgeholt worden waren. Henrik und eine Streifenbesatzung waren mit Tom Gruvberg zum Arzt gefahren, der ihn untersuchen würde. Während des Spaziergangs versuchte Bark zu verarbeiten, was passiert war. Sie waren nach Hällefors gekommen, um Fragen über den Säugling zu stellen, den man tags zuvor im Tyskmossen gefunden hatte, dann aber stattdessen in etwas gelandet, was anfänglich wie ein Geiseldrama ausgesehen hatte, bei dem sechzehn Kindergartenkinder von einem neunzigjährigen Greis mit einem alten Remington-Gewehr gefangen gehalten wurden.

Bevor Bark das Polizeirevier verließ, hatte Regina Zimmermann angerufen. Die Nachricht vom Geiseldrama hatte die Medien erreicht, und ein Team von den Lokalnachrichten war auf dem Weg nach Hällefors. Zimmermann würde in ungefähr einer Stunde eine Pressekonferenz abhalten und wollte bis ins letzte Detail informiert sein. Im Jahr zuvor war es in Schweden 335-mal zum Gebrauch von Schusswaffen gekommen, mit insgesamt 46 Toten. Auch wenn das hier sicher kein Gangkonflikt war, hätte es doch in einer Katastrophe enden können, meinte seine Chefin und teilte ihm mit, dass Gaby Wide auch die Voruntersuchung für diesen Fall leiten würde.

Bark dachte an Tom Gruvberg, den alten Mann, der wahrscheinlich verwirrt war. Für ihn war es real gewesen, dass die Kinder in Gefahr waren, und er hatte nur seine Pflicht getan. Dazu waren Mut und Entschlossenheit notwendig gewesen. Was würde wohl passieren, wenn dem Alten sein Fehler bewusst wurde? Vielleicht wäre es besser, wenn er diese Wahrheit in seiner noch übrigen Lebenszeit nicht mehr erfahren musste. Bald würden sie wissen, wie der Arzt seine Gesundheit einschätzte. Wenn Tom Gruvberg nicht dement war, dann war wahrscheinlich eine umfassendere Untersuchung seiner geistigen Fähigkeiten erforderlich, aber dazu musste dann ein Gericht Stellung nehmen.

Bark fand Eva Sandell, eine Frau von vermutlich knapp fünfzig Jahren, im Personalraum. Ihre Haare waren schulterlang und braun und die Augen hinter dem dunklen Brillengestell blau-grün. Im Moment saß sie mit einem großen Becher in beiden Händen zwischen bunten Kissen zusammengekauert auf dem Sofa. An ihren ruckartigen Bewegungen konnte man erkennen, dass sie von dem, was geschehen war, immer noch aufgewühlt war. Der Praktikant, der Oskar Davidsson hieß, war nicht zu sehen.

»Oskar besorgt uns was zu essen«, erklärte Eva Sandell und stellte die Teetasse ab, ehe sie den Pferdeschwanz festzurrte und ihre Brille zurechtrückte. Sie hatte eine Decke um die Schultern, sah aber dennoch so aus, als würde sie frieren. »Ich bin ganz neu hier. Ich kenne noch nicht mal alle Eltern. Das hier ist das Schlimmste, was ich je erlebt habe. Der Alte war total wahnsinnig, total verdammt psychotisch. Oskar findet das auch. Ich hatte solche Angst, und die Kinder haben geschrien und geweint. Sogar die Urenkel von Tom Gruvberg, die Zwillingsjungs, hatten Angst und hielten einander die ganze Zeit fest umklammert. Es war, als würde er sie gar nicht sehen. Er war total vernagelt. Ich hoffe, dass er irgendwo eingesperrt und nie wieder rausgelassen wird!«

Bark konnte ihre Reaktion verstehen. »Ich würde gern eine formelle Vernehmung mit Ihnen durchführen und sie aufnehmen.« Er stellte die einleitenden Fragen und kam dann zum Verlauf des Ereignisses. »Fangen wir noch mal von vorn an: Was genau ist passiert?«

Eva rieb die leicht zitternden Hände aneinander. »Wir saßen im Stuhlkreis und hatten Singstunde, und da kam er mit dem Gewehr in der Hand und zielte auf uns. Er drohte uns und zwang uns in die Küche und die Kinder dann in die große Speisekammer. Er sagte, er wolle die Zwillinge mitnehmen, aber ich habe mich geweigert, sie ihm zu übergeben.«

»Wir sprechen hier also von den Enkelkindern von Lillemor und den Urenkeln von Tom Gruvberg«, sagte Bark weniger wegen einer Bestätigung, sondern für die Tonbandaufnahme.

»Ja, sie bringt und holt die Kinder, wenn sie bei ihrem Sohn Daniel sind. Daniel hat ein Alkoholproblem. Ich habe gesagt, dass er nicht in die Kita kommen darf, wenn er getrunken hat. Ich hoffe wirklich, dass Molly das Sorgerecht bekommt. Sie ist eine gute Mutter.« Plötzlich sah sie erschrocken aus, als hätte sie zu viel gesagt. »Das hier bleibt aber unter uns, oder? Ich darf über das Privatleben der Familien eigentlich nicht sprechen.«

»Ist das Jugendamt eingeschaltet?«, fragte Bark, ohne ihr zu antworten.

»Ja, soweit ich weiß, werden sie demnächst Nachricht vom Gericht bekommen. Das Schlimmste ist, dass Daniel einen Interimsentscheid erwirkt hat, um die Kinder bei sich zu behalten, solange das Urteil noch aussteht. Das Haus, in dem die Familie gewohnt hat, ehe Molly ausgezogen ist, sei ihre vertraute Umgebung, hieß es. Es ist Molly nicht gelungen, nachhaltig zu belegen, dass es für die Kinder das Beste ist, wenn sie zu ihr ziehen.«

Bark kehrte zu dem Drama zurück, das sich am Morgen abgespielt hatte.

»Tom Gruvberg wollte also die Zwillinge mitnehmen, sagten Sie, und Sie haben sich geweigert. Was ist dann passiert?«

Evas Stimme wurde gellend und der Blick wild, als ob sie das alles in diesem Moment noch einmal erleben würde. »Dann hörte ich, wie eine Mutter uns rief, die Mutter von Siri, die früher abgeholt werden sollte. Ich habe ihr zugeschrien, dass sie sich fernhalten und die Polizei anrufen soll. Und das hat sie offensichtlich auch getan. Gott sei Dank ist sie dagewesen.«

»Was ist dann passiert, nachdem Sie Siris Mutter gebeten hatten, Kontakt zur Polizei aufzunehmen?«

»Dann hat es eine gefühlte Ewigkeit gedauert, ehe Sie kamen. Aber bestimmt waren das nur zehn Minuten.« Eva sah ihn entschuldigend an und schob die Brille wieder hoch. Auf ihrer Nase hatten sich kleine Schweißperlen gesammelt, die das Gestell immer wieder herunterrutschen ließen. »Entschuldigen Sie bitte meinen Ausbruch vorhin, aber als die Panik nachgelassen hat, wurde ich so wütend. Normalerweise verliere ich in Gegenwart der Kinder nicht die Kontrolle.«

»Das ist eine ganz natürliche Reaktion«, versicherte Bark. Er sah, wie erschöpft und erschüttert die Erzieherin war, und wollte die Vernehmung kurz halten. »Ehe wir kamen, ist ein Schuss losgegangen. Was war da los?«

»Tom wurde wütend, als ich die Polizei rufen wollte, und hat einen Schuss abgefeuert, der hinter mir in die Wand ging. Ich hatte schon erwogen, mich auf ihn zu stürzen, als er nachgeladen hat, aber wie hätten wir denn dann alle Kinder in Sicherheit bringen sollen? Oskar hat mir zugeflüstert, dass er versuchen würde, ihn zu überwältigen, aber er hat sich nicht getraut.«

Nun hatte Bark eigentlich nur noch eine Frage: »Hat Tom Gruvberg gesagt, warum er das alles getan hat? Zu Anfang sah es doch nach einem Kidnapping-Drama aus, doch im Laufe der Zeit hat sich herausgestellt, dass er versucht hat, die Kinder vor einem oder mehreren zu schützen, die ihnen Böses wollten. Haben Sie irgendwelche Ideen dazu?«

»Es ist nichts passiert, niemand ist gekommen, der den Kindern schaden wollte, man muss also davon ausgehen, dass es sich um eine Wahnvorstellung gehandelt hat. Tom Gruvberg ist eine Gefahr für seine Umwelt und für sich selbst. Er gehört in eine psychiatrische Anstalt.«

Bark beendete die Vernehmung, bat um die Kontaktdaten des Praktikanten Oskar Davidsson und ließ am Ende seine Visitenkarte zurück. Er rief den jungen Mann direkt an, erreichte ihn aber nicht. Als er schon halb aus dem Personalraum hinaus war, drehte er sich noch einmal zu Eva Sandell um. »Wenn Oskar wieder auftaucht, sagen Sie ihm doch bitte, dass er mich sofort anrufen soll.«

Die Erzieherin antwortete mit einem lahmen Lächeln. »Er wollte ja nur etwas zu essen kaufen. Er war sehr erschüttert. Wer weiß, vielleicht ist er doch nach Hause nach Örebro gefahren.«

Auf dem Weg aus der Kita hinaus kontrollierte Bark sein Handy. Henrik hatte es einmal probiert, und von seiner Schwester hatte Bark nicht weniger als vier verpasste Anrufe. Wahrscheinlich hatte sie von dem Geiseldrama gehört und war auf dem Weg nach Hällefors, ebenso wie das Nachrichtenteam, das Zimmermann ihm schon angekündigt hatte. Er rief Henrik an.

»Wie läuft es?«, fragte Bark.

»Der Arzt meint zu wissen, warum Tom Gruvberg so verwirrt war. Er hat viel zu hohe Kalziumwerte und muss ins Krankenhaus, um an einen Tropf zu kommen, der diese Werte senkt. Zu hohes Kalzium kann akute Verwirrung verursachen.«

»Und warum hat er zu hohe Kalziumwerte?«, erkundigte sich Bark.

»Das hab ich auch gefragt, aber der Arzt hat nur ausweichend geantwortet. Ich habe Ali angerufen, der hat mir gesagt, dass man bei Metastasen in den Knochen hohe Kalziumwerte haben kann. Tom Gruvberg hat möglicherweise Krebs, vielleicht einen Hirntumor. Aber das ist natürlich nur Spekulation. Nun wird der Alte wie gesagt ins Krankenhaus in Lindesberg kommen, und unsere Kollegen eskortieren ihn dorthin. Lillemor konnte nicht mitfahren, weil sie sich um die Enkel kümmern muss.« Henrik machte eine Pause und fuhr dann fort. »Somit sind wir praktisch für heute fertig. Ich muss dann jetzt auch nach Hause zu den Kindern …«

»Fahr du ruhig schon vor. Im schlimmsten Fall nehme ich den Bus, oder ich fahre mit meiner Schwester nach Örebro – wenn wir einander so lange ertragen. Ich möchte noch Oskar Davidsson vernehmen, ehe ich nach Hause fahre.«

»Das da in der Kita hätte ganz schön schiefgehen können«, sagte Henrik. »Ich stand draußen und habe mich total beschissen gefühlt, weil ich nichts machen konnte, während du mit dem Verrückten da drinnen warst. Ich musste an all die Kinder denken und habe hinter einen Busch gekotzt.«

»Es ist aber alles gut gegangen. Und du musst dich wirklich um dich und deine Kindheitsdämonen kümmern und zu einem guten Psychologen gehen.«

»Das hat Zimmermann schon zur Vorbedingung gemacht, wenn ich nach dem Warnschuss kürzlich als Polizist weitermachen will. Ich habe einen Termin bei einem Psychologen. Du bist doch bei Mia Berger gewesen, ehe sie anfing, mit uns zu arbeiten, oder? Fandest du das gut? Hat es geholfen?« Henrik erwartete offenbar keine Antwort, denn er redete einfach weiter. »Schon ein bisschen komisch, dass Alex sie in Stockholm abholen muss, wo es doch Busse und Züge gibt. Aber vielleicht hat sie so viele Sachen, die nach Örebro gebracht werden müssen, und wird jetzt eine Weile hierbleiben?«

Während des Telefongesprächs mit Henrik hatte Bark es bis ins Polizeirevier geschafft, das jetzt anlässlich der

Ermittlung besetzt war. Er ging hinein und setzte sich in einen Sessel an der Rezeption, während er auf das Nachrichtenteam und seine Schwester wartete. Er fand es eigentlich schade, dass er niemanden hatte, mit dem er wetten konnte, wer wohl als Erstes ankommen würde. Er hätte tausend Kronen auf Kristina gesetzt. Während er wartete, rief er Gaby Wide an und teilte ihr mit, dass Tom Gruvberg ins Krankenhaus nach Lindesberg gebracht wurde. »Sollten wir ihn überwachen lassen?«, fragte Bark.

»Die haben Personal, das den Umgang mit schwierigen Patienten gewohnt ist«, sagte Gaby. »Das wird nicht nötig sein. Wir kümmern uns darum, wenn er entlassen wird. Zimmermann hat die Nachricht öffentlich gemacht, dass wir den Schuldigen für das Geiseldrama gefasst haben, ohne zu sagen, dass er noch nicht hinter Schloss und Riegel sitzt.«

»Es war kein Geiseldrama!«, protestierte Bark, aber Gaby hatte schon aufgelegt.

Er unternahm einen weiteren Versuch, den Praktikanten Oskar Davidsson zu erreichen, doch vergeblich. Als er Eva Sandell anrief, sagte die, dass sie ihn falsch verstanden haben musste. Sie dachte, er würde für sie beide etwas zu essen besorgen, doch war er bisher nicht zurückgekommen. Nun nahm sie an, dass er wohl den Bus nach Hause genommen hatte. Sie würde versuchen, ihn später noch einmal anzurufen, denn sie mussten unbedingt noch einmal über das sprechen, was passiert war. Der junge Mann sollte am folgenden Tag die Kita aufschließen und deshalb schon um sieben Uhr vor Ort sein.

Durchs Fenster sah Bark den roten Mazda seiner

Schwester auf den Parkplatz einbiegen. Sie schob die langen blonden Haare auf den Rücken, während sie sich mit großen Schritten dem Polizeirevier näherte. Sie sah sehr entschlossen aus.

»Du musst mir etwas geben. Ist es wahr, dass ein neunzigjähriger Mann alle Leute in einer Kita gekidnappt hat? Was war denn der Grund dafür? Geht es um Geld?«

»Tom Gruvberg ist in Gewahrsam, und die Geschichte hat einen ziemlich glücklichen Ausgang genommen«, entgegnete Bark müde.

Kristina starrte ihn mit großen Augen an, als würde sie gar nichts begreifen. »Aber hast du nicht den Polizeifunk gehört? Der Alte ist abgehauen!«

Im selben Moment rief Zimmermann an. Er hörte sofort, wie empört sie war. »Tom Gruvberg ist aus dem Krankenhaus in Lindesberg abgehauen«, teilte sie ihm mit. »Der Alte hat gesagt, er müsste aufs Klo, und ist dann verschwunden. Frag mich nicht, wie.«

»Besitzt er ein Handy, sodass man ihn erreichen kann?«

»Er hat nur Festnetz, kein Handy. Bist du noch in Hällefors?«

»Ja, Henrik ist auf dem Weg zurück nach Örebro, aber ich war noch nicht fertig hier.«

»Kannst du dich zu Tom Gruvbergs Haus begeben, falls er da auftaucht? Hast du jemanden, der dich fahren kann?«

»Meine Schwester ist hier. Aber sie ist Journalistin«, erklärte Bark, »vielleicht ist es besser, wenn …«

»Du bist am nächsten dran. Wir müssen dafür sorgen, dass Tom Gruvberg zurück ins Krankenhaus kommt. Wenn er mit irgendjemandem mitfahren konnte, dann wird er sich wahrscheinlich zu Hause absetzen lassen.« Wie gewöhnlich drückte Zimmermann das Gespräch weg, ehe er antworten konnte.

»Ich habe gehört, was sie gesagt hat«, sagte Kristina mit triumphierendem Lächeln. »Worauf warten wir noch?«

Sie setzten sich in Kristinas Auto, um den knappen

Kilometer zu Tom Gruvbergs Haus zurückzulegen. Während der Fahrt rief Bark Toms Tochter an, um ihr die Situation zu erklären. Als hätte sie das Telefon in der Hand gehabt, ging Lillemor sofort ran. »Papa hat eben von einer fremden Handynummer aus angerufen. Er ist an einer Bushaltestelle rausgelassen worden.«

Bark bedeutete seiner Schwester, das Auto zu wenden. »Okay, gut. Können Sie mir die Nummer schicken, von der aus Ihr Vater angerufen hat?«

»Natürlich. Ich nehme die Zwillinge mit, gehe raus und suche nach ihm. Ich muss meinen Sohn anrufen. Warum macht mein Vater das nur? Ich mache mir solche Sorgen. Könnte das an den Kalziumwerten liegen, oder ist etwas anderes passiert, das ihn durcheinanderbringt? Das hier sieht ihm wirklich gar nicht ähnlich.«

Bark dachte daran, dass sie keine Zeit verlieren durften.

»Gibt es noch mehr Leute, die helfen könnten, ihn zu suchen? Fragen Sie alle, die Ihnen einfallen.« Tom war alt und verwirrt. Sie mussten ihn finden, ehe er sich selbst oder jemand anders schaden konnte. Wenigstens war er nicht mehr bewaffnet, konnte also keine Bedrohung sein.

Sie kamen an der schönen roten Kirche und dem Gutshof von Hällefors vorbei. Bark rief die Handynummer an, die er von Lillemor bekommen hatte. Eine Frau ging ran.

»Das war so ein netter alter Mann. Wir haben über alte Zeiten in Hällefors gesprochen. Er wusste so viele interessante Details.«

»Hat er gesagt, wohin er wollte?«, unterbrach er sie.

»Nein ... ich habe mich ja angeboten, ihn nach Hause

79

zu fahren, aber er meinte, er hätte noch was zu erledigen.«

Bark fragte, was das sein könnte, doch die Frau wusste es nicht.

»Wirkte er denn klar im Kopf?«, erkundigte sich Kristoffer.

»Ich fand schon. Aber wir haben wie gesagt nur über alte Zeiten gesprochen, über die Silbergrube und die alten Legenden, zum Beispiel die von der Grubenhexe ...«

»Ich muss Sie später noch einmal anrufen«, sagte Bark, als sie am Reisezentrum angekommen waren. Schnell stieg er aus dem Auto, um die Abgangszeiten der Busse und der Züge zu kontrollieren. Es war fast keine Menschenseele zu sehen. Kristina und er teilten sich auf, um zu suchen. Bark sah, dass gerade ein Bus nach Örebro abgefahren sein musste. Er nahm Kontakt zu Ingrid in der Polizeistation in Örebro auf und erreichte mit ihrer Hilfe den Busfahrer. Doch der hatte keinen Neunzigjährigen in Hällefors mitgenommen.

Der Wartesaal war wegen Vandalismus geschlossen. Offenbar hatte jemand einen Thermostat angezündet, Putzmittel verschüttet und alles mit Graffiti beschmiert.

Kristina kam ihm atemlos entgegen. »Der Zug nach Göteborg, der vor fünf Minuten hätte abfahren sollen, ist wegen einer Signalstörung verspätet.« Sie schaute auf die Uhr. »Es gibt keine anderen Züge, die Tom hätte erreichen können. Da freut man sich doch das erste und einzige Mal über eine Verspätung.«

Während sie die Gegend und alle Bus- und Zugabfahrten beobachteten, nahm Bark Kontakt zur Leitzentrale und dem Heimatschutz auf. Einmal meinte er, den alten

Mann in einiger Entfernung zu sehen, doch als er näher kam, war es jemand anders, und er eilte schnell zurück.

Ein paar Minuten später tauchte Lillemor Gruvberg mit den beiden rothaarigen Jungen und einer Frau auf, die vermutlich deren Mutter war.

»Das ist Molly, meine Schwiegertochter. Die Jungen dürfen mitkommen und suchen. Daniel, meinem Sohn ... geht es nicht so gut. Er kommt nicht.« Lillemor warf unruhige Blicke zu den Bussen. »Ich muss gestehen, dass ich es noch nicht geschafft habe, Papa den Autoschlüssel wegzunehmen oder den Waffenschrank zu kontrollieren. Nach alldem, was in der Kita passiert ist, hatte ich mit den Kindern alle Hände voll zu tun. Sie waren sehr verschreckt.«

»Ich verstehe«, sagte Bark. »Wo ist der Autoschlüssel jetzt? Haben Sie eine Ahnung?«

»Er hat ihn immer an seinem großen Schlüsselbund«, erklärte Lillemor.

»Soll heißen, er hat ihn sicher in der Jackentasche«, schob Molly ein, die dann die Hand ausstreckte und Bark begrüßte. Sie trug hochhackige Schuhe und ein dünnes Jackett über einem grauen Etuikleid. Die rotbraunen schulterlangen Haare lagen in perfekten Wellen, und das Gesicht war offen und schön mit ein paar kleinen Sommersprossen auf der Nase. Auf eine gewisse Art ähnelte sie Mia Berger, dachte Bark und verspürte Sehnsucht.

Bald war der Heimatschutz mit Suchhunden vor Ort. Zwei Polizeistreifen aus Karlskoga kamen ein paar Minuten später, und der Einsatzleiter begann die Arbeit zu organisieren. Menschen strömten herbei, um bei der Suche nach Tom zu helfen. Es war rührend zu sehen, wie viele sich tatsächlich darum scherten, dass ein verwirrter alter Mann verschwunden war.

Bark und Kristina beschlossen, wie ursprünglich geplant zu Tom Gruvberg nach Hause zu fahren. »Er wird schon auftauchen«, sagte Bark. »Ohne den Rollator kann er nicht weit gekommen sein.« Er dachte daran, dass der alte Mann angeblich etwas in der Stadt hatte erledigen wollen und dann vielleicht mit jemand anders per Anhalter weiterfuhr, um wegzukommen. Er nahm erneut Kontakt zu Gaby Wide auf, um die Situation zu erklären.

»Wir schreiben ihn sofort zur Fahndung aus!«, sagte die, und in solchen Momenten mochte er sie einfach für ihre Unkompliziertheit. Gaby versprach, das mit Zimmermann zu klären.

»Tom Gruvberg besitzt einen Oldtimer. Es besteht die Gefahr, dass er damit fährt«, sagte Bark. »Wir sind gleich bei ihm zu Hause, da kann ich nachsehen, ob er dort ist.«

»Sei vorsichtig«, sagte Gaby.

Wenige Minuten später sahen sie das ochsenblutrote Haus, das von einem weiß gestrichenen Zaun umgeben war. Hinter dem Grundstück floss der Svartälven. Tom Gruvbergs Zuhause an dem glitzernden Wasser war das reinste Idyll. Ein Ahornbaum in glühenden Herbstfarben streute seine rot-gelben Blätter in den Wind. Auf der Auffahrt stand ein alter Ford Cortina. Bark teilte dem Einsatzleiter und Gaby mit, dass sie Toms Auto gefunden hatten.

»Sollte er mit einem Auto unterwegs sein, dann wissen wir zumindest, dass er nicht sein eigenes genommen hat«, sagte Kristina, ohne zu bedenken, dass das keine schöne Vorstellung war.

»Du meinst, er würde eins stehlen? Dann hoffen wir mal, dass er überhaupt nicht Auto fährt, sondern wohlbehalten hier auftaucht«, sagte Bark.

Sie parkten vor dem Ford und stiegen aus Kristinas Auto.

Ihre Miene hellte sich auf. »Hast du von dieser Touristin auf Island gelesen, die spurlos verschwunden war? In der Zeitung hatte gestanden, dass sie eine Frau suchten, und als die Frau hörte, dass jemand verschwunden war, hat sie selbst an der Suche teilgenommen, bis sie kapiert hat, dass man nach ihr suchte. Wer weiß, vielleicht hängt der Alte inzwischen beim Heimatschutz rum und ist Teil der Suchkette.«

»Ich erinnere mich vage an diese Geschichte.« Die untergehende Sonne färbte den Svartälven rot, und Bark beschattete seine Augen mit der Hand, um etwas zu sehen. »Ich möchte, dass wir auf Nummer sicher gehen und auf Verstärkung warten. Die Tochter war sich nicht sicher, ob er vielleicht noch mehr Waffen hat. Er könnte sich da drinnen vor einem unbekannten Feind verbarrikadiert haben und bereit sein zu schießen. Du kannst gerne zurück nach Örebro fahren, gleich habe ich ja noch mehr Leute, die mir hier helfen.«

»Ich bleibe und suche mit, bis wir ihn gefunden haben!« In dem Punkt war Kristina sehr entschlossen.

Bark versuchte zu erkennen, ob sich hinter den Fensterscheiben etwas bewegte, konnte aber nichts sehen. Keine dunklen Schatten, keine Geräusche, abgesehen von der Leine an der Fahnenstange, die im Wind knallte und schlug. Er musste wieder an das Telefonat mit der Frau denken, die Tom Gruvberg vom Krankenhaus in Lindesberg nach Hällefors gefahren hatte. Sie hatten von Silvergruvan gesprochen, einem kleinen Ort, der nördlich von Hällefors bei den stillgelegten Silbergruben lag. Während er auf die Verstärkung wartete, rief Bark die Frau noch einmal an, um die Geschichte etwas detaillierter zu hören.

»Wir haben darüber diskutiert, ob man die Grubenhexe als ein böses oder ein gutes Wesen betrachten sollte«, erklärte sie. »Tom sagte, sie könnte sowohl gut als auch böse sein, genau wie wir Menschen. Sie besäße jedenfalls die Fähigkeit, in die Zukunft zu schauen, verlorenen Seelen auf den Weg zurück zu helfen und Krankheiten zu heilen. Er sagte, er hätte das Gefühl, eine böse Geschwulst in sich zu tragen. Ich nehme an, dass er Krebs meinte. Er würde den Ärzten nicht vertrauen und hätte vor, bei einer alten heilkundigen Frau Hilfe zu suchen. Und so kamen wir auf die Grubenhexe.«

»Hatten Sie das Gefühl, dass er auf dem Weg nach Silvergruvan war?«

»Vielleicht. Als ich ihn fragte, ob ich ihn nicht zu Hause absetzen solle, meinte er, er hätte im Zentrum noch etwas zu erledigen.«

»Und was?«

»Was genau, hat er nicht gesagt. Es klang ziemlich vage. Er hat auch nicht ausdrücklich gesagt, dass er nach Silvergruvan wollte, aber wir haben über den Ort gesprochen.«

Bark beendete das Gespräch und sah, dass jemand anders versucht hatte, ihn zu erreichen. Das war hoffentlich der Praktikant aus der Kita. Er setzte sich ins Auto und rief zurück. »Kristoffer Bark, Polizeiregion Bergslagen hier. Ich habe gesehen, dass Sie versucht haben, mich zu erreichen.«

Eine grobe Männerstimme antwortete »Hallo?«, ohne sich weiter vorzustellen.

»Mit wem spreche ich?«, fragte Bark.

»Daniel Gruvberg. Tom ist mein Großvater. Der Alte hat eine verdammte Menge Dynamit im Haus, und er könnte Tretminen ausgelegt haben, wenn er sich bedroht fühlte! Das wollte ich Ihnen nur sagen. Er kann sehr gut den ganzen Garten vermint haben. Deshalb können wir da auch keine Leute von der ambulanten Pflege rein und raus rennen lassen. Da kommen ja die ganze Zeit unterschiedliche Frauen, und er würde es niemals hinkriegen, denen das beizubringen. Und die würden sein Hobby sicherlich als eine Art Gefährdung am Arbeitsplatz betrachten. Mama und ich wissen, dass wir weniger Gefahr laufen, in die Luft gesprengt zu werden, wenn wir uns beim Schuppen und der Garage aufhalten und dann den Kiesweg geradewegs ins Haus nehmen.«

»Warum?« Mehr fiel Bark als Erwiderung auf diesen ungeheuren Wahnsinn nicht ein.

13

Kristoffer Bark hielt nach dem Streifenwagen Ausschau, der mit Daniel Gruvberg kommen sollte und der kurz darauf die Straße entlangfuhr. Obwohl er Kristina ausdrücklich gebeten hatte, sich zurückzuhalten, stieg sie sofort aus ihrem Auto.

»Warum denken Sie, dass Tom den Garten vermint haben könnte?«, fragte Bark, als Daniel zu ihnen trat. »Hat er jemals davon gesprochen, das tun zu wollen?«

»Auf jeden Fall, immer wieder. Er glaubt, dass unsere Feinde kommen und uns vernichten werden. Und wenn die Auftragsmörder da sind, um uns zu beseitigen, hat er hoch und heilig geschworen, sie mit ins Grab zu nehmen. Seit der letzten Jahrhundertwende gibt es angeblich einen alten Fluch, der auf der Familie Gruvberg lastet. Am liebsten würde mein Großvater die ganze Familie – mich, meine Mutter und die Zwillinge – in seiner Burg versammeln und uns mit seinem Leben verteidigen. Er besitzt ausreichend Munition für einen kleinen Bürgerkrieg und ist fest davon überzeugt, dass sie jederzeit nachts über uns herfallen könnten. Molly, meine Ex-Frau, weigert sich, an den Fluch zu glauben. Sie ist der Meinung, dass ich die Zwillinge in Gefahr bringe, wenn ich sie in die Nähe meines Großvaters lasse. Das hat sie sogar vor Gericht gegen mich verwendet. Sie will sich scheiden lassen, und es ist mir scheißegal, dass sie einen Neuen hat, obwohl sie das leugnet und mir ins Gesicht lügt. Ist mir schon klar, dass einer wie ich nicht gut genug für sie ist.«

»Aber Sie sind ganz sicher, dass Sie an den Minen vorbeikommen können?«, fragte Bark, der sich noch nicht davon erholt hatte, dass er und Kristina beinahe vermintes Gelände betreten hätten. Seine Schwester sollte eigentlich überhaupt nicht mit hier sein. Aber als Journalistin wollte sie natürlich bleiben, und er brauchte nun mal jemanden, der ihn fuhr. Das war überhaupt nicht gut, er wusste es, aber er hatte noch keine Idee, wie er sie dazu bringen könnte, sich in Sicherheit zu begeben.

Es konnte einem nicht entgehen, dass Daniel nach einer unguten Mischung aus Alkohol und Kater roch und dass seine Kleider aussahen, als hätte er darin geschlafen. Trotzdem war erkennbar, dass er einmal ein gut aussehender Kerl gewesen war. Er war groß und gut gebaut und hatte dickes lockiges Haar. Sein Blick aus den schönen braunen Augen hatte ein schwer zu deutendes Blitzen. Erlaubte er sich einen Scherz mit ihnen?

Daniel zuckte mit den Schultern. »Ob man an einem Minenfeld unversehrt vorbeikommt, kann man nie sicher wissen.« Er zeigte seine linke Hand, an der der Daumen fehlte. »Das liegt in der Familie, auch wenn es nicht direkt erblich ist, sondern mehr mit der Umgebung zu tun hat, in der ich aufgewachsen bin. Bei meiner Geburt hatte ich an der Stelle noch einen Daumen.«

Der Polizeikollege, der sich ihnen näherte, sagte, dass sie absperren, Wachen aufstellen und auf das nationale Bombenentschärfungsteam warten müssten, das bereits gerufen worden war. Sie hatten erwogen, den Alten mit

Tränengas auszuräuchern, doch im Hinblick auf seinen allgemeinen Zustand und das hohe Alter beschlossen, davon abzusehen. Schließlich wussten sie ja auch nicht sicher, ob er sich überhaupt in dem Haus befand. Die zwei Kollegen vom Entschärfungsteam aus Stockholm würden jedenfalls erst in ein paar Stunden anlanden.

Hier konnte Bark nichts mehr ausrichten. Er teilte dem Einsatzleiter mit, dass er in den Ort Silvergruvan fahren würde, den Tom Gruvberg erwähnt hatte. Womöglich war er dort. Einen Versuch war es wert. Die Streifenpolizisten konnten keinen Fahrer erübrigen, deshalb musste Kristina ihn weiter chauffieren. Das verstieß ganz bestimmt gegen alle Regeln, war aber trotzdem die einzige praktische Lösung auf der Suche nach Tom Gruvberg, der alt, krank und verwirrt war. Vor allem wurde es bald dunkel. Die Temperaturen lagen nachts zwar noch nicht unter null, aber es war dennoch kalt.

Auf dem Weg nach Silvergruvan rief Bark seinen Vater an. Robert Bark brauchte eine Weile, ehe er ranging. Nach ein paar einleitenden Sätzen brachte Kristoffer sein eigentliches Anliegen vor: »Hast du jemals beim Axtwerfen in Hällefors mitgemacht? Warst du gut darin?« Er wollte einschätzen können, inwiefern Tom Gruvberg noch bei Verstand war.

»In einem Jahr habe ich da tatsächlich mal den ersten Platz gemacht, ich glaube, das war irgendwann in den Siebzigern. Wenn du bei Gelegenheit mal meine Trophäen- und Medaillensammlung anschaust, dann wirst du sehen, wie gut ich war, obwohl – Thomas Wassberg habe ich im Skilaufen nie geschlagen. Aber das hat niemand geschafft. Und in den Achtzigern war ich immer wieder beim Folkrace auf der Motorsportrennstrecke im Stadion von Sången. Warum fragst du danach?«

»Bin nur neugierig. Kennst du einen Mann namens Tom Gruvberg?«

»Natürlich. Er war einer der wenigen, die mich im Axtwerfen herausgefordert haben, ein echtes Kraftpaket.« Bark Senior verstummte und sagte dann: »Ist er das, nach dem gesucht wird?«

»Ja. Was weißt du von ihm? Hatte er einen Lieblingsort oder irgendwelche Freunde, von denen er erzählt hat? Ein Hobby?«

Robert Bark dachte laut nach. »Ein Hobby oder einen Ort? Ich weiß nicht. Er hat oft von Silvergruvan gesprochen, und ich hatte das Gefühl, dass er vor langer Zeit dort irgendwas geschürft hat und recht vermögend war. Er hatte eine Frau, die bei der Geburt ihres zweiten Kindes gestorben ist, ein Junge. Es war eine Sturzgeburt, sie haben es nicht mehr ins Krankenhaus in Lindesberg geschafft. Das Kind ist auch gestorben. Glücklicherweise hatten sie noch ein Kind, ein Mädchen. Ich kann mich an ihren Namen nicht erinnern.«

»Sie heißt Lillemor.«

»Ja, genau. Lillemor. Ein sehr schüchternes kleines Mädchen mit blonden Zöpfen. Das alles hat Tom sehr mitgenommen.« Robert Bark räusperte sich, sicherlich vom Gedanken an Tom Gruvbergs Verlust gerührt. »Das letzte Mal, dass ich sie gesehen habe, das kann aber gut dreißig Jahre her sein, da hatte Lillemor einen Sohn bekommen. Aber ich glaube nicht, dass sie mit dem Vater zusammenlebte.«

Bark hätte fast das Handy fallen lassen, als das Auto

in eine Kurve ging. Kristina fuhr wie ein Autodieb. »Ich muss auflegen. Deine Tochter glaubt, sie könnte wie eine Polizistin auf Verbrecherjagd fahren, nur weil sie mich chauffiert. Lass uns ein andermal sprechen.«

Als sie in Silvergruvan ankamen, war es dunkel geworden. Der Ort war gegründet worden, als die Silbergrube noch in Betrieb war, und bestand jetzt aus ungefähr zwanzig Häusern. Kürzlich hatte etwas über Silvergruvan in der Zeitung gestanden. Das Trinkwasser war durch den Silberabbau mit Arsen und Kadmium verunreinigt, und die Gemeinde war deshalb verpflichtet, den Einwohnern sauberes Wasser zur Verfügung zu stellen. Die Kosten für die Anlage waren sehr hoch, daher wollte die Gemeinde vorab ermitteln, welcher der Haushalte sich an die Extra-Wasserversorgung anschließen würde. Die Kosten beliefen sich auf ungefähr 100 000 Kronen pro Immobilie, und Leute, die bereits in einen eigenen Brunnen mit Filter investiert hatten, protestierten jetzt, weil sie zweimal zahlen sollten.

Kristina hielt am Straßenrand. Bark schaltete eine Taschenlampe ein, und sie gingen gemeinsam los und klopften an den Häusern in dem kleinen Ort und fragten, ob jemand Tom Gruvberg gesehen hatte. Offensichtlich war er vielen bekannt, weil er früher große Flächen Land in der Gegend besessen hatte. Einige hatten schon gehört, dass nach ihm gefahndet wurde, und ungefähr zehn Personen folgten ihnen und halfen bei der Suche. Eine Frau hatte einen Jagdhund dabei, von dem sie meinte, er würde gut Fährten aufnehmen können.

Ein älterer Mann mit Stirnlampe, der sich als Gösta

vorgestellt hatte, übernahm die Organisation, und sie teilten sich auf, um entlang der kleinen Wege in der waldbedeckten Hügellandschaft zu suchen. »Es gibt hier alte Grubenlöcher, und man muss gut aufpassen, dass man nicht hineinfällt. Deshalb gehen Sie und Ihre Schwester lieber mit mir. Die anderen kennen die Gegend und die Gefahren. Die meisten Grubenlöcher sind aufgefüllt worden, aber nicht alle.«

»Wissen Sie, ob Tom Gruvberg hier jemanden kennt?«, fragte Bark, als sie über eine Stunde lang herumgewandert waren und gerufen hatten.

»Nein, ich habe keine Ahnung. Ich habe ihn hier noch nie gesehen, sondern immer nur unten in Hällefors. Er ist ein alter Mann, der am Rollator läuft, was sollte er denn hier machen?«

Bark kam sich ein bisschen dumm vor, musste aber trotzdem fragen: »Er hat von einer Grubenhexe gesprochen – sagt Ihnen das was?«

Gösta lachte, blieb stehen und ließ den Lichtkegel der Stirnlampe über die hügelige Landschaft vor ihnen wandern. »Da draußen ist sie, die Alte vom Schlangenteich. Sie ist ein Geisterwesen mit vielen Namen. Meist heißt sie Grubenhexe oder Grubenfrau. Bei Unglücken gibt man ihr die Schuld, und wenn man Erz findet, dann hat sie einem den Weg gewiesen. Zum ersten Mal erwähnt wurde sie zur Zeit von Axel Oxenstierna, also im 17. Jahrhundert, und zwar vor Beginn der Hexenprozesse. Krieg zu führen, kostete Geld, und Oxenstierna richtete seinen Blick gierig auf die Region Bergslagen. Als der Sohn von Simon in Sången, einem Finnen, der sich im 16. Jahrhundert am See hier niederließ, Silbererz fand, hatte die

Grubenhexe ihre Finger im Spiel. Und Oxenstierna hat sich dann beeilt, den Abbau zu einem staatlichen Projekt zu machen.«

»Das heißt, die Grubenhexe ist ein Mythos?«, fragte Kristina. »Aber es hat doch kluge alte Frauen gegeben, die diese Tradition fortgesetzt haben, oder?«

»Das stimmt«, sagte Gösta und nickte, sodass der Lichtkegel seiner Stirnlampe über das Gelände hüpfte. »Die bekannteste ist Solbergs Greta, die um 1900 aktiv war. Sie wohnte in Säfsen, nicht weit von hier. Solbergs Greta konnte Dinge finden, die verloren gegangen waren, und gewann Zauberkräfte, indem sie durch das Nadelöhr zwischen einer Tanne und einer Birke, die zusammengewachsen waren, stieg.«

»Man hat ja auch Kinder unter großen Wurzeln hindurchgezogen, damit sie von der Rachitis keine krummen Beine bekommen«, erklärte Kristina und erntete dafür einen anerkennenden Blick von Gösta, ehe er fortfuhr: »Greta hatte Glück, dass sie nicht auf dem Scheiterhaufen endete. 1768 ist die letzte Hexe hingerichtet worden, und 1779 wurde die Todesstrafe für Zauberei und Hexerei abgeschafft.«

»Gruselig.« Kristina war von Sagen, Mythen und Gespenstergeschichten fasziniert, und Bark unterbrach die beiden nicht.

Gösta hatte noch mehr zu erzählen. »Und dann ist da Rakel. Sie wohnte hier in unserer Gegend, und zwar im Winter in einer Holzhütte im Wald und im Sommerhalbjahr in einer Erdhöhle, wo sie Schweine, ein paar Hühner und eine Ziege hielt. Rakel war während des Zweiten Weltkriegs siebzig Jahre alt. Da half sie meiner Großmutter, ein Kind zu drehen, das falsch im Bauch lag. Zu ihr ging man mit seinen Wehwehchen, und sie heilte viele, aber es gibt Leute, die Angst vor ihrem Zorn und ihren Flüchen hatten.« Gösta packte Barks Arm. »Hier gehe ich am besten mal vor, denn der Weg ist zu Ende. Was macht denn die Polizei eigentlich in unserer Gegend, wenn ich eine neugierige Frage stellen darf? Ich hatte das Gefühl, als wären Sie noch aus einem anderen Grund hier, als nach Tom zu suchen. Im Radio habe ich gehört, man hätte im Tyskmossen einen toten Säugling gefunden.«

»Das stimmt«, erwiderte Bark, »aber viel mehr wissen wir noch nicht.«

»Könnte es jemand sein, der illegal hier ist und ein Kind geboren hat? Ansonsten hätte die Person doch sicher Kontakt zu einem Gesundheitszentrum gehabt. Heutzutage bringt doch niemand mehr ohne professionelle Hilfe Kinder zu Hause zur Welt, oder?« Gösta blieb stehen und sah aus, als würde er über die Sache nachgrübeln.

Bark hatte schon dasselbe überlegt. »Ich war auf dem Weg zum Gesundheitszentrum, um mich danach zu erkundigen, als ich hörte, dass Tom verschwunden ist«, antwortete er bewusst vage. Es war ja nicht klar, ob Gösta schon gehört hatte, dass Tom in der Kita mit einem Elchstutzen herumgefuchtelt hatte.

»Tom war immer im Konflikt mit den Waldfinnen hier, vor allem mit Matti Björk. Die beiden sind gleichaltrig. Man kann nur hoffen, dass sie niemals im selben Altersheim landen, das wäre für alle Beteiligten die reinste Katastrophe. Tom ist hitzig und impulsiv, und es geht das

Gerücht, dass er mal einen Mann umgebracht haben soll, aber das war während des Krieges.«

»Hat er außer Matti Björk noch mehr Feinde?«, fragte Bark. Im selben Moment hörte er ein Rascheln und drehte sich um. Hinter ihnen war der Wald dicht und dunkel, doch Mondlicht und Sterne strahlten nun, da sie die künstliche Beleuchtung hinter sich gelassen hatten, heller. Es raschelte wieder, und ein Fuchs schnürte mit seiner weißen Schwanzspitze zwischen den Tannen hindurch.

»Soweit ich es von den Nachbarn gehört habe, liegt Tom im Clinch mit einer Jugendgang. Adrian Molinder heißt einer von denen. Ich glaube, Tom hat mit seinem Rollator das Hinterrad des Typen angekratzt, weil er fand, dass er zu dicht an ihm vorbeiradeln würde. Ansonsten fährt in Hällefors wirklich niemand Fahrrad! Wenn etwas weiter als fünfzig Meter weg ist, nimmt man das Auto. Aber der arme Adrian kann sich offenbar kein Auto leisten. Die haben es zu Hause ziemlich knapp. Ein andermal hat Tom so getan, als hätte er eine Radarpistole, woraufhin Adrians Bruder voll in die Eisen gegangen und in den Graben gefahren ist, dabei war es nur ein Föhn, den Tom vor sich hin gehalten hat, weil er fand, dass die jugendlichen Draufgänger zu schnell fahren würden.«

»Liegt Tom mit noch mehr Leuten im Streit?«

»Durchaus, zum Beispiel mit der Frau seines Enkels. Sie ist die Chefin der Kommunalverwaltung in Hällefors, nur falls Sie das noch nicht wissen.«

Bark war sie schon irgendwie bekannt vorgekommen. Möglicherweise hatte er ihr Foto in der Zeitung gesehen.

Gösta fuhr fort: »Tom und Molly sind noch nie miteinander ausgekommen. Und Lillemor kann einem wirklich nur leidtun. Es wird behauptet, sie hätte nie geheiratet, weil Tom alle Freier mit seiner Schrotflinte verjagt hat. Ich weiß ja nicht, aber so reden die Leute.«

Göstas Handy klingelte. Sie waren jetzt schon ein paar Stunden draußen unterwegs, und die anderen wollten aufgeben. »Niemand glaubt, dass Tom weiter gekommen sein kann als bis hierher. Der Hund hat keine Witterung aufgenommen. Wir müssen für heute Abend Schluss machen.«

»Hat Tom denn auch irgendwelche Freunde?«, erkundigte sich Kristina, die inzwischen nach der Wanderung über unwegsames Gelände ziemlich außer Atem war.

Gösta blieb stehen und dachte nach. »Nein, ich glaube eigentlich nicht. Aber das sage ich lieber nicht laut.«

Im selben Moment klingelte Barks Handy. Es war die Einsatzleitung, die sich nun in Tom Gruvbergs Haus befand. »Wir sind reingegangen. Tom Gruvberg ist nicht hier. Es gab auch keine verminten Wege, aber eine verdammt große Menge Dynamit und Munition in einem Schrank hier drinnen. So gesehen hatte Daniel recht. Wir haben ein nicht gemeldetes Schrotgewehr gefunden, ansonsten nichts von Interesse. Wie gesagt, er ist nicht hier, also blasen wir mal ab und nehmen die Suche morgen wieder auf. Noch herrschen Plusgrade, er wird also nicht erfrieren.«

Bark stieg widerwillig in Kristinas Auto. Es war fast dreiundzwanzig Uhr. Er kontrollierte seine Liste von verpassten Anrufen und hörte die vier Mailboxnachrichten ab, die von Regina Zimmermann gekommen waren. Mit jeder Nachricht war ihre Stimme etwas aufgedrehter. Es ging um das Nachrichtenteam, das niemand in der Zentrale empfangen hatte. Aus der letzten Nachricht ging dann aber hervor, dass ein Kollege die Aufgabe galant gelöst hatte. Bark seufzte erleichtert.

»Was glaubst du denn?«, fragte Kristina. »Wo ist Tom Gruvberg? Irgendwo muss er doch sein.«

»Es fühlt sich nicht gut an, wegen der Dunkelheit aufzugeben. Vielleicht ist er gestürzt, hat sich verletzt und liegt jetzt hilflos irgendwo. Ist es zu spät, Lillemor anzurufen?« Ohne Kristinas Antwort abzuwarten, schickte Bark eine SMS, und Lillemor rief sofort zurück.

Er war erleichtert, ihre Stimme zu hören, vielleicht hatte sie ja eine Idee. Er erzählte von den Sucheinsätzen in Silvergruvan und Hällefors im Laufe des Abends. »Haben Sie eine Idee, wo er sein könnte? Gibt es jemanden, den er immer mal besucht, oder einen Ort, an den er gerne geht?«

»Darüber habe ich auch schon nachgedacht. Er ist oft in der Bibliothek. Es gibt eine Bibliothekarin, mit der er recht vertraut ist, Carina Lindgren. Ich bin kurz bevor die Bibliothek geschlossen hat, vorbeigegangen und habe dort nach ihm gefragt, aber da ist er nicht gewesen.« Lillemor verstummte plötzlich. »Gerade fällt mir ein, dass er manchmal zum Millesparken geht, der im östlichen Teil des Ortes liegt. Da steht eine Statue, die er gern besucht, er setzt sich dann auf seinen Rollator und betrachtet sie, weil er das Gefühl hat, sie würde ihm etwas sagen. Die Statue heißt *Gottes Hand*. ›Der Mensch denkt, und Gott lenkt‹, sagt er dann immer. Ich habe die Zwillinge hier und kann jetzt nicht dorthin fahren, denn sie schlafen, und ich bin allein mit ihnen.«

»Wir fahren hin und schauen nach, ob er dort ist.«

Bark lag die Frage auf der Zunge, warum Daniel nicht nach seinen Kindern sah oder half, seinen Großvater zu suchen. Doch Lillemor klang erschöpft und hatte bestimmt keine Lust auf irgendwelche kritischen Fragen.

»Eine Sache noch. Mein Vater hat davon gesprochen, dass seine Zeit bald vorbei wäre. Ich habe es so interpretiert, dass er eingesehen hat, dass er alt ist und das Leben bald zu Ende geht. Aber inzwischen überlege ich, ob er sich vielleicht irgendetwas angetan haben könnte ... sich das Leben genommen oder so. Vielleicht war in dem Moment, als er wieder klar war und kapiert hat, was er da angestellt hat, alles zu viel für ihn. Oder auch die Sache mit dem Krebs. Ich habe vergessen, das zu erwähnen, aber Anfang des Jahres hat Papa eine sehr traurige Diagnose bekommen. Er hat das nur so im Vorbeigehen gesagt, und ich habe nicht richtig begriffen, was er meinte, zumindest damals nicht.«

14

Lydia

Die Nacht ist sternenklar. So ist es nur hier draußen auf dem Lande, wohin das künstliche Licht nicht reicht, und wo man all das Leuchten und Funkeln aus dem Weltraum sehen kann. Ester hat sich den Mantel übers Nachthemd gezogen und ist hinausgegangen. Als sie ihre schmalen, knotigen Arme zum Himmel streckt, sehen sie aus wie Äste. Das Mondlicht fängt Esters weißes gewelltes Haar ein, und sie singt mit ihrer gebrochenen Stimme, die dennoch ganz rein klingt, ein Lied von Liebe und Verzweiflung und Tod. Um mich schert sie sich nicht, es ist, als würde es mich nicht geben. Als hätte es mich nie gegeben. Aber jetzt ist sie meine Gefangene, und sie weiß das. Ich kann sie nicht rauslassen, wenn sie nicht loyal ist. Und ich brauche eine Antwort von ihr, warum mein Leben so verlaufen ist. Sie ist mir eine Erklärung schuldig.

»Tom Gruvberg ist verschwunden«, sage ich und klinge dabei ärgerlicher, als ich möchte. »Es wird nach ihm gesucht. Weißt du, wo er sein könnte?« Sie ignoriert mich, bis ich einen grauen Wollschal hole und ihr den um die Schultern lege.

Da antwortet sie. »Das Leben ist ein Balancegang zwischen Licht und Dunkelheit, zwischen Gut und Böse und zwischen dem, dass man auf einem persönlichen Anspruch beharrt, und dem, dass man anderen ihren rechtmäßigen Teil zugesteht.« Sie sieht mich mit ihren blau-grünen Augen an. »Wenn man so alt ist wie ich, dann fängt man an, darüber nachzudenken, wie das Leben wohl enden wird: Wird es ein Schlaganfall sein oder ein Herzinfarkt oder Krebs? Wird es schnell gehen, oder wird man lange dahinsiechen? Ich will nicht eingesperrt sein. Du hast kein Recht, mir meine letzten kostbaren Tage zu stehlen! Bitte sei so freundlich und gib mir den Schlüsselbund zurück, den du mir weggenommen hast.«

Ich habe nicht vor, ihr irgendwelche Schlüssel zu geben. »Wer ist Tom Gruvberg für dich?«, frage ich. Denn ich weiß ja, dass sie bei ihm war und ihn gewarnt hat, und das, obwohl Tom Gruvberg unser Feind ist.

Ester antwortet mir nicht. Sie kneift den Mund zu einem schmalen Strich zusammen und tut sich einen gehäuften Löffel Zucker in den Kaffee, den sie dann umrührt und sich von dem Wirbel wie hypnotisieren lässt.

»Lass mich raus! Du machst dich selbst unglücklich, wenn ich nicht raus kann. Jetzt schließt du auf und gibst mir meinen Autoschlüssel.«

Aber das kann ich natürlich nicht tun.

15

Als Tom Gruvberg erwachte, befand er sich in einer dunklen Villa im Gillersvägen. Er musste dort auf dem Wohnzimmersofa eingeschlafen sein, denn draußen war es finster, und es ging auf Mitternacht zu. Von hier aus war es nur ein Katzensprung bis zum Millesparken, wo er hoffte, die Alte vom Schlangenteich treffen zu können.

Tom wusste, dass sein Ende nahe war, und er war bereit, in den Tod zu gehen. Doch die Alte musste erst den Fluch aufheben und seine Familie verschonen. Der Arzt im Gesundheitszentrum hatte der Polizei gesagt, er sei verwirrt. Von wegen! Es war so leicht, etwas, was man nicht verstand, als verrückt abzutun. Der Arzt war so jung, unerfahren und beschränkt in seinem Denken gewesen. Im besten Fall war das ein Abwehrmechanismus, im schlimmsten Fall hatte die Polizei das Urteil des Arztes beeinflusst, sodass sie ihn in die Psychiatrie sperren würden.

Während der Fahrt im Streifenwagen zum Lindesberger Krankenhaus hatte er den Polizisten zehn Liter Selbstgebrannten und viel Geld in nicht registrierten Fünfhundertern angeboten, wenn sie ihn einfach nach Hause fahren würden. Ihm war durchaus bewusst, dass solche Leute wenig verdienten, und er hatte ihnen versprochen, das großzügig zu kompensieren, wenn sie nur taten, was er sagte. Doch sie hatten sich geweigert, und es war natürlich ehrenhaft von ihnen, keine Bestechungsgelder anzunehmen, das musste er zugeben. Also wechselte er die Taktik und versuchte ihr Gewissen anzusprechen, indem er sie fragte, was für ein Recht sie denn hätten, ihn zu einer Behandlung zu zwingen, die er selbst nicht wollte. Kannten sie ihre Gesetze, oder würde er sie ihnen vorlesen müssen? Niemand kann gezwungen werden, medizinische Behandlung anzunehmen, es sei denn, man ist bewusstlos, für unmündig erklärt oder verrückt. Da hatten die Polizisten einander fast unmerklich zugenickt, und er hatte begriffen, was sie von ihm hielten. Sie dachten, er sei verwirrt und verrückt. Tom wusste, dass es schon genügte, wenn zwei Ärzte eine solche Diagnose irgendwo notierten, um ihn seiner Freiheit zu berauben. Das durfte nicht passieren.

Im Krankenhaus von Lindesberg herrschte kein Mangel an Unterhaltung. Das Chaos in der Notaufnahme war sein Glück. Die hatten nämlich gerade den ersten, zweiten und dritten Platz eines Saufwettbewerbs im nördlichen Teil des Landes reinbekommen, und einer von denen hatte sich unter unklaren Umständen das Bein gebrochen. Der brüllte wie ein Stier, bis er eine schmerzstillende Spritze bekam, und dann kotzte er alles voll. Im Korridor fiel jemand in Ohnmacht und zog im Fallen ein Tropfgestell mit sich. Ein tatsächlich verwirrter Mann mit Mullbinde um den Kopf suchte nach seinem Hund, und eine hochschwangere Frau wurde eiligst auf einer Trage vorbeigerollt. Tom erkannte seine Chance und sagte, er müsste auf die Toilette, sonst würde ein Unglück passieren. Im selben Moment ging ein unter Drogen stehender

Mann mit dem Tropfgestell als Waffe zum Angriff gegen das Personal über, und jemand aus der Besoffenen-Gang zog ein Messer. Die Polizisten, die auf Tom hätten aufpassen sollen, waren gezwungen einzugreifen. Sie bemerkten nicht, wie er die Abteilung verließ und eilig auf den Parkplatz hinauslief, wo er eine reizende Frau traf, die passenderweise nach Hällefors fahren wollte und ihm anbot, ihn mitzunehmen.

Im Auto hatten sie angefangen, von alten Zeiten und von Silvergruvan zu reden. Er hatte ihr sogar von der Alten am Schlangenteich erzählt. Die sanfte Art der Frau und das reizende kleine Lächeln hatten ihn dazu gebracht, sich zu öffnen. Jetzt bereute er das. Schon als sie ihn an der Bushaltestelle in Hällefors rausließ, wusste er, dass er zu viel geplaudert hatte.

Die letzten Stunden dann hatte Tom im Dunkeln in Berit Nilssons Haus im Gillersvägen verbracht. Sie war es, die das tote Kind im Tyskmossen gefunden hatte, und diese Nacht befand sie sich in Örebro. Vorige Woche, als sie hintereinander an der Kasse im Supermarkt gestanden hatten, war er Zeuge gewesen, wie sie mit ihrer Schwester telefoniert hatte. Deshalb wusste er, dass sie verreisen würde und auch, dass der Schlüssel zum Keller in einem Blumentopf auf der Veranda lag, denn das hatte sie beiläufig auch erwähnt, als sie erklärte, wer die Post reinholen würde. Also hatte er sich ihr Haus ausgeliehen, während er auf das nächtliche Treffen mit der Alten vom Schlangenteich im Millesparken wartete.

In einem Mietshaus, ein Stück die Straße hinunter, hatte es vor einem knappen Jahr gebrannt. Feuer war faszinierend, das hatte er schon als kleiner Junge gefunden.

Wenn man das Flämmchen knistern und flackern sah, und wie es dann groß und zu einem schnaubenden Wildtier wurde, das alles Lebendige vernichten und Berge zu flüssiger Glut schmelzen konnte. Das Innerste des magnetischen Kerns der Erde bestand aus flüssigem Eisen und Nickel, das hatte Tom gelesen. Feuer war der Anfang und das Ende von allem, der beste Freund des Menschen oder sein Feind. Er konnte sich immer noch daran erinnern, wie damals in der Eisengießerei das Eisen im Feuer weich geworden war und sich dann von seinen Hammerschlägen formen ließ.

Vielleicht hatte man deshalb die Kraft des Feuers benutzt, wenn man Hexen auf dem Scheiterhaufen verbrannte. Aus Angst vor ihren magischen Kräften griff man zu der Methode, die einem am mächtigsten schien: das Feuer. Die Alte vom Schlangenteich war irgendwann in der Zeit Karls XII. auf dem Scheiterhaufen verbrannt worden. Doch sie verriet niemanden. Man folterte sie, schlug ihr den Kopf ab und verbrannte ihre sterblichen Überreste. Aus den verkohlten Überbleibseln ihrer Leiche erhob sich ein Rabe auf schwarzen Schwingen, flog in den Vollmond und verschwand. Und am nächsten Morgen war sie aus dem Schlangenteich wieder auferstanden – jünger und schöner denn je. In ihre Nachfahrin in direkter Linie hatte er sich verliebt. Doch sie konnte natürlich niemals die Seine werden. Es war nur eine schöne Erinnerung aus einer lang vergangenen Zeit, da sie einander im Krokbornsparken geküsst und sich in den Büschen am Wasser Liebesspielen hingegeben hatten. Er lächelte über diese schönste aller Erinnerungen.

Tom nahm die Snusdose aus Silber, die er von seinem

Vater geerbt hatte, und legte sich eine lose Prise zurecht. Als er diese Dose bekommen hatte, wusste er noch nicht, dass der Alte der Teufel selbst gewesen war – wenn man glauben wollte, was die Leute redeten. Tom war gerade erst geboren, als sein Vater Birger von einem Bären zerrissen worden war. Eigentlich hätte er die Dose wegwerfen müssen, als er von Vilho gehört hatte, was geschehen war, doch dazu war es nie gekommen. Es war eine schöne Arbeit vom alten Silberschmied Johannes Skog mit einem besonderen Muster aus blau-grünen Steinen, das in den Deckel eingelassen war, und einer Inschrift auf der Unterseite der Dose: *Reden ist Silber, Schweigen ist Gold. J. S. 1927.*

Tom erhob sich mit großer Mühe vom Sofa, tastete sich hinaus in die Küche und öffnete den Kühlschrank. Seit seinem morgendlichen Haferbrei hatte er nichts gegessen, und nun plagte ihn der Hunger. Das plötzliche Licht aus dem Kühlschrank blendete ihn. Als er klarer sehen konnte, griff er nach einem Glas mit Multbeermarmelade und einem Päckchen Butter. In einer Tüte auf dem Tisch hatte er zuvor schon einen hellen Laib geschnittenes Brot gesehen. Er schmierte sich ein paar Scheiben mit Butter und Marmelade. Das schmeckte erstaunlich gut, und er trank dazu einen Rest Bier aus einer bereits geöffneten Flasche, das allerdings ein wenig abgestanden war.

Nachdem er auf der frauenzimmerfeinen Toilette gewesen war – mit Spitzengardine, die das Mondlicht hineinließ, und einem wuscheligen Teppich auf dem Boden –, war es an der Zeit, sich die Kellertreppe hinunterzubegeben. Er wagte nicht, das Licht anzumachen, falls noch jemand wusste, dass Berit verreist war, und sich dann fragen würde, wer da im Haus unterwegs war. Im Keller gab es einen fensterlosen Raum, der als Holzwerkstatt eingerichtet war. Da hatte er den Stiel eines Wischmobs gesehen, den er gut als Stock würde benutzen können. Er schloss die Tür hinter sich, dann schaltete er das Licht ein, um etwas sehen zu können. Schon als er das Haus betreten hatte, wäre er fast über einen Benzinkanister gestolpert. Es wäre schlimm, wenn er jetzt noch stürzen und sich verletzen würde, denn es war nicht sicher, ob er sich dann wieder hochrappeln konnte. Inzwischen war er ein wenig in Eile. Am Morgen, als Ester bei ihm gewesen war, hatten sie ihr nächstes Treffen vereinbart. Vielleicht würde es das letzte sein, denn es stand viel auf dem Spiel.

16

Es war Nacht, als sie von Silvergruvan Richtung Süden nach Hällefors fuhren. Kristoffer Bark war müde. Die Suche nach Tom in dem alten Bergbaugebiet hatte an seinen Kräften gezehrt. Er bat seine Schwester, das Autoradio leiser zu stellen, als sie, um die Werbeblocks zu vermeiden, zwischen verschiedenen Sendern herumzappte. Sie hatte schon immer Geräusche und Bewegung um sich haben müssen. Kristoffer zog die Stille vor. Als sie gerade nach Hällefors hineingefahren und am Stationsvägen abgebogen waren, vernahm Kristoffer einen stechenden Geruch. »Findest du nicht auch, dass es hier nach Rauch riecht?«, fragte er.

»Bestimmt feuert jemand seinen Kamin an, und der Rauch bläst wahrscheinlich in unsere Richtung.« Kristina drehte das Radio nicht leiser, sondern begann stattdessen mitzusingen: *I am the Monkey, I can go anywhere …*

»Nein, so riecht das nicht. Siehst du … es brennt doch!« Kristoffer sah genau hin. Da es dunkel war, war der Rauch nur schwer zu erkennen. Aber in einiger Entfernung entdeckte er Flammen in den Fenstern eines dunklen Bungalows, und die Erkenntnis, wo es brannte, erwischte ihn eiskalt.

»Stimmt, es sieht aus, als würde es brennen«, sagte Kristina und schaltete das Radio aus. »Oder ist es etwas anderes, was reflektiert, die Beleuchtung eines Schaufensters oder so? Nein, du hast recht. Es brennt wirklich!«

Mehr konnte sie nicht sagen, als Bark ihr schon zurief, dass die Kita Lillbacka brannte. Große gelbe Flammen leckten auf der Südseite an der Fassade. Der Rauch war erstickend. Bark nahm das Handy heraus und rief die Leitzentrale an. Dort war bereits vor drei Minuten ein Notruf wegen des Brandes eingegangen. Die Feuerwache in Hällefors lag ungefähr einen Kilometer weiter südlich, es war eine freiwillige Feuerwehr, deren Mitglieder von zu Hause oder von ihrem Arbeitsplatz zur Wache eilten. Der erste Wagen hatte innerhalb von fünf Minuten nach Eingang des Alarms die Wache verlassen, hieß es. Sie mussten also jeden Moment hier sein. Kristoffer und seine Schwester waren jetzt fast angekommen. Es schien, als wären sie die Ersten vor Ort. Aber wer hatte dann angerufen und Alarm geschlagen? Er konnte niemanden sonst sehen. Es war Glück im Unglück, dass es Nacht war und sich keine Kinder und Erzieher in den Räumen aufhielten, dachte er. Aber er wollte trotzdem sehen, was er tun könnte, und die Einsatzwagen in Empfang nehmen.

Als Kristina gebremst hatte, warf er sich aus dem Auto, sprang über den Zaun in den Hof der Kita und eilte zu den großen Fenstern an der Längsseite, um hineinzusehen. Da drinnen bewegte sich etwas. War das eine optische Täuschung, waren es Schatten, von den lodernden Flammen an die Wände geworfen? Nein, dort drin schien ein Mensch zu sein, der sich vom Fußboden erhob. Bark war fast sicher. Schnell eilte er zum Eingang, drückte die Klinke herunter, doch die Tür war verschlossen, und der Griff glühte. Wahrscheinlich waren die anderen Türen auch verschlossen, also drehte er sich zurück zum Fenster und suchte nach etwas, womit er die Scheibe einschlagen könnte. Er fand einen Stein. Plötzlich wurde der Raum hinter dem Fenster grell erleuchtet wie eine Bühne im Scheinwerferlicht. Und jetzt sah er, dass da drinnen tatsächlich jemand mit einer gelben Decke über dem Kopf stand. Es war eine große Person, ein ziemlich magerer Mann. Wie war das möglich? Was tat er da? Sein Mund stand offen, als würde er etwas schreien. Doch kein Laut konnte das rasende Feuer übertönen. Flammen züngelten an der Decke hoch, als der Mann sich dem Fenster näherte. Doch dann sackte er zusammen und kroch über den Fußboden zurück in den hinteren Teil des Zimmers. Jetzt konnte man ihn nicht mehr sehen, weil der Rauch so stark war. Der Raum stand voll in Flammen. In dieser Situation spielte es keine Rolle mehr, ob eine zerbrochene Scheibe mehr Sauerstoff hineinließ oder nicht. Wenn der Rauch dicht gewesen wäre, hätte Bark gezögert, aber nicht jetzt. Er schleuderte den Stein in die Scheibe, bereit, in das Haus zu stürzen und zu versuchen, den Mann dort drinnen zu retten. Glassplitter und eine unfassbare Hitze schlugen ihm entgegen. Er sah nichts. Er konnte die Augen kaum mehr öffnen, sondern stolperte in Rauch und Feuer, als er einen Arm um seine Taille spürte. Kristina hielt ihn mit aller Kraft zurück und schrie ihn an.

»Was hast du vor, Kristoffer? Willst du sterben?«

»Es ist jemand da drin!«, schrie er, um das Feuer zu übertönen. Er versuchte, sich frei zu machen. Doch die Angst verlieh ihr Kraft, und Kristina hielt ihn im entscheidenden Augenblick auf.

»Zurück! Hör auf, Kristoffer. Es ist vorbei. Du hast keine Chance mehr, da drinnen jemanden zu retten.« Mit aller Kraft versuchte sie, ihn mit sich und vom Feuer weg zu zerren.

Im selben Moment war ein ohrenbetäubendes Krachen wie von einer Explosion zu hören, und das Dach fiel in sich zusammen. Sie mussten sich zurückwerfen, um nicht von brennenden Gardinen, Brettern, Glas und heißen Metallscheiben getroffen zu werden, die sich dort, wo sie standen, in den Boden rammten. Bark stürzte im Kies, rappelte sich wieder hoch und versuchte, mit vom Rauch brennenden Augen etwas zu erkennen. Ein Hustenanfall überwältigte ihn, und er rang nach Luft, atmete Rauch ein, sodass die Lunge brannte. In der Ferne konnte man immer deutlicher die Sirenen der Feuerwehr hören. Im Blaulicht erkannte er eine Drehleiter und einen Löschwagen, die direkt vor dem Zaun hielten. Er stolperte zu dem Feuerwehrmann, der die Einsatzleitung zu haben schien. »Es ist jemand da drin. Er hatte eine Decke über sich, und die schien Feuer gefangen zu haben. Es sah aus, als würde er ins Feuer zurückkriechen. Vielleicht konnte er das Fenster nicht sehen.«

Der Feuerwehrmann nickte. Routiniert begannen die Löscharbeiten. Bark sank auf dem Rasen zusammen. Tränen liefen ihm übers Gesicht. Er war verzweifelt. »Hätte ich ihn retten können, wenn wir nur eine Minute früher gekommen wären?«, fragte er mehr sich selbst als Kristina.

»Denk bloß nicht so!« Ihre Angst schlug in Zorn um. »Es war der reine Wahnsinn, zu versuchen, da rein zu rennen, wo doch das ganze Haus in Flammen stand. Du könntest jetzt tot sein! Ich habe nur einen großen Bruder. Du könntest tot sein!« Es sah aus, als würde sie ihn am liebsten schlagen, doch er fing ihren Arm und hielt sie fest, während er überlegte, was er jetzt tun sollte.

Er sah sich um. Scheinbar bestand keine Gefahr, dass sich der Brand auf die Nachbargebäude ausweiten würde. Bark nahm sein Handy, um die Leute zu filmen, die am Brandort auftauchten. So etwas erwies sich hinterher häufig als wertvoll, wenn es sich um die Tat eines Pyromanen handelte, denn diese Täter blieben gern vor Ort, um ihr Werk zu betrachten. Da entdeckte er eine Frau, die so nahe an einem Baumstamm stand, dass man sie in ihrem grauen Mantel kaum erkennen konnte. Sie sah mit Entsetzen und Faszination auf das Feuer. Wie lange stand sie wohl schon dort? Ihre Haare waren lang und aschgrau, und wie sie da im Schatten des Baumes stand, hatte auch ihre Haut einen grauen Ton. Ihr Rücken wirkte schief und verdreht, wie bei einer vom Wind verbogenen Kiefer. Vielleicht hatte sie eine schwere Skoliose. Bark bat Kristina, weiter alle zu filmen, die auftauchten, und ging hin, um mit der Frau am Baum zu sprechen. Vielleicht war sie eine wichtige Zeugin.

Er zeigte seine Polizeimarke. »Ich heiße Kristoffer Bark.«

Die Frau wandte unwillig den Blick vom Feuer und sah ihn an. Aus der Nähe wirkte sie nicht so alt, wie er zunächst gedacht hatte, vielleicht war sie erst knapp vierzig.

»Wann sind Sie hierhergekommen? Vor oder nach uns?«

»Kurz vor Ihnen. Nur ein paar Minuten. Ich habe die 112 angerufen. Ich habe gesehen, wie Sie den Stein in die

Scheibe geworfen haben, und habe noch gerufen, dass Sie sich vorsehen sollen, aber Sie haben mich nicht gehört.«

»Haben Sie da drinnen im Feuer jemanden gesehen?«

»Nein, niemanden. Warum sollte jemand mitten in der Nacht in einer Kita sein? Die ist doch geschlossen.«

Bark wusste nicht, was er glauben sollte. »Ich bräuchte Ihre persönlichen Daten. Wie heißen Sie?«, fragte er und suchte dann nach etwas in den Taschen, womit er schreiben könnte. Seine rechte Hand brannte nach dem Griff an die heiße Türklinke.

»Måna-Lisa Skog.« Sie wollte ihm schon die Hand geben, zog sie dann aber wieder zurück, als sie merkte, dass er Schmerzen hatte. »Das war eine Gasflasche, die da losgeknallt ist«, stellte sie sachlich fest, ohne irgendeine Emotion zu zeigen. Sie schien nicht verstanden zu haben, dass jemand da drinnen verbrannt sein könnte. »Ich habe Eva gesagt, dass die Handwerker die besser mitnehmen sollten. Die teeren nämlich das Dach neu, und weil sie damit in den kommenden Tagen noch weitermachen wollten, haben sie die Gasflasche in die Speisekammer hinter der Küche gestellt.«

»Woher wissen Sie das?«

»Ich habe vor einer Weile noch in der Kita gearbeitet. Und vorgestern bin ich hier vorbeigekommen und habe meinen Kaffeebecher abgeholt.«

»Vorgestern«, echote Bark und dachte an Tom Gruvberg, der die Kita mit seinem Elchstutzen aufgesucht hatte. Das war gestern gewesen, stellte er fest, denn inzwischen war es nach Mitternacht. Hatten der Brand und Toms Wahnsinnstat etwas miteinander zu tun? Konnte das da drinnen der alte Mann sein? Bark versuchte sich zu erinnern, wie die Gestalt ausgesehen hatte, und war unsicher. War es möglich, dass Tom Gruvberg noch einmal in die Räume der Kita eingedrungen war und dort einen Brand gelegt hatte? »Haben Sie sonst noch jemanden hier gesehen, als Sie kamen?«

»Ein Alter mit einem langen blauen Stock ist mir entgegengekommen«, sagte Måna-Lisa Skog. »Tom Gruvberg heißt er. Ich bin die Nachbarin seines Enkels, deshalb weiß ich ziemlich viel über die.«

»Was machen Sie jetzt hier?«

»Ich konnte nicht schlafen und habe einen Spaziergang gemacht, und da habe ich Tom getroffen. Ich dachte schon, dass er vielleicht verwirrt ist, wenn er hier mitten in der Nacht rumläuft. Sonst sehe ich ihn immer nur in der Bibliothek. Er liest viel, ist ein gebildeter Mann. Wir haben einige interessante Diskussionen über die Silbergruben geführt.«

»Wo haben Sie ihn gesehen – ich meine, heute Nacht?« Auch wenn Bark kein Motiv sah, warum Tom Gruvberg die Kita hätte in Brand setzen sollen, so war es doch nicht unmöglich. »Grade eben erst, vor zehn Minuten vielleicht. Er ist hier die Straße runtergekommen. Ansonsten war da niemand.«

»Haben Sie gesehen, in welche Richtung er ging?« Bark versuchte sich zu beherrschen, obwohl er merkte, wie das Adrenalin durch sein Blut rauschte und wie mit Nadelstichen in seine Fingerspitzen fuhr.

»Den Kyllervägen runter«, erwiderte Måna-Lisa Skog, ohne ihn anzusehen. Ihr Fokus war ganz allein auf die Feuerwehrleute gerichtet, die den Brand bekämpften.

Bark merkte sich, wohin der Alte gegangen war. Den

Bungalow würde man nicht retten können, und sicherlich war der Mann, den er in den Flammen gesehen hatte, auch nicht mehr zu retten gewesen. Jetzt kam es darauf an, das Feuer so zu begrenzen, dass es sich nicht weiter ausbreitete, und es zu löschen. Er drehte eine Runde um den Brandherd und stimmte die Lage mit einem der Feuerwehrleute ab. Hier vor Ort konnte er nichts weiter ausrichten. Kristina filmte immer noch mit dem Handy. Ungefähr zwanzig Personen waren gekommen, um dem Drama beizuwohnen. Die Kollegen von der Streife, die gerade eingetroffen waren, sprachen schon mit den Leuten, und Bark beschloss, sich auf den Weg zu machen.

17

Kristoffer Bark rannte in die Richtung, die Måna-Lisa Skog gezeigt hatte. Er war zutiefst erschüttert darüber, dass möglicherweise direkt vor seinen Augen ein Mann im Feuer ums Leben gekommen war, ohne dass er ihn hatte retten können. Andererseits hatten weder Kristina noch die Zeugin Måna-Lisa Skog jemanden in der brennenden Kita gesehen. Nun hatte Bark wegen der seltsamen Epilepsieanfälle, die seine Realitätsauffassung beeinflussten, schon häufiger an seinen Sinnen zweifeln müssen, das war ihm schmerzhaft bewusst. Hatte er wirklich jemanden gesehen, oder war der brennende Mann lediglich ein Gespinst seines unzuverlässigen Gehirns? Aber ... wenn er seinen Sinnen vertrauen wollte ... wen hatte er dann gesehen? Wie konnte er die Person beschreiben? Er versuchte, sich zu erinnern. Der Mann war überdurchschnittlich groß gewesen, über das Alter jedoch konnte er nichts sagen. Schlank war er gewesen, und er hatte sich bewegt, als wäre er noch jung. Eine Haarfarbe hatte Bark nicht erkennen können, da die Person in eine Decke gewickelt gewesen war. Aber es hatte sich um einen Mann gehandelt, da war er ganz sicher. Die Zeugin hatte Tom Gruvberg gesehen, *nachdem* Bark und Kristina an der brennenden Kita angekommen waren, der Alte müsste also noch am Leben sein.

Bark musste immer wieder anhalten und husten, seine Lunge zog sich von dem eingeatmeten Rauch krampfartig zusammen. Wahrscheinlich hatte es in der Kita erst ein paar Minuten gebrannt, ehe sie hinkamen. Vom ersten Funken, bis ein Haus lichterloh brannte, ging es immer schneller, als man dachte.

Jetzt musste er Tom Gruvberg finden, der sie den ganzen Tag an der Nase herumgeführt hatte, und wenn sich alles beruhigt hatte, wollte er die Zeugin Måna-Lisa Skog noch einmal befragen.

Erst jetzt bemerkte er, dass Kristina das Auto geholt hatte und ihm folgte. Sie winkte ihm zu, dass er einsteigen sollte, doch er hatte andere Pläne.

»Ich laufe den Kyllervägen runter, und du suchst die Seitenstraßen mit dem Auto ab. Ruf an, wenn du einen alten Mann mit Stock siehst. Steig aber nicht aus dem Auto. Es könnte sein, dass er sich wieder Waffen beschafft hat, und er ist stärker, als man denkt.« Kristoffer fing den Blick seiner Schwester ein und sah sie an: »Ich meine es ernst! Er ist unberechenbar und kann gefährlich sein.«

»Ich kann nicht in Hällefors bleiben, Kristoffer. Das musst du verstehen. Ich muss mich jetzt um meinen Artikel kümmern, wenn er noch in die Morgenzeitung soll. In vierundzwanzig Stunden ist er nichts mehr wert. Tut mir leid. Ich fahre jetzt zurück nach Örebro.«

»Das verstehe ich. Es ist okay. Danke für deine Hilfe als Chauffeurin. Du hast mehr als genug getan.« Kristina gehörte nicht zu den Leuten, die jemanden wirklich an sich ranließen. Sie weinte selten. Wenn sie unter Druck gesetzt wurde, wurde sie nicht traurig, sondern wütend.

Auch jetzt weinte sie nicht – im Gegensatz zu ihm, der allerdings immer noch den beißenden Rauch in den Augen dafür verantwortlich machen konnte. Sie hatte auch nicht wie er das Schreckliche gesehen.

»Und du? Bleibst du hier?«

»Ja«, erwiderte er, ohne langsamer zu laufen. Plötzlich fiel ihm etwas ein, was Lillemor gesagt hatte, nämlich dass Tom manchmal auf seinem Rollator an der Statue im Millesparken saß. Dorthin war es nicht weit, und der Park lag in der Richtung, die ihm die Zeugin Måna-Lisa Skog gewiesen hatte.

»Okay«, erwiderte Kristina, ohne zu fragen, wie er denn nach Hause kommen wollte.

Kristoffer nahm Kontakt zur Zentrale auf, um mitzuteilen, wohin er unterwegs war. Während er weiterjoggte, versuchte er zu begreifen, wie das alles zusammenhing. Gab es überhaupt eine logische Erklärung dafür, warum Tom die Kita in Brand gesetzt haben könnte? Immerhin gingen seine eigenen Urenkel dorthin. Er hatte gesagt, dass er sie beschützen wolle, da schien es doch abwegig, das Gebäude in Brand zu setzen. Das wirkte tatsächlich sehr verwirrt. Der Arzt hatte gesagt, die erhöhten Kalziumwerte könnten die Ursache sein, und offensichtlich hatte Tom früher im Jahr eine Krebsdiagnose erhalten. Aber Lillemor hielt ihren Vater nicht für verwirrt, und die Zeugin Måna-Lisa Skog hatte eben gesagt, dass Tom Bücher las und interessante Diskussionen führte. Könnte das mit dem verminten Garten vielleicht einfach eine Erfindung des Enkels gewesen sein? Daniels Scheidung von einer schönen und erfolgreichen Frau war eine Tatsache, und er lief Gefahr, das Sorgerecht für seine Kinder zu verlieren. Vielleicht wollte er jetzt, da das Schicksal ihn so schlecht behandelte, wenigstens der Polizei das Leben schwer machen.

Das Gebiet um den Millesparken wurde von roten niedrigen Reihenhäusern mit Wohnungen bestimmt. Alle Häuser waren in großem Maß künstlerisch dekoriert, nicht nur von Carl Milles, sondern auch von anderen Künstlern. Mittendrin lag der Park mit einem Springbrunnen aus rotem Ziegelstein, der aber nun trotz Beleuchtung fast schwarz aussah. Die Straßenlaternen mit runden weißen Lampen warfen ihren Schein über die berühmte Statue. Er konnte sie schon aus weiter Entfernung erkennen und trat näher. Er sah die Plastik von Gottes Hand, darauf eine athletische, männliche Figur, die vor einem dunkelgrauen Himmel auf Daumen und Zeigefinger des Allmächtigen balancierte.

Bark dachte an den Mann, der in der Kita verbrannt war. Im einen Moment hatte er auf dem dünnen Seil, welches das Leben ist, getanzt, um im nächsten hilflos in die Ewigkeit zu stürzen. Könnte es dem Mann auf mirakulöse Weise gelungen sein, aus dem brennenden Haus zu kommen? War das möglich? Bark glaubte das nicht, denn es hatte so ausgesehen, als würde die Gestalt in den Personalraum kriechen, und der hatte keine weitere Tür.

Auf jeder Seite der Milles-Statue stand eine leere Bank. Tom hatte seinen Rollator nicht mitgenommen, als er aus der Notaufnahme in Lindesberg ausgebüxt war. Laut Måna-Lisa Skog war er mit einem blauen Stock unterwegs gewesen. Irgendwie hatte Bark sich eingebildet, dass Gruvberg senior hier auf der Bank sitzen und die Suche endlich vorbei sein würde. Vielleicht war es für den alten

Mann ja ohne Rollator auch zu weit gewesen bis zum Park. Sowie die Sonne aufging, würden Barks Kollegen, der Heimatschutz und andere Freiwillige sich versammeln und die Gegend noch einmal absuchen. Bark erwog, zum Reisezentrum zu gehen, um sich zu vergewissern, dass Tom Gruvberg nicht doch noch mit einem Zug oder einem Bus verschwand. Bus Nummer 802 Richtung Örebro würde um 5:50 Uhr abfahren. Doch es gab auf der Strecke auch spätere Haltestellen, an denen Tom unbemerkt zusteigen konnte. Busfahrer und Zugschaffner mussten informiert werden, falls sie den Fahndungsaufruf nicht gehört hatten, dachte er und erhob sich von der Bank, auf die er für einen Augenblick niedergesunken war. Er machte ein paar schwere Schritte und wollte gerade auf den Weg zwischen den Häusern abbiegen, als er einen Stock und ein paar abgenutzte Stiefel mit Klettverschluss unter einem Busch hervorragen sah.

War das Tom Gruvberg? Bark war erleichtert, ihn gefunden zu haben, und eilte hin, um zu sehen, ob der Alte gestürzt war und Hilfe brauchte. Das wäre ja nicht verwunderlich, da er seinen Rollator nicht dabeihatte. »Tom? Haben Sie sich verletzt?«

Keine Antwort.

Bark beugte sich vor. Der Alte lag auf dem Rücken – vollkommen regungslos. Der Schein der Straßenlaternen reichte nicht bis dorthin, und im Schatten des Gebüschs war es schwer, sein Gesicht zu sehen. »Wie geht es Ihnen, Tom? Haben Sie sich verletzt?«

Immer noch keine Antwort. Der Gedanke, dass der Alte tot sein könnte, kam wie eine plötzliche Ohrfeige. Bark zuckte zurück und schaltete die Taschenlampe des

Handys ein. Der Lichtkegel tanzte über Tom Gruvbergs weit aufgerissenen Mund. Die Lippen waren gelblich bleich, der Blick leer und starr. Um den Kopf breitete sich eine schwarze, glänzende Gloriole einer Flüssigkeit aus. War er gefallen und hatte sich den Kopf angeschlagen? Bark suchte nach einem Puls, fand aber keinen – weder am Handgelenk noch am Hals. Die Haut war kalt und feucht. Unter dem Kopf des alten Mannes befand sich eine Metallplatte, deshalb war das Blut nicht vom Boden aufgesogen worden.

Bark wählte die 112, stellte die Lautsprecherfunktion ein und begann mit der Herzmassage. Tom Gruvberg war über neunzig Jahre alt. Seine Überlebenschancen waren im Prinzip nichtexistent. Kristoffer kam ein seltsamer Gedanke: Einmal hatte er im Bus in die Stadt hinter zwei Mädchen gesessen, die darüber diskutierten, wer noch wiederbelebt werden sollte. Die beiden hatten gefunden, dass der Eintritt ins Rentenalter ein passender Zeitpunkt wäre, von dem an man von Notfall-Einsätzen absehen könnte. Bark hoffte damals, dass sie nicht in der Pflege arbeiteten. In solche Gedanken versunken fiel sein Blick auf einen Ziegelstein neben Tom, über den ebenfalls die schwarz glänzende Flüssigkeit gelaufen war, die Bark für Blut hielt. Könnte dieser Ziegelstein eine Mordwaffe sein? War Tom Gruvberg ermordet worden? Er brach die Herzmassage ab und teilte dem Chef vom Dienst seinen Verdacht mit. Mehrere Kollegen und ein Krankenwagen waren auf dem Weg.

Bark sah sich nach weiteren Anzeichen wie blutigen Fußspuren oder verlorenen Gegenständen um, nach Hinweisen auf einen Kampf. Wenn der erste Streifenwagen ankam und ein Arzt den Tod festgestellt hatte, würde er nach Hause zu Lillemor fahren und ihr berichten, dass ihr Vater tot war. Hatte Tom Gruvberg wirklich die Kindertagesstätte in Brand gesetzt? Wer hatte ihn dann mit einem Ziegelstein erschlagen? Und warum? Die Fragen kreisten in seinem Kopf, ohne dass er Antworten darauf finden konnte. Aus der Ferne war zum zweiten Mal in dieser Nacht das Martinshorn zu hören.

18

Die Nacht war bereits in eine erste Morgendämmerung übergegangen, als Bark und ein Kollege der örtlichen Polizei bei Lillemor Gruvberg klingelten, um ihr mitzuteilen, dass ihr Vater tot, wahrscheinlich ermordet aufgefunden worden war. Da sie nicht öffnete und auch nicht ans Handy ging, versuchten sie erfolglos, ihren Sohn Daniel zu erreichen – bestimmt würde schon bald die Nachricht vom Mord die Runde durch die Medien machen.

Kristoffer Bark hatte gerade den Mantel unter seinem Kopf zusammengerollt und sich auf das Sofa der Polizeistation Hällefors gelegt, um ein paar Stunden Schlaf zu bekommen, als das Handy klingelte. Es war Ella. Dass seine Ex-Frau ihn anrief, war so überraschend, dass er sofort ranging. Ella war gerade nach Örebro zurückgekehrt, nachdem sie einen Entzug wegen ihrer Alkohol- und Tablettenabhängigkeit beendet hatte. Er befürchtete das Schlimmste. Dass sie möglicherweise ihre alten Kumpel wiedergetroffen, ihre Abstinenz gefeiert und dann wieder die Sackgasse genommen hatte. Er konnte schon nicht mehr zählen, wie oft er sie hilflos aufgefunden und in die Notaufnahme gefahren hatte. Wenn er nur daran dachte, legte sich ein Druck auf seine Brust wie bei einem Herzinfarkt. Bevor ihre gemeinsame Tochter Vera spurlos verschwunden war, hatte Ella in der Notaufnahme im Krankenhaus in Örebro gearbeitet. Sie hatte sich betäubt, um die Ungewissheit darüber, was mit Vera geschehen war, ertragen zu können. Am Ende war sie bei ihren eigenen ehemaligen Kollegen eingeliefert worden und hatte sich furchtbar dafür geschämt.

»Lebst du?«, fragte sie.

»Wo bist du?«, entgegnete er, ohne sein eigenes Befinden zu kommentieren. »Bist du okay, Ella?«

»Ich bin okay, aber wie geht es dir? Ich habe Kristina an der Tankstelle in Västhaga getroffen, und sie roch wie eine ganze Bücklingräucherei.«

»Ja«, antwortete er und merkte, wie ihm das Handy aus der Hand glitt, weil er im Begriff war, einzuschlafen. Nach alldem, was in dieser Nacht passiert war, konnte er einfach nicht mehr.

Doch Ella war Krankenschwester, und sie ließ sich nicht abwimmeln. »Wenn du Rauch eingeatmet hast, dann musst du ins Krankenhaus! Kapierst du das nicht? Du musst überwacht werden, Kortison bekommen und Medikamente zum Weiten der Luftröhre inhalieren. Der Rauch kann ernste Lungenschäden verursachen. Ich habe das auch Kristina gesagt, und sie hat mir versprochen, ins Krankenhaus zu gehen. Wir haben darüber schon einmal geredet, Kristoffer. Du musst dich auch um dich selbst kümmern!«

Er lachte trocken. Das war sonst eigentlich sein Satz. »Okay, es wird schon alles gut«, sagte er in dem Versuch, das Gespräch zu beenden.

»Muss ich erst nach Hällefors fahren und dich in die Notaufnahme bringen?«

»Nein, es ist alles gut«, sagte er, und dann erinnerte er sich an nichts mehr von dem Gespräch. Doch plötzlich stand sie da. Blond und geschminkt und durchtrainiert. Eine viel lebendigere Variante des traurigen Wesens, das vor einigen Monaten die Stadt verlassen hatte, um in die Klinik zu fahren. Ella hatte sicherlich recht – er musste ins Krankenhaus in Lindesberg fahren. Also fügte er sich und ging mit. Im Auto nahm er Kontakt zu Zimmermann auf, die ein paarmal versucht hatte, ihn zu erreichen, nachdem sie die Berichte von ihm und seinen Kollegen über die Nacht gelesen hatte.

Er konnte nur bekräftigen, dass das, was sie gelesen hatte, die Wahrheit war.

Zimmermann fuhr fort: »Weil du bei dieser Sache dabei warst, möchte ich, dass du die Ermittlung in dem Brandfall leitest – auch wenn wir noch immer nicht mit Sicherheit wissen, ob es ein Opfer in den Flammen gegeben hat. Gleiches gilt für die Ermittlung in Sachen Tom Gruvbergs Tod, bei dem es sich ja offensichtlich um einen Mord handelt. Da Gruvberg sich zuvor in der Kita aufgehalten hat, könnten diese beiden Fälle durchaus zusammengehören. Die Sache mit dem Säugling im Moor hat erst mal keine Priorität mehr. Um zu entscheiden, ob wir zusätzliche Ressourcen dafür bereitstellen können, brauchen wir erst den Bericht von der Gerichtsmedizin zu der Moorleiche. Doch im Moment gibt es andere Dinge, um die wir uns kümmern müssen. Ist das in Ordnung für dich?«

»Ja, wenn ich Hilfe von Mia Berger bekomme.« Bark spürte Ellas Blick von der Seite. Seine Ex-Frau wusste nichts von seinen Gefühlen für Mia, aber sie war sehr erfahren darin, zu interpretieren, was er ungesagt ließ. Er musste vorsichtig sein.

»Ich werde sehen, was ich tun kann.« Man konnte hören, dass Zimmermann auf der Tastatur ihres Computers schrieb. »Ich bin gerade mal wieder darauf hingewiesen worden, dass wir mit den Ressourcen der Polizei sparsam umgehen müssen. Tom Gruvbergs Garten war, wie du weißt, nicht vermint! Ist dir klar, was es gekostet hat, diese Sache zu untersuchen? Wir müssen das Budget einhalten, Bark.« Sie wartete nicht auf eine Reaktion, sondern fuhr fort: »Und wo bist du jetzt?«

»Ich bin auf dem Weg«, erwiderte er vage. Wenn er jetzt erwähnte, dass er wegen einer möglichen Rauchvergiftung ins Krankenhaus fuhr, dann bestand die Gefahr, dass die Ermittlungen an jemand anders übergeben würden. Und er hatte keine Kraft, zurückzufragen, was denn passiert wäre, wenn der Garten tatsächlich vermint gewesen und jemand in die Luft geflogen wäre, weil sie versäumt hatten, das zu kontrollieren.

Zimmermann beendete das Gespräch.

Ella hielt am Eingang zur Notaufnahme des Krankenhauses in Lindesberg. Bark dankte ihr mit einem Nicken und öffnete die Beifahrertür.

»Ich schreibe an einem Buch«, sagte Ella, als er schon halb ausgestiegen war.

»Was sagst du? Das ist ja eine Überraschung! Wovon handelt es?« Von so etwas hatte Ella noch nie gesprochen.

»Wie es ist, Krankenschwester und Alkoholikerin zu sein. Ich hoffe, dass meine Geschichte anderen Hoffnung machen kann.«

Drei Stunden später saß Bark zusammen mit Henrik Larsson am Küchentisch von Lillemor Gruvberg. Henrik hatte ihn im Krankenhaus abgeholt, wo ihn die Ärzte am liebsten zur Beobachtung dabehalten hätten, doch Bark hatte die angebotenen Medikamente genommen und war gegangen.

Lillemor sah sie fragend an. Sie wusste noch nicht, was passiert war. »Geht es um Papa? Haben Sie ihn gefunden?« Sie bedeutete ihnen, dass sie leise sprechen sollten. »Die Zwillinge sind hier.«

»Ja, ich habe Ihren Vater letzte Nacht im Millesparken gefunden. Er ist tot. Es tut mir leid«, sagte Bark rasch, bevor Lillemor noch fragen konnte, ob sie Kaffee wollten.

»Was ist passiert?« Ihr ansonsten so ausdrucksvolles Gesicht zeigte keinerlei Regung, sondern war lediglich eine steife Maske der Anspannung. Sie saß kerzengerade am Tisch, und wie um sich abzulenken, wanderte ihr Blick durchs Fenster zum Apfelbaum und dem Blumenbeet.

Bark berichtete so direkt und einfach er konnte und erwähnte den Brand nur nebenbei.

»Glauben Sie, dass Papa die Tagesstätte angezündet hat?«, fragte Lillemor, und ihre ganze Körpersprache flehte um ein Nein. »Warum in aller Welt sollte er das tun?«

»Er befand sich in der Nähe, aber das bedeutet nicht, dass er es getan hat«, erklärte Henrik, und in seiner Stimme schwang Mitleid mit.

»Aber Papa ist tot«, wiederholte Lillemor für sich selbst. »Richtig tot. Ermordet!«

Bark nickte. »Ja, wir befürchten, dass er ermordet

wurde. Ich konnte ihn nicht mehr retten, er war schon tot, als ich bei ihm ankam.«

»Wie ist er gestorben?«

»Das können wir noch nicht sagen. Aber Sie werden es erfahren«, versprach Bark. Bei Vernehmungen mit möglichen Zeugen war es ein Vorteil, wenn Vorgehensweise und Mordwaffe noch nicht bekannt waren, sonst bestand immer die Gefahr, dass Zeugen ihre Geschichte dem anpassten, was sie gehört hatten.

»Und was passiert jetzt?«, fragte Lillemor, deren Gesicht weiterhin keinerlei Regung zeigte.

»Es gibt eine ausführliche gerichtsmedizinische Obduktion. Es könnte also eine Weile dauern, bis er beerdigt werden kann.«

»Kann es denn nicht ein Unfall gewesen sein?«, fragte sie tonlos.

»Wir halten das für höchst unwahrscheinlich.« Bark hatte, kurz bevor sie bei Lillemor klingelten, einen Anruf von den Kollegen am Tatort bei der Milles-Statue bekommen. Es sah nicht so aus, als wäre ein Ziegelstein von irgendwelchen Bauwerken am Fundort heruntergefallen. Neben Toms Kopf hatte aber ein blutverschmierter Ziegelstein gelegen, und auf dem Boden war viel Blut gewesen, was auf Mord oder Totschlag hindeutete.

»Meine Frage an Sie ist: Wer könnte Ihren Vater töten wollen?«

Lillemor sah aus, als würde sie anfangen zu lachen, doch ihr Gesicht verzog sich zu einer Grimasse. »Viele. Papa hat eine einzigartige Fähigkeit besessen, sich Feinde zu machen. Aber bitte, darüber kann ich jetzt nicht reden. Ich setze mal Kaffee auf.«

Während Lillemor an der Spüle klapperte, studierte Bark die Wände. Über der Küchenbank hing eine gerahmte Fotografie in Schwarz-Weiß, die vergilbt war und aussah, als wäre sie schon vor langer Zeit aufgenommen worden. Sie stellte die Lucia von Hällefors dar, und mit etwas gutem Willen konnte man sehen, dass es sich bei dem süßen Mädchen mit den langen Haaren um Lillemor handelte. Heute trug sie die inzwischen grauen Haare kurz geschnitten, aber das Gesicht war durchaus noch wiederzuerkennen, auch wenn die Züge etwas von ihrer Elastizität verloren hatten und der fröhliche, neugierige Blick nicht mehr da war. Neben dem Foto hing der Werbekalender vom Supermarkt, am Pinnbrett auf der anderen Seite des Porträts eine handgeschriebene Einkaufsliste.

»Ich denke gerade an Ihren Sohn Daniel«, sagte Henrik. »Wie war seine Beziehung zu seinem Großvater?«

»Gut«, sagte sie kurz, fast abweisend.

»Informieren Sie ihn selbst, oder möchten Sie, dass ich das tue?«, erkundigte sich Bark.

»Ich spreche mit Daniel. Das ist keine große Sache. Keiner von uns hat gedacht, dass Papa ewig leben würde.«

»Wir haben Daniel nicht erreichen können. Wissen Sie, wo er sich befindet?«

»Nein. Ist er nicht zu Hause?«

»Offenbar nicht. Wenn Sie ihn sprechen, dann richten Sie ihm doch bitte aus, dass wir mit ihm reden möchten. Wie Sie ja vielleicht gehört haben, ist das Haus Ihres Vaters bis auf Weiteres abgesperrt. Daniel sagte gestern, der Garten könnte vermint sein.«

»Papa, der Idiot, hat das manchmal gesagt, um anderen Angst zu machen! Es kam vor, dass er sich fürchtete, und dann wollte er zeigen, dass er dem was entgegenzusetzen hätte. Ich habe den Polizisten gesagt, dass der Garten sicherlich nicht vermint ist, musste aber trotzdem meinen Schlüssel zu Papas Haus abgeben.« Jetzt sah Lillemor wirklich resigniert aus. »In dieser Familie ist einfach viel zu viel mit Dynamit gespielt worden.«

»Wie hat Daniel sich die Hand verletzt?«, erkundigte sich Bark, der gerne herausfinden wollte, wie viel von dem, was Daniel gesagt hatte, überhaupt stimmte.

»Das hat er selbst am Neujahrsabend vor fünf Jahren betrunken fertiggebracht. Als Molly im Kreißsaal die Zwillinge zur Welt brachte. Er war derweil auf einer Party. Es war nicht das erste Mal, dass er sie im Stich gelassen hat, und das war natürlich unverzeihlich. Sie werden sich scheiden lassen, und ich fürchte, dass ich die Jungs nicht mehr werde sehen dürfen, wenn Molly das alleinige Sorgerecht bekommt. Und wenn sie jemand Neues kennenlernt, wird sie vielleicht wegziehen. Was weiß ich.«

»Die werden sicherlich nach Ihnen fragen«, sagte Bark. »Die Liebe der Kinder ist etwas, was man sich erworben hat, und das, was sie jetzt haben, wird nicht einfach weg sein. Sie sind wichtig für die beiden, und wenn Molly ihr Bestes will, dann wird sie das begreifen. Aber eine letzte Frage noch: Wir haben heute Nacht versucht, Sie zu erreichen, wo waren Sie da?«

»Hier in meinem Haus.«

»Aber Sie haben die Tür nicht geöffnet und sind auch nicht ans Telefon gegangen.«

»Die Klingel ist kaputt, und das Handy hatte ich, nachdem wir miteinander gesprochen hatten, auf lautlos gestellt. Und dann habe ich eine Schlaftablette genommen.«

»Du siehst aus wie ein Feuerschlucker mit Kater«, sagte Henrik, als sie Lillemors Haus verlassen hatten und sich ins Auto setzten. »Und du stinkst!«

»Ehrlich? Man gewöhnt sich ja so schnell daran. Das Schlimmste ist aber, dass ich meine Epilepsiemedikamente nicht habe nehmen können.« Bark überlegte kurz, wie er das erklären sollte. »Die Epilepsie grummelt in meinem Unterbewusstsein, wenn ich einen Anfall bekomme. Normalerweise kriege ich niemals große Krampfanfälle, es ist nicht einmal sicher, dass man überhaupt was merkt.«

»Ein Absence-Anfall, oder Petit mal genannt«, schlug Henrik vor, der sich in die meisten Diagnosen schon einmal eingelesen hatte und wahrscheinlich ohne Probleme die Abschlussprüfung in Medizin ablegen könnte.

»Nein, das auch nicht … ach, lassen wir das.« Bark schnallte sich an, und Henrik drehte den Zündschlüssel.

»Ich habe in dem Feuer etwas gesehen. Einen Mann. Aber ich kann nicht sicher sein, ob ich ihn wirklich gesehen habe, und es macht mir Angst, mich nicht auf meine Sinne verlassen zu können.«

Henrik wandte sich ihm zu. »Wenn da drinnen jemand war, dann werden wir das bald erfahren. Wir haben um sechzehn Uhr eine Besprechung mit dem Brandtechniker, der mit dem Fall betraut wurde. Bis dahin wird er sich ein erstes Bild von dem, was da passiert ist, gemacht haben. Bestenfalls erfahren wir dann, wie die Dinge liegen.«

Sie waren auf dem Weg zu Tom Gruvbergs Haus. Staatsanwältin Gaby Wide hatte eine Hausdurchsuchung genehmigt, um Spuren oder Hinweise darauf zu finden, wer Tom umgebracht haben könnte. Hatte er Drohbriefe bekommen? Gab es Anzeichen für einen Einbruch oder irgendetwas anderes, was darauf hinwies, dass er in Streit mit jemandem geraten war? Die Kollegen aus Karlskoga hatten bei der ersten Durchsuchung schon eine Schrotflinte und Munition gefunden. Aber da war Tom Gruvberg lediglich als verschwunden gemeldet gewesen. Jetzt mussten sie die Wohnung noch einmal gründlich durchsuchen, um einem Mörder auf die Spur zu kommen.

»Zum Teufel!«, rief Bark. »Sieh dir das an! Jemand hat die Absperrbänder abgerissen, und die Eingangstür zum Haus steht sperrangelweit offen.«

19

Lydia

Als ich zu Esters Hütte am Schlangenteich komme, ist es schon Nacht. Ich schließe die Tür auf, und sie sitzt mit glitzernden Augen da drinnen in der Dunkelheit. Das weiße Haar ist im Kontrast zu dem weißen Hemd in einen schwarzen Schal gehüllt. Ihre Füße sind nackt.

»Deine Kleider riechen nach Rauch. Blutest du? Lass mich mal deine Hände sehen.«

Ich schalte das Licht ein, denn ich muss ihr Gesicht sehen, muss sehen, ob sie versteht. Natürlich ist es eine Schwäche, ihr Mitgefühl zu brauchen. Meine Sehnsucht nach Verständnis und Sympathie hat schon so oft zu Enttäuschungen geführt. Ich weiß nicht, warum ich meine Gefühle jetzt offenbare.

»Wenn jemand damals für mich da gewesen wäre, als ich es brauchte, dann sähe jetzt alles anders aus. Was denkst denn du, wo meine Mutter war, als meine Haare brannten, weil meine Klassenkameraden es lustig fanden auszuprobieren, ob das Feuerzeug funktionierte? Wer ist besoffen und vollgepisst zu den Elternabenden gekommen, wenn überhaupt? Meine Mutter war genau wie der Lehrer und die anderen Eltern der Meinung, dass es meine eigene Schuld gewesen war. Die sagten, ich hätte mit dem

Feuerzeug gespielt und dann hinterher die Schuld auf die anderen geschoben, als meine Haare zu brennen anfingen.«

Ester sieht mich an und versucht meinen Hass mit ihrem Blick zu zähmen, aber ich wende den Kopf ab.

»Hast du Hunger?«, frage ich. »Ich habe Essen für dich besorgt, denn ich kann dich nicht zum Supermarkt fahren und einkaufen lassen.«

»Die Leute werden nach mir fragen. Bestimmt kommen sie bald hierher, um zu sehen, wie es um mich steht«, sagt Ester in fester Überzeugung.

Der Gedanke ist erschreckend. Aber ich lasse es mir nicht anmerken. Sie muss leben, bis ich alle Antworten auf meine Fragen über das Schreckliche bekommen habe, was passiert ist. Was mein Leben geformt hat.

20

Kristoffer und Henrik waren gerade vor Tom Gruvbergs Haus aus dem Auto gestiegen. In der Nähe war niemand zu sehen, aber Kristoffer bemerkte einen weinroten Volvo Amazon am Zaun, der das letzte Mal nicht da gestanden hatte.

»Es ist jemand da drin«, sagte Henrik, warf Bark eine Schutzweste zu und sagte nur: »Wer weiß, wer das ist, wir sind hier schließlich in Hällefors.«

Sie gingen zur Tür. »Hallo, hier ist die Polizei. Kommen Sie mit den Händen über dem Kopf heraus!«

Von drinnen im Haus waren Schritte zu hören, und ein buckliger Alter mit wilder weißer Mähne, sackartigen Hosen und Fleecejacke erschien am anderen Ende der Diele. »Lange her, dass ich die Hände über den Kopf heben konnte«, sagte er unwirsch.

»Wer sind Sie, und was machen Sie hier?«, fragte Bark in freundlicherem Ton, als er sah, dass der Alte unbewaffnet war.

»Ich bin Matti Björk. Ich wollte mit Tom sprechen.« Bark erinnerte sich, dass Gösta, der Leiter ihres Suchtrupps in Silvergruvan ihn erwähnt hatte. Matti war der Waldfinne, mit dem Tom seit Menschengedenken über ein Grundstück im Clinch lag.

»Worum geht es?«, fragte Henrik und knöpfte mit einiger Mühe das Jackett über dem Bauch zu. In dem alten Haus war es bitterkalt.

Matti sah sie unter buschigen Augenbrauen hindurch an. »Das geht nur Tom und mich etwas an. Ich suche nach einem Dokument.«

»Jetzt setzen wir uns erst mal, und dann erklären Sie uns das«, sagte Bark, als er sah, dass der Alte schon nicht mehr richtig stehen konnte.

»Verdammte Scheiße, ist das kalt hier«, meckerte Matti Björk. »Tom, der alte Geizkragen, heizt mit Holz, obwohl er reich wie Bolle ist und es sich auch leisten könnte, die Heizung aufzudrehen.«

»Um was für ein Dokument geht es?«, erkundigte sich Bark.

»Um Grund und Boden bei Silvergruvan. Aber das geht niemand anders etwas an. Mein Cousin Vilho hat da 1945 Silbererz gefunden. Er ist gestorben, und dann hat Tom an der Stelle geschürft. Die Hälfte davon hätte unserer Familie zugestanden.«

»Tom Gruvberg ist tot«, erklärte Bark, der keinerlei Lust verspürte, sich in einen Konflikt einzumischen, der seit dem Zweiten Weltkrieg tobte.

Auf Matti Björks wettergegerbtem Gesicht breitete sich unverhohlene Schadenfreude aus. »Dann habe ich ihn ja zumindest überlebt. Teufel auch.«

Henrik wirkte angesichts dieser mangelnden Ehrfurcht vor dem Tod bekümmert. »Wo haben Sie sich seit neun Uhr gestern Abend befunden?«

»In meinem Bett, aber ich habe die Feuerwehr gehört und bin aufgestanden und rausgegangen, um zu sehen, was passiert ist. Es hat gebrannt. Ein ganzer Kindergarten stand in Flammen. Aber das müssten Sie doch wissen! Verdammte Scheiße, hat das gebrannt! Ich habe eine Weile da gestanden und denen beim Löschen zugeschaut. Zum Glück haben wir eine eigene Freiwillige Feuerwehr. Das haben wir natürlich Ovako zu verdanken, der Eisengießerei. Die haben da Chemikalien, die ganz Hällefors in die Luft sprengen könnten, Unmengen von Gas, Sauerstoff, der wie die Hölle brennt, und Methanol, das giftig ist, wenn man es einatmet«, erklärte der Alte und sah nachgerade begeistert aus.

Bark brachte ihn auf das Thema zurück. »Sie waren also bei dem Brand. Kamen Sie vor oder nach der Feuerwehr?«

»Danach. Als ich die Sirenen hörte, bin ich mit dem Auto losgefahren. Man muss ja schließlich wissen, was so passiert.« Ohne jemanden um Erlaubnis zu bitten, holte Matti Björk eine Pfeife aus der Hosentasche, stopfte sie beiläufig mit Tabak und zündete sie an. Entspannt nahm er einen Zug. »Wie ist Tom denn gestorben?«

»Dazu können wir nichts sagen«, erwiderte Henrik.

Matti Björk riss die Augen auf. »Hat jemand ihn totgeschlagen? Das wundert mich nicht. So musste es doch kommen. Unkraut vergeht nicht so leicht. Er hat also Hilfe auf der Zielgraden bekommen, der Teufel.«

»Als Sie heute Nacht auf dem Weg zum Feuer waren, haben Sie da jemanden gesehen?«, unterbrach ihn Bark und wedelte den Rauch weg. Die Pfeife roch säuerlich, und seine Augen hatten während der Nacht schon genug Rauch abbekommen. Er dachte wieder an den Mann, den er in den Flammen gesehen hatte, und versuchte, die schlimmen Bilder zu verdrängen.

»In der Stationsgatan habe ich Måna-Lisa Skog gesehen. Ihre Mutter ist nicht ganz richtig im Kopf, aber Måna-Lisa ist auch nicht viel besser drauf. Sie hatte in dem Kindergarten eine Art Therapiejob, oder wie man das nun nennt. Hat mit dem Essen geholfen. Aber sie musste aufhören, angeblich hat sie irgendwas gemacht, was den Kindern hätte schaden können. Aber von mir haben Sie das nicht gehört. Vielleicht hat sie ja versucht, sie mit irgendwelchen Resten zu vergiften, die zu lange draußen gestanden hatten. Die Kinder heutzutage haben nicht mehr so abgehärtete Mägen wie wir zu meiner Zeit. Da hat man auch Sachen gegessen, die sauer und schimmelig waren, und hat sich gefreut, solange man satt wurde. Wenn man beim Essen gemault hat, dann kriegte man eine gelangt und wurde ins Bett geschickt. Aber heute ...«

Bark unterbrach ihn. »Was haben Sie gemacht, nachdem Sie Måna-Lisa Skog getroffen hatten? Wohin sind Sie gefahren?«

»Ich hab eine Runde gedreht, um zu sehen, ob noch mehr Leute wach wären, sodass man erfahren könnte, was da eigentlich passiert ist. Unten beim Bahnhof habe ich so einen Jugendlichen auf dem Fahrrad gesehen. Ich glaube, den nennen sie den *Elch*. Mehr nicht.« Matti versank in Gedanken. »Tja, dann ist Tom also tot. Das letzte Mal hab ich ihn in der Bibliothek gesehen, da war ich, um ein Buch zurückzubringen. Tom und die Bibliothekarin haben über alte Zeiten gesprochen. Sie heißt Carina Lindgren und ist in der Historischen Gesellschaft, genau wie Tom und seine Tochter. Sie haben über Silvergruvan geredet, und er hat ihr direkt ins Gesicht gelogen, sodass sich die Balken hätten biegen müssen.«

»Was hat er denn gesagt?«, fragte Bark mit gewisser Neugier.

»Er hat angegeben und rumgelabert und gesagt, dass die Boliden AB ihm die Silberfunde in den Siebzigerjahren zu verdanken hätte. Das ist eine Lüge, es war nämlich mein Cousin Vilho, der ihm den Weg gezeigt hat, und ist deshalb allein sein Verdienst.«

»Und deswegen waren Sie sich all die Jahre spinnefeind?«

»Ja, aber ich habe ihn nicht totgeschlagen, auch wenn er es verdient hätte«, sagte Matti Björk und blinzelte. »Wenn ich ihn hätte umlegen wollen, dann hätte ich das schon längst gemacht, als ich noch im Saft stand.«

Sie beendeten die spontane Vernehmung, und der Alte nahm seine Pfeife und ging. Bark schaute sich im Haus um. Er durchsuchte Schreibtischschubladen und andere denkbare Stellen, an denen Tom Gruvberg möglicherweise wichtige Dokumente verwahrt hatte, fand aber nichts. Erst unter der Schräge auf dem Dachboden entdeckte er eine Menge aufeinandergestapelter Tüten, in denen, wie sich herausstellte, die gesammelte Buchführung gelagert war. Bark nahm einen Ordner und blies den Staub weg, bevor er darin blätterte. Anscheinend war Carina Lindgren von der Bibliothek ihm mit den Rechnungen behilflich gewesen. Die Menge an Ordnern und Unterlagen machte die Aufgabe unübersichtlich, und Bark beschloss, stattdessen so bald wie möglich mit der Bibliothekarin zu sprechen.

Als er vom Dachboden herunterkam, bat er Henrik, die Kontaktdaten von Carina Lindgren herauszufinden. Dann rief er Måna-Lisa Skog an, doch vergeblich. In dem kurzen Moment, den sie miteinander gesprochen hatten, war sie ihm vollkommen normal vorgekommen, und er wusste nicht, was genau Matti Björk gemeint hatte. Nach der Nacht war es nicht verwunderlich, wenn sie jetzt schlief und nicht ans Telefon ging.

Nachdenklich blieb Bark auf der Schwelle zur Küche stehen. Auf dem Tisch standen zwei leere Weingläser. Hatte der Alte Besuch von jemandem gehabt, mit dem er Wein getrunken hatte? Abgesehen von den Gläsern gab es kein anderes Geschirr außer einem Topf, der auch so aussah, als hätte er Wein enthalten. Hatte er den Wein auf dem Herd erwärmt? Die Erfahrung sagte ihm, dass man mit Männern Bier trank und mit Frauen Wein. Ein Klischee, das sich – zumindest in der beschränkten Welt von Bark – sehr oft als richtig erwies. Wenn Tom Gruvberg alleine Wein getrunken hätte, dann wäre ein Glas ausreichend gewesen. Hatte es etwas zu feiern gegeben, oder war das selbst gekelterter Wein, vielleicht eine Probe von etwas, das Tom oder seine Tochter gebraut hatten? Bark holte Beweistüten und schob die Gläser und die leere Weinflasche, die er im Müll fand, hinein. Vielleicht würden sie Fingerabdrücke oder DNA des bisher nicht identifizierten Gastes daran finden.

Schon war es nach Mittag, und sie gönnten sich an der Tankstelle eine heiße Wurst. Während der knappen Stunde Fahrt nach Örebro nutzte Bark die Gelegenheit, etwas Schlaf nachzuholen. Vom fahrenden Auto gewiegt, fiel er in einen oberflächlichen Schlummer, der aber von schlechten Träumen gestört wurde. Der Mann, den er in den Flammen gesehen hatte, kam ihm erschreckend nah, die Augen vor Entsetzen weit aufgerissen, den Mund zu einem Schrei geöffnet, der in dem brüllenden Feuer ertrank. *Hilf mir! Hilfe!* Im selben Moment befand sich Kristoffer außerhalb seines Körpers. Er stieg durch die Glasscheibe der Kita, ohne sich zu schneiden. Die Hitze berührte ihn nicht. Er hob die brennende Decke vom Kopf des Mannes. Aber da war kein Gesicht, und plötzlich waren seine Hände voller Asche.

»Bark, wach auf!« Henrik stieß ihn fest in die Seite. »Du jammerst und stöhnst. Ich kann mich nicht aufs Fahren konzentrieren, wenn du vorhast, dich in ein grunzendes Monster zu verwandeln oder einen epileptischen Anfall mit Zombiecharakter zu kriegen. Das ist nicht mehr verkehrssicher, jetzt bleibst du also bitte wach!«

»Okay«, erwiderte Bark. Es war eine Erleichterung, die Albträume los zu sein.

»Hast du von dem Mann geträumt, den du im Feuer gesehen hast?«

»Ja, und ich hoffe, dass ich mich getäuscht habe. Wer sollte sich denn mitten in der Nacht in einer Kita befinden? Da kann doch niemand sein. Måna-Lisa Skog hat gesagt, die Handwerker hätten eine Gasflasche vergessen. Könnte es einer von denen gewesen sein, der geblieben ist und da übernachtet hat, um früh am Morgen weiterarbeiten zu können?«

»Es ist niemand vermisst gemeldet«, entgegnete Henrik. »Ich habe das überprüft. Aber es könnte natürlich jemand sein, der allein lebt. Da kann es schon dauern, ehe die Kollegen sich zu wundern anfangen, warum er nicht zur Arbeit kommt.«

»Das setzt aber voraus, dass der Handwerker den Türcode kannte. Wer rein will, muss den Code haben«, überlegte Bark. Im selben Moment kam ihm ein schrecklicher Gedanke. »Was, wenn es der Praktikant war? Er wohnt in Örebro und sollte morgen ganz früh die Kita aufsschließen.« Plötzlich wurde ihm schwindelig, als ob der Traum ihn zurück in die Dunkelheit zerren wollte. »Es kann Oskar Davidsson gewesen sein, den ich im Feuer gesehen habe.« Mit zitternden Fingern wählte Kristoffer die Handynummer, die er am Tag zuvor zu erreichen versucht hatte. Es klingelte und klingelte, bis endlich eine Männerstimme ranging.

»Hallo?«

21

»Mit wem spreche ich?«, fragte Bark und starrte auf das Display seines Handys, auf dem Oskar Davidssons Telefonnummer zu sehen war.

»Sie sprechen mit Micke vom Rettungsdienst. Wer sind Sie?«

»Kristoffer Bark, Polizeiregion Bergslagen.« Er holte tief Luft, ehe er die entscheidende Frage stellte: »Wo befinden Sie sich?«

»In der Kita Lillbacka. Ich habe dieses Handy unter einem umgefallenen Metallregal gefunden. Wissen Sie, wem es gehört?«

»Ja, es gehört einem Oskar Davidsson«, erwiderte Bark atemlos. »Habt ihr ihn gefunden? Er ist Praktikant in der Kita.«

»Wir haben in dem Moment, als wir Teile des eingestürzten Daches abgehoben haben, die sterblichen Überreste eines Menschen gefunden. Das Handy scheint nicht beschädigt worden zu sein, obwohl das Plastik auf der einen Seite geschmolzen ist. Das Metallregal scheint es geschützt zu haben.«

»Das war er«, sagte Bark, erschüttert über das, was er gerade erfahren hatte. Was er im Feuer zu sehen geglaubt hatte, war die Wahrheit. Der Mensch, den er gesehen hatte, wie er von den Flammen verschlungen wurde, könnte

Oskar Davidsson gewesen sein, ein junger Mann von einundzwanzig Jahren. Und Bark hatte sein Leben nicht retten können.

»Haben Sie noch mehr Fragen im Moment?«, erkundigte sich der Mann, der Micke hieß. »Wir müssen hier weitermachen.«

»Nein. Okay. Danke für die Hilfe.«

Als Bark und Henrik das Turmzimmer betraten, warteten Alex und Ingrid schon eine Weile auf sie. Gaby Wide kam ungefähr gleichzeitig mit ihnen. Zusammen gingen sie das Bildmaterial durch, das Bark und Kristina während des Brandes in einem ersten Versuch aufgenommen hatten, die vor Ort befindlichen Personen zu identifizieren. Auf den ersten Blick gab es keine Überraschungen. Alex würde weiter daran arbeiten und zu allen Kontakt aufnehmen, die das Feuer beobachtet hatten, in der Hoffnung, dass es zu weiteren Informationen und noch mehr Bildmaterial führen würde. Außerdem wollte man über die Medien gehen und die Allgemeinheit um Hilfe bitten.

Nach einer Stunde schlossen sich ihnen der Teamchef der Techniker, Ali Kathami, und der Brandtechniker Edvard Melkersson an. Letzterer war ein muskulöser Mann um die sechzig mit rasiertem Schädel und gut ausgeführten Tätowierungen. Er trug ein marineblaues T-Shirt und Arbeitshosen mit großen Cargo-Taschen.

Als sie gerade die Tür zum Turmzimmer schließen wollten, waren schnelle, feste Schritte auf der Treppe zu hören, und Regina Zimmermann erschien. Sie sah gestresst aus, als sie sich mit den anderen um den ovalen Tisch mitten im Zimmer niederließ. »Was ist bloß in Hällefors los?«

Edvard Melkersson warf ihr einen schwer zu deutenden Blick zu, dann erhob er sich, ergriff das Wort und wurde ernst. Er hatte einen Grundriss der Kita Lillbacka gezeichnet, den er am Whiteboard befestigte.

»Wie einige von euch wissen, haben wir eine Leiche in der Brandruine gefunden, der Größe nach zu schließen, gehe ich davon aus, dass es sich um einen Mann handelt.« Er nickte Bark zu, damit der weitermachte. »Du hast ihn ja noch gesehen.«

Bark schauderte es. Er hatte in seinem Bericht geschrieben, dass er einen Mann in den Flammen gesehen hatte. »Es ist wahrscheinlich, dass derjenige, der bei dem Brand ums Leben gekommen ist, Praktikant in der Kita war. Oskar Davidsson. Ich habe den ganzen Dienstag über versucht, ihn zu erreichen, um ihn wegen des Vorfalls mit Tom Gruvberg zu befragen. Aber er hat sich nie gemeldet. Vorhin, auf dem Weg in die Stadt, habe ich dann noch einmal versucht, ihn anzurufen, und ein Mann vom Rettungsdienst in Hällefors ist rangegangen. Entweder hat der Praktikant sein Handy in der Kita vergessen, oder es ist seine Leiche, die gefunden wurde.«

Edvard Melkersson fuhr fort: »Leider ist am wahrscheinlichsten, dass wir den Praktikanten gefunden haben. Meiner Einschätzung nach ist der Brand gegen ein Uhr in der Nacht oder vielleicht ein paar Minuten später ausgebrochen. Es ist noch zu früh, um zu sagen, wie er entstanden ist, aber es ist denkbar, dass ein Beschleuniger wie Benzin oder Diesel oder etwas Ähnliches benutzt worden ist, um das Feuer richtig in Gang zu bringen. Das würde zumindest dafür sprechen, dass der Brand gelegt war. Aber wie erwähnt, kann ich das noch nicht mit

Sicherheit sagen. Ferner ist eine Gasflasche explodiert, die in der Speisekammer bei der Küche stand.« Edvard zeigte auf die Skizze. »Die Wand zum Haupteingang ist dadurch eingestürzt, und so war es unmöglich, sich durch die Eingangstür hinauszubegeben.«

»Ich habe die Klinke von außen angefasst, sie war glühend heiß«, schob Bark ein.

Edvard nickte und schaute auf den Verband, den man Bark im Krankenhaus angelegt hatte. »Pass auf, dass sich das da nicht infiziert. So was tut weh.« Er wandte sich den anderen zu. »Der Brand ist im Gruppenraum ausgebrochen, und zwar vor der halb geöffneten Tür zum Personalraum. Die Leiche haben wir dort auf dem Fußboden neben dem Sofa gefunden.« Edvard zeigte auf der Zeichnung, dass der Personalraum direkt an den Gruppenraum angrenzte. »Die Küche ist am anderen Ende. Der Brand war also im Gruppenraum am stärksten entwickelt, wo schnell alles in Flammen stand, sowie in der Küche und im Eingangsbereich. Mehrere Brandherde können ebenfalls ein Zeichen dafür sein, dass der Brand gelegt wurde. Der Personalraum lag also zwischen den beiden Brandherden. Wir sprechen von fünf bis zehn Minuten vom Zünden des Feuers, bis alles lichterloh in Flammen stand – dies vor allen Dingen, wenn Brandbeschleuniger im Spiel war. Das Opfer ist also durch das Fenster des Gruppenraums gesehen worden, ist aber nicht bis vor zur Fensterscheibe gegangen. Vielleicht hat der Mann sich blind vom Rauch zurück in den Personalraum zu retten versucht, der auch voller Qualm war, wo es aber nicht so stark brannte.«

Bark meinte, sich zu erinnern, dass die Augen des Praktikanten offen gewesen waren. Dass ihre Blicke sich für einen kurzen Moment, den er niemals wieder vergessen würde, getroffen hatten.

»Es war ja mitten in der Nacht. Ist die Kita denn nachts geöffnet, für alleinstehende Eltern, die Schicht arbeiten oder so? Waren denn irgendwelche Kinder da?«, erkundigte sich Ingrid auf die etwas aggressive Weise, die sie manchmal zeigte, wenn sie Trauer oder Ohnmacht verbergen wollte.

»Die Kita hat nachts nicht geöffnet«, erwiderte Henrik, der die Sache überprüft hatte. »Man kann sich also fragen, was der Praktikant mitten in der Nacht dort gemacht hat.«

»Vielleicht hat er da übernachtet, um früh am nächsten Morgen vor Ort zu sein. Wir wissen sicher, dass sein Handy dort gefunden wurde. Aber ob es Oskar Davidsson ist, können wir erst nach der gerichtsmedizinischen Untersuchung hundertprozentig sagen«, erwiderte Bark, ohne zu wissen, worauf er eigentlich hoffte.

Alex trommelte eifrig mit den Händen auf die Tischplatte, um Aufmerksamkeit zu bekommen. Er hatte etwas zu sagen. Die dunkelblauen Augen fixierten sie mit einem wachen und intensiven Blick. »Ich habe Oskar Davidsson mal überprüft. Er wohnt in Örebro in der Drakenbergsgata, also bei dir in der Nähe, Bark. Er scheint nicht von zu Hause ausgezogen zu sein, denn unter derselben Adresse sind Susanne und Patrik Davidsson gemeldet.« Alex stand auf und ging planlos im Raum herum. »Wenn ich in der Stadt wohnen würde und Praktikant in einer Kita in Hällefors wäre, die früh am Morgen aufmacht, dann würde ich dafür sorgen, dass es eine Möglichkeit für mich gibt, da zu übernachten. Natürlich würde ich es zuerst mal bei einem Kumpel probieren. Und wenn das nicht ginge, dann würde ich mit der Leitung sprechen, ob ich für die Nacht das Sofa im Personalraum ausleihen darf.«

»Okay«, sagte Bark. »Wir müssen mit der Leiterin darüber reden. Sie meinte, Oskar wäre nach Hause gefahren, aber sie kann ihm ja auch früher schon mal die Erlaubnis gegeben haben, dort zu übernachten. Oder er hat es einfach gemacht.« Bark wandte sich dem Brandtechniker zu, der unterbrochen worden war, und bedeutete Alex mit einem Nicken, sich wieder hinzusetzen.

»Die Leiche ist in die Gerichtsmedizin geschickt worden«, erklärte Edvard. »Ich werde den Brandort weiter untersuchen und kann hoffentlich im Laufe der nächsten Woche mit einem detaillierteren Bericht kommen.« Er sah aus, als würde er zögern, sprach aber weiter. »Vielleicht ist es lohnenswert zu überprüfen, ob Oskar Davidsson Raucher war, ich meine, ob er im Bett geraucht hat und vielleicht eingeschlafen ist. Der Brand scheint nicht im Personalraum ausgebrochen zu sein, wo die Leiche gefunden wurde, aber trotzdem. Wir wissen nicht, wo er eingeschlafen ist, oder ob er überhaupt geschlafen hat. Aber man kann die Angehörigen doch fragen, ob er Raucher war.« Er wandte sich an Bark. »Wie gesagt, wissen wir bisher nicht mit Sicherheit, ob es Oskar Davidsson ist, den wir gefunden haben. Aber du hast doch etwas durchs Fenster gesehen. Kannst du ihn beschreiben?«

Bark spürte, wie ihm der kalte Schweiß ausbrach. Was sollte er antworten? Dass er seine Medizin nicht hatte nehmen können und unsicher war, ob es sich um eine Halluzination handelte oder nicht? »Ich meine, jemanden gesehen zu haben. Aber ich bin nicht ganz sicher. Ich glaube, ich habe eine große und schlanke Person gesehen.«

Gaby Wide sah auf und warf ihm einen beruhigenden Blick zu. »Was genau hast du gesehen?«

Bark versuchte so ehrlich zu antworten, wie er konnte. »Es sah aus wie ein Mann mit einer Decke über Kopf und Oberkörper. Aber ich bin wirklich nicht sicher. An den Stellen, wo es nicht brannte, war es stockfinster, Schatten bewegten sich ständig, die Rauchentwicklung war enorm, Dinge fielen herunter, und dann kam die Explosion. Wie ich schon im Bericht geschrieben habe, meine ich, dass er zurück ins Innere des Hauses gekrochen ist.«

Zimmermann stand auf und begann wie Alex im Raum auf und ab zu wandern. Ihre Absätze knallten. »Brandstiftung oder Unglücksfall? Das kann man jetzt also noch nicht sagen. Bis wann können wir das mit Sicherheit wissen?«, fragte sie Edvard. »Was glaubst du?«

Edvard sah sie ein wenig erstaunt an, als sie zum Fenster ging und dann zurückkehrte. Von den anderen reagierte niemand darauf – sowohl Zimmermann als auch Alex waren bekanntermaßen rastlose Seelen, die nicht für längere Zeit stillsitzen konnten.

Edvard kratzte sich im Nacken. »Wie ich sagte, frühestens in einer Woche.«

»Kann ich denn in der Pressekonferenz sagen, dass es sich um einen gelegten Brand handelt?«, beharrte Zimmermann.

Der Brandtechniker schüttelte den Kopf. »Es kann auch ein Fehler in der Elektrik gewesen sein. Eine Kaffeemaschine oder ein anderes Gerät, das den Brand verursacht hat – auch wenn das natürlich weit hergeholt ist. Tut mir leid, dass ich nicht mehr sagen kann. Aber raten möchte ich nicht.«

Ali, der die ganze Zeit geschwiegen hatte, wollte nun etwas wissen. Er zeigte auf einen Raum auf der Zeichnung, der ungefähr zwei Meter mal eins fünfzig groß war. »Was haben wir hier?«

Edvard trat einen Schritt auf die Zeichnung zu. »Du meinst den Abstellraum? Die Tür zu dem Raum war abgeschlossen, und das Feuer hat ihn nicht erreicht. Die Sachen da drin sind zwar vom Rauch beschädigt, aber nicht völlig zerstört, und die Wand ist nicht eingefallen.«

»Gab es ein Sprinklersystem?«, fragte Henrik.

»Nein, nur interne Feuermelder. Die waren aber nicht direkt mit dem Rettungsdienst verbunden. Den ersten Notruf bekamen wir um 1:14 Uhr von einer Måna-Lisa Skog, und dann vier Minuten später hast du angerufen, Bark.«

»Davor hatte Måna-Lisa schon Tom Gruvberg in der Nähe gesehen. Könnte er es gewesen sein, der den Brand gelegt hat? Er war ja am selben Tag schon einmal in der Kita und hat Kinder und Erzieher mit einem Elchstutzen bedroht.« Bark erinnerte sich, dass auch Matti Björk am Brandort gewesen war, und erwähnte das.

Edvard Melkersson stand auf. Er hatte im Moment nichts weiter zu sagen. Gaby und Ali gingen ebenfalls.

Bark wandte sich an Zimmermann. »Ich brauche mehr Ermittler!«

»Und die wirst du bekommen. Ich habe eine Jessika Hellskog, die sofort anfangen kann. Und ich habe versucht, Mia Berger zu erreichen, jedoch ohne Erfolg.«

»Meine Mutter hat eine neue Handynummer«, erklärte Alex, ohne etwas über die Gründe dafür zu sagen. Bark ahnte, dass sie ihre Nummer aus Angst vor dem Mann geändert hatte, der ihr in Stockholm begegnet war, der Wahnsinnige, der ihr Leben zerstört hatte.

»Wer ist Jessika Hellskog?«, fragte Ingrid. Zimmermann antwortete ihr nicht, sondern warf Bark einen raschen Blick zu, ehe sie das Zimmer verließ. »Wir beiden reden nachher unter vier Augen darüber. Ich musste andere Aufgaben für sie finden, und ich glaube, das hier könnte für alle gut passen«, sagte sie, während sie bereits den Raum verließ.

Jessika Hellskog? Von der hatte noch niemand gehört. Was hatte sie getan, um zu ihnen versetzt zu werden? Früher oder später würde er es schon erfahren. Auch wenn Menschen ihre Fehler und Defizite hatten, zeigten sie meist auch gute Seiten, wenn man ihnen nur eine Chance gab. Bark überlegte, wie sie die Arbeit am besten verteilten. Ingrid hatte große Schlafprobleme, Henrik konnte jederzeit wegen kranker Kinder ausfallen, und Alex fiel es schwer, seine Impulse in Schach zu halten. Doch war ihm sehr bewusst, dass sie alle auch ihre Stärken und Vorteile hatten.

»Henrik und ich werden versuchen, die Eltern von Oskar Davidsson zu erreichen. Ingrid, ruf doch bitte die Leiterin der Kita, Eva Sandell, an und sag ihr, dass sie morgen zur Vernehmung kommen soll. Wenn sie nicht kommen kann, dann führen wir das Gespräch in Hällefors. Dann möchte ich, dass du alles herausfindest, was man über Tom Gruvberg wissen kann, mit dem Fokus auf sein Vermögen. Ob es ein registriertes Testament gibt,

Steuerunterlagen oder Papiere für das Schürfen in Gruben und so weiter. Du weißt selbst am besten, was von Interesse sein kann.«

»Ich habe schon angefangen, ihn zu überprüfen«, sagte Ingrid mit einem kleinen Lächeln. »Es gibt kein registriertes Testament, was bedeutet, dass die Tochter, Lillemor, ihn beerbt. Sofern nicht in letzter Minute noch irgendwelche geheimen Kinder auftauchen oder ein handgeschriebenes, bezeugtes Testament mit einem anderen Erben.«

»Hast du irgendwelche Arbeitsaufgaben für mich?«, fragte Alex.

»Du konzentrierst dich auf Oskar Davidsson. Ich werde Gaby bitten, uns zu genehmigen, den Handy- und Internetverkehr, den er in den letzten Wochen gehabt hat, zu checken. Es kann nicht ausgeschlossen werden, dass der Brand gelegt war. Wir dürfen keine Zeit verlieren, indem wir auf Untersuchungen von Brandtechnik und Gerichtsmedizin warten, wenn wir dann am Ende doch vor der Tatsache stehen, dass jemand ihn töten wollte. Wer war Oskar Davidsson? Hatte er Feinde? Hatte er irgendwas mit Drogen zu tun? Ich will alles wissen.«

»Tom Gruvberg war dort, bevor es anfing zu brennen, und dann hat er unglücklicherweise einen Ziegelstein abbekommen.« Alex schüttelte den Kopf. »Ist das nicht ein seltsames Zusammentreffen? Könnte jemand beobachtet haben, wie Tom das Feuer gelegt hat, und ihn dann bestraft haben, ohne die Polizei einzubeziehen?«

»Wir müssen herauskriegen, wer wusste, dass Oskar Davidsson dort übernachtet hat«, sagte Ingrid. »Wenn es nun so war. Vielleicht war er auch nur dort, um etwas zu stehlen.«

»Was kann man denn in einer Kita stehlen?« Alex hatte offenbar plötzlich lustige Bilder im Kopf, denn er grinste etwas schräg. »Ein Puzzle vielleicht?«

»Eine Kaffeekasse oder einen Computer?«, ergänzte Ingrid hilfsbereit.

»Man schickt Geld mit Apple Pay«, entgegnete Alex. »Ich glaube nicht, dass die noch eine Blechdose mit Kleingeld dort stehen haben. Gab es irgendeine wertvolle IT-Ausrüstung?«

»Nicht sehr wahrscheinlich«, erwiderte Henrik und erhob sich. Er zog sein braunes Cordjackett mit Lederflicken auf den Ellenbogen an und ging zusammen mit Bark die Treppe hinunter. »Wie sagt man einer Mutter und einem Vater, dass ihr Sohn wahrscheinlich bei einem Brand ums Leben gekommen ist? Sollten wir nicht warten, bis wir genau wissen, was passiert ist?«

»Das habe ich mich auch schon gefragt«, sagte Bark. »Ob ich es hätte wissen wollen, meine ich, und die Antwort lautet ja. Die Ungewissheit ist schlimmer als alles andere. Sie haben das Recht, zu erfahren, dass wir sein Handy gefunden haben, um sich der schrecklichen Situation anzunähern. Wenn nun er es war, der bei dem Brand ums Leben gekommen ist.«

22

Der Vater von Oskar Davidsson hatte sein Büro in der Wohnung und arbeitete von zu Hause aus. Seine Mutter war auch zu Hause, weil sie einen Migräneanfall hatte. Bark hatte sie vorher kontaktiert, und er wusste, dass man, wenn die Polizei anruft, in Gedanken schon anfängt, sich mögliche Szenarien auszumalen. Als die Eltern die Tür öffneten, stand ihnen die Angst bereits ins Gesicht geschrieben.

»Können wir reinkommen?«, fragte Bark, nachdem er sich vorgestellt und seinen Ausweis gezeigt hatte.

Oskars Vater, ein Mann um die fünfzig in Jackett, passendem Hemd mit feinen Streifen und ordentlichen Jeans, führte sie, ohne einen Blick auf Barks Ausweis zu werfen, ins Wohnzimmer. Oskars Mutter, die über einem grauen Schlafanzug einen locker fallenden Morgenrock trug, sank in den nächsten Sessel und legte sich die Hand über die Augen. Das Tageslicht, das zwischen den Lamellen der Jalousie hereindrang, war unbarmherzig. Bark nahm ihre Reaktion wahr, zog die Gardine zu, die das Fenster einrahmte, und ließ sich dann auf dem Sofa nieder. Der Raum war gemütlich mit hellen Möbeln und Textilien in Grün. In einer Ecke stand ein Schreibtisch mit Computer.

»Es geht um Oskar, oder?«, fragte Patrik Davidsson

mit unsicherer Stimme. »Was hat er gemacht? Ist er in irgendwas reingeraten? Wissen Sie, wo er ist?«

Die Frage verwunderte Bark. War die Polizei zuvor schon mal in Kontakt mit ihnen gewesen, weil ihr Sohn irgendetwas getan hatte? In so schonenden Worten wie möglich erklärte Kristoffer, was er wusste. »Letzte Nacht ist die Kita Lillbacka, wo ihr Sohn Praktikant ist, zum großen Teil niedergebrannt. Wir haben eine Leiche und sein Handy in den Überresten des Gebäudes gefunden.«

»Aber Sie wissen nicht mit Sicherheit, dass er es ist! Das wissen Sie nicht sicher!«, brach es aus Oskars Mutter hervor. Sie hielt sich beide Hände um den Kopf, schloss fest die Lider und blickte sie dann aus zusammengekniffenen Augen an.

»Wann haben Sie Oskar zuletzt gesehen?«, fragte Bark mit gesenkter Stimme, weil sie sowohl für Geräusche als auch Licht empfindlich zu sein schien.

Patriks Augen weiteten sich vor Entsetzen, als er ahnte, was diese Frage bedeutete. »Gestern Morgen. Er wollte bei einem Kumpel in Hällefors übernachten. Adrian Molinder heißt der, genannt *Elch* oder *The Moose*, weil er irgendwie an einen Elch erinnert. Die beiden sind zusammen auf dem Gymnasium gewesen.« Er warf seiner Ehefrau Susanne einen um Zustimmung heischenden Blick zu. »Es gefällt uns nicht, wenn Oskar mit Adrian unterwegs ist. Wir wissen, dass der mit Drogen zu tun hatte. Irgendjemand hat gesagt, er hätte deshalb sogar im Gefängnis gesessen.« Patrik Davidsson fuhr sich mit der Hand über seine beginnende Glatze und schüttelte sich. »Oskar hat Schwierigkeiten mit dem Sozialen.«

»In der Schule ist er gemobbt worden«, erklärte Susanne

Davidsson. »Mit Adrian zusammen zu sein findet er wahrscheinlich immer noch besser, als niemanden zu haben.«

Henrik hatte schnell die Handynummer von Adrian Molinder gefunden. Er gab Bark ein Zeichen, woraufhin sie zusammen in den Nebenraum gingen, während Henrik anrief. Es klingelte, und sie warteten ungeduldig.

»Moose«, sagte dann eine unerwartet tiefe Stimme. Bark konnte jedes Wort des Gesprächs mithören.

»Mein Name ist Henrik Larsson, und ich bin Polizist. Hat Oskar Davidsson heute Nacht bei Ihnen geschlafen?«

»Verdammt, nein. Was ist das Problem?« Obwohl er versuchte, seine Stimme zu senken, hörten sie doch, wie er zu jemand anders sagte: »Polizei, das ist die Polizei!«

»Haben Sie Oskar in den letzten vierundzwanzig Stunden gesehen?«

»Warum sollte ich darauf antworten?«

»Weil die Polizei in Kontakt mit ihm kommen muss. Und Sie möchten wir vernehmen. Begeben Sie sich bitte zum Polizeirevier in Hällefors, dann sorge ich dafür, dass jemand vor Ort ist, der Sie sofort vernehmen kann.«

»Und wenn ich keine Zeit habe, verdammt noch mal?«

»Dann holen wir Sie.«

»Das geht nicht. Ich bin auf dem Weg nach Örebro. Sitze im Bus.«

»Gut. Dann steigen Sie am Reisezentrum aus und melden sich sofort am Empfang der Polizeizentrale.«

»Was zum Teufel ist denn los? Was hat er gemacht?«

»Darüber sprechen wir, wenn Sie hier sind«, erwiderte Henrik und beendete das Gespräch. Sie kehrten ins Wohnzimmer zurück, und Henrik ergriff das Wort. »Laut Adrian hat Oskar heute Nacht nicht bei ihm übernachtet.

Wir werden versuchen, bei der Vernehmung mehr Informationen von ihm zu bekommen.«

»Kannte Oskar noch jemand anders in Hällefors, bei dem er heute Nacht gewesen sein könnte?«, fragte Bark.

Patrik Davidsson sah aus, als würde er nachdenken. Er öffnete und ballte krampfartig die Fäuste, während er überlegte. »Nein, Oskar hat einfach keine Freunde. Als sie in der Schule waren, war da nur Adrian. Mir fällt niemand anders ein.«

»Könnte es nicht sein, dass er jemanden kennengelernt hat und es uns nicht sagen wollte?«, sagte Oskars Mutter so leise, dass sie ihre Stimme fast nicht hörten.

»Hätten wir das nicht gemerkt? Wenn er verliebt gewesen wäre, oder was meinst du?«, entgegnete ihr Ehemann und beendete den Satz mit einem Achselzucken. Dann schlug er die Hände vors Gesicht und brach in Tränen aus. Der große Körper schwankte. Susanne erhob sich mühsam aus dem Sessel, ging zu ihm und schlang die Arme um ihn.

»Wir wissen nicht sicher, dass er es ist«, flüsterte sie. »Wahrscheinlich ist er es nicht. Es muss jemand anders sein, den sie da in den Überresten von ... von dem verdammten Brand gefunden haben.«

Patrik Davidsson schüttelte sie so brüsk ab, dass sie fast rückwärtsfiel. »Hör auf, du weißt ganz genau, dass er es ist. Natürlich hat Oskar wieder geraucht und ist darüber eingeschlafen. Adrian hat ihn mit Marihuana versorgt. Er hat ja schon in seinem Zimmer im Bett geraucht. Wir haben uns schon lange Sorgen deswegen gemacht.« Er wandte sich an Bark. »Wir wollten nicht, dass er den Praktikumsplatz in Hällefors annimmt. Ich habe gesagt, dass er in der Firma für mich arbeiten und Buchführung lernen könnte, aber das wollte er nicht.«

Es fühlte sich nicht gut an, Oskar Davidssons Eltern in ihrer großen Verzweiflung über das, was ihrem Sohn möglicherweise zugestoßen war, allein zu lassen. Bark nahm Kontakt zu dem Zahnarzt auf, dessen Patient der junge Mann gewesen war, um Röntgenbilder und Daten zu bekommen, die man mit den Zähnen des Opfers vergleichen könnte. Sie hatten nun eine Antwort auf die Frage, ob Oskar rauchte, und schon bald würden sie in der Vernehmung mit Adrian Molinder vielleicht noch mehr darüber erfahren, warum Oskar sich während des Brandes in der Kita befunden haben könnte. Wenn er in Hällefors geblieben war, hätte er da nicht Kontakt zu seinem Freund aufgenommen? Dennoch schien der Gedanke, dass es jemand anders als Oskar Davidsson sein könnte, der in den Flammen umgekommen war, immer unwahrscheinlicher. Bald würde die Zahnkarte oder die DNA-Analyse der Leiche sie mit Fakten versorgen.

Sie verließen Tybble Zentrum, wo Oskar Davidsson nur einen Katzensprung von Bark entfernt gewohnt hatte, ohne dass dieser den Jungen je bemerkt hatte. Es war ein gewöhnliches Wohngebiet, ein paar Kilometer vom Stadtgarten entfernt, das von dreistöckigen Hausreihen bestimmt war, und einen kleinen Marktplatz mit einem richtig guten Restaurant, einem Supermarkt und einem Blumengeschäft aufwies. Vielleicht gehörte Oskar Davidsson zu den lichtscheuen Wesen, die nachts vor ihren Computern saßen. Henrik und Kristoffer begaben sich Richtung Norden zur Polizeizentrale. Der Verkehr floss gemächlich an den neuen Spuren für den Expressbus vorbei. Bark konnte nicht aufhören, immer wieder über den Moment nachzudenken, in dem er den jungen Mann vielleicht hätte retten können.

Henrik warf ihm einen kurzen Blick zu. »Denk einfach nicht dran. Was glaubst du, in welchem Zustand der Junge gewesen wäre, wenn er überlebt hätte? Und du würdest jetzt nicht neben mir sitzen, wenn du dich in das Feuermeer gestürzt hättest.«

Sie hatten einen Vernehmungsraum gebucht, doch Adrian Molinder ließ zunächst auf sich warten. Schließlich kam er mit gelangweilter Miene und betont lässigem Gebaren. Sein Gesicht war schmal und lang, seine Haare, die in Strähnen über die glänzende Stirn hingen, hellbraun. In gewisser Weise berechtigte seine Erscheinung durchaus zu dem Spitznamen *Moose*.

Als die einleitenden Fragen geklärt waren, kam Bark direkt zur Sache und fragte, wo Adrian sich in der Nacht befunden hatte. Falls die beiden mit Narkotika gehandelt hatten und Oskar vielleicht hatte abspringen wollen, könnte sogar Molinder der Brandstifter gewesen sein, um seinen Kompagnon aus dem Weg zu räumen. Als Adrian nicht antwortete, wiederholte er die Frage. »Wo befanden Sie sich letzte Nacht?«

Der erste Anruf bei der Feuerwehr war um 1:14 Uhr eingegangen. Bark hatte Tom Gruvberg um 2:11 Uhr tot aufgefunden. Aber er ließ die Frage trotzdem offen, um möglichst viele Informationen zu bekommen.

»Verdammt, gestern … Ich erinnere mich nicht. Worum geht es denn?«, fragte Adrian träge.

»Wollten Sie sich mit Oskar treffen?«

»Ja, aber nicht bei mir. Ich teile mir mit zwei anderen eine Wohnung, es ist also krass eng. Ich habe ihm gesagt, dass es diesmal nicht geht.«

»Wissen Sie denn, ob er überhaupt in Hällefors übernachtet hat?«

»Ja, ich habe das zumindest gedacht, denn wir wollten uns so ungefähr um ein Uhr nachts am Bahnhof treffen. Aber er ist nicht gekommen. Ich habe da gewartet und war dann richtig sauer, weil er auch nicht ans Handy gegangen ist, nicht mal eine verdammte SMS hat er geschickt. Also bin ich wieder nach Hause gefahren.«

»Wo wohnen Sie?«

»Hinter der Volkshochschule. Die Gegend heißt Polstjärnan.«

Bark wusste, wo das war. Ein altes Wohngebiet, das zum legendären Millionen-Programm von Olof Palme gehört hatte, dessen Ziel es gewesen war, binnen zehn Jahren eine Million Wohnungen in Schweden zu bauen.

»Wann waren Sie wieder zu Hause?«

»Halb zwei vielleicht?« Adrian kratzte sich an der Nase und befühlte einen Pickel, der entzündet aussah.

»Kann jemand bestätigen, wann Sie weggegangen und wann Sie wiedergekommen sind? Ich brauche Namen und Kontaktdaten.«

»Ja, zum Teufel. Ich besorge das.«

Bark wiederholte seine frühere Frage. »Wissen Sie, wo Oskar übernachten wollte, falls er denn in Hällefors war?«

»Aber er ist ja gar nicht gekommen, verdammt noch mal, also ist er wahrscheinlich zurück nach Örebro gefahren«, erwiderte Adrian gereizt.

»Und wenn er nicht in die Stadt gefahren ist, was glauben Sie, wo er dann geblieben ist? Hat er darüber mal gesprochen?«

»Oh nein, oh Teufel … Meinen Sie, dass Oskar … dass er in der Kita gewesen ist, die letzte Nacht gebrannt hat?«

»Hat er gesagt, dass er da schlafen wollte?«

»Ja, vorige Woche. Verdammt noch mal, sagen Sie mir, dass er lebt!«

Bark sah dem jungen Mann mit ernstem Blick in die Augen. »Das wissen wir nicht, aber am Brandort ist eine Leiche gefunden worden.«

Adrian rang nach Luft, als ob es ihm bei dem Gedanken an Rauch und Feuer selbst schwerfiele zu atmen. »Oskar meinte, er hätte den Code zur Kita … Ich bin mit dem Fahrrad vorbeigefahren … hab gesehen, wie es brannte und dass die Feuerwehr da war. Aber ich hab ja nicht … hab ja nicht kapiert, dass er da drin ist.«

»Hat Oskar Drogen genommen?«

Adrian schüttelte erst den Kopf und nickte dann. »Nur ein bisschen Gras.«

»Wollten Sie sich deswegen treffen? Brauchte er mehr?«

»Es ist verdammt noch mal nicht meine Schuld, wenn er im Bett geraucht hat und eingeschlafen ist. Außerdem glaube ich nicht, dass er sich trauen würde, in der Kita zu rauchen. Wenn die Alte, die da die Leitung hat, ihn damit erwischen würde, dann wäre er seinen Praktikumsplatz los.«

23

Als Bark die Vernehmung mit Adrian Molinder beendet
hatte, kehrte er ins Turmzimmer zurück. Auf dem Weg
nach oben klingelte das Handy. Es war Lillemor Gruvberg, die im Vergleich mit heute Morgen, als sie auf den
Tod ihres Vaters so ruhig und gefasst reagiert hatte, jetzt
aufgewühlt klang. »Jemand ruft mich mit einer unter-
drückten Nummer an. Das ist jetzt schon viermal gewesen. Ich höre, wie jemand atmet, aber wenn ich frage,
wer es ist, bekomme ich keine Antwort.«

»Ist es ein Mann oder eine Frau, was denken Sie?
Manchmal kann man dem Atmen die Stimmhöhe entneh-
men.«

»Ich weiß es wirklich nicht. Ich wollte nur Bescheid
sagen, damit Sie es wissen. Es fühlt sich unangenehm an.«

»Das verstehe ich. Haben Sie eine Idee, wer es sein
könnte?«

»Nein, und jetzt werden Sie mich sicher für verrückt
halten … aber ich habe eine Freundin, der so was passiert
ist, nachdem ihr Mann gestorben war. Sie hörte Stimmen,
konnte aber nicht richtig verstehen, was gesagt wurde.
Und dann hatte sie das Gefühl, dass er es vielleicht war,
der ihr etwas mitteilen wollte.«

»Konnte sie denn auf dem Handy nicht sehen, wer es
war?«

»Nein, das ist ewig her, da brauchte man eine spezielle Nummernanzeige, wenn man sehen wollte, wer anrief. Das Gespräch kam übers Festnetz. Als sie bei dem Telefonanbieter nachgefragt hat, da haben die ihr erklärt, dass es irgendeine Art Störung gewesen sei, die dazu geführt hatte, dass es klingelte und man andere Telefongespräche hören konnte. Das war zu der Zeit, als es immer noch Telefonmasten und überirdisch aufgehängte Leitungen gab. Zumindest war das deren Erklärung. Aber jetzt frage ich mich natürlich …«

»Könnte es bei Ihnen ein hartnäckiger Verkäufer sein? Die kriegen die Gespräche nach dem Zufallsprinzip zugeteilt, und wenn niemand rangeht, dann bekommen sie sofort ein neues Gespräch in die Leitung.«

»Das könnte es natürlich sein. Dumm von mir, entschuldigen Sie. Ich bin einfach nur ein bisschen erschüttert von alldem, was passiert ist.«

»Das ist doch kein Wunder. Versuchen Sie weiter mit der Person, die anruft, zu sprechen, dann bekommen wir vielleicht eine Antwort auf die Frage.«

Obwohl es schon fast sechs Uhr abends war, befanden sich sowohl Ingrid als auch Alex noch im Turmzimmer. Und Mia Berger. Barks Herz machte einen Salto in der Brust, und sein Puls raste. Er war so unerhört froh, sie wiederzusehen. Das letzte Mal war in einem schwindelerregenden Augenblick an einem See gewesen, wo er sie geküsst hatte und sie im Begriff gewesen waren, nackt zusammen ins Wasser zu springen. Aber dann hatte er einen Anruf bekommen, den er nicht ignorieren konnte, und danach war sie aus seinem Leben verschwunden. Sie hatte keinen Kontakt haben wollen, und er hatte das respektiert.

Nun hatten sie einander eine Weile nicht gesehen, und als er sie jetzt betrachtete, war sie so schön, dass es ihm den Atem raubte. Das dunkle wellige Haar war länger geworden seit dem letzten Mal. Die Augen waren sanft und braun mit natürlichen langen Wimpern, und der weiche Mund ziegelsteinrot angemalt, was perfekt zu ihr passte. Er konnte sich nicht erinnern, sie jemals ohne Lippenstift gesehen zu haben. Sie trug ein schwarzes Jackett, schwarze Jeans, weiße Bluse und Schnürschuhe, mit denen sie sicherlich mehrere Kilometer rennen konnte, ohne Blasen zu bekommen. Sie trug fast immer entweder sehr hohe Absätze oder bequeme Schuhe, nur selten etwas dazwischen. Jetzt lächelte sie ihn an. Er schmolz in ihrem Blick und musste sich in den Arm kneifen, um aus der Hypnose zu erwachen.

»Hallo, lange nicht gesehen. Ich freue mich, dass du hier bist und mit uns arbeiten wirst«, sagte er, und plötzlich war ihm sehr bewusst, dass er es nicht geschafft hatte, zu duschen, seit er am Tag zuvor nach Hällefors gefahren und gezwungen gewesen war, auf dem Polizeirevier zu übernachten. Sicherlich stank er sowohl nach Rauch als auch nach Schweiß. Sein einziger Trost war, dass der Schweißgeruch wahrscheinlich nicht so durchdringend war, wenn er gleichzeitig nach Feuer stank. Außerdem hatte er in aller Eile eine Wurst gegessen und sich Senf aufs Hemd gekleckert. »Ich bitte um Entschuldigung, wenn ich – wie Henrik sehr richtig sagte – stinke.«

»Kein Problem.« Mia erwiderte seine beschämte Begrüßung mit einem beruhigenden Lächeln. »Ich bin von

Zimmermann gefragt worden, die meinte, dass ihr mich im Team braucht. Ingrid hat mich schon auf den neuesten Stand der Ermittlung gebracht. Zwei Tote in Hällefors, wahrscheinlich Mord, im Abstand von einigen hundert Metern gefunden. Und aller Voraussicht nach auch noch eine Brandstiftung mit Todesfolge, bei der wir inzwischen über die Zahnkarte wissen, dass es sich bei dem Toten um Oskar Davidsson handelt, einen einundzwanzigjährigen Mann, der in dem Feuer umgekommen ist. Und der Mord an einem knapp neunzigjährigen Mann, Tom Gruvberg, dem vermutlich der Hinterkopf mit einem Ziegelstein eingeschlagen wurde. All das ist heute Nacht in Hällefors passiert.« Sie sah Bark mit großem Ernst an. »Wie kann ich euch am besten unterstützen?«

»Die Frau, die das Feuer in der Kita zuerst gemeldet hat, kommt gleich zur Vernehmung hierher. Sie heißt Måna-Lisa Skog. Ich möchte, dass du das übernimmst und ich nur dabeisitze. Ich habe sie während des Brandes heute Nacht kurz befragt, aber da gibt es noch mehr, worüber wir Klarheit brauchen.«

Langsam wurde es spät, und Ingrid hatte in Vintrosa für den Abend ein Buchcafé arrangiert und musste pünktlich sein. Bevor sie das Turmzimmer verließ, erhielt Bark von ihr eine knappe Zusammenfassung dessen, was sie und Alex herausgefunden hatten: »Ganz kurz. Tom Gruvberg war ein vermögender Mann. Seine Firma hat ein Eigenkapital von knapp 20 Millionen Kronen. In den letzten Jahren hat er Boden und Wald verkauft. Der größte Teil des Geldes liegt auf einem Sparkonto ohne Zinsen. Er hat bei der Buchführung Hilfe von einer Carina Lindgren erhalten, die ich angerufen habe und die das bestätigte. Sie ist keine Steuerberaterin, sondern arbeitet als Bibliothekarin. Soll ich eine Vernehmung mit ihr vereinbaren?«

»Ja, danke. Haben wir noch etwas von Eva Sandell, der Leiterin der Kita, gehört?«

»Ja, sie hat alle Hände voll zu tun, die Fragen der Eltern zu beantworten, was passiert ist und wie sie nun die Kinderbetreuung regeln sollen. Sie hofft, morgen am späteren Tag zur Vernehmung kommen zu können. Das passt doch, oder?«

»Ja, und Alex?«

Alex, der in Gedanken versunken dasaß, fuhr zusammen, als er seinen Namen hörte.

»Ich habe mal über Oskar Davidsson nachgeforscht. Im System haben wir nichts über ihn, aber wenn das so wäre, hätte er wohl auch kaum einen Praktikumsplatz in einer Kita bekommen. Die sind doch sehr gründlich damit, neue Angestellte und sogar Praktikanten zu kontrollieren, nehme ich mal an.« Alex stand von seinem Platz vor dem Computer auf und kam mit einem Ausdruck zu Bark hinüber. »Ich habe auch seinen Kumpel Adrian Molinder mal gecheckt. Der hingegen ist im System. Er ist zweimal wegen Drogenbesitzes verurteilt worden. In der Schule gehörte Adrian zu den Verweigerern und hat das Gymnasium nicht abgeschlossen. Er ist arbeitslos gemeldet.« Alex holte ein anderes Dokument heraus. »Unsere Kollegen in Hällefors sind in dem Wohngebiet rund um den Springbrunnen von Haus zu Haus gegangen und haben gefragt, ob jemand vielleicht gesehen haben könnte, was Tom Gruvberg zugestoßen ist. Hier ist eine Zusammenstellung. Kein Grund zur Begeisterung, aber die sind auch noch nicht fertig, weil nicht alle Leute zu Hause waren.«

Bark und Alex diskutierten, was sie erfahren hatten, bis es an der Zeit war, Måna-Lisa Skog für eine ergänzende Vernehmung zu treffen.

Das Turmzimmer lag über dem Gericht, der Vernehmungsraum hingegen in dem älteren Haus, in dem sich auch die Polizeizentrale befand. Die beiden Gebäude waren durch einen verglasten Gang miteinander verbunden. Es lag eine gewisse Symbolik darin, dass Polizei und Gerichtswesen in verschiedenen, aber miteinander verbundenen Gebäuden saßen. Die Minuten, die sie brauchte, um die Häuser zu wechseln, nutzte Bark dazu, Mia Berger von dem Gespräch, das er mit Måna-Lisa Skog geführt hatte, zu erzählen. »Bis vor ganz Kurzem hat sie in der Kita gearbeitet. Jetzt ist sie stattdessen ausschließlich Silberschmiedin. Matti Björk hat den Eindruck vermittelt, als hätte sie etwas getan, was die Kinder gefährdet haben könnte, und man habe ihr deshalb gekündigt. Er hat angedeutet, dass es bei ihrem Job in der Kita um irgendein unterstützendes Arbeitsprogramm oder etwas ähnliches ging.«

Måna-Lisa Skog trug denselben grauen Mantel wie in der Nacht, als sie neben dem Baum gestanden hatte. Der roch immer noch nach Rauch. Als sie ihn über den Stuhl gehängt hatte, bemerkte Bark, wie schief ihr Rücken war, und er fragte sich, ob sie wohl Schmerzen hatte. Das lange graue Haar war um den Kopf herum geflochten. Sie betrachtete Mia und ihn ausdruckslos mit ihren seltsamen hellgrauen Augen, die niemals zu blinzeln schienen. Der Mund war blass und schmal.

Mia nahm die notwendigen Formalien auf, dann kam sie auf den Zeitpunkt des Brandes zu sprechen. »Sie haben bei einer früheren Vernehmung ausgesagt, Sie seien in der Nacht draußen gewesen und spazieren gegangen, weil Sie nicht schlafen konnten. Tun Sie das häufiger?«

»Jetzt, da ich nur noch in der Silberschmiede arbeite, bestimme ich selbst über meine Zeit. Ich habe das Gefühl, dass ich nachts meine kreativste Phase habe. Der Mondschein gibt mir Energie. In den schwarz-weißen und grauen Farbtönen kann ich verschiedene Ausdrucksformen in der Kunst ausprobieren. Wenn ich nicht schlafen kann, dann ist es mein Körper, der mir sagt, dass ich wach sein und arbeiten muss.«

»Das ist also nichts, was Ihnen irgendwie Sorgen macht?«, erkundigte sich Mia und sah sie mit voller Aufmerksamkeit an.

Måna-Lisa Skog runzelte die Augenbrauen und betrachtete kritisch ihre Fingernägel. Das Nagelbett war eingerissen und rot geschwollen. »Jeder von uns hat wohl das Recht auf seine eigenen Sorgen, ohne sie einem allgemeinen Urteil ausliefern zu müssen. Ich brauche kein Mitleid und keine guten Ratschläge.«

Mia nickte bestätigend und fuhr fort, die Ereignisse der Nacht einzukreisen. »Können Sie erzählen, was Sie gesehen und gehört haben, ehe Sie den Brand entdeckten?«

»Ich habe ein Käuzchen gehört. Das klingt, wie wenn man ein Messer schleift, finde ich. Oder metallisch wie ein quietschender Transformator. Käuzchen sind Nachtvögel. Sie verheißen niemals etwas Gutes. Alle Eulen sind Raubtiere, sie beeinflussen die Gedanken der Menschen und rufen das Primitivste in uns hervor. Ich habe Matti herumfahren sehen, wie ein Halbwüchsiger aus der Steinzeit, mit einem Arm aus dem Fenster hängend, obwohl es draußen schweinekalt war. Dann habe ich das Käuzchen zum zweiten Mal gehört. Das war kurz bevor ich Tom begegnete. Er ging auf der anderen Straßenseite und hat mich nicht gesehen.« Måna-Lisa Skog rümpfte die Nase wie ein kleines Tier, das eine Gefahr wittert. »Ich nahm den Geruch von Rauch wahr, noch ehe ich das Feuer sah. Dann kam ein junger Mann auf einem Fahrrad. Er heißt Adrian. In Hällefors fahren alle Auto, außer Adrian fährt hier sonst niemand Fahrrad.« Sie dachte offenbar an etwas, denn ihr Blick wurde dunkel, und ihr Mund verzog sich zu einem schmalen Strich. »Sein Vater hat einen Wolf getötet.«

»Wie ich hörte, hatten Sie eine Schutzjagd auf Wölfe in Hällefors«, sagte Bark.

Måna-Lisa Skog schnaubte. »Schutz für wen? Möge für immer schlaflos liegen, wer einen Wolf tötet!«

Mia folgte dem Mienenspiel, spiegelte geschickt die Bewegungen der Frau, die ihr gegenübersaß, um Vertrauen zu gewinnen. »Haben Sie Adrian gesehen, bevor Sie das Feuer entdeckten oder danach?«

»Ganz kurz bevor ich das Feuer sah, aber nachdem ich den Rauch schon gerochen hatte. Er tauchte wie ein schwarzer Dämon auf seinem Fahrrad auf.«

»Hatte er außer dem Fahrrad noch etwas dabei, am Lenkrad oder auf dem Gepäckträger? Trug er einen Rucksack?«

»Er hatte Dunkelheit im Sinn. Das spürte ich. Es kam ein eisiger Wind, und das Käuzchen verstummte. Ich erinnere mich nicht, ob er etwas dabeihatte, aber seine Gedanken haben die Finsternis der Nacht verstärkt.«

Bark fiel es schwer, ernst zu bleiben, und er fasste sich mit der Hand an die Stirn und beugte sich etwas vor, um zu verbergen, was er von den Ausführungen und dem Käuzchen hielt.

Doch Mia fuhr unbeschwert fort. »Und Tom Gruvberg. Hatte er außer seinem Stock irgendetwas dabei?«

»Nein, sein Mantel stand offen und flatterte im Wind. Er trug so viel Wut in sich, das konnte man bei jedem Schritt und in jeder Bewegung erkennen.« Måna-Lisa Skog fuhr zusammen. »Sehen Sie mich nicht so an! Ich weiß, dass er tot ist, in einem kleinen Ort verbreitet sich so eine Neuigkeit schnell. Aber der Tod soll der Wahrheit nicht im Weg stehen. Ich sage es, wie es ist. Er war zornig. Der Tod ist nur ein Spiegel. Wenn Sie Ihre Sinne öffnen, werden Sie sehen, dass Tom nur auf der anderen Seite der Scheibe ist.«

»Haben Sie danach noch jemanden gesehen?«

Måna-Lisa Skog wandte sich an Bark. »Dann kamen Sie ja selbst und eine schöne blonde Frau. Die hielt Sie umarmt und hinderte Sie daran, ins Feuer zu rennen.«

»Kristina, meine Schwester«, beeilte sich Bark mit einem raschen Blick auf Mia hinzuzufügen.

»Nun zu einer anderen Sache«, sagte Mia. »Warum haben Sie aufgehört, in der Kita zu arbeiten? War das Ihre eigene Entscheidung, oder wurden Sie gekündigt?«

Måna-Lisa Skog lief sofort rot an. »Ich durfte nicht bleiben, und ich weiß immer noch nicht, warum. Von einem Tag auf den anderen musste ich gehen, völlig abrupt. Die Kinder lieben mich, denn ich habe Zeit, ihren

Gedanken und Fantasien zu lauschen. Ich bin es, die sie zum Lachen bringt. Eva hat keinerlei Fantasie und nicht einmal Geduld wie ich. Die Kinder wenden sich nicht an sie. Ich glaube, es war die reine Eifersucht, die sie dazu gebracht hat, mich rauszuwerfen. Zu wenig zu tun, hieß es. Aber ich sage Ihnen, die ist böse. Sie kommt mit Konkurrenz und Kritik nicht klar und nicht damit, dass ich von den Kindern umarmt wurde. Die Liebe von Kindern muss man sich verdienen. So wie bei den Gruvberg-Zwillingen, ich bin die Einzige, die sie zur Ruhe bringen kann, wenn sie ewig miteinander kämpfen und sich um dasselbe Spielzeug schlagen. Eva will Pädagogin sein, aber ich habe dem Praktikanten Oskar meine Meinung gesagt, die ich im Herzen trage. Ich habe gesagt, dass ich sie nicht als Vorbild betrachten würde. Sie ist steif und langweilig und mag Kinder nicht mehr als eine Putzfrau Schmutz mag, wenn Sie mich fragen.«

Es würde interessant werden, Eva Sandells Sicht auf diese Sache zu hören, dachte Bark. Wahrscheinlich hatte sie auch eine eigene Meinung zu Måna-Lisa Skog. Doch das sagte er nicht laut.

»Können Sie mir von Oskar Davidsson erzählen? Wie gut haben Sie ihn kennengelernt?«

»Gut genug, um über seinen Tod betrübt zu sein«, erwiderte Måna-Lisa Skog und legte die Hand aufs Herz. »Ich war dabei, als die Feuerwehrleute die Leiche gefunden haben, und habe dann eins und eins zusammengezählt. Das muss doch er gewesen sein, oder? Aber ich glaube nicht, dass der Tod das Ende ist. Er ist jetzt auf der anderen Seite an einem Ort, wo wir alle früher oder später hinkommen werden. Also nehme ich das nicht so hart wie Sie alle, die Sie noch nicht erkannt haben, wie das Dasein funktioniert.«

»Hat Oskar Davidsson öfters in der Kita übernachtet?«, fragte Mia, um Måna-Lisa Skog ins Hier und Jetzt zurückzuführen.

»Ja, manchmal. Ich weiß nicht, ob er Eva um Erlaubnis gefragt hat.«

»Wissen Sie, ob er den Code zur Eingangstür hatte?«

»Ja, da bin ich sicher. Er war ja schon bald einen Monat dort.«

»Wie würden Sie ihn als Person beschreiben, wer war er?«

Bark mochte Mias Art, offene Fragen zu stellen, um auch Unerwartetes einzufangen.

Måna-Lisa Skog musste nicht lange nachdenken. »Er war einsam. Adrian war kein richtiger Freund. Oskar war mit niemandem zusammen. Wie andere im selben Alter saß er immer mit der Nase auf dem Handy da. Aber nicht, um mit jemandem zu reden, sondern um Sachen zu googeln. Er hatte Spaß daran, Dinge zu verstehen und ihnen auf den Grund zu gehen, und ich habe gesehen, dass er am Montag, als Sie das Kind im Tyskmossen gefunden haben, *Moorleiche* gegoogelt hat. Er musste es von irgendjemandem gehört haben. Oder er hatte direkt etwas damit zu tun. Das war jedenfalls bevor die Medien die Nachricht brachten. Also entweder hat er mit Berit geredet, die das Kind gefunden hat … oder er wusste mehr, als Sie ahnen. Hat er schon früher mal mit kleinen Kindern gearbeitet? Ist in einer anderen Kita, wo er gearbeitet hat, ein kleines Kind verschwunden? Das sind Fragen, die ich mir stellen würde, wenn ich Polizistin wäre.«

Nur weil Oskar Davidsson sich für Moorleichen interessierte, dachte Bark, musste sein Tod in jener Nacht nichts mit dem Säugling zu tun haben, den man im Moor gefunden hatte. Das war natürlich eine Neuigkeit, die sich schnell in Hällefors verbreitet hatte. Aber ganz ausschließen konnte man dennoch nicht, dass es vielleicht einen Zusammenhang gab.

24

Nach der Vernehmung von Måna-Lisa Skog merkte Bark, dass sein Blutzucker völlig am Boden war. Die Kantine im Gerichtszentrum war für den Abend geschlossen, und deshalb schlug er Mia vor, dass sie in der Stadt was essen gehen sollten. Außerdem war niemand anders vom Team dabei, der auf die Idee kommen könnte mitzugehen – eine Chance, die er nicht verpassen durfte.

Zu seiner großen Freude sagte sie Ja. Zwischen ihnen gab es eine ungeklärte Spannung. Wenn sie zusammenarbeiten sollten, dann war es wichtig zu wissen, wie sie zueinander standen, überlegte er. Außerdem wollte er von Mia selber hören, was in Stockholm passiert war. Doch bevor er die Sprache darauf brachte, musste sich erst wieder eine vertrauliche Stimmung einstellen. Er musste behutsam vorgehen.

Der netteste Ort, an dem man in der Stadt etwas essen konnte, war das Misoo am Stortorget. Da war die Musik gedämpft, und man konnte sich normal unterhalten.

»Ich nehme fast immer Lachs im Bananenblatt oder Lamm. Das ist fantastisch gut. Oder Krabben in heißer Soße, also, eigentlich ist alles gut.« Er konnte gar nicht schnell genug hinkommen, so knurrte sein Magen.

Mia lachte. »Das Misoo ist also dein Stammlokal«, sagte sie und versuchte, Schritt zu halten.

Sie bekamen einen Fenstertisch mit Blick über den erleuchteten Parkplatz auf dem Stortorget. Der Himmel über den Hausdächern war schon seit ein paar Stunden blauschwarz und sternenlos. Auf dem Tisch brannte eine kleine Kerze, und Bark dachte kurz an seine Tochter und die Gespräche im Kerzenschein, die er jeden Abend mit ihr am Küchentisch führte, obwohl sie nicht mehr unter den Lebenden weilte.

Er blätterte in der Karte und trank das Glas mit Eiswasser, das vor sie hingestellt worden war, in einem Zug aus. Als er den Blick hob, merkte er, dass Mia ihn beobachtete, und ihm wurde wieder peinlich bewusst, wie er aussah und wie er roch. »Ich hätte gerne eine Dusche genommen und bitte nochmals um Entschuldigung, dass ich nach altem Rauch rieche. Ich habe auf dem Polizeirevier von Hällefors übernachten müssen und bin wohl nicht der Frischeste.«

Mia lächelte freundlich, dementierte die Sache aber nicht. So schlimm stand es also.

»Woran denkst du?«, fragte er, um sie dazu zu bringen, es geradeheraus zu sagen.

Mia schaute sich um, ob sie außer Hörweite waren. »Ich denke an die Moorleiche«, sagte sie und faltete die Karte zusammen.

»An die Moorleiche?« Wenn seine Körperausdünstungen sie an eine Moorleiche denken ließen, dann war es noch viel schlimmer, als er befürchtet hatte.

»Es ist doch seltsam, dass dieses Thema eben in der Vernehmung aufgetaucht ist«, erklärte sie.

Bark musste über seinen Irrtum lächeln. »Zimmermann hat angeordnet, dass wir diese Ermittlung fallen lassen, obwohl Gaby Wide nicht damit einverstanden war. Wir werden also keine Zeit auf das Baby im Moor verwenden, solange der Fund nicht datiert ist. Ali war unsicher, wie lange der kleine Leichnam dort gelegen haben könnte. Ich schätze mal ein halbes Jahr.«

»Alex sollte Oskar Davidssons Internetverbindungen überprüfen. Es ist von großem Interesse zu sehen, auf welchen Seiten er gewesen ist und was er gegoogelt hat. Das ist doch ein bisschen, als würde man ihm ins Gehirn schauen. Hatte er eine Liebesbeziehung? Mochte er Kinder auf eine abartige und kriminelle Weise? Vielleicht finden wir etwas, was seinen Tod erklärt oder eine Verbindung zu der Moorleiche herstellt.«

»Meinst du, er wäre pädophil gewesen, und jemand, der wusste, dass er in den Räumen der Kita übernachtete, hat sich gerächt, indem er alles angezündet hat?«

»Mir ist nichts Menschliches fremd«, erwiderte Mia. »Es gibt krass kranke Ereignisse, die man niemals für möglich gehalten hätte, bevor sie wirklich eintreffen. Es kann sein, dass das Kind durch eine Misshandlung zu Tode kam, oder es ging um Drogen oder etwas anderes, was wir noch nicht verstehen.«

»Oder er war zur falschen Zeit am falschen Ort«, gab Bark zu bedenken.

Mia trank etwas Wasser. »Eine Zeitlinie würde uns helfen.«

»Henrik ist schon dran, aber ich weiß nicht, wie weit er gekommen ist.«

Er verstummte. Sie bekamen ihr Essen, und Bark stürzte sich auf seinen Teller. »Entschuldige bitte, aber Intervallfasten ist nichts für mich. Ich muss ordentlich essen.

Heute hatte ich bisher nur Kaffee und eine heiße Wurst, kein Frühstück.«

»Was hältst du denn von dem Käuzchen?«, fragte Mia mit gespieltem Ernst, als sie wieder allein waren.

Das kam so überraschend, dass Bark prustete und sich schnell die Serviette vor den Mund hielt. »Måna-Lisa Skogs Zeugenaussage stimmt ja sehr gut mit den Zeitangaben von Adrian Molander und Matti Björk überein. Ich denke, dass alle drei die Möglichkeit gehabt hätten, den Brand zu legen – sie sind im gleichen Maße verdächtig, wie sie als Zeugen relevant sind. Jeder von ihnen könnte Tom Gruvberg zur Milles-Statue gefolgt sein, wo ich ihn dann tot aufgefunden habe. Die Alternative ist, dass Tom Gruvberg den Brand gelegt hat und jemand anders wiederum ihn ermordet hat. Der Brandstifter und der Mörder können eine oder mehrere Personen sein, vielleicht jemand, den wir noch gar nicht auf dem Schirm haben, jemand, der dort war, ohne dass er von den anderen bemerkt worden ist. Wir versuchen, mehr Bildmaterial zu bekommen und noch mal das durchzuschauen, was wir haben.«

»Was für mögliche Motive haben wir denn?«, überlegte Mia laut.

»Was Tom Gruvberg angeht, ist das Erbe natürlich eines. Laut Ingrid war er vermögend. Die Tochter beerbt ihn. Aber ich sehe Lillemor nicht als Mörderin. Sie schien aufrichtig besorgt um ihren Vater, wenn auch ziemlich genervt, weil er immer mit allen Leuten im Streit lag. Morgen habe ich vor, die Bibliothekarin zu vernehmen, die sich um Toms Buchhaltung gekümmert hat. Fährst du mit nach Hällefors?« Diese Frage hatte er schon stellen wollen, seit sie das Turmzimmer verlassen hatten.

»Gern.« Mia sah ihn mit diesem Lächeln an, das er im ganzen Leib spürte.

»Perfekt!« Eigentlich hatte er ja noch nach dem fragen wollen, was Alex über ihren Ex-Mann erzählt hatte, doch es war nicht der richtige Moment dafür. Er war so müde und fand nicht die passenden Worte.

»Woran denkst du?«, fragte sie und legte ihre Hand ganz leicht auf seine.

Da beschloss er, doch seine Müdigkeit und seine Befürchtungen zu überwinden, und sprach die Sache direkt an. »Bist du in Gefahr?«

Mia sah ihn mit einem neuen Blick an. »Hat Alex das gesagt?«, fragte sie ängstlich. Er legte seine andere Hand schützend über ihre, sodass er sie umschloss. »Nur zu mir und im Vertrauen. Was ist in Stockholm passiert?«

Mia schauderte es, und ihre Augen wurden riesig, als ob sie den Wahnsinnigen vor sich sehen würde. »Ich habe meinen Ex gesehen, diesen schrecklichen Menschen … am Hauptbahnhof in Stockholm. Er war es, denn wenn er es nicht war, dann bin ich in Begriff, die Kontrolle über meine Sinne zu verlieren. Ich habe meinen Anwalt von damals angerufen und erfahren, dass mein Ex immer noch im Gefängnis sitzt. Es waren keine Ausbruchsversuche aus dem Gefängnis vorgekommen. Er hat sich vorbildlich verhalten. Mein Anwalt ist persönlich dorthin gegangen und hat überprüft, ob er noch dort ist. Trotzdem habe ich mich nicht getraut, in Stockholm zu bleiben.«

»Was ist damals passiert? Was hat er dir angetan?«

»Ich möchte nicht darüber sprechen«, erwiderte sie, und ihre Stimme klang hart.

Bark hätte sich zurückhalten sollen, doch er konnte

nicht. »Wie heißt er? Wäre es nicht besser, ihn und sein Kontaktnetz im Blick zu haben, um zu erfahren, ob irgendetwas droht?«

Mia wurde blass, und ihre Miene erstarrte. »Vergiss es. Wenn du Nachforschungen betreibst, dann hinterlässt du Spuren, die er bis zu dir und mir zurückverfolgen kann. Lass es! Ich will nicht, dass du versuchst, irgendetwas in dieser Situation zu unternehmen. Ich bekomme Hilfe von Profis und will keine Risiken eingehen.«

»Ich verstehe, und ich bin froh, dass du hier bist«, sagte Bark. Es war, als würde man auf Blitzeis gehen. Aus Angst, dass sie ihn ausschließen würde, traute er sich nicht, noch mehr nachzufragen, sondern wünschte nur, dass sie wagen würde, ihm zu vertrauen. Doch das würde wohl noch einige Zeit brauchen.

»Es ist schön, zurück zu sein. Ich habe Örebro verlassen, weil ich Angst hatte.« Die Intensität in ihrem Blick wurde tiefer. »Ich kann keine Beziehungen oder engeren Bindungen außer der zu Alex haben. Es würde mich verletzlicher machen, als ich sowieso schon bin, und den Stress, den ich bereits verspüre, noch steigern. Aber ich will, dass du weißt, wie sehr ich dich schätze. Ich finde, dass wir gut zusammenarbeiten.«

»Ja, das tun wir.« Er fragte sich, ob sie genau das meinte, was sie sagte, oder ob es nur eine nette Weise war zu sagen, dass sie ihn nicht lieben konnte. Warum sollte sie auch? Es war klar, dass er und das Chaos mit den Frauen in seinem Leben nichts für sie war. Seine Ex-Frau Ella war Alkoholikerin auf Entzug, konnte jederzeit kollabieren und brauchte dann Hilfe. Ihre Miete bezahlte er sowieso immer noch. Dann war da Staatsanwältin Gaby

Wide, die eine kleine Tochter hatte, deren Vater er möglicherweise war. Außerdem gab es noch die sechsjährige Moa, um die er sich nach dem Selbstmord ihrer Mutter, seiner Kollegin Sara Bredow, kümmerte. Und dann hatte er ihr viel zu lange nichts von seiner Epilepsie erzählt, bis Mia gesehen hatte, wie er einen Anfall bekam und sich eingenässt hatte. Natürlich hatte er keine Chance bei ihr.

Sie brachen auf und bezahlten jeder für sich, alles andere war für Mia undenkbar. Auf dem Weg zur Bushaltestelle beim Schloss einigten sie sich darauf, dass sie direkt nach der morgendlichen Besprechung am nächsten Tag nach Hällefors fahren würden. Er war nahe daran, sie zu umarmen oder wenigstens leicht ihre Hand zu drücken, doch sie hatte sich im selben Moment zurückgezogen, als der Bus nach Tybble anrollte und er sich beeilen musste, noch mitzukommen. Der Augenblick ging verloren.

Es fühlte sich öde an, nach Hause zu kommen. Seine Gefühle für Mia waren wie ein mahlender Schmerz im Körper. Bark seufzte und pflückte die Morgenzeitung vom Fußboden im Flur. Dann legte er die CD ein, die er von Vera bekommen hatte, drehte die Musik so laut, wie er es den Nachbarn zumuten konnte, und stieg unter die Dusche. Zunächst hatte er das Gefühl, gleich im Stehen einzuschlafen, doch nachdem er sich eingeseift hatte, kehrten die Lebensgeister zurück.

Mit einem Handtuch um die Hüften ließ sich Kristoffer am Küchentisch nieder, um die Zeitung zu lesen und seine Epilepsiemedikamente zu nehmen. Auf der ersten Seite prangte ein Bild von dem Feuer unter der Headline:

Kita in Flammen – Ein Todesopfer?

In der Mitte der Zeitung ging die Reportage weiter. Das Bild war von Kristina, dazu ein kurzer Text. Sie hatte ihm während des Tages mehrere Nachrichten geschrieben, um herauszufinden, was in Hällefors los war, die Redaktionsleitung hatte sie aber leider in die südlichen Teile des Landes geschickt, wo eine Artikelserie über Immobiliengeschäfte erstellt werden musste. Der Mord an Tom Gruvberg hatte jetzt auch Fernsehen und Radio erreicht, deshalb würde es in der morgigen Ausgabe sicher jede Menge Spekulationen geben. Bark blätterte weiter.

Sie hatten auch Kristinas Reportage über die Moorleiche veröffentlicht. Auf ihrem Foto unter dem Text sah sie aus wie der Star, der sie war. Der Artikel war gut geschrieben, das musste er ihr lassen. Sie hatte nicht nur den Fund eines Säuglings im Moor geschildert, sondern auch die schöne Natur der Umgebung eingefangen. Vögel an einem hellblauen Himmel und Herbstdüfte wie eine würdige Umrahmung des Furchtbaren.

Bark zündete die Kerze im gusseisernen Halter auf dem Tisch an. Wie immer dachte er an seine Tochter Vera. Sie war an einem dunklen und stürmischen Karfreitag in einem einfachen Boot von ihrem Junggesellinnenabschied spurlos verschwunden. Erst fünf Jahre später hatte er sie gefunden, ermordet. Kristoffer konnte immer noch ihre Stimme hören und spürte in seinem Innern, was sie sagen würde, wenn er seine Gedanken über den vergangenen Tag zusammenfasste.

Mama hat angefangen zu trinken, als ich verschwunden bin, und ich konnte überhaupt nichts tun, um das zu verhindern. Sie hört mich nicht so wie du, Papa. Und jetzt schreibt sie ein Buch. Bist du nicht neugierig, was sie darüber schreiben wird, wie es ist, Krankenschwester und Alkoholikerin zu sein?

»Sie ist mutig«, sagte Kristoffer und befürchtete das Schlimmste. Er hatte sich von ihr getrennt, als Vera dreizehn war, und Ella hatte ihm nie verziehen, dass er aus der Ehe ausgebrochen war. Als Vera fünf Jahre später verschwand, wurde es noch schlimmer. Er dachte an all die Male, da er Ella hilflos aufgefunden und den Notarzt gerufen hatte, und daran, wie oft sie von irgendwelchen anderen Säufern zusammengeschlagen worden war. Aber jetzt im Moment war er stolz auf sie und beeindruckt, weil sie es geschafft hatte, den Entzug durchzustehen.

Ich glaube, sie wird über ihre Versuche schreiben, dich zu überlisten, Papa. Erinnerst du dich noch, wie sie Wein in Blumenvasen und -töpfen versteckt hat und Tupperdosen mit Wodka in der Tiefkühltruhe?

Kristoffer musste lächeln, obwohl es so traurig war. »Ella war schon immer erfindungsreich. Damit ich die Dosen, in denen sie Wodka versteckte, nicht in die Mikrowelle schob, standen Sachen drauf wie *Vegane braune Soße* oder *Hühnchenragout, 1997.*«

Wie lange willst du eigentlich noch Mamas Miete bezahlen?,

fragte Vera.

»Bis sie es schafft, sie selbst zu bezahlen. Ich will nicht, dass sie pleitegeht. Die Nachbarn, die sie in Solhaga hat, tun ihr gut, die erinnern sich noch daran, was für ein Mensch sie war, ehe alles den Bach runterging.«

Er wollte gerade das innere Gespräch mit Vera beenden und die Zeitung zuschlagen, als ein Foto seinen Blick gefangen nahm. Die Erschöpfung machte ihn etwas langsam im Denken. Wo hatte er die Frau mit dem dunklen welligen Haar schon einmal gesehen? Ihre Gesichtszüge erinnerten ein wenig an die von Mia, obwohl sie kantiger und mehr nach Model aussahen. Dann fiel es ihm ein: Das war Molly Gruvberg, die Ehefrau von Daniel, Tom Gruvbergs Enkel. Oder waren sie schon geschieden? Daniel Gruvberg hatte von einem Sorgerechtsstreit vor Gericht gesprochen.

Molly war trotz ihres jungen Alters die Chefin der Kommunalverwaltung von Hällefors und offensichtlich sehr an Umweltfragen interessiert. Sie hoffte auf eine zukünftige Zusammenarbeit mit Mine Storage, einem Unternehmen, das auf die Speicherung von Energie mit unterirdischen Pumpenkraftwerken in alten aufgelassenen Gruben spezialisiert war.

»Eine erprobte Technik in einer neuen Umgebung, wo sie nicht stört, wie es ansonsten beim Ausbau von Flüssen und Windkraftwerken der Fall ist. Angesichts steigender Strompreise und offener Fragen zur weiteren Energiegewinnung müssen wir andere Alternativen suchen«, meint Molly Gruvberg.

Bark las weiter, die Technik klang spannend.

»Man lässt auf Bodenniveau Wasser von einem

Damm in die Grube, dort erzeugt eine Turbine mit ihrem Generator Strom, der dann zu Zeiten ins Netz eingespeist werden kann, wenn am meisten Strom verbraucht wird. Danach, wenn wir weniger Strom brauchen, kann man das Wasser wieder hoch und in ein Reservoir pumpen. Außerdem kann die Energiespeicherung helfen, das Stromnetz auszugleichen, was wiederum den Ausbau von erneuerbaren Energien fördert«, sagt der Geschäftsführer des Unternehmens.

»Was hältst du davon, Vera?«, fragte er und hatte das Gefühl, als würde die Kerzenflamme als Antwort etwas flackern.

Vielleicht bist du einem Konflikt auf der Spur, dachte er weiter. Und der ist umfangreicher, als du ahnst. Was wird Molly von den Protesten des alten Tom Gruvberg gehalten haben, der sich gegen eine Energiespeicherung unter der Erde ausgesprochen hatte und wollte, dass alles beim Alten blieb?

25

Lydia

Ich stehe nackt vorm Badezimmerspiegel und betrachte meinen Körper. Die Narben auf meinem Bauch und Rücken sind seit der Kindheit nicht verblasst. Die hässliche Narbe auf der Oberlippe ist deutlich zu sehen, wenn ich sie nicht mit Make-up überdecke. Wo war die Polizei, wo die Unterstützung der Gesellschaft, als ich den Misshandlungen durch meine Klassenkameraden ausgesetzt war? Und dennoch war es nicht die physische Gewalt, die am meisten schmerzte – was mich quälte, war, niemals dazuzugehören. Als ich in die erste Klasse kam, sah ich ein Mädchen, das auf den Schultern ihres Vaters ritt. Ihre Mutter lachte und streichelte sie, küsste und umarmte sie, und vor Sehnsucht tat mir alles weh. Denn meine Mutter fasste mich nur hart an.

Erst gegen Mitternacht wage ich es, zum Schlangenteich zu fahren, um mit Ester zu sprechen. Die Gerüchteküche im Ort brodelt nur so. Überall ist Polizei. Die Leute sind jetzt aufmerksamer, da ihnen klar wird, dass ein Mörder unter ihnen ist. Es ist schwer, die ganze Verantwortung dafür zu tragen, Gerechtigkeit zu schaffen.

Erschrocken sehe ich, dass ein Fenster weit offen steht

und im Wind schlägt. Als ich in die Hütte komme, liegt ein Stuhl umgeworfen auf dem Boden, und daneben sitzt Ester, zusammengekauert und ganz still, mit dem Rücken zu mir. Sie darf mir nicht wegsterben! Das ist mein erster Gedanke. Sie darf nicht sterben, ehe ich die ganze Geschichte gehört habe und weiß, warum mein Leben so werden musste. Warum ich ohne die Fürsorge und Liebe sein musste, die für andere so selbstverständlich war.

Ich eile hin und drehe sie herum, sodass ich ihr Gesicht sehen kann. Sie keucht, der Brustkorb hebt sich in kleinen, raschen Atemzügen, der Puls, den ich unter meinen Fingern spüre, geht schnell. Hat sie Angst? Hat sie Schmerzen? Ich frage, erhalte jedoch keine Antwort. »Du hast versucht abzuhauen, nicht wahr? Und dann bist du vom Fensterbrett gefallen. Mir ist schon klar, dass du Schmerzen hast. Aber das hast du dir selbst zuzuschreiben.«

Ich untersuche, ob ein Bein länger ist als das andere, so wie bei einer eingekeilten Fraktur, kontrolliere die Beweglichkeit, indem ich das Bein beuge und strecke und es auf die Seite führe, derweil sie vor Schmerz jammert. Ich habe nicht vor, ihr mit den Schmerzen zu helfen, das kann sie gerne als Erinnerung daran behalten, dass sie so idiotisch war. Sicherlich hat sie irgendwelche Kräuter in ihrer Speisekammer, die sie nehmen kann, wenn sie mal wieder auf die Beine kommt. Möglicherweise hat sie sich ein oder zwei Rippen gebrochen. Das ist gut, dann hält sie wenigstens still.

Ich schaue in den Kühlschrank und sehe, dass sie das mitgebrachte Essen nicht angerührt hat. »Selbst schuld!«, sage ich noch einmal, und mein Griff um ihren Arm wird fester, als ich sie zum Sofa führe. »Ich will dir nichts Böses. Ich will einfach nur die Wahrheit von dir hören. Dann lasse ich dich vielleicht in Frieden.«

26

Eine doppelte Mordermittlung und dazu noch Starkregen in Hällefors war eine Sache zu viel, fand Bark, als er ohne Schirm aus dem Auto stieg. Mia Berger war vorausschauender gewesen und bot ihm an, unter ihrem Regenschirm das kurze Stück vom Dachparkplatz zum Polizeirevier zurückzulegen. Er war so nah bei ihr, dass er sie berühren konnte – und fühlte sich doch so weit weg.

Auf der Fahrt nach Hällefors hatten sie darüber gesprochen, wie sie die Ermittlung angehen wollten, und eine Arbeitsteilung festgelegt. Mia würde die Hauptverantwortung für den Fall der Brandstiftung mit Oskar Davidsson als Opfer übernehmen. Bark würde sich darauf konzentrieren, den Mord an Tom Gruvberg aufzuklären. Die einleitenden Zeugenvernehmungen würden sie gemeinsam durchführen. Sie hatten vergeblich versucht, Toms Enkel Daniel Gruvberg zu erreichen, aber Ingrid war es gelungen, für den Nachmittag ein Gespräch mit Carina Lindgren zu vereinbaren, die sich um die Buchhaltung des alten Mannes gekümmert hatte.

Zunächst aber war die Leiterin der Kita, Eva Sandell, an der Reihe. Ungeachtet aller Probleme mit der Organisation der Kinderbetreuung nach dem Brand hatte sie es geschafft, sich schon am Morgen frei zu machen und war soeben auf dem Polizeirevier erschienen. Trotz des Wetters trug sie ein knöchellanges Kleid in grünbraunen Farben, die runde Brille war von Feuchtigkeit beschlagen und das dunkle Haar nass. Bark bot ihr einen Bügel an, doch sie hängte ihren Regenmantel einfach über den Stuhl.

»Das ist alles so schwer. Was soll ich den Kindern und ihren Eltern nur sagen? Von einem Nachbarn, der mit den Feuerwehrleuten gesprochen hat, habe ich erfahren, dass noch jemand im Haus war. Ist das wahr?«

Bark begegnete ihrem besorgten und wachen Blick. Hinter dem dunklen Brillengestell wirkten ihre Augen blau-grün, so wie der Wald und der Herbsthimmel.

»Es stimmt, wir haben eine Leiche in den Überresten des Brandes gefunden. Die Zahnkarte hat bestätigt, dass es sich um Oskar Davidsson handelt.«

»Wie schrecklich, seine armen Eltern.«

Bark senkte respektvoll den Kopf, schwieg kurz und begann dann mit den einleitenden Sätzen und der drängendsten Frage: »Haben Sie Oskar erlaubt, in den Räumlichkeiten der Kita zu übernachten?«

»Auf keinen Fall. Ich hatte keine Ahnung. Als er vom Laden nicht zurückkam, dachte ich ja, er wäre nach Hause gefahren. Eigentlich war der Plan, dass er etwas zum Essen für uns besorgt. Danach habe ich ihn nicht wiedergesehen.« Eva Sandell putzte die Brille am Kleid ab und sah ihn an. »Meinen Sie, das könnte schon früher mal passiert sein, dass Oskar in der Kita übernachtet hat?«

»Möglich«, erwiderte Bark.

»Um Erlaubnis gefragt hat er mich jedenfalls nicht. Natürlich hätte ich Nein gesagt. Ich habe ja die Verantwortung, wenn er sich in unseren Räumen aufhält.«

»Aber er wusste den Code zur Eingangstür?«

»Ja«, antwortete Eva Sandell ohne Zögern.

»Wissen Sie, ob er hier in Hällefors sonst noch jemanden kannte?« Bark wollte noch eine Bestätigung.

»Ich glaube, er hatte einen Freund hier. Am Montag hat er sich mit einem jungen Typen über den Zaun hinweg unterhalten. Der hat geraucht, war schlecht gekleidet und ein wenig ruckartig und unkontrolliert in seinen Bewegungen. Hatte die Mütze bis auf die Augenbrauen heruntergezogen.«

»Haben Sie ihn öfter gesehen?«

»Ja, ein paarmal im Supermarkt und auf dem Fahrrad, aber nicht zusammen mit Oskar. Er hat so ein längliches Gesicht und eine ziemlich üble Akne.«

»Wie würden Sie Oskar Davidsson beschreiben?«

Eva Sandell zögerte und atmete dann tief durch. »Oskar ist ruhig und gut mit den Kindern, vor allen Dingen mit den Jungs. Er hat oft Fußball mit ihnen gespielt und gut darauf aufgepasst, dass niemand gemobbt wurde.« Wieder holte sie Luft. »Manchmal vielleicht zu gut. Er ließ die Kinder ihre Konflikte nicht selbst klären, sondern war immer gleich dabei und hat gesagt, wie sie es lösen sollten. Wir machen es eigentlich so, dass wir sie erst mal selbst versuchen lassen und uns nur einmischen, wenn sie sich zu sehr streiten oder es jemandem nicht gut dabei geht.«

»Was glauben Sie, warum er so direkt in die Konflikte eingegriffen hat?«, fragte Mia.

Eva Sandell sah sie an, als würde sie ihre Gegenwart jetzt erst bemerken. »Ich weiß es nicht. Vielleicht ist er selbst gemobbt worden und wünschte sich, dass damals ein Erwachsener das gesehen und eingegriffen hätte. Oskar kommt aus geordneten Verhältnissen. Soweit ich weiß, wohnt er immer noch zu Hause. So ist es wohl heutzutage, dass die jungen Leute nach dem Gymnasium noch ein paar Jahre zu Hause bleiben. In meiner Zeit ist man ausgezogen, sowie die Schule fertig war. Etwas anderes kam gar nicht infrage. Man musste früh auf eigenen Beinen stehen.«

»Ist Ihnen noch etwas aufgefallen?«, fuhr Mia fort.

»Oskar war morgens sehr träge, gerade so, als wäre er größere Teile der Nacht auf gewesen. Aber er hat wirklich versucht, dazuzulernen und gute Arbeit zu leisten.«

»Erinnern Sie sich an etwas, wovon er in den letzten Tagen gesprochen hat? Irgendetwas Besonderes?« Bark hoffte, dass sie das Kind im Moor oder Tom Gruvberg oder etwas anderes erwähnen würde, was sie weiterbringen könnte.

»Ich weiß nicht genau, worauf Sie hinauswollen«, sagte Eva Sandell und schnäuzte sich in ein Taschentuch, das sie aus der Tasche des Kleides holte.

»Haben Sie über ein Thema gesprochen, für das er sich interessierte, oder hat er selbst etwas erwähnt?«, fragte Mia.

»Oskar war sehr still. Ich kann mich nicht erinnern, dass er über irgendetwas Besonderes geredet hätte.«

»Wie war er denn mit den Kindern?«

»Völlig in Ordnung, manchmal etwas ungeschickt, wenn es darum ging, ihnen auf der Toilette zu helfen und sie anzuziehen, das konnte schon mal dauern.«

Mia beugte sich vor. »Am Montag war Måna-Lisa Skog da und hat ihren Becher im Personalraum abgeholt.

Hat sie auf eigenen Wunsch aufgehört oder wurde sie gekündigt?«

Jetzt starrte Eva Sandell sie an, als hätte sie ein Gespenst gesehen. Dann breitete sich eine zornige Röte auf ihren Wangen aus. »Sie wurde gekündigt!«

»Können Sie uns sagen, warum?«, bat Bark. Das hier fing an, interessant zu werden.

»Das würde ich lieber nicht. Wenn es herauskommt, dann würde es dem Ruf der Kita schaden, und das Vertrauen der Eltern in uns wäre ruiniert, auch wenn es nicht meine Schuld war.«

Bark wollte sie nicht so davonkommen lassen. »In Hällefors geht das Gerücht, dass Måna-Lisa Skog etwas getan habe, was den Kindern schaden könnte. Ist Tom Gruvberg deshalb hergekommen und hat Sie mit einem Elchstutzen bedroht? Erzählen Sie es uns. Ich möchte Ihre Version hören.«

Eva Sandells Augen blitzten vor Zorn. »Måna-Lisa war hier auf Probe angestellt und in der Küche tätig. Ich habe erfahren, dass sie den Kindern Silberionen gegeben hat, also kolloidales Silberwasser. Sie meinte, sie hätte das getan, um eine bakterielle Infektion in der Kindergruppe in den Griff zu bekommen. Einfach so! Ich habe darüber gelesen, dass Silber manchmal äußerlich in der Pflege verwendet wird, weil es Bakterien abtöten kann, inwendig aber ist es giftig. Das ist ungefähr so schlau, als würde man Chlor oder ein anderes Desinfektionsmittel trinken. In großen Mengen kann Silber Argyrie verursachen, Haut und Augen bekommen einen grauen Ton, der nie wieder weggeht, und die inneren Organe werden auch verfärbt, und es besteht die Gefahr, dass Leber und Nieren geschädigt werden. Sie hat die Kinder als Versuchskaninchen für ihre Quacksalberei benutzt!«

»Und was hat sie gesagt, als sie darauf angesprochen wurde?«

»Dass die Kinder sicherlich unter Silbermangel leiden würden, weil sie andauernd Schnupfen hätten.« Die Leiterin der Kita machte eine wütende Geste mit den Händen. »Silber ist kein Stoff, der im Körper natürlich vorkommt, man kann also auch keinen Mangel daran haben. Es ist völlig inakzeptabel, den Kindern heimlich und aus eigenem Antrieb Medikamente zu geben. Es gibt Bilder im Netz von Leuten, die Argyrie bekommen haben. Schauen Sie sich das mal an. Die sind fürs Leben gezeichnet. Sie werden es selbst sehen! Das Grau geht nie wieder weg.«

»Wissen die Eltern davon?«

Eva Sandell seufzte tief. »Nein. Ich habe entschieden, nichts zu sagen, denn dann hätten wir hier die reinste Hölle gehabt. Es ist eine private Kita, und die Träger wären außer sich gewesen. Der Ruf der Einrichtung ist unser größtes Kapital.«

»Wusste Oskar Davidsson von der Sache?«

»Das glaube ich nicht, aber möglich ist es. Ich habe Måna-Lisa nicht angezeigt, unter der Bedingung, dass sie am selben Tag noch geht und mit niemandem darüber spricht. Sie hat zwei Monatsgehälter gekriegt, damit sie das Haus freiwillig verlässt. Da sie noch in der Probezeit war, hätte sie natürlich eigentlich kein einziges Öre bekommen dürfen, aber mit weniger hat sie sich nicht zufriedengegeben.«

»Finden Sie nicht, dass die Eltern darüber hätten informiert werden sollen, dass ihre Kinder Silberionen bekommen haben?«, fragte Mia.

»Das hätte viel Ärger gegeben und das Ende dieser Kita bedeutet. Ein Elternteil ist Kinderarzt. Der hätte uns angezeigt, da bin ich ganz sicher. Also habe ich ... es so gelöst«, sagte Eva und sah sie an.

»Kann Tom Gruvberg gewusst haben, dass die Zwillinge dem ausgesetzt waren? Soweit ich es verstanden habe, ist er in die Kita gekommen, um die Kinder zu beschützen.«

»Das weiß ich nicht. Er hat es jedenfalls nicht gesagt, als er kam und sein Gewehr auf uns richtete.«

»Was hat er denn gesagt?«, erkundigte sich Bark.

»Er wirkte total verwirrt und aufgewühlt. Alles war irgendwie unbegreiflich. Ich habe getan, was ich konnte, um ihn zu beruhigen.«

»Eine letzte Frage: Wo befanden Sie sich in der Nacht von Dienstag auf Mittwoch?«

»In meiner Wohnung. Ich bin nach den Nachrichten, also gegen halb zehn ins Bett gegangen und habe bis sechs Uhr geschlafen, als der Wecker klingelte. Um halb acht musste ich bei der Arbeit sein. Erst als ich zur Kita kam, habe ich die ganze Zerstörung gesehen und erfahren, was passiert war. Seither habe ich mit Eltern gesprochen und zu helfen versucht, die Situation mit Plätzen in anderen Kitas zu lösen. Zum Glück ist unser Gebäude versichert, und mein Arbeitgeber hat vor, die Tagesstätte wieder zu öffnen, so schnell es geht – in neu gebauten Räumen oder falls möglich in einem passenden Haus zur Miete. Wir sprechen im Moment gerade mit der Gemeinde darüber. Das Unternehmen ist privat, sonst hätte die

Gemeinde natürlich direkt reagieren müssen. Aber ich kenne die Chefin der Verwaltung, Molly Gruvberg, und habe mit ihr gesprochen. Wir müssen eine Lösung für dieses Problem finden, denn die Betreuungsplätze werden gebraucht, und wir haben Personal, aber keinen Raum.«

»Wie gut kannten Sie Tom Gruvberg?«, fragte Mia abschließend.

»Nur über die Zwillinge und durch Mollys Erzählungen. Das kann man alles überhaupt nicht glauben. Er war ein gemeiner und verwirrter Alter! Und es würde mich überhaupt nicht wundern, wenn er es war, der die Kita angezündet und so Oskar umgebracht hat!«

27

Das Polizeirevier von Hällefors lag im zweiten Stockwerk des Zentrumhauses. Auf derselben Etage befanden sich der Zahnarzt, eine Lokalredaktion der *Nerikes Allehanda* und ein kleines Apartmenthotel. Die Räume der Arbeitsvermittlung waren leer, und das Büro war geschlossen. Auf dem Stockwerk direkt unterhalb der Dachterrasse lagen das Alkoholgeschäft, die Swedbank, eine Apotheke, ein Friseur und eine Reihe leerstehender Geschäfte.

»Wir nutzen die Gelegenheit und vernehmen Molly Gruvberg, wenn wir schon mal in Hällefors sind, damit machen wir es ihr leichter, falls sie im Moment viel zu erledigen hat«, erklärte Bark und reichte Mia Kaffee in einem von den Polizeikollegen ausgeliehenen Becher, auf dem ein ausgeblichener Garfield prangte. »Molly hält gerade einen Vortrag zum Thema *Nachhaltige Umwelt* im Folkets Hus, schräg über die Straße. Sie hat geschrieben, dass wir uns in zehn Minuten dort treffen und miteinander sprechen können. Dann haben wir eine halbe Stunde, bevor sie sich wegen des Brandes mit Mitgliedern des Gemeinderates trifft, um zu klären, wie man eine kurzfristige Lösung finden kann.«

»Mollys eigene Zwillinge haben also auch keine Kinderbetreuung«, stellte Mia fest. »Dann sind sie vielleicht bei ihrem Vater Daniel.«

»Wahrscheinlich sind sie bei Lillemor, wenn die nicht arbeitet«, vermutete Bark.

»Was macht denn Lillemor Gruvberg? Was arbeitet sie?«

»Sie ist Klavierlehrerin in der Musikschule und gibt Abendkurse in Geschichte der Region. Anscheinend weiß niemand so viel über Hällefors und die alten Zeiten wie sie. Es gibt auch eine Historische Gesellschaft, in der sie aktives Mitglied ist.«

»Und Daniel Gruvberg, warum kümmert er sich nicht um seine Kinder?«, fragte Mia, die Toms Enkel persönlich noch nicht kennengelernt hatte.

»Weil er mehr oder weniger ein Wrack ist. Schwer zu sagen, ob das an der Scheidung liegt oder ob es sein Normalzustand ist und die Ursache dafür, dass sie jetzt getrennte Wege gehen. Er hat Alkoholprobleme.«

Bark schaute auf die Uhr. Es war Zeit.

Das Folkets Hus war in den Siebzigerjahren und somit zu einer Zeit erbaut worden, als es noch viel Geld und Zukunftsoptimismus gab. Es bot ein Kino, Gruppenräume und Büros. Die Einrichtung im Stil der Zeit war gut erhalten. Mia begeisterte sich für die Lampen im Eingang und die türkisfarbene Keramik an den Wänden. Ein Blick ins Kino ließ sie in die faszinierend intensiv orangefarbene Plüscheinrichtung eintauchen. Als sie wieder herauskamen, tauchte auch Molly im Foyer auf, gab ihnen die Hand und wies den Weg in das Büro, das sie für ihr Gespräch gebucht hatte. Sie trug ein auf Figur geschnittenes graues Kleid, Blazer und schicke Stiefel. Das schöne Haar war zu einem eleganten Knoten gedreht, der dennoch locker wirkte. Sie sieht aus, als würde sie sich in ihrer Arbeitskleidung wohlfühlen, dachte Bark.

»Ich habe gestern über Sie und Ihr Umweltengagement in der Zeitung gelesen«, sagte er, um die Stimmung etwas aufzulockern.

»Umweltfragen sind das, womit ich am liebsten arbeiten möchte. Ursprünglich habe ich zunächst Medizin studiert, aber daraus wurde dann nichts. Ich habe mehrere Angebote aus der freien Wirtschaft erhalten, mit besserem Gehalt, als ich jetzt bekomme, aber Politik ist auch wichtig. In einer so kleinen Gemeinde geht es darum, praktische Fragen mit den vor Ort vorhandenen Ressourcen zu lösen, und da kann man deutliche Ergebnisse sehen. Das gefällt mir, auch wenn es mit den Veränderungen nur zäh vorangeht. Ich hasse es, wenn jemand sagt: *Ja, ich höre, was du sagst*, denn das bedeutet im Klartext: *Es ist mir scheißegal, was du sagst*. Oder: *Nein, diese Information ist noch nicht durchgedrungen*. Ich meine, wenn man zugehört hätte, dann wäre sie das. Allein eine solche Sache wie der Umzug in das neue Rathaus hat alle möglichen Probleme mit sich gebracht, und die Leute sind allergisch gegen Veränderungen geworden.« Molly seufzte tief. Das musste sie offenbar einfach mal rauslassen. »Es ist die Bergbaumentalität, die mich fertigmacht: Alle Initiativen werden mit größter Skepsis betrachtet. Aber das hat auch Vorteile, denn die Leute treten füreinander ein. Hilfe ist immer nur ein Telefongespräch weit entfernt. Das ist etwas Schönes, worauf wir stolz sein sollten.«

Sie ließen sich an einem Tisch nieder, auf dem eine Karaffe mit Wasser und ein paar Gläser standen. Das einzige Fenster ging zur Schule und zur Turnhalle hinaus, wo

Bark ein paarmal mit Vera gewesen war, als sie Fußball gespielt hatte.

Molly wandte sich an Mia. »Die Situation ist völlig chaotisch. Achtunddreißig Kinder ohne Betreuung, und ich habe gerade vom Folkets Hus die Erlaubnis bekommen, dass die Kita die Räume hier übergangsweise nutzen darf. Aber die müssen natürlich erst an die Bedürfnisse der Kinder angepasst werden.« Molly sah aus, als würde sie jetzt eine Reihe von Beispielen anbringen wollen, doch Mia kam ihr zuvor.

»Das ist viel grade, das verstehe ich.«

»Ja, der Brand und dann auch noch Toms Tod.« Molly fasste sich an den Hals und fuhr mit dem Fingernagel über die Silberkette, die sie trug. »Und dann der Praktikant – wenn er es nun war, der da umgekommen ist. Es ist völlig unbegreiflich, dass er sich da befunden hat. So schrecklich.«

Bark schaltete das Aufnahmegerät ein und begann mit der Vernehmung. »Wie war Ihre Beziehung zum Großvater Ihres Mannes, Tom Gruvberg?«

Mollys Gesicht verzog sich zu einer Grimasse. »Meines ehemaligen Mannes. Die Scheidung ist jetzt durch. Man soll über Tote ja nicht schlecht reden, aber er war schlicht ein grässlicher Alter! Gemein und eigensinnig, geizig und dominant. Die arme Lillemor hat so viel Mist einstecken müssen. Es muss eine Erleichterung für sie sein, dass er … tot ist.« Sie schlug sich eine Hand vor den Mund, als würde sie bereuen, was sie gerade gesagt hatte.

So scharfe Worte hatte Bark nicht erwartet, obwohl er ja schon aus mehreren Richtungen gehört hatte, dass Tom Gruvberg und Daniels Ehefrau sich nicht leiden konnten. »Er ist wahrscheinlich ermordet worden. Gibt es aus Ihrer Sicht jemanden, der dahinterstecken könnte?« Er versuchte, die Frage so diplomatisch zu stellen, wie er konnte, damit sie sich nicht gleich verdächtigt fühlte und dann weniger mitteilsam war.

Molly war plötzlich knallrot. »Ermordet?«

Mia bestätigte es mit einem Nicken.

»Das hat mir niemand gesagt! Nicht, dass er ermordet worden ist! Allerdings habe ich weder mit Daniel noch mit Lillemor bisher gesprochen. Aber von Eva Sandell habe ich gehört, dass er tot ist. Ich hatte vor, Lillemor anzurufen, habe es aber einfach noch nicht geschafft.«

»Wo sind die Zwillinge jetzt?«, fragte Mia mit sanfter Stimme.

»Bei Daniel, und ich bin deswegen ständig beunruhigt. Ich habe das alleinige Sorgerecht beantragt, weil der Vater der Jungen ihr Bedürfnis nach Sicherheit und Fürsorge nicht erfüllt. Ich möchte da nicht ins Detail gehen, aber er lebt in komplettem Chaos, putzt nicht, wäscht ihre Kleider nicht und ist nur selten nüchtern. Lillemor springt immer für ihn ein. Sie weiß ja, dass er es sonst nicht hinkriegt.«

Bark stellte noch einmal die Frage: »Was glauben Sie, wer Tom ermordet haben könnte?«

Molly antwortete mit einer Gegenfrage. »Was hatte Tom mitten in der Nacht draußen zu suchen? Vielleicht ist er mit irgendeinem Besoffenen in Streit geraten? Er ging manchmal auf die Leute los, als wäre er der Ortspolizist. Genauso hat er auch Daniel immer beschimpft und Sachen gesagt, wie, dass er sich schämen sollte und dass er völlig nutzlos sei. Sogar zu der Zeit, als Daniel gut drauf war, einen Job hatte und auf sich achtgab, kriegte er ständig zu hören, dass er nichts taugen würde. Im Grunde seines Herzens ist Daniel ein feiner Mensch, aber ich halte es wirklich nicht mehr aus mit ihm. Wir waren so jung, als wir Eltern wurden, und er ist seither kein bisschen reifer geworden. Ich dachte, das würde anders werden, wenn wir Kinder haben, aber ich habe einfach Zwillinge gekriegt und dazu ein eifersüchtiges Riesenbaby, das Aufmerksamkeit und Fürsorge verlangte. Und dann ist er im Motodrom von Sången von der Bahn abgekommen und hat sich den Rücken verletzt. Er hat ständig Schmerzen und dämpft sie mit Alkohol und starken schmerzstillenden Tabletten. Er ist nicht mehr der Mann, in den ich mich verliebt habe, und ich bedauere das wirklich.«

Bark konnte sich vorstellen, dass sie mal ein schönes Paar gewesen waren. Er ließ das Thema aber fallen, um zu der wichtigsten Frage zu kommen: »Wo befanden Sie sich in der Nacht von Dienstag auf Mittwoch?«

»Zu Hause in der Wohnung, die ich seit unserer Trennung gemietet habe. Zum Glück war es leicht, hier was zu finden. Dreiundzwanzig leerstehende Wohnungen, ich musste also nur eine auswählen. Ich wohne im selben Haus wie Eva Sandell. Das fühlt sich gut an.«

»Kann jemand bestätigen, dass Sie zu Hause waren?«, fragte Mia.

»Ich glaube kaum. Am Morgen habe ich Eva gesehen, als sie zur Arbeit ging, so kurz nach sieben. Danach hat sie mich angerufen und erzählt, dass es gebrannt hat. Sie bat um meine Hilfe bei der Suche nach neuen Räumlichkeiten.«

»Wie Sie ja schon wissen, ist dort ein junger Mann ums Leben gekommen, Oskar Davidsson. Haben Sie ihn irgendwann mal kennengelernt?«

Molly fasste sich mit der Hand an den Hals, als hätte sie Schwierigkeiten zu atmen. »Ich bin ihm nie begegnet. Als ich zur Arbeit kam, habe ich davon gehört. Man fragt sich wirklich, wie das Feuer ausgebrochen ist. War es Brandstiftung oder ein Unfall?«

»Das wissen wir noch nicht.« Bark gab nicht preis, dass Tom Gruvberg in der Nähe gesehen worden war. »Wie lange wohnen Sie schon hier in Hällefors?«

»Ich bin hier geboren und aufgewachsen, und dann habe ich in Stockholm studiert. Eines Abends, als ich in Örebro war, habe ich Daniel in einem Gartenlokal getroffen, und so passierte es.«

»Wissen Sie, ob es in den letzten Jahren hier weitere Brände gegeben hat?« Bark hatte Alex gebeten, das zu checken, wartete aber noch auf eine Antwort.

Molly musste nicht lange nachdenken. »Wir hatten erst kürzlich ja diesen Kellerbrand, und vor ein paar Jahren hat es in einem Mehrparteienhaus in Hällefors Kyrkby gebrannt, und zwar auf beiden Etagen. Aber das ist aufgeklärt, soweit ich weiß. An mehr erinnere ich mich nicht.« Sie führte ihre Hand wieder zum Hals und fingerte an der Kette herum. Ein Anhänger, der bisher unter dem Kleid verborgen gewesen war, wurde sichtbar.

Der Anhänger sah sehr schön aus und kam Bark irgendwie bekannt vor, und dann fiel ihm auch ein, wo er ihn schon einmal gesehen hatte. Das kleine Mädchen, das man tot im Moor gefunden hatte, hatte einen solchen Anhänger getragen. Die Silberkette des Kindes war durch den Kontakt mit dem Wasser schwarz angelaufen, doch die Einfassung mit einem blau-grünen Stein war dieselbe wie hier.

»Woher haben Sie diese schöne Halskette?«, fragte Mia, der Barks Interesse für das Schmuckstück nicht entgangen war.

Molly sah den Anhänger an und lächelte. »Ich liebe sie selbst sehr. Ich habe Evas Kette gesehen und gefragt, wo sie die gekauft hat. Und da sagte sie mir, dass Måna-Lisa Skog sie nach einem alten Vorbild herstellen würde. Die beiden haben ja bis vor Kurzem zusammen in der Kita Lillbacka gearbeitet. Also habe ich diese Kette auf dem Hällefors-Markt von Måna-Lisa gekauft.«

Bark und Mia tauschten Blicke. Das hier war etwas, dem sie gern nachgehen würden, doch Zimmermann hatte die klare Anweisung gegeben, dass die Ermittlung im Fall des toten Säuglings keine Priorität mehr haben sollte.

Als sie das Folkets Hus verließen, um zur nächsten Vernehmung mit der Bibliothekarin Carina Lindgren zu fahren, wurde Bark von Zimmermann angerufen. Sie mussten nach Örebro zurückkehren. Zimmermann wollte in einer wichtigen Angelegenheit mit Mia Berger sprechen. Und am Empfang der Polizeizentrale in Örebro befand sich im Moment eine Frau aus Hällefors, die entschieden behauptete, wichtige Informationen zu besitzen, und sich weigerte, mit jemand anders als Kristoffer Bark zu sprechen.

28

Regina Zimmermann stand schon im Korridor des Gerichtszentrums und wartete, als Kristoffer Bark und Mia Berger aus Hällefors ankamen.

»Ist es Kristina?«, fragte Bark in dem Glauben, dass seine Schwester verlangt hätte, mit ihm zu sprechen. Die hatte ihn nämlich mehrmals angerufen, und er hatte noch nicht zurückgerufen.

»Nein, es ist nicht deine Schwester, sondern eine ältere Frau. Sie sagt, sie hätte etwas Wichtiges zu erzählen, aber sie möchte ihren Namen nicht sagen. Vom Dialekt her vermute ich, dass sie aus Hällefors ist. Ich habe einen Vernehmungsraum gebucht.«

Etwas verwirrt machte Bark sich auf den Weg. Als er am Restaurant *Das Gericht* vorbeikam, der Kantine des Gerichtszentrums, sah er an einem Tisch den Chef der Technikabteilung und blieb ganz kurz stehen, um ein paar Worte mit ihm zu wechseln.

Ali Kathami erzählte, dass er kurz zuvor wegen der Kinderleiche im Moor mit der Gerichtsmedizin in Kontakt gewesen war, es aber noch nichts Neues gab. Bark hatte die Weingläser aus Toms Küche in die Einlieferungsschränke der Forensischen Abteilung gestellt, ohne jedoch Kontakt zu Ali aufnehmen und einen formellen Auftrag erteilen zu können. Jetzt bat er ihn zu überprüfen, ob es Fingerabdrücke und eine mögliche DNA von Tom Gruvbergs letztem Gast gäbe. Doch das würde natürlich dauern, und es war auch nicht wahrscheinlich, dass die DNA zu jemandem passen würde, den sie im System hatten. Bark selbst hegte die Theorie, dass es sich um eine Frau handelte. Ali lachte.

»Du trinkst doch auch Wein. Du hast sogar Ansichten zu Wein, vielleicht mehr als die meisten Leute. Vielleicht trinkst du hier mit den Jungs ein Bier, aber zu Hause trinkst du heimlich Wein, gib es zu, Kristoffer!«

»Ja, heimlich lebe ich meine weibliche Seite aus«, gestand Bark.

Ali grinste breit. »Ich habe gerade mit dem zuständigen Brandtechniker gesprochen, und es ist in der Tat so, wie er befürchtet hat. Sie haben Reste von einem Benzinkanister gefunden, da war also irgendeine Art von Brandbeschleuniger im Spiel – Benzin oder Diesel, darf man annehmen. Alles deutet darauf hin, dass es sich um Brandstiftung handelt.«

»Die Frage ist, ob das eigentliche Ziel war, die Kita abzufackeln oder den Praktikanten zu töten«, dachte Bark laut.

Auf dem Weg zum Vernehmungsraum überlegte er noch einmal, wer gewusst haben könnte, dass Oskar Davidsson in der Kita übernachten würde. Vielleicht Adrian Molinder, möglicherweise auch Måna-Lisa Skog. Sie war in dem Punkt etwas vage gewesen und hatte gesagt, Oskar hätte manchmal dort geschlafen.

Die Frau, die auf Bark wartete, war ungefähr sechzig Jahre alt. Sie trug eine Brille mit dicken Gläsern, die ihre Augen ungünstig vergrößerten. Die Haare im Pagenschnitt waren schwarz und ohne Glanz – er hatte den Eindruck, dass es sich um eine Perücke handelte. Sie trug einen schwarzen Mantel mit einer auffälligen roten Stoffnelke auf dem Aufschlag und Handschuhe.

»Ich möchte völlig anonym bleiben, und ich möchte nicht, dass Sie unser Gespräch aufnehmen«, sagte sie gedehnt, als er nach der Ausrüstung griff.

»Meine Worte sollen nur im Jetzt sein, während unseres Treffens, und nicht für die Ewigkeit.«

»Okay, aber Sie haben etwas, was Sie mir erzählen wollen, nicht wahr?«

»Nicht, wenn Sie es aufnehmen. Die wollen nicht, dass ihre Stimmen auf dem Band eingefangen werden.«

Schon da begann er, Käuzchen im Moor zu ahnen, aber die Erfahrung hatte ihn gelehrt, auch Leuten zuzuhören, die im ersten Moment völlig verrückt klangen.

»Möchten Sie mir sagen, wie Sie heißen?«

»Nein, das ist nicht wichtig. Ich möchte nur ein Flüstern von den Toten übermitteln.«

»Und wie lautet ihre Botschaft?«, fragte er so respektvoll er konnte, obwohl er einigermaßen wütend war, weil er Hällefors vermutlich unnötigerweise verlassen hatte.

»Die Toten sagen, das Moor ist ein heiliger Ort, und Sie haben den Schlaf des kleinen Mädchens gestört.«

Bark war verwirrt. »Ich komme nicht ganz mit.«

»Ich habe in der Zeitung den Artikel über das Tyskmossen und das kleine Kind gelesen.«

»Ja«, sagte er und lächelte sie aufmunternd an, als sie wieder verstummte. Er hatte gehofft, die Frau hätte Informationen über die Brandstiftung oder Toms Mörder. Zu seinem Erstaunen sah er, dass ihre Augen sich mit Tränen füllten. Sie tat nichts, um sie abzuwischen, sondern ließ sie über Wangen und Kinn laufen.

»Das ist mein Kind, ich habe es geboren. Es sollte im Moor bewahrt werden, bis sie zurückkommen, um es wieder von den Toten aufzuwecken.«

»Wann haben Sie das Kind geboren?«, fragte er erstaunt. Sie sah nicht so aus, als wäre sie im gebärfähigen Alter.

»Im Juni 1982 brachte ich ein totes Kind zur Welt. Doch da waren sie bereits fort. Seither habe ich jeden Tag darauf gewartet, dass sie zurückkommen und mein Mädchen wieder aufwecken.«

»Wer soll denn zurückkommen, wen meinen Sie?« Bark war gelinde gesagt verblüfft.

Die Frau blinzelte ein paarmal fest und verschränkte die Hände auf dem Schoß. »Jetzt wird es schwer, denn dies ist der Moment, in dem Sie aufhören werden zuzuhören.«

»Ich verspreche zuzuhören, bis Sie fertig gesprochen haben«, sagte er und setzte sich bequem hin, um nicht zu zeigen, wie gestresst er eigentlich wegen der Ermittlung und dieses Gesprächs war, das wahrscheinlich nirgendwohin führen würde. Früher gab es bei der Polizei einen Ordner mit einer Liste über die häufigsten Verschwörungstheorien und deren Anhänger, die fälschlicherweise behaupteten, irgendwelche Verbrechen begangen zu haben, und anderen Blödsinn. So etwas war dokumentiert worden, um Zeit und Ressourcen zu sparen. Es war natürlich respektlos und in gewisser Weise nicht akzeptabel, denn wer verrückt erscheint, kann trotzdem eine Wahrheit verbergen. Aber in diesem Moment war er empört darüber, wichtige Zeit zu verlieren.

Die Frau räusperte sich. »Ich muss ganz von vorn anfangen. Es war am Abend des 15. Oktober 1981, als ich im Norden erst einen seltsamen Lichtschein wahrnahm und dann das schwache Geräusch eines Motors. Ich war mit dem Kinderwagen draußen. Meine Tochter Måna-Lisa hatte Koliken, und ich ging immer mit ihr raus und schaukelte den Wagen, weil sie sonst nur schrie. Ich dachte, das lange Gefährt mit dem starken Licht an den Seiten sei ein seltsames Flugzeug ohne Flügel. Es flog so dicht über Hällefors, dass ich schon fürchtete, es würde abstürzen. Und plötzlich befand ich mich an Bord. Ich konnte mich selbst und den Kinderwagen am Boden sehen, aber ich schwebte über einem starken Licht.«

»Ich höre zu!« Bark dachte an seine Epilepsie. Er hatte dadurch schon ähnliche Erlebnisse gehabt und auch das Gefühl, sich außerhalb seines Körpers zu befinden. Der Neurologe hatte es Autoskopie genannt. Offensichtlich war das eine ziemlich seltene Angelegenheit.

»Wir flogen über das Zentrum von Hällefors. Es gab eine Art durchsichtige Wesen an Bord. Die waren wirklich völlig durchsichtig, aber ich fand das nicht seltsam. Damals nicht. Und als sie redeten, kam kein Laut heraus. Es war, als hörte ich die Stimmen nur in meinem Kopf. Ich hatte keine Angst, obwohl sie meinen Bauch öffneten und einen Samen in meine Gebärmutter pflanzten. Ich vernahm keinen Schmerz. In meinem Kopf hörte ich, ich sei auserwählt und geliebt.«

»Was passierte dann?«, fragte Bark, als sie verstummte und in seinem Gesicht nach Zeichen des Misstrauens suchte. Sie drückte sich gut aus und schien in diesem Moment gefasst und stabil zu sein, obwohl es natürlich höchst unwahrscheinlich war, dass das, was sie erzählte, der Wahrheit entsprach.

»Ich verspürte einen starken Schwindel und schloss meine Augen, weil das Licht so stark war. Dann befand ich mich plötzlich wieder auf der Erde und in dem Leib, den ich verlassen hatte, und das Fahrzeug verschwand nach Süden. Acht Monate später gebar ich ein Kind, ein Mädchen. Es kam zu früh, ich habe es zu Hause geboren und im Tyskmossen begraben.«

»Hatten Sie in der Zeit Kontakt zu einem Gesundheitszentrum?«

»Nein, überhaupt nicht. Ein Kind zu gebären, ist etwas Natürliches. Wir tragen dieses Wissen in uns. Ich hatte eine Doula, aber die ist seit vielen Jahren tot.«

»Als Sie Ihr Kind im Moor begraben haben, was hatte es da an?«, fragte Bark und dachte an den Schmuck, den das kleine Mädchen um den Hals gehabt hatte.

»Ich habe sie in ein Stück blauen Stoff gewickelt, blau hält die bösen Geister fern.«

»War das alles, oder gab es noch etwas, was Sie ihr mitgegeben haben?«

»Nur Vergissmeinnicht und Tränendes Herz in einem kleinen Kranz, aber der ist sicher nicht erhalten geblieben. Kann ich sie sehen? Ich muss mein Kind sehen können, jetzt, da Sie ihr Grab geschändet haben. Ich wollte, dass sie so bewahrt wird, wie sie war, bis die Durchsichtigen zurückkommen und sie wieder lebendig machen. Ihre Zeitauffassung ist vielleicht ganz anders als unsere. Eine Lebenszeit für uns kann in deren Welt nur ein paar Minuten lang sein. Sie haben mir versprochen wiederzukommen. Bitte lassen Sie mich mein Kind sehen.«

»Das hängt davon ab, ob die Leiche, die wir gefunden haben, auf das Jahr 1982 datiert werden kann. Und dann ist das zudem keine Entscheidung, die ich allein treffen darf.« Bark sah schon Regina Zimmermanns Blick vor sich, wenn sich herausstellte, dass das Baby in den Achtzigerjahren geboren worden war und die Medien eine Antwort darauf verlangten, ob das Kind von irgendwelchen Außerirdischen abgelegt worden sein könnte. Ganz zu schweigen von Ali Kathamis Reaktion, wenn ihm eine solche Frage von einem Journalisten gestellt würde.

»Und in Bezug auf die Schwangerschaft … Könnten Sie nicht auf gewöhnliche Weise schwanger geworden sein?«, versuchte er eine Annäherung, in dem Wunsch, das Ganze begreiflicher zu machen.

»Nein!«, kam es in scharfem Ton von der Frau. »Ich war nicht in der Nähe eines Mannes, seit der Unfall mit Måna-Lisa passiert ist.«

»Ist Måna-Lisa Skog Ihre Tochter?«

»Ja, das ist sie. Aber sie hasst mich, weil ich nicht die Mutter sein konnte, die sie gebraucht hätte. Sie ist in der Schule gemobbt worden, weil ich offen gesagt habe, was ich dachte, und dass ich an Überirdisches glaube. Sie wollte nicht mit mir in Verbindung gebracht werden. Wissen Sie, manchmal glaube ich, dass sie mich hasst und hofft, sie hätte eine andere Mutter gehabt.« Um Verständnis heischend sah sie Bark flehend an. Ihr Blick war schwarz.

Hinter dem Wenigen, was sie erzählt hatte, ahnte Bark eine große Tragödie.

29

Als Kristoffer Bark sich zu den anderen im Turmzimmer gesellte, war er ungewöhnlich schweigsam, sodass Ingrid ihn fragte: »Was ist los, Bark? Was hatte diese Frau denn zu erzählen?«

Alex, Mia und Henrik sahen ihn erwartungsvoll an, doch er wusste nicht recht, wie er es formulieren sollte, ohne die Frau lächerlich zu machen, die offensichtlich an Wahnvorstellungen zu leiden schien. Zweifellos waren die Außerirdischen für sie Wirklichkeit. Möglicherweise war sie ja sogar in Kontakt mit der Psychiatrie. »Es ging um die Moorleiche«, sagte er. »Sie hat behauptet, es sei ihr Kind, und dass sie es dort in den Achtzigerjahren begraben hätte. Jetzt verlangt sie, es zu sehen. Ich habe gesagt, dass wir so etwas nicht zulassen können, ehe die Leiche nicht datiert ist. Sie hat allerdings die Kette, die das kleine Mädchen um den Hals hatte, nicht erwähnt. Aber ihre Tochter ist Silberschmiedin und fertigt Kopien von dem Anhänger an, den wir bei dem Kind gefunden haben.«

»Du machst so ein komisches Gesicht, hast du noch was auf Lager?«, meinte Ingrid unbarmherzig.

»Nun ja, sie hat davon gesprochen, dass sie 1981 über Hällefors ein unidentifiziertes Flugobjekt habe schweben sehen«, rückte Bark widerwillig mit der Sprache heraus.

»Ja, davon habe ich in einem UFO-Podcast auch schon gehört«, sagte Ingrid. »Der Verein ›UFO-Sverige‹ hat Personen in Hällefors interviewt, die das Phänomen beobachtet haben. Groß wie ein Lastwagen mit Anhänger und hoch über den Tannenspitzen. Drei Polizisten haben es gesehen und noch einige andere Personen unabhängig voneinander. Die Polizei in Hällefors hat die Flugleitzentrale in Arlanda kontaktiert, doch da hieß es, zu der Zeit seien in der Gegend keine militärischen Flugaktivitäten vorgekommen.«

»Ich hab auch davon gehört«, sagte Henrik. »Die *Bergslagsposten* hat vor einiger Zeit eine historische Reportage über die Sache gebracht. Damals meinte man, es könnte der Reklameballon von Goodyear gewesen sein, aber das war es nicht. Es weiß also niemand, was diese Leute eigentlich gesehen haben.«

Plötzlich erinnerte sich Bark an etwas, das er von einem Kollegen einmal gehört hatte. »Gab es da nicht irgendeine Steintafel aus dem 18. Jahrhundert, von der man meinte, dass irgendein Außerirdischer sie hinterlassen hätte? Wie eine Art Moses auf dem Berg mit den Geboten, wenn auch ziemlich verschwendet, da niemand es lesen konnte. Falls es überhaupt ein Text war, vielleicht waren es auch nur Bilder. Der Heimatverein oder die Historische Gesellschaft wissen sicher mehr darüber.«

»Es wird sowieso bald keiner mehr die Handschrift von anderen lesen können, wenn sie in der Schule keine Schreibübungen mehr machen«, schob Ingrid ein. »In Hällefors gibt es keine Urzeitfunde, die Gegend war vollkommen öde, bis im 16. Jahrhundert die Waldfinnen hier auftauchten. Es gibt Funde aus der Steinzeit, aber die stammen von Leuten, die hier nur im Vorbeigehen Äxte oder Knochenreste verloren haben, aber eigentlich auf dem Weg woandershin waren. Erst später, als in den Gruben gearbeitet wurde, hat man die Gegend besiedelt.«

Alex war begeistert. »Na, dann haben sie die Steinplatte vielleicht als einen eigenen urzeitlichen Fund dargestellt, um Touristen anzuziehen. In Hällefors lauert so viel Unerwartetes und Mystisches, das es noch zu erforschen gilt.«

Ingrid hatte, während sie sprachen, schnell auf dem Computer ein paar Informationen herausgesucht. »Die Frau, mit der du eben gesprochen hast, heißt Mandis Skog. Sie ist in Hällefors geboren, im selben Jahr wie Lillemor, sie muss also achtzehn Jahre alt gewesen sein, als sie Måna-Lisa bekam, die ihr einziges Kind ist. Es ist kein Vater registriert.«

»Danke!« Bark wechselte einen Blick mit Mia Berger und versuchte nun, den Fokus des Teams wieder auf das Hier und Jetzt zu richten, mit dem sie umzugehen hatten. Zwei Morde. Er wandte sich an Henrik und fragte nach der Zeitlinie.

Henrik fuhr sich mit der Hand durch seinen graugesprenkelten Bart. »Ich bin dabei. Ich füge Zeugenaussagen und Beobachtungen ein, je nachdem, wie ich sie von euch und den Kollegen in Hällefors bekomme. Alex geht Oskar Davidssons Internetverkehr durch, und Ingrid sieht sich das Bildmaterial an, das wir aus der Öffentlichkeit bekommen. Mit Hilfe der Polizei in Hällefors versuchen wir, die Leute zu identifizieren, die sich in der Nacht von Dienstag auf Mittwoch gegen ein Uhr in der

Nähe der Kita und um den Millesparken herum aufhielten. Das ist eine ziemlich zeitaufwändige Arbeit.«

»Sollten wir nicht Unterstützung bekommen? Zimmermann hat von einer Jessika Hellskog gesprochen, wo bleibt die denn?«, fragte Ingrid.

»Ich habe nichts weiter von ihr gehört.« Bark erinnerte sich, dass Zimmermann versucht hatte, ihn zu erreichen, er hatte aber noch nicht zurückrufen können.

Mia wandte sich an Alex. »Hast du noch mehr über Oskar herausgefunden, was wir wissen sollten?«

»Ja, aber ich weiß nicht, ob es seltsam ist oder normal. Oskar hat seine Arbeitskolleginnen aus der Kita gegoogelt, kurz bevor er vor einem Monat sein Praktikum anfing. Er hat sich mit ihnen auf Facebook angefreundet und ihre Instagram-Accounts und Kommentare und so weiter gecheckt, eigentlich alles, was man überprüfen kann, wenn man weiß, wie und wo man suchen muss.«

»Vielleicht war er nervös, weil er auf neue Leute treffen würde, und hat versucht, sie schon mal ein bisschen kennenzulernen«, meinte Ingrid.

»Vielleicht«, erwiderte Alex. »Und dann scheint er sich für Moorleichen interessiert zu haben und war auf mehreren Seiten über Archäologie unterwegs. Außerdem gibt es viele Fotos von Kindern, die er scheinbar früher im Sommer gemacht hat, als er in einer anderen Kita eine Urlaubsvertretung übernommen hat.«

Alex zeigte ein paar Fotos. Sie waren an einem Badesee aufgenommen worden, aber nicht wirklich provozierend. Nichts, worauf man in einem anderen Zusammenhang reagieren würde, dachte Bark. Verwunderlich war eher die große Menge an Fotos mit Kindern darauf.

Alex fuhr fort: »Die Personen, mit denen er am meisten Handykontakt hatte, sind Adrian Molinder und seine Mutter. So typische Mama-SMS. *Kommst du zum Essen nach Hause? Du musst dein Zimmer aufräumen.* Ein paarmal hat er Adrian angerufen. Nun wissen wir nicht, worüber sie gesprochen haben, doch gibt es wie gesagt eine Menge Textnachrichten. Eine handelt von dem alten Tom Gruvberg, der offenbar das Auto von Adrians Bruder an einem Zaun festgekettet hatte, weil es falsch geparkt war. Und eine, in der Adrian vorschlägt, dass sie Toms Holzschuppen in die Luft jagen sollten.«

»Aber das haben sie nicht getan«, sagte Mia. »Sollten wir auch Adrians Internetverkehr kontrollieren? Ich hätte heute mit Adrians Mitbewohnern sprechen sollen, um sein Alibi zu bestätigen, aber wir haben es zeitlich nicht geschafft.« Man konnte Mia ansehen, dass sie das ärgerte.

»Adrian hat zugegeben, dass er sich in der Nähe des Brandes aufgehalten hat, und die Milles-Statue ist nicht weit entfernt davon. Sein Alibi ist noch nicht bestätigt, und er ist selbstverständlich verdächtig. Seine Handy-Position müssen wir im Moment noch nicht überprüfen, denn er hat ja zugegeben, dass er dort war. Das können wir später immer noch machen, wenn wir nicht weiterkommen.« Bark stand auf und schob den Stuhl unter den Tisch. »Mia und ich haben vor, morgen wieder nach Hällefors zu fahren und da weiterzumachen, wo wir unterbrochen worden sind.«

Sie standen vom Tisch auf. Mia sah erschöpft aus. Er machte sich Sorgen, dass sie womöglich wegen ihres Ex und der unheimlichen Begegnung in Stockholm nachts schlaflos lag. Der Wahnsinnige bestimmte immer noch ihr Leben, obwohl er im Gefängnis saß. Sie wagte nicht, Beziehungen einzugehen, unter ihrem eigenen Namen zu leben oder in den sozialen Medien unterwegs zu sein. Es war offensichtlich, dass sie in Gedanken manchmal in die Hölle und zurück wanderte und dass ihr das Kraft und Lebensfreude nahm. Bark wurde von Alex aus seinen Überlegungen gerissen, der Mias Aufmerksamkeit forderte: »Ich komme heute Abend mit der Wäsche bei dir vorbei, denn meine Maschine ist irgendwie kaputt. Die hat so ein Trommelreinigungsprogramm, das sich aufgehängt hat, und ich kann mir diesen Monat nicht leisten, einen Klempner zu holen. Außerdem werden bei uns alle Rohre ausgewechselt, ich weiß aber noch nicht, wann. Ich habe gesagt, dass ich für die Zeit schon ein Ausweichquartier habe. Es kann also jeden Tag so weit sein.«

Ingrid sah etwas belustigt aus, und Bark beschloss, sie nicht anzusehen. Er befürchtete nämlich, dass Ingrid sein Geheimnis, dass er nicht nur kollegiale Gefühle für Mia hegte, erraten hatte.

Es war schon dunkel, als Bark die Storgatan zur Bushaltestelle am Schloss hinaufging. Er dachte wieder an Mias Ex. Wenn er nur einen Namen oder ein Foto hätte, dann wäre es leichter, Mia zu beschützen, falls der Psychopath auftauchte. Im Moment wusste Bark nicht einmal, wo sie wohnte. Sie vertraute ihm noch nicht, und warum sollte sie auch? Er hatte sie zwar nicht direkt angelogen, aber doch zumindest die Wahrheit über Staatsanwältin Gaby Wide, die unerwartete Schwangerschaft und die Tatsache, dass er möglicherweise Vater des Kindes war, verschwiegen. Und trotz allem, was schwierig und kaputt und falsch war, war doch das Unfassbare passiert. Mia hatte ihn geküsst, oder vielleicht war auch er es gewesen, der sie geküsst hatte. Die Erinnerung hatte er so viele Male in seinem Kopf abgespielt, dass sie abgenutzt und vielleicht auch von seinem Wunsch, dass sie ihn würde haben wollen, verfälscht war. Jetzt spürte er keine Spur mehr von der Wärme, die sie damals gezeigt hatte. Konnte er denn seinen Sinnen noch trauen?

Bark hatte eben die Polizeizentrale verlassen, als er schnelle Schritte hinter sich hörte. Polizist zu sein, legte man niemals ab, er war also bereit – aber nicht darauf gefasst, Gaby vor sich zu sehen, als er sich umdrehte.

»Kristoffer, warte! Warum gehst du nie an dein Handy?«

»Weil ich finde, das ist unhöflich dem gegenüber, mit dem ich in dem Moment gerade spreche.«

»Können wir uns irgendwo hinsetzen und reden? Hast du schon was gegessen? Was hältst du vom Wongs?«

»Privat oder Job?«, fragte er.

»Sowohl als auch«, antwortete Gaby. Sie war schmaler als vor der Schwangerschaft, und das platinblonde Haar war länger und auf dem Kopf locker zusammengebunden, was in hübschem Kontrast zu dem streng geschnittenen schwarzen Kleid stand, in dem sie sehr gut aussah. Sie lächelte, und die großen blauen Augen mit den dichten schwarzen Wimpern sahen ihn neugierig an.

Er akzeptierte ihren Vorschlag, weil es ihn ungeheure Energie gekostet hätte, sich rauszureden. Außerdem hatte sie recht. Es gab Dinge, über die sie sprechen mussten.

Sie gingen um die Ecke und dann die Olaigatan hinunter. Das Restaurant war sehr voll, aber sie hatten Glück und fanden einen Fenstertisch mit Aussicht auf das

Schloss und den Wallgraben, wo das Wasser des Svartån Richtung Schleuse floss. Als sie die Karte bekamen, bestellte Gaby sofort, und um Zeit zu sparen, nahm er das, was sie empfahl.

Bark war ein wenig unlustig und wollte rasch erfahren, worum es ging.

»Wie steht es mit der kleinen Ruth?«, fragte er gedämpft, aber deutlich. »Darf ich sie treffen? Ich will weiterhin gerne wissen, ob sie mein Kind ist. Immerhin habe ich bereits eine DNA-Probe abgegeben, damit du das überprüfen lassen kannst.«

»Nein, sie ist nur mein Kind. Wenn du entschieden hättest, mit mir zu leben, dann wäre das etwas anderes. Jetzt ist Sten ihr Vater, und sie darf mit ihren Geschwistern aufwachsen. Er ist ein guter Vater.« Gaby beugte sich näher zu ihm. »Aber ich liebe ihn nicht, genauso wie du mich nicht liebst, und so steht es nun mal. Es war ein Fehler, aber wir sind erwachsene Menschen und machen das Beste daraus, oder?«

Da war Bark nicht so sicher. »Ich habe bereits eine Tochter verloren, und du nimmst mir die Möglichkeit, Ruth kennenzulernen, die meine Tochter sein könnte. Begreifst du überhaupt auch nur einen Moment, wie sich das anfühlt, dass du nicht mal bereit bist, einen Vaterschaftstest zu machen?«

»In diesem Zusammenhang finde ich, du solltest daran denken, was für das Kind das Beste ist. Was hast du ihr denn schon zu geben als Vater, vielleicht jede zweite Woche – wenn überhaupt? Ich kann ihr eine Familie bieten. Und wie würde es sich anfühlen, wenn sie nicht dein Kind sein sollte, Kristoffer? Wie eine Erleichterung?«

Wie eine große Leere, wollte er antworten, doch im selben Moment wurde das Essen gebracht.

»Dann können wir ja jetzt über den Job reden!«, sagte Gaby und schob den größten Teil der Reisportion auf ihrem Teller beiseite. »Ich möchte eine Zusammenfassung der Situation. Gibt es einen Verdächtigen für die Morde?«

Jetzt war er auf vertrautem Boden. »Wir betrachten eine Reihe von Personen, die sich vor Ort befanden, als verdächtig. Aber es ist noch zu früh, als dass wir sagen könnten, ob es ein Mörder ist oder mehrere. Es war Brandstiftung, sie haben Brandbeschleuniger nachgewiesen, aber der Mord an Tom könnte eine spontane Tat gewesen sein.«

»Und was hältst du von Oskar Davidsson, der bei dem Brand ums Leben gekommen ist?«

»Schwer zu sagen.«

»Ich habe vorhin mit Ali gesprochen, und er hat eine Sache bemerkt, mit der er wohl nicht hausieren gehen wollte, ehe die gerichtsmedizinische Untersuchung beendet ist. Die Leiche war nicht völlig verbrannt. In Oskar Davidssons Schädel war eine Fraktur.«

30

Lydia

Die Nacht hält den Schlangenteich noch fest im Griff. Nur noch ein paar Stunden, bis der Morgen graut. Auf dem Weg hierher bin ich in eine Herde Rehe gefahren, aber keines davon ist zu Schaden gekommen. Sie sind in der Morgendämmerung unterwegs, aber vielleicht hat sie auch etwas aufgescheucht. Ich frage mich, wie groß wohl die Macht der Alten vom Schlangenteich über die Tiere ist. Spüren sie ihre Unruhe? Können sie ihren Willen deuten? Hat sie sich gewünscht, dass ich auf dem Weg hierher bei einem Wildunfall ums Leben komme?

In der Hütte muss ich enttäuscht feststellen, dass Ester das Essen immer noch nicht angerührt hat. Aber sie hat als Antwort auf meine Fragen ein Foto auf den Küchentisch gelegt. Darauf ist eine schöne Frau zu sehen, mit langem dunklem Haar und trotzig vorgeschobenem Kinn. Ihre Augen strahlen, obwohl das Foto keine anderen Farben mehr besitzt als die gelblichbraunen Töne, welche die Zeit übrig gelassen hat. Sie trägt ein gestreiftes Kleid und eine Schürze, die bis zu den Stiefeln reicht. Ich bemerke, dass sie eine Hacke in der Hand hat. Ein Werkzeug zum Unkrautjäten, denke ich. Neben ihr steht eine Ziege, ein paar gesprenkelte Hühner spazieren im Vordergrund.

»Das ist meine Großmutter Rakel«, sagt Ester und nickt. »Im Sommer wohnte sie in einer Erdhöhle. Wenn du mich rauslässt, werde ich dir zeigen, wo die war. Du wolltest sie ja sehen und die von den Außerirdischen zurückgelassene Steintafel.«

Ich habe die Hoffnung, dass sie vielleicht mitteilsamer ist als sonst. Es liegt noch eine Fotografie auf dem Tisch. Darauf ist wahrscheinlich Toms Vater Birger zu sehen. Ich zeige auf das Bild. »Den hat doch ein Bär gerissen«, sage ich fragend, denn das habe ich schließlich gehört.

Ester hält den Kopf würdevoll hoch und nickt bedächtig. »Aber der Bär hat nichts von seinem Fleisch gefressen, sondern ihn nur blutig geschlagen, so hat es Großmutter Rakel erzählt. Birger ist verblutet, während sie den Fluch über ihn und die ganze Familie Gruvberg ausgesprochen hat. Auf dieselbe Weise, wie wir gelernt haben, Blut mit der Kraft der Gedanken zu stillen, können wir auch Menschen verbluten lassen. Rakel entschied sich dafür, ihm nicht zu helfen.«

»Wie weit ist es bis zu Rakels Erdhöhle? Schaffst du es bis dahin?«

»Nein, aber ich habe einen Leiterwagen«, sagt Ester. »In dem kannst du mich ziehen, wenn du ihn mit Kissen auspolsterst.«

»Was gibt es denn da zu sehen? Existiert die Erdhöhle überhaupt noch? Wenn du mich reinlegen willst, dann ist das dein Tod, das ist dir ja wohl klar, oder?«

»Durch sich selbst verurteilt man andere. Deine Worte über mich offenbaren, was du denkst und wer du bist. Ich lese dich wie ein offenes Buch, und es macht mich sehr traurig zu sehen, wer du geworden bist.«

»Und wie schätzt du mich ein?«, frage ich und bebe vor der Antwort.

»Ich versuche über das hinauszusehen, was du jetzt bist. Ich sehe Elend und Verzweiflung, und ich sehe das Kind, das niemals eines sein durfte.«

»Und dein Anteil daran, Ester? Was kannst du über deine eigene Schuld daran sagen?«

31

Nach dem Abendessen mit Gaby hätte Kristoffer Bark den Bus nach Hause nehmen sollen, aber dann rief Tor an, ein alter Kumpel vom Wehrdienst, und eine halbe Stunde später saßen sie auf der Tribüne der Behrn-Arena und sahen das Ligaspiel Örebro gegen Stockholm. Wenn man nicht feiert, dann geht man wenigstens zum Leichenschmaus.

Es war dann doch ziemlich spät geworden, aber Bark fühlte sich am nächsten Morgen trotzdem einigermaßen klar, als er davon aufwachte, dass die *Nerikes Allehanda* durch den Briefschlitz fiel. Beim Frühstück blätterte er sie durch. Im zweiten Teil der Zeitung stand, dass in der Nacht in Hällefors ein Auto gebrannt hatte. Natürlich dachte er sofort an die Brandstiftung in der Kita und war augenblicklich hellwach. Er schickte eine SMS an Edvard Melkersson, den Brandtechniker, und teilte ihm mit, er und eine Kollegin seien auf dem Weg nach Hällefors. Er schlug vor, sich dort zu treffen. Edvard musste ja auch von dem Brand in der Nacht gehört haben. Möglicherweise gab es einen Zusammenhang.

Bark duschte und wählte mit großer Sorgfalt ein Hemd, schwarze Jeans und ein Jackett aus. Als er aus dem Küchenfenster schaute, saß Mia schon in ihrem Auto auf dem Parkplatz und sah zu seinem Fenster hoch. Sie winkte. Er winkte zurück und verspürte eine plötzliche Sehnsucht, beherrschte sich aber. Für sie war er irgendein Kollege, was anderes bildete er sich besser nicht ein.

Hinter den sprühenden Herbstfarben der Ahornbäume wurde der Himmel langsam hell, und die frische Luft tat ihm gut. Mia lächelte ihn an, als er ins Auto stieg. Das dicke dunkle Haar war zu einem Pferdeschwanz zusammengebunden. Sie trug Ohrringe mit einer Traube aus drei kleinen Perlen, die denen ähnelten, die seine Mutter gehabt hatte, und duftete diskret nach einem Parfüm, das ihn an Magnolien denken ließ.

Nach dem nächtlichen Regen spiegelten die Wasserpfützen die starken Farben des Himmels wie eine zweireihige Perlenschnur in Rosa und Gold entlang der Straße. Wiesen, Wälder und Seen flimmerten vorüber. Während der Fahrt planten sie den Tag. »Hast du gesehen, dass es heute Nacht in Hällefors schon wieder gebrannt hat?«, fragte er.

»Ja. Es wäre vielleicht gut, wenn wir gemeinsam mit dem Brandtechniker sprechen und uns dann aufteilen. Ich würde gerne noch mal Adrian Molinder vernehmen und die Leute, mit denen er sich die Wohnung teilt.«

»Ich finde nicht, dass du da allein hingehen solltest«, sagte er. Sie bemerkte seine Sorge und lächelte. »Nein. Ich nehme einen Kollegen vom Polizeirevier in Hällefors mit. Adrian ist vorbestraft, und möglicherweise geht es hier um Drogen. Wer weiß, vielleicht war Oskar Davidsson doch mehr in der Sache drin, als wir glauben, und wollte sich rausziehen. Adrian ist durchgedreht, und dann hat er Tom Gruvberg niedergeschlagen und ausgeraubt. Wissen wir eigentlich, ob Toms Geldbeutel fehlt?«

Bark schätzte ihre Art, verschiedene Szenarien auszuprobieren, um zu sehen, wohin sie führen würden. Darin ergänzten sie sich auf einzigartige Weise, wie er es bisher noch nie mit jemand anders erlebt hatte. »Ich habe das nicht kontrolliert, bevor Tom weggebracht wurde. Schließlich kannte ich ihn und musste seine Identität nicht überprüfen. Das, was du beschreibst, ist definitiv ein mögliches Szenario.« Bark war klar, was er priorisieren würde. »Ich fange mit Carina Lindgren, der Bibliothekarin, an, und dann dachte ich, spreche ich noch mal mit Lillemor, am liebsten in Tom Gruvbergs Haus. Da lagert eine unfassbare Menge an Papieren, die wir durchsehen müssen, und vielleicht weiß sie, wo wir anfangen sollten. Lillemor beerbt ihren Vater, und sie ist diejenige, die am ehesten wissen kann, wer Interesse daran haben könnte, dass Tom tot ist, und warum. Sie hat kein Alibi außer den schlafenden Zwillingen.«

»Aber außer Matti Björk und Adrian Molinder, die beide die Möglichkeit hatten, Tom umzubringen, gibt es vielleicht noch mehr Personen mit sowohl Gelegenheit als auch Motiv. Daniel Gruvberg müssen wir auch noch mal vernehmen.«

»Wenn er im richtigen Zustand dafür ist«, schob Bark ein. Im selben Moment klingelte sein Handy. Es war Ali. Wie immer, wenn er etwas Wichtiges zu sagen hatte, kam er sofort zur Sache.

»Bevor wir Tom Gruvbergs Leiche in die Gerichtsmedizin geschickt haben, sind wir seine Brieftasche durchgegangen, die er in der Hosentasche hatte. Darin haben wir 16 000 Kronen in Fünfhundertern und ein paar Münzen gefunden. Dazu einen Schlüsselbund mit einem Hausschlüssel sowie dem Schlüssel zum Auto daran. Ich dachte mir, dass du das gerne wissen möchtest!«

»Das ist eine wertvolle Information, vielen Dank. Wir haben eben darüber gesprochen«, erwiderte Bark. »Wenn das Geld noch da ist, war es kein Raubmord. Aber warum hatte er bloß so viel Bargeld bei sich?«

»Das musst du herausfinden«, erwiderte Ali, der es eilig zu haben schien. Sie beendeten das Gespräch.

»Vielleicht wurde er erpresst. Oder er wollte irgendetwas bar bezahlen«, sagte Bark, nachdem er Mia von Alis Nachricht erzählt hatte. »Oder er vertraute dem Bankensystem nicht.«

»Es ist schon seltsam, dass Bargeld inzwischen als verdächtig gilt«, sagte Mia und überholte einen Traktor. »Vielleicht kann Lillemor uns sagen, was er mit dem Geld wollte.« Sie wechselte das Thema. »Kannst du noch mehr über das gestrige Gespräch mit dieser Frau, Mandis Skog, sagen?«

»Es ist ein seltsamer Zufall, dass sie die Mutter von Måna-Lisa Skog ist, die sich bei dem Kitabrand vor Ort befand, Silberschmiedin ist und noch dazu Schmuck anfertigt, der eine Kopie dessen ist, was das Baby vom Tyskmossen um den Hals hatte. Ich glaube, das hängt zusammen.«

Mia wandte für einen Moment den Blick von der Straße. »Vielleicht ist es ein traditionelles Schmuckstück. Was könnte das bedeuten? Dass das Kind im Moor aus der Gegend war?«

»Wie auch immer, es ist nichts, wovon Zimmermann findet, dass wir Ressourcen darauf verschwenden dürfen«, stellte Bark fest. »Ich denke an die Tatsache, dass

Måna-Lisa Skog in der Kita aufhören musste. Könnte sie so wütend gewesen sein, dass sie das Haus angezündet hat?«

Mia unterbrach ihn. »Dann war der Praktikant zufällig da. Das ist eine Möglichkeit von vielen. Hast du Måna-Lisa als aggressiv oder verbittert empfunden?«

»Nein, eher als bedächtig oder fast unnatürlich ruhig.«

»So als ob sie Beruhigungsmittel nehmen würde?«

»Das ist schwer zu sagen, weil ich sie nicht kenne, vielleicht ist sie einfach so ein Typ. Ich frage mich, wie sie sich als Silberschmiedin versorgen will, wenn die Abfindung, die sie bekommen hat, mal aufgebraucht ist.«

»Wenn sie Tom Gruvberg niedergeschlagen hätte und akut Geld bräuchte, dann hätte sie ja wohl auch seine Brieftasche mitgenommen.«

Weiter kamen sie nicht. Sie hatten Hällefors erreicht, und Edvard Melkersson wartete bereits bei den traurigen Resten der abgebrannten Kita Lillbacka auf sie.

An einem Sandkasten gab es zwei Bänke, die im rechten Winkel zueinander standen. Dort saß der Brandtechniker und sprach in sein Handy. Als er sie sah, beendete er das Gespräch. Mia und Kristoffer ließen sich auf der anderen Bank nieder.

»Was sagst du zu dem Autobrand heute Nacht?«, fragte Bark direkt.

»Lass uns gleich darüber reden, ich muss euch erst erzählen, was wir hier gefunden haben.« Edvard fuhr sich mit der Hand über seinen kahlen Schädel und schloss für einen Moment die Augen, als wollte er die Gedanken sammeln, dann richtete er sich wieder gerade auf. »Der Brand hier ist offensichtlich gelegt worden. Laut den

Analysen, die wir zum Brandverlauf erstellt haben und aufgrund anderer Funde ist es wahrscheinlich, dass hierzu Benzin benutzt wurde. Es gibt verbrannte Fetzen Küchenpapier, das zum Anzünden gedient haben kann. Das Opfer lag vor dem Sofa im Personalraum. Aber es ist unsicher, ob er dort gestorben ist.«

»Wie meinst du das?«, fragte Mia und klang aufrichtig erstaunt.

»Vor dem Personalraum lag ein Materialraum mit einem Schlüssel, der von außen steckte. Die Tür war höchstwahrscheinlich unverschlossen, als der Brand ausbrach, doch es war ein Raum, der abgeschlossen werden konnte … Bedenkt das bitte, wenn ich jetzt weiterspreche.« Edvard wand sich unruhig. »Auf dem Fußboden im Materialraum haben wir große Mengen Blut entdeckt. Dadurch, dass die Tür zum Materialraum geschlossen war, ist dieses Zimmer nicht so zerstört worden wie der Rest des Gebäudes.«

Bark dachte nach. »Du meinst, Oskar Davidsson kann im Materialraum niedergeschlagen worden sein? Ali hat an seinem Hinterkopf eine Fraktur festgestellt, aber«, fuhr Kristoffer fort, »er kann daran nicht gestorben sein, denn ich habe ihn durch das Fenster gesehen.«

Edvard fasste seine Idee vom Ereignishergang zusammen. »Oskar Davidsson kann jemanden in die Kita reingelassen haben. Jemanden, der ihn verletzt und ihn dann in dem Glauben, dass er bewusstlos oder tot sei, eingeschlossen hat. Danach verschüttet der Täter Benzin und schließt die Tür wieder auf, damit es nicht nach einem Mord aussieht, und dann entzündet er das Feuer. Der Junge wacht von Hitze und Rauch auf. Er geht aus der Abseite, die Tür fällt hinter ihm zu. Dann geht er durch den Personalraum ins Spielzimmer. Aber dort steht schon alles in Flammen. Er kriecht zurück und sackt auf dem Fußboden vor dem Sofa im Personalraum in sich zusammen. Wenn es für ihn möglich gewesen wäre, die Tür zum Spielzimmer hinter sich zu schließen und dann durch das Fenster des Personalraums zu entkommen, dann hätte er vielleicht überlebt. Aber möglicherweise war die Klinke geschmolzen, sodass man sie nicht mal anfassen konnte. Und er wäre vielleicht gar nicht bis zum Fenster gekommen. Ob er an der Verletzung am Hinterkopf, durch den Rauch oder die Verbrennungen gestorben ist, das müssen die Gerichtsmediziner uns sagen.«

Mia schluckte. Tränen stiegen ihr in die Augen. »Er war so jung, hatte noch das ganze Leben vor sich.« Sie wandte sich an Bark. »Was hat sein Freund Adrian gesagt?«

Sie hatte das Protokoll seiner Vernehmung mit Adrian gelesen, und sie wollte wissen, wie er die Situation einschätzte. Konnte Adrian das hier getan haben?

»Er war in der Nacht des Brandes für ein Uhr mit Oskar Davidsson am Bahnhof verabredet, und seine unmittelbare Reaktion war, dass Oskar möglicherweise gekifft hatte und dann eingeschlafen war. Seine Bestürzung wirkte echt.«

»Nach der brandtechnischen Untersuchung ist es unwahrscheinlich, dass das Opfer im Bett geraucht hat«, sagte Edvard und seufzte tief. »Das hier war eine vorsätzliche Brandstiftung, und das Feuer begann nicht im Personalraum auf dem Sofa, wo er wahrscheinlich geschlafen hätte.«

»Und der Autobrand heute Nacht?«, fragte Mia.

»Ich habe gerade mit dem Rettungsdienst darüber ge-sprochen. Es war ein Auto, das auf dem Parkplatz beim Bahnhof stand. Die Vorgehensweise war anders, als wir es bei Autobränden in Örebro schon gesehen haben, wo etwas Brennendes unter das Auto gelegt wurde. Hier ist eine Seitenscheibe eingeschlagen und ein brennendes Stück Stoff ins Auto geworfen worden. Wir haben jedenfalls Fasern gefunden. Die Jungs vom Rettungsdienst haben erzählt, dass der Brand von einem Matti Björk gemeldet worden sei, einem Mann von über neunzig Jahren, der nachts als eine Art selbsternannter Feuerwehrmann und Beschützer des Ortes herumfährt.«

»Wir müssen ihn noch mal vernehmen«, sagte Mia.

»Und wessen Auto hat da nun gebrannt? Wie heißt denn der Besitzer?«, fragte Bark.

»Also ich und Namen«, sagte Edvard und kratzte sich hinter dem Ohr. »Wie heißt die noch da auf dem Gemälde von da Vinci? Mona Lisa? Ja genau, Måna-Lisa Skog. Die Polizei hat sie heute Nacht angerufen, und sie war in Örebro. Måna-Lisa Skog wohnt im Fjällbovägen unter-halb der Kläranlage und nimmt immer das Auto zum Bahnhof und dann den Zug, wenn sie nach Örebro fährt.«

»Warum brennt ausgerechnet ihr Auto?«, dachte Bark laut. »Könnte das ein Versuch sein, sie zum Schweigen zu bringen? Sie war als Erste beim Feuer. Hat sie uns etwas verschwiegen?«

32

Die Bibliothek von Hällefors lag schräg gegenüber vom Polizeirevier. Es war ein blassgelbes Ziegelsteingebäude, in dem sich früher einmal das Rathaus befunden hatte. Die Türen waren mit Kupfer beschlagen, das sich im Laufe der Jahre grün verfärbt hatte. Zur Einrahmung der Fenster hatte man ebenfalls Kupfer benutzt, welches noch dabei war, genauso schön zu altern. Gleich hinter der Eingangstür hing eine große Anschlagtafel mit Angeboten für Aktivitäten und anderen Notizen. Ein Wettbewerb im Axtwerfen wurde hier angekündigt, eine Met-Probe, Gymnastik auf mittlerem Niveau unter Leitung der Bibliothekarin Carina Lindgren und eine Gruppe zum Thema Ahnenforschung. Auch die leitete Carina Lindgren. Ein Traktor stand zum Verkauf, und eine entlaufene Katze, die auf den Namen Lillagull hörte, wurde gesucht.

Carina Lindgren saß am Informationstresen, als Kristoffer Bark die Bibliothek betrat. Er hatte seinen Besuch angekündigt und wurde von Carina Lindgren in den hellen Personalraum geleitet, während eine ihrer Kolleginnen die Arbeit am Tresen übernahm. Sie setzten sich einander gegenüber an einen runden weißen Tisch. Durch das eine Fenster konnte Bark zwei Schulgebäude, ein Fußballfeld und das Dach des Schwimmbads erkennen, durch das andere ein Haushaltswarengeschäft.

Carina Lindgren war im selben Alter wie Lillemor Gruvberg, also knapp über sechzig. Sie war kleidsam mollig und gleichzeitig muskulös mit langem kupferrotem Haar, das ihr wie ein gewellter Mantel über die Schultern fiel. Ihre Arme hatten Sommersprossen, die Nase genauso, und die Augen waren hellblau. Sie trug eine weiße Bluse, schwarze Weste und karierte Hosen, die über den Waden spannten.

»Tom war mein Freund, ich bin so traurig, dass er nicht mehr am Leben ist. Es ist unfassbar, dass jemand ihn überfallen und niedergeschlagen haben soll. Das muss einer aus diesen Jugendgangs gewesen sein, die hier ihr Unwesen treiben. Ich würde sie am liebsten aus der Bibliothek rausschmeißen, weil sie sich nicht benehmen können. Sie sind allesamt Drogenhändler, und letzte Nacht hat sogar ein Auto gebrannt«, sagte Carina, noch ehe Bark das Aufnahmegerät eingeschaltet und besprochen hatte. »Ich koche gerne einen Kaffee, wenn Sie möchten.«

»Danke, das wäre gut.« Als sie den serviert und sich für die lediglich gekauften Kekse entschuldigt hatte, begann Bark mit der Vernehmung.

»Woher kannten Sie Tom Gruvberg?«

»Er war Mitglied der Historischen Gesellschaft und oft hier in der Bibliothek. Ich bin zugezogen, aber meine Familie stammt von hier. Tom und ich hatten ein gemeinsames Interesse, und zwar die Ahnenforschung.«

»Können Sie mir etwas über die Historische Gesellschaft erzählen, wer alles dabei ist und was Sie so machen?«

»Wir versuchen, Wissen über die Geschichte von Hällefors zu vermitteln und kümmern uns um die historischen Denkmäler der Stadt. Lillemor ist auch dabei, aber wir sind nicht immer einer Meinung. Sie findet, das Alte dürfe neuer Technik, die der Umwelt dienen könnte, nicht im Weg stehen. Aber sie hat sich nur selten getraut, Tom zu widersprechen. Die Silbergruben hatten ihre große Zeit 1670–1786, und auch wenn kein Silber mehr abgebaut wird, stehen sie doch unter Denkmalschutz. Es ist verboten, sie zu beschädigen oder zu verändern.«

»Und was ist Lillemors Ansicht dazu?« Bark stellte die Frage, auch wenn er das Gefühl hatte, dass sie ein bisschen vom Thema abgekommen waren. Er hoffte, die Erklärung würde nicht zu lang ausfallen.

»Sie ist von ihrer Schwiegertochter Molly beeinflusst, und die stellt die Umwelt vor die Werte, die zu schützen unser Verein einst gegründet wurde. Molly und Lillemor tun, was sie können, um ein Unternehmen zu finden, das in alten Gruben Energie speichern will. Tom war dagegen. Seiner Meinung nach sollten die Silbergruben für immer unberührt bleiben.«

»Und was halten Sie davon, Energie in den stillgelegten Gruben zu speichern?« Obwohl Carinas Mienenspiel mehr als deutlich verriet, was ihre Meinung war, musste Bark die Frage doch stellen, damit die Antwort auf das Band kam.

»Die Silbergruben sind nicht stillgelegt! Sie sind ein Teil unserer historischen Sehenswürdigkeiten. Wenn man möchte, kann man zwei Orte besuchen: den Kristina-Stollen, benannt nach Königin Kristina, und den Erik Skottes-Stollen. Es gibt genug andere Gruben, wo die ihre Sachen machen können, aber nicht hier.«

Bark unternahm einen Versuch, das Thema zu wechseln. »Sie haben Tom mit seiner Buchhaltung geholfen. Soweit ich es verstanden habe, war er ein vermögender Mann.«

»Das kann man wohl sagen«, erwiderte Carina und lächelte zaghaft. »Er hatte knapp zwanzig Millionen Kronen Eigenkapital. Ich nehme an, dass die Polizei seine Abrechnungen einsehen will. Alle Steuererklärungen stehen in Ordnern in einem Bücherregal auf dem Dachboden seines Hauses. Die Ordner sind mit Jahreszahlen beschriftet, und außerdem steht ›Philatelie‹ darauf, um seine neugierige Tochter von den Unterlagen fernzuhalten.«

»Philatelie?«, wiederholte Bark, um sicherzugehen, dass er sich nicht verhört hatte.

»Er wollte nicht, dass Lillemor ihre Nase in seine Finanzen steckt, also hat er auf die Ordner mit den Papieren, von denen er nicht wollte, dass sie reinschaut, ›Philatelie‹ geschrieben. Zwar hat er Briefmarken gesammelt, aber ganz und gar nicht in dem Umfang, wie sie annahm. Unter der Schräge auf dem Dachboden sind außerdem Belege und anderes Unwesentliches verwahrt, was älter ist als die sieben Jahre, die man die Unterlagen aufheben muss.«

»Wissen Sie, ob er ein Testament hinterlassen hat?«

»Ja, und ich habe versucht, deswegen Kontakt zu Lillemor aufzunehmen, aber ... das Ganze ist so schwer ...«

Bark sah Carina erstaunt an, die plötzlich vom Tisch aufstand und ihm den Rücken zudrehte. Ihre Schultern zuckten, und er begriff, dass sie weinte. Er stand auf und legte eine Hand auf ihre Schulter, um sein Mitgefühl auszudrücken, aber sie schüttelte sie ab. »Geben Sie mir nur einen kurzen Moment«, sagte sie mit gebrochener Stimme. »Das, was Tom passiert ist, ist so schrecklich.«

Die beiden mussten eng befreundet gewesen sein, dachte Bark. Eine solche Reaktion hatte er nicht einmal bei Toms eigener Tochter gesehen. Waren sie nur Freunde gewesen oder möglicherweise ein Paar? Dass Männer Freundinnen hatten, die genauso alt waren wie die eigene Tochter, war nichts Neues. Aber mit über neunzig noch eine Geliebte? Oder war das dann mehr eine tröstende und zärtliche Freundin gewesen?

Als Carina sich wieder an den Tisch gesetzt hatte, bekam Bark eine Antwort auf seine Fragen. »Manchmal habe ich bei ihm übernachtet, wenn er sich einsam fühlte. Ich habe dann auf dem Sofa geschlafen und ihn gehalten, wenn die Albträume zu schlimm waren.«

»Wovon handelten die Albträume?«, fragte Bark ruhig.

Carina sah ihn mit ernstem Blick an. »Ich glaube, Tom hat, als er sehr jung war, so gegen Ende des Zweiten Weltkriegs, jemanden getötet oder jedenfalls den Tod von jemandem verursacht. Er wollte niemals darüber reden, aber manchmal hörte ich ihn im Schlaf schreien. *Vilho*, schrie er dann. *Vilho, verzeih mir.*«

Also stimmte wohl, was Matti Björk erzählt hatte, dachte Bark. Der war schließlich der festen Überzeugung, Tom hätte seinen Cousin Vilho getötet. Aber er hatte auch hinzugefügt, wenn er sich an Tom hätte rächen wollen, dann hätte er das schon längst getan. Wusste Carina, was im Testament stand? Ging das Geld vielleicht an die Nachkommen von Vilho?

»Haben Sie ihm geholfen, das Testament aufzusetzen?«

»Ja, aber nur mit der Einrichtung des Formulars, damit alles seine Richtigkeit hatte. Nicht mit dem Inhalt. Seine Unterschrift ist von zwei Personen bezeugt worden, die sich in der Bibliothek befanden.« Carinas Gesicht war jetzt flammend rot. »Tom besaß mehr als zwanzig Millionen Kronen. Aber ich habe Lillemor nicht sagen können, dass es ein Testament gibt. Sie wird ja, ganz gleich, was drin steht, ihren rechtmäßigen Anteil bekommen, aber den Rest wollte Tom durch sein Testament anderweitig verteilen. Ich habe sie mehrmals angerufen und immer wieder aufgelegt, ehe sie ranging, weil ich es nicht über mich gebracht habe. Ich habe eine unterdrückte Nummer, also sieht sie nicht, dass ich es war, die sie angerufen hat.«

»Dann waren Sie das also, die immer wieder bei ihr angerufen hat. Sie war sehr erschüttert, weil sich keiner gemeldet hat.«

»Das tut mir leid, da habe ich nicht nachgedacht.«

Bark sah sie freundlich an, damit sie nicht zusammenbrach. Ihr Blick flackerte, und die Hände, die auf dem Tisch ruhten, waren zu festen Fäusten geballt. »Wissen Sie, wo sich das Testament befindet?«

»Ich nehme an, dass er es in seinem Haus hat. Es gibt mehrere Ordner mit Briefmarken. Bestimmt hat er es in einen von denen getan.«

»Danke, dass Sie uns das erzählt haben. Das Testament ist ein wichtiger Bestandteil in der Ermittlung.« Bark versuchte ihren herumirrenden Blick einzufangen. »Und Sie verstehen bestimmt, dass ich Sie fragen muss, wo Sie sich in der Nacht von Dienstag auf Mittwoch befunden haben.«

Carina schloss die Augen und runzelte die Stirn. Die Röte in ihrem Gesicht war jetzt so tief, dass er trotz des hellen Tageslichts die Sommersprossen nicht mehr erkennen konnte.

»Ich war zu Hause in meiner Wohnung, habe ferngesehen, bin gegen zehn Uhr eingeschlafen und um neun Uhr morgens aufgewacht. Die Bibliothek öffnet erst um zehn, und ich fand es schön, ausschlafen zu können.«

»Kann das jemand bestätigen?«

»Nein, ich lebe allein. Ich wusste von gar nichts, bis Berit Nilsson reinkam und erzählte, dass jemand in ihrem Haus gewesen sein musste und Kaffee getrunken hatte. Sie war über Nacht in Örebro gewesen. Nichts war beschädigt, aber auf dem Küchentisch stand eine benutzte Tasse. Sie würde niemals eine Tasse so da stehen lassen, erklärte Berit. Und außerdem hat sie eine Snusdose gefunden, und als sie mir die zeigte, wurde mir klar, dass es die von Tom war und dass er aus irgendeinem Grund in Berits Haus gewesen war und sie da vergessen hatte. Vielleicht hat er sich ja dort versteckt? Berit hatte gehört, dass es in der Kita Lillbacka gebrannt hatte und dass Tom in derselben Nacht tot aufgefunden worden war. So habe ich es erfahren. Lillemor hätte mich ja auch anrufen können. Sie wusste, was Tom mir bedeutete, aber sie hat sich bis heute noch nicht gemeldet.«

33

Als Bark auf dem Weg zu Tom Gruvbergs Haus war, rief Henrik an. »Ich hatte recht«, verkündete er in einem Tonfall, als würde er Lob erwarten.

»Okay, könntest du konkreter werden?«, bat Bark, der keine Lust hatte, zu raten.

»Ich habe mit der Gerichtsmedizin in Linköping telefoniert, wo sie heute mit der Obduktion von Tom Gruvberg fertig geworden sind. Zimmermann hat das Verfahren beschleunigen lassen, weil es sich möglicherweise um einen Doppelmord handelt. Tom hatte Knochenmetastasen, die den erhöhten Kalziumwert erzeugt haben, und der wiederum war der Grund für seine Verwirrtheit. Der Primärtumor saß in der Prostata.« Henrik machte eine kurze dramatische Pause. »Und jetzt zur Überraschung: Der Ziegelstein war nicht die Mordwaffe.«

»Aber er war blutverschmiert! Und Tom hat am Hinterkopf geblutet«, entgegnete Bark. Er hatte es selbst gesehen, und auch wenn es dunkel gewesen war und ein Stück vom Schein der Straßenlaterne entfernt, war er doch ganz sicher gewesen.

»Das war Blut von einer Nebelkrähe, Corvus cornix, im Unterschied zur schwarzen Aaskrähe, die auf Latein Corvus corona heißt. Also jedenfalls hat das der Gerichtsmediziner gesagt, der auch Vogelbeobachter ist. Da können wir also annehmen, dass eine Katze sich da ein nettes Stündchen gemacht und hinterher Federn gehustet hat.«

»Krähenblut?«, sagte Bark verwundert. »Konnte der Gerichtsmediziner was über die Mordwaffe sagen?«

»Ja, es ist eine Schlagfraktur. In der Wunde waren Rostspuren. Ali und ich haben das vorhin miteinander diskutiert, und er glaubt, dass die Mordwaffe eine kleinere Hacke war, also ein Gartengerät. Eine rostige alte Hacke. Das war seine qualifizierte Annahme.«

Bark erinnerte sich, dass auch Oskar Davidssons Leiche eine Schlagverletzung am Hinterkopf aufwies. Er erzählte Henrik, was Gaby und der Brandtechniker gesagt hatten. »Außerdem habe ich einen Tipp, wo Tom sich aufgehalten haben könnte, als er zwischendurch verschwunden war. Seine Snusdose ist zu Hause bei einer älteren Frau, Berit Nilsson, gefunden worden.«

Henrik notierte das, und sie beendeten das Gespräch.

Als Bark das Tor zu Tom Gruvbergs Vorgarten öffnete, verspürte er ein leichtes Unbehagen. Die Möglichkeit, dass der Garten vermint sein könnte, gefiel ihm nicht, obwohl sich das ja als falscher Alarm erwiesen hatte. Zimmermann erwog, wegen der falschen Information Anzeige zu erstatten, denn der Einsatz war bekanntlich nicht gratis gewesen.

Tom Gruvbergs alter Ford Cortina stand genau wie zuvor auch schon auf der Auffahrt. Doch als Bark die Tür zur Garage öffnete und das Licht einschaltete, erblickte er einen Oldtimer, der ihm Tränen der Nostalgie in die Augen treten ließ. Er musste googeln, um sicher zu sein, ob er richtig vermutete. Vor sich hatte er einen Saab Sonett Super Sport, einen Rennwagen, von dem nur sechs Exemplare hergestellt worden waren. Seine Gedanken kreisten. Er erinnerte sich an einen Streit, den der Allgemeine Erbfonds gewonnen hatte, nachdem ein alter Mann zwei alte Mercedes SL 300 – ein Coupé mit Flügeltüren von 1956 und ein Cabriolet von 1963 – hinterlassen hatte. Auf einer großen Auto-Auktion in Frankreich brachten die Wagen umgerechnet 36 Millionen Kronen ein. Was dieses Schmuckstück hier wert war, wagte er nicht zu raten. Als Rennwagen musste er abgemeldet gewesen sein, sonst hätten sie davon gewusst. Herumgefahren war Tom mit seinem Ford Cortina.

Bark schaute in den Holzschuppen. Der war zur Hälfte voll mit gestapelten Kloben. In der anderen Hälfte stand eine Werkbank, darüber hingen eine Menge alter Werkzeuge, die aussahen, als würden sie da schon eine ganze Weile vor sich hin dämmern. Hammer, Bohrer, Brecheisen und Vorschlaghammer, Zangen und auch eine verrostete Hacke. Wahrscheinlich besaßen viele Leute in der Umgebung vergleichbares Werkzeug, doch bestand eine gewisse Chance, dass dies hier die Mordwaffe war, also rief Bark Gaby an und beschlagnahmte dann das Werkzeug.

Die plötzlich bis weit in den Garten hinaus ertönende Melodie von Super Mario riss Bark aus seinen Überlegungen. Er ging zum Wohnhaus und klopfte, doch als niemand öffnete, folgte er der wohlbekannten Melodie bis in Tom Gruvbergs Wohnzimmer. Dort saß Lillemor, tief versunken in ein Fotoalbum. Als sie ihn entdeckte, schrak sie zusammen. »Entschuldigung, ich habe Sie nicht gehört.« Sie nickte zu den Zwillingen hinüber, die gebannt vor einem kleinen Bildschirm saßen. »Leo und Noah, macht mal ein bisschen leiser.«

»Ich habe einen grünen Pilz und ein Extraleben ge-kriegt!«, schrie der eine Junge.

»Manno, das ist nicht fair!« Pang, ein harter Schlag und ein lauter Schrei.

»Jetzt ist aber mal Ruhe! Hört auf, euch zu schlagen, sonst mache ich aus«, sagte Lillemor müde. »Das ist die letzte Warnung!«

»Okay, dann hast du auch ein Extraleben. Wir machen es einfach so. Jetzt hat jeder gleich!« Zwei eifrige Mienen schauten zu Lillemor.

»Wir gehen in die Küche«, sagte sie. »Ich muss mich um die Kinder kümmern und habe die Konsole mit-genommen, damit sie irgendwie beschäftigt sind. Am Montag wird vor Gericht entschieden, wer das Sorge-recht für die Kinder bekommt. Daniel meint, dass er einen Job hätte, das wäre dann in letzter Minute. Er ist fantas-tisch mit den Jungen – wenn er nur nüchtern ist. Aber er hat versprochen, sich jetzt zusammenzureißen. Und das *muss* er auch, denn sonst kriegt Molly die Kinder und verschwindet. Ich habe so ein Gefühl, dass sie nicht hier-bleiben wird.« Sie wischte sich eine verirrte Träne von der Wange. »Wie konnte es nur so weit kommen? Was habe ich bloß bei ihm falsch gemacht? Es war nicht leicht für mich, alleinerziehende Mutter zu sein, aber Papa hat geholfen, so gut er konnte. Auch wenn er wohl streng war, manchmal viel zu hart gegen Daniel.«

Sie ließen sich am Küchentisch nieder.

»Ich habe so ein schlechtes Gewissen, seit ich weiß, dass Papa Krebs hatte. Er hatte Schwierigkeiten mit dem Wasserlassen, aber ich hätte nie gedacht … Ich dachte, das wäre in seinem Alter normal.«

»Das konnten Sie doch nicht wissen.« Bark lächelte sie milde an, um zu zeigen, dass er ihr keine Vorwürfe machen wollte. »Ich muss Sie noch etwas anderes fragen. Ihr Vater hatte 16 000 Kronen in bar bei sich. Wissen Sie, was er damit wollte?« Bark hatte schon überlegt, ob Tom Gruvberg erpresst worden war, ob er jemanden bestechen wollte oder etwas bezahlen, was er schwarz kaufen wollte.

Lillemor lächelte, und in dem Moment konnte er wieder erahnen, welche Schönheit sie einmal gewesen war. »Das war, *damit die Hunde ihn nicht anpissen*, so hat er immer gesagt. Er fühlte sich nackt und arm, wenn er kein Bargeld in der Brieftasche hatte. Papa weigerte sich, eine Karte zu benutzen. Als sie die Münzautomaten auf den Parkplätzen abgebaut haben, da hat er aufgehört, mit dem Auto nach Örebro zu fahren. Hier in Hällefors konnte er gratis parken.«

»Und inzwischen kann man nicht mal mehr mit der Karte bezahlen«, erwiderte Bark, der für den Unmut des Alten Verständnis hatte. »Jetzt muss man sein Handy mit allen möglichen Apps vollladen, um parken zu können. Wenn ich das schon ärgerlich finde, wie soll es dann den alten Menschen erst gehen, die nicht einmal ein Smartphone besitzen. Das ist wirklich unmöglich!«

»Genau. Papa hatte kein Handy. Nur sein Festnetztelefon.«

Bark lächelte kurz und wurde dann wieder ernst. »Heute kam in einer anderen Vernehmung heraus, dass Ihr Vater kürzlich ein Testament gemacht hat. Wissen Sie davon?« Bark beobachtete sie, als er diese Frage stellte.

Lillemor erstarrte. »Ein Testament? Nein, ich glaube nicht. Das wäre doch nicht nötig. Ich bin das einzige

Kind. Oder meinen Sie, dass er jemand anders etwas vermacht haben könnte?«

»Wenn es ein Testament gibt, dann müssen wir das beschlagnahmen, weil es ein wichtiger Beweis in der Mordermittlung sein könnte.«

»Hat Carina gesagt, Tom hätte ein Testament hinterlassen? Wenn er das in einem schwachen Moment getan hat, dann hat er es sich wohl anders überlegt. Denn ich habe nichts gesehen. Vielleicht existiert es auch nicht.«

Bark hatte nach der Vernehmung mit Carina die Sache mit Gaby Wide durchgesprochen, um ihre Meinung zu hören. Wenn es ein Testament gab, dann musste es beschlagnahmt werden. Sie würde sich darum kümmern, dass ein Kollege die Ordner nach Örebro holte, damit sie dem Team zur Verfügung standen.

Aus dem Nebenzimmer war ein Kreischen und dann ein Krachen zu hören. Lillemor lief schnell zu den Jungen, die sich wie zwei Wildkatzen prügelten. »Ich bin am höchsten geklettert. Ich war das!«

»Nein, weil ich am höchsten geklettert bin, bevor das Bücherregal umgefallen ist, war ich am höchsten!«

Mit geübtem Griff trennte Lillemor die Kinder und gab ihnen Saft und Zimtschnecken. Ein Bücherregal, das fast bis zur Decke reichte, war umgestürzt, und Bark stellte es wieder auf.

»Wenn sie schlafen, sind sie total süß«, sagte Lillemor und schüttelte den Kopf über Barks Versuche, die Bücher wieder einzuräumen. Da fiel sein Blick auf das aufgeschlagene Fotoalbum. Die Seiten sahen aus, als wären sie sehr alt, und die schwarz-weißen Fotografien waren vergilbt.

»Ist das da Ihr Vater?«, fragte er. Der junge Mann auf den Fotos trug gewisse Züge von dem Alten, dem Bark einen Elchstutzen entwunden hatte. Auf einem Foto sah er zwei junge Männer, die miteinander Armdrücken machten. Sie trugen Kniebundhosen, Hemd und Weste. Der eine war lang und schmal, der andere klein und muskulös.

»Ja, das sind Tom und sein bester Freund Vilho, der tot in einer Silbergrube gefunden wurde. Das hier war ein paar Jahre bevor er meine Mutter kennenlernte und ich geboren wurde.«

»Und die schöne Frau auf dem nächsten Foto, die mit ausgebreiteten Armen über eine Blumenwiese direkt auf den zukommt, der die Kamera hält? Ist das Ihre Mutter?«

»Nein, ich glaube, sie heißt Ester. Ich weiß nicht, ob sie noch lebt. Wahrscheinlich nicht. Sie war wohl in Papas Alter.«

»Und wer war sie?«

»Ich weiß es nicht. Er wollte nichts von ihr erzählen, hat gesagt, es wäre jemand, den er kaum kennen würde. Aber das Album ist voller Fotos von ihr.« Lillemor blätterte langsam weiter. »Ich habe das Album vorher noch nie gesehen. Er hatte es versteckt.«

»Sie sieht ernst aus«, war Barks unmittelbare Reaktion.

»Ja, es gibt nur ein einziges Foto, auf dem sie lächelt, und das ist dieses hier, wo sie über die Wiese geht.« Lillemor holte ein anderes Album heraus. »Das hier ist meine Mutter.« Das Foto zeigte eine Frau mit magerem Gesicht und dunklen Schatten unter den großen Augen. Sie trug ein weißes Kleid mit Spitzenkragen und war erkennbar hochschwanger. »Ich erinnere mich kaum an sie«, sagte Lillemor. »Ein paar Jahre nach diesem Foto hatte sie eine Schwangerschaftsvergiftung, und sowohl sie als auch mein ungeborener kleiner Bruder starben. Die Leute sagten, auf allen männlichen Personen in unserer Familie läge ein Fluch.«

34

Lydia

Ester schläft. Das Tageslicht fällt über den Flickenteppich in der Küche, wandert an den türkis gestrichenen Küchenfronten hoch und über die niedrige Spüle. Abgesehen von einem frisch geteerten Dach hat in dieser Hütte keine Renovierung stattgefunden, seit Ester gegen Ende des Krieges 1945 ihre Großmutter Rakel besucht hat. Wahrscheinlich war nie das Geld dafür da, obwohl sie, wahrscheinlich ohne es zu wissen, auf einem Vermögen gesessen haben.

Neben Ester auf dem Sofatisch steht eine viereckige Blechdose in blau mit roten Rosen darauf. Ich öffne sie und sehe, dass sie alte Fotos enthält. Die hat sie mir früher schon mal gezeigt, aber jetzt stehen mit zartem Bleistift geschriebene Namen auf der Rückseite. Rakels Tochter hieß Hedvig. Ich suche die Fotos durch und finde ein Bild von ihr von 1927 – eine sehr schöne Frau mit zum Seitenscheitel gekämmtem kurzem, üppigem Haar. Das Kleid, das sie trägt, hat eine tiefe Taille, so wie es zu der Zeit Mode war. Das Foto ist vor dem Bahnhof gemacht worden. In einem Korb mit Griff hat sie ein kleines Kind. Das muss Ester sein. Drei Generationen.

Ein anderes Foto fängt meine Aufmerksamkeit. Es ist ein Bild von Toms Vater Birger. Hat Rakel das aufgehoben, obwohl sie ihn doch hasste? Seine Züge sind hart und entschlossen, und die eine Hand liegt zur Faust geballt auf seinem Bein, in der anderen hält er einen Bierkrug, und neben ihm auf dem Tisch sehe ich die Snusdose, die dann Tom geerbt hat. Wenn ich Ester richtig verstanden habe, sind die darin eingearbeiteten Steine sehr selten, vielleicht sogar ein Vermögen wert. Möglicherweise hat Rakel das Foto aufgehoben, um ein Bild von der Snusdose zu bewahren. Ich wünschte, Ester würde mir erzählen, was sie über die seltenen Steine und die Inschrift auf der Steintafel in Rakels Erdhöhle weiß.

Ich setze Kaffee auf und hoffe, dass Ester von dem Duft aufwacht. Sie hat das Essen immer noch nicht angerührt. Glaubt sie, dass ich sie vergiften will?

35

Kristoffer Bark traf Mia Berger im Polizeirevier von Hälle-fors. Die Mittagszeit war schon vorbei, und Bark merkte, dass er Hunger hatte. Mia überraschte ihn damit, dass sie für jeden von ihnen beiden einen Salat gekauft hatte. Nicht gerade sein Lieblingsessen, aber Tatsache war, dass er aus ihrer Hand mit größtem Vergnügen sogar frittierte Insekten gegessen hätte.

»Wie lief es mit Lillemor?«, fragte sie.

Er fasste zusammen, worüber sie gesprochen hatten. »Lillemor hat kein Testament gefunden, aber möglicher-weise liegt es in einem der Ordner. Gaby wollte dafür sor-gen, dass einer der Kollegen die zum Durchsehen abholt. Es sind Unmengen von Ordnern«, sagte er abschließend.

Mia berichtete von den Vernehmungen mit Adrian Molinder und seinen Freunden.

»Adrian hat zugegeben, dass er das Auto von Måna-Lisa Skog angezündet hat. Es gab Zeugen, und er hat sich in Erklärungsnöte gebracht, als er meinte, er hätte jeman-den gesehen, nicht wissend, dass der von uns schon ver-nommen worden war und gesehen hatte, wie Adrian das Auto angezündet hat.«

»Warum hat er das denn gemacht? Aus Rache für irgendetwas, oder war ihm einfach nur langweilig?«

»Scheinbar war es Rache. Ich habe Ingrid gebeten zu

untersuchen, wie es dazu kam, dass Adrian wegen eines schweren Drogendelikts eingefahren ist, und sie hat einiges gefunden. Die Polizei hat ihn auf frischer Tat ertappt, als er Kokain in winzige Zipper-Tütchen umgefüllt hat. Mit einer Digitalwaage hat er ein Gramm pro Tüte abgewogen. Ein Kunde, der eben bei ihm eingekauft hatte, wurde vor seiner Tür festgenommen. Der Wert des Kokains, das er zu Hause hatte, belief sich auf ungefähr 160 000 Kronen. Außerdem hat man bei der Hausdurchsuchung knapp 30 000 in bar gefunden, die das Gericht beschlagnahmt hat, weil es aus einer rechtswidrigen Tat stammte. Das war wahrscheinlich, was ihn am meisten geärgert hat.«

Bark wartete immer noch auf die eigentliche Erklärung. »Und warum hat er dann ausgerechnet Måna-Lisa Skogs Auto angezündet?«

»Weil sie der Polizei den Tipp gegeben und vor Gericht als Zeugin ausgesagt hat. Sie benutzt die kleinen Zipper-Tüten für ihren Silberschmuck, und Adrian hat mehrmals bei ihr Tüten gekauft, bis sie misstrauisch wurde.«

Bark gab einen Pfiff von sich. »Das klingt ja stark danach, dass er wieder einfahren wird, wenn er sich an einer Zeugin gerächt hat. Das ist schlimmer als der Brand selbst, wenn der überhaupt als Sachbeschädigung eingestuft wird. Bin gespannt, was das Gericht dazu sagen wird. Habt ihr ihn festgenommen?«

»Ja, die Kollegen haben ihn verhaftet und mit nach Örebro genommen.«

Sie gingen hinaus zu Mias Auto, das auf dem Dachparkplatz stand. Die Nachmittagssonne schien wärmend von einem intensiv blauen Himmel, als sie sich auf den Weg zur letzten Vernehmung des Tages machten. Bark hoffte, dass Daniel Gruvberg in einem Zustand sein würde, in dem er auf ein paar Fragen antworten könnte. Das Haus, in dem er und Molly gelebt hatten, bis sie anlässlich der Scheidung ausgezogen war, lag sehr schön am Ufer des Svartälven.

»Was für ein Idyll, mit Giebelschnitzerei und Fahnenstange an der Hausecke«, sagte Mia. »Es muss Molly schwergefallen sein, hier auszuziehen. Dass sie es trotzdem getan hat, zeigt, dass es wohl nicht ganz leicht war, mit Daniel zusammenzuleben.«

»Das haben wir ja schon geahnt«, sagte Bark, der an das Haus auf dem Land denken musste, nach dem er sich schon seit mehreren Jahren sehnte. Er hatte sich für ein Objekt interessiert und es seinerzeit zusammen mit Mia angeschaut, doch sowohl Mia als auch das Geschäft waren ihm aus den Händen geglitten. Hier würde man ein Haus am Svartälven oder an einem See weiter nördlich kaufen können, wo die Natur noch unberührt war und es keine Nachbarn weit und breit gab. Das würde er sich leisten können, und der Gedanke war wirklich verlockend.

Mia musste dasselbe gedacht haben. »Hier könnte man eine kleine Hütte an einem See mit Steg und Ruderboot haben und ein paar Erdbeeren anpflanzen.«

Bark hätte gern noch weitergeträumt, doch sie waren da und stiegen aus dem Auto. Auf dem Hof vor dem rot gestrichenen Haus mit weißen Ecken stand ein schwarzer Volvo V70. An der einen Ecke des Hauses waren Wäscheleinen aufgespannt, ein Laken und ein paar Kleidungsstücke hingen zum Trocknen im sanften Wind.

Auf der Rückseite des Hauses fanden sie Daniel Gruvberg. Er war mit großer Energie dabei, die Wurzeln einer sicherlich vier Meter hohen Tanne auszugraben, die er gefällt hatte. Das dunkle lockige Haar war an den Schläfen schweißnass, und die braunen Augen wurden schmal vor Wut, als er sie sah. »Zum Teufel mit Ihnen!«, knurrte er von tief unten in der Kehle und haute dann den Spaten in die Erde. »Ich habe verdammt noch mal keine Zeit!« Er fasste sich an den Rücken und verzog schmerzverzerrt das Gesicht.

Bark sah den geöffneten Werkzeugschuppen und holte von dort ein Brecheisen und eine Säge. Ohne ein Wort reichte er Daniel die Säge, kippte die Wurzel hoch, indem er sich mit seinem ganzen Gewicht auf das Brecheisen stützte, sodass sie frei lag, und nickte ihm zu, dass er sägen sollte. Mit gemeinsamer Anstrengung holten sie so den Rest des Baumstumpfs aus der Erde. Es dauerte fast eine Viertelstunde, aber es war gut investierte Zeit, denn so war Daniel offener und besser gelaunt.

»Teufel auch, das war heftig. Jetzt finden Sie wahrscheinlich, dass ich Sie auf einen Kaffee einladen sollte«, sagte Daniel, und es fiel ihm schwer, das Lächeln zu unterdrücken, das sich in die Mundwinkel schlich.

»Ja, gerne. Das wäre wirklich nett.« Barks Hemd war fleckig von Schweiß. Ehe er ins Haus ging, wischte er sich die erdverschmierten Hände an der Hose ab und erntete dafür einen amüsierten Blick von Mia. Niemand sagt, dass man ein besserer Ermittler ist, wenn man ein tadellos sauberes und gebügeltes Hemd anhat, dachte er, und als sie in die Küche kamen, wusch er sich die Hände in der Spüle.

»Es gibt Kaffee und die Zimtschnecken meiner Mutter. Ich hoffe jedenfalls, dass noch welche da sind.« Daniel nickte ihnen zu. »Setzen Sie sich.«

Bark hatte ein im Verfall begriffenes Zuhause erwartet, nachdem Molly ja ausgezogen war, doch für dieses Vorurteil musste er sich nun schämen. Es war sauber und schön, und auf dem Tisch stand sogar eine Vase mit Blumen. Aber möglicherweise war das ja Lillemors Werk.

»Wir sind wegen Ihres Großvaters hier«, sagte Mia, nachdem sie das Aufnahmegerät eingeschaltet und die notwendigen Informationen aufgesprochen hatte. »Standen Sie einander nahe?«

Daniel stellte ihnen Becher mit Kaffee hin und schenkte sich dann selbst eine riesige Tasse voll. »Die Zimtschnecken sind leider alle, es bleibt also beim Kaffee.« Er machte eine resignierte Geste mit den Händen. »Mein Großvater hat mich fast ebenso sehr verachtet wie sich selbst. Ich bin ohne Vater aufgewachsen. Tom sagte immer, mein Vater wäre schneller weg gewesen als ein Monatslohn. Mein Großvater hat durchaus versucht, die Lücke ein wenig zu füllen, aber ich habe mich immer nach meinem richtigen Vater gesehnt, der sich, noch ehe ich geboren war, gegen meine Mutter und mich entschieden hat. Vielleicht war Tom schuld, dass er nicht geblieben ist. Wahrscheinlich taugte er auch nichts. Und jetzt will Molly unseren Kindern genau dasselbe antun. Sie versucht, das Gericht davon zu überzeugen, dass es besser für unsere Jungs wäre, ohne ihren Vater aufzuwachsen. Am Montag wird uns auf dem Jugendamt in Hällefors das Urteil mitgeteilt, und später dann bekommen wir es auch schriftlich. Molly will, dass wir mit deren Hilfe klare Absprachen formulieren. Sie hat das alles arrangiert.«

»Und was halten Sie davon?«, fragte Mia, und Bark bewunderte ihren Mut. Ihre Frage konnte schließlich dazu führen, dass sie einen Schwall aufgestauter Gefühle und Zorn abbekamen.

»Dass es gemein und selbstsüchtig von ihr ist. Ja, ich weiß, dass ich nicht perfekt war, aber wer zum Teufel ist das schon. Und jetzt habe ich mich zusammengerissen. Ich gehe zu einem Chiropraktiker, und der Rücken ist besser geworden, ich brauche also nicht mehr so starke Tabletten, und ich habe aufgehört, sie mit Alkohol zu kombinieren. Ich habe einen neuen Job bei Ovako, und ich trinke nie, wenn die Jungs bei mir sind. Dass ich sie in der letzten Zeit oft bei meiner Mutter gelassen habe, ist nur, weil ich hier aufgeräumt und alles schön gemacht habe, für den Fall, dass die Damen vom Jugendamt unerwartet zu Besuch kommen.«

Es ist doch leider meistens so, dachte Bark, dass man sich erst zusammenreißt, wenn es richtig eng wird. Nach Jahren des Bittens und Flehens und der Drohungen, in denen man die Beziehung in eine positive Richtung hätte wenden können, gleitet einem schließlich das Glück aus den Händen, weil man nicht sehen wollte, was passieren würde. In seinem Bekanntenkreis hatte er viele tragische Beispiele dafür gesehen.

Mia stellte die nächste Frage. »Hat Lillemor Ihnen erzählt, dass Ihr Großvater wahrscheinlich ermordet worden ist?«

»Ja, das hat sie, und jetzt wollen Sie wahrscheinlich wissen, ob ich ihn getötet habe, oder?«

Mia zuckte zurück, so zornig klang seine Stimme. »Wir müssen Ihnen diese Frage stellen. Haben Sie das?«

»Nein, das habe ich nicht, auch wenn es Momente gab, in denen ich ihn weggewünscht habe.«

»In welchen Situationen war das?«, fragte Mia.

»Wenn er angefangen hat, auf meinen Jungs herumzuhacken, so wie er immer auf mir herumgehackt hat, weil ich nicht stark und mutig genug wäre. Weil es in der Schule nicht so gut lief oder weil ich eher zart gebaut und schüchtern war. Die ganze Zeit habe ich mir anhören müssen, dass ich ängstlich und unbeholfen wäre, und davon wird man ja nicht gerade mutiger.«

»Wie haben Sie reagiert, wenn er so gemeine Dinge zu Ihren Kindern gesagt hat?«, fragte Mia weiter.

»Molly wollte ihm verbieten, die Kinder zu sehen. Aber ich hatte nicht die Kraft, in diesen Streit mit ihm zu gehen. Es wäre eine große Tragödie sowohl für meine Mutter als auch für meinen Großvater gewesen, wenn wir den Kontakt abgebrochen hätten. Die Trauer und den Zorn, die er in sich trug, konnte ich verstehen. Sein Vater Birger ist von einem Bären getötet worden, und danach hat sich sein Onkel um ihn gekümmert. Birger war im ganzen Dorf verhasst, und Tom musste seinen Ruf regelrecht erben. Obwohl er doch unschuldig war, haben sie geradezu nach der teuflischen Anlage seines Vaters in ihm gesucht. Und mit der Zeit hat er sich an ihre negativen Erwartungen angepasst.«

Bark sah Daniel aufmerksam an. »Was glauben Sie, wer Ihren Großvater getötet hat?«

»Ich weiß es nicht. Wie ist er denn gestorben? Das habe ich noch nicht mal erfahren.«

»Zu diesem Zeitpunkt der Ermittlung können wir darüber noch nichts sagen. Wo waren Sie denn in der Nacht von Dienstag auf Mittwoch?«

Daniels Blick hing noch an Barks Gesicht. »Ich weiß

nicht mehr genau ... Ja, Molly ist hierhergekommen. Wir haben gestritten. Sie hat die Kinder mitgenommen und hat sie zu meiner Mutter gebracht. Das war gegen neun Uhr abends. Ich hatte erfahren, dass ich einen Job habe, habe mich zusammengerissen, aufgeräumt und die Rechnungen bezahlt. Ich dachte, alles würde wieder gut werden. Aber sie hat nur höhnisch über mich gelacht und gesagt, dass es keine Rolle mehr spielen würde, wenn ich mich anstrenge. Sie hat mich provoziert.«

»Auf welche Weise?«, fragte Mia.

Daniel seufzte und stützte die Stirn in die Hand. »Sie hat gesagt, wir hätten niemals guten Sex gehabt. Niemals.«

Das war ein sehr privates Geständnis, fand Bark, doch wahrscheinlich musste Daniel Gruvberg es mal jemandem erzählen. »Was ist dann passiert?«

»Ich bin Molly zu der Wohnung gefolgt, die sie gemietet hat. Sie hat mich nicht gesehen. In ihrem Fenster ist kein Licht angegangen, aber ich habe gesehen, dass sie bei der Nachbarin im Erdgeschoss war. Also bei Eva Sandell, der Leiterin der Kita. Die wohnt im selben Haus. Sicherlich haben sie irgendeinen Mist über mich geredet. Ich möchte wetten, dass Molly versucht hat, die Frau auf ihre Seite zu kriegen, um ihre Zeugenaussage vor dem Familiengericht benutzen zu können.«

»Wie lange haben Sie da gestanden?«

»Viel zu lange. Ich war so wütend. Ich hatte keine Chance, mich zu verteidigen, während die beiden da zusammengluckten. Ätzend.« Er kniff die Lippen zu einem schmalen Strich zusammen, um die Worte daran zu hindern herauszukommen. »Ich will nicht ohne meine Jungs leben. Was hätte das Leben ohne sie denn für einen Sinn? Ich wüsste gar nicht, was ich mit mir anfangen sollte.«

»Wie lange könnten Sie dort gestanden haben?«, fragte Bark.

»Eine Stunde, vielleicht anderthalb. Dann bin ich nach Hause gefahren. Ich war vor elf Uhr zu Hause, da habe ich ein paar Schmerztabletten genommen und mich bewusstlos gesoffen.« Daniel fasste an seine eine Schulter und legte die andere Hand auf den Rücken. Offensichtlich hatte er Schmerzen.

»Was nehmen Sie denn gegen die Schmerzen?«, fragte Mia sanft.

»Citodon. Ich weiß, dass es nicht mit Alkohol kombiniert werden sollte, aber ich war verzweifelt.«

»Wo waren Sie dann während der restlichen Nacht?«

»Ich bin eingeschlafen. Und ich erinnere mich an gar nichts, bis meine Mutter mit den Zwillingen hier stand und gesagt hat, dass Großvater tot und die Kita abgebrannt sei. Das ist ein verdammt hässliches Aufwachen, wenn man einen Kater hat.«

Mia stellte ein paar Fragen über seine Beziehung zum Alkohol, stand dann auf und ging hinaus. Bark beendete die Vernehmung, folgte ihr und rief Gaby Wide an.

»Bei Daniel Gruvberg gibt es genau die gleiche Hacke, wie ich sie bei Tom beschlagnahmt habe. Es besteht die Möglichkeit, dass eine davon die Mordwaffe ist.«

Mit Gabis Genehmigung, das Gartengerät mitzunehmen, holte er die Hacke aus dem Werkzeugschuppen. Er beschriftete die Tüten und füllte ein Auftragsformular zur technischen Untersuchung aus. Im besten Fall würde Ali irgendwelche Spuren finden.

36

Nachdem sie die Vernehmungen in Hällefors für den Tag beendet hatten, waren Kristoffer Bark und Mia Berger inzwischen auf dem Weg zurück nach Örebro.

»Glaubst du, dass Daniel Gruvberg die Kita angezündet hat?«, fragte Bark. »Vielleicht wollte er die Leiterin bestrafen, von der er annahm, dass sie sich mit seiner Ex-Frau zusammengetan und Mist über ihn geredet hat.«

Für einen Moment wandte Mia den Blick von der Straße und sah ihn an. »Das habe ich auch schon gedacht. Er sagt, er erinnert sich nicht, was in der Nacht passiert ist. Das kann wahr sein, oder aber er lügt sehr überzeugend. Wir wissen, dass er ein Motiv hatte, sowohl der Leiterin als auch seiner Ex-Frau zu schaden. Als wir bei Daniel waren, habe ich mich ein wenig umgeschaut und mir vor allem eine Jacke, eine Hose und ein Hemd angesehen, die auf der Wäscheleine hingen. Ich habe rauszukriegen versucht, ob sie nach Rauch riechen, oder ob Brandlöcher in den Kleidern sind, konnte aber nichts dergleichen feststellen.«

»Ich habe Daniel danach gefragt. Er sagte, er sei in Kleidern eingeschlafen, und dann hätte er sich erbrochen.«

Die tiefstehende Sonne blendete sie beim Fahren, und Mia kniff die Augen zusammen. »Ich frage mich, was so alles passiert, wenn er betrunken ist? Er schien sich der gewöhnlichen Umgangsformen ja sehr bewusst zu sein, als wir jetzt mit ihm gesprochen haben.«

Bark dachte laut. »Im Laufe der Jahre habe ich durchaus erlebt, wie sich die Persönlichkeit des einen oder anderen im Suff bis zur Unkenntlichkeit verändert hat. Manche hängen sich an einen dran, wollen einen umarmen und sich ausweinen, andere werden müde und schlafen auf irgendeinem Küchenstuhl ein, und wieder andere werden aggressiv und wollen randalieren, oder sie saufen so lange, bis sie sich an gar nichts mehr erinnern.« Bark sah Mia an. »Glaubst du, dass Daniel seinen Großvater niedergeschlagen hat? Und falls ja – warum ausgerechnet jetzt?«

»Er steht unter enormem Druck wegen des Sorgerechtsstreits, war von Tabletten beeinträchtigt und betrunken – alle Barrieren waren gefallen. Oder es ging ums Erbe, aber da sind wir wieder bei dem Bündel mit Scheinen in der Brieftasche, die niemand mitgenommen hat. Wenn Daniel akut Geld brauchte, dann passt das eigentlich nicht.«

Bark klappte seine Sonnenblende herunter. Die Abendsonne blendete auch ihn. »Vielleicht sollten wir damit weitermachen, uns mal Daniels finanzielle Verhältnisse anzuschauen. Wenn es schlecht steht, dann läuft er Gefahr, sich das Haus nicht weiter leisten zu können, was aber wichtig ist, wenn er die Kinder jede zweite Woche bei sich haben möchte.«

Mia versuchte, seine Glaubwürdigkeit einzuschätzen. »Wenn ich Daniel wäre und in dieser Situation hätte lügen wollen, dann hätte ich nicht zugegeben, dass ich mich bewusstlos gesoffen und mich übergeben habe. Ich hätte einfach gesagt, dass ich zu Hause gewesen sei, und nicht, dass ich betrunken war und mich an nichts erinnere. Das klingt ein bisschen zu ehrlich, um eine Lüge zu sein.« Sie schüttelte den Kopf und lächelte Bark kurz an. »Aber vielleicht täusche ich mich. Alkoholiker können durchaus die Fähigkeit entwickeln, Menschen direkt ins Gesicht zu lügen. Glaub mir, damit habe ich Erfahrung.«

Ein weiteres Puzzlesteinchen zu der Vergangenheit, über die Mia so verschwiegen war. Bark musste sich beherrschen, nicht mehr Fragen zu stellen. Von den Lügen, die Ella ihm im Laufe der Jahre präsentiert hatte, erzählte er nicht. Er wollte nicht schlecht über sie reden.

Per Telefon stimmte Bark mit seinen Kollegen auf dem Revier in Hällefors die Situation ab und diskutierte dann während der restlichen Fahrt nach Örebro die Ergebnisse der Vernehmungen und die verschiedenen Szenarien mit Mia. Als Nächstes wollte er bei Berit Nilsson zu Hause die Snusdose abholen und die alte Dame bei der Gelegenheit gleich befragen – das war schließlich der letzte Ort, an dem Tom Gruvberg sich vor seinem Tod aufgehalten hatte, doch wussten sie nicht, wann.

Als sie ins Turmzimmer kamen, um Bericht zu erstatten und die Vernehmungen des Tages zu dokumentieren, trafen sie auf Ingrid und Ali. Alex und Henrik hatten aus unterschiedlichen Gründen schon Feierabend gemacht. »Hallo, Ali. Ich vermute, dass du einiges zu bieten hast, wenn du dich schon bis hier oben bemühst«, sagte Bark hoffnungsvoll.

»Wir haben im Laufe des Nachmittags eine Reihe Ergebnisse erhalten«, sagte Ali, und sie nahmen an dem ovalen Tisch Platz.

Ali rückte seinen Schlips zurecht, während er sich sammelte. »Zunächst einmal hat Henrik euch ja wahrscheinlich von dem Krähenblut erzählt. Der Ziegelstein war also nicht die Mordwaffe, sondern wahrscheinlich eine Gartenhacke.«

»In Toms Holzschuppen hing so eine Hacke und eine ähnliche bei Daniel. Ich habe beide mitgebracht. Aber ich nehme mal an, dass man in den meisten Gartenhäusern in der Umgebung ein solches Gerät findet. Kannst du sie direkt mitnehmen?«, fragte Bark und zeigte auf den schwarzen Müllsack, in den er die beiden Hacken gelegt hatte, nicht ohne sie vorher in Papier einzuschlagen. »Natürlich hilft es uns nicht weiter, wenn wir Daniels Fingerabdrücke auf einem Werkzeug finden, das er im Alltag anwendet. Aber wenn es Blutspuren gibt oder fremde Fingerabdrücke, dann könnte es doch von Bedeutung sein.«

»Ist schon gut, ich nehme sie mit runter in die Abteilung. Ich kann heute Abend schon kontrollieren, ob auf einer der Hacken Blut ist. Mit einer vollständigen Analyse können wir allerdings erst Mitte nächster Woche rechnen.«

»Und Oskar Davidsson? Ist die Obduktion beendet?«, fragte Bark angespannt, ohne sich jedoch große Hoffnungen zu machen.

»Zimmermann ist es gelungen, unsere Freunde in Linköping zu überreden, dass sie uns auch bei der Obduktion von Oskar Davidsson vorziehen. Die Waffe könnte dieselbe sein oder zumindest sehr ähnlich wie die, die beim Mord an Tom Gruvberg angewendet wurde. Oskar Davidsson hat die gleiche Fraktur am Hinterkopf. Das Blut im Materiallager vor dem Personalraum war von einem Menschen, und der hatte dieselbe Blutgruppe wie der junge Mann. Die Vorgehensweise bei den Morden war meiner Ansicht nach die gleiche: eine Hacke wurde mit voller Kraft auf den Hinterkopf geschlagen, und zwar mehrmals. Erst mit der stumpfen Seite, um das Opfer bewusstlos zu schlagen, dann mit der spitzen, um zu töten.«

Bark fasste das für sich zusammen: »Oskar Davidsson ist also auf den Hinterkopf geschlagen worden, während er im Materialraum war …«

»Er hat danach sicher bewusstlos und schwer verletzt dort gelegen«, warf Ali ein. »Aber als es anfing zu brennen, sammelte er seine letzten Kräfte, um rauszukommen … und da hast du ihn gesehen, Bark.«

»Und der Wahnsinnige, der die beiden niedergeschlagen und das Feuer gelegt hat, läuft immer noch frei herum«, sagte Ingrid und verschränkte dabei die Arme über der Brust und strich sich mit den Händen über die Oberarme, wie um sich selbst zu trösten.

»Auch in Oskars Fall haben wir in der Wunde Rostspuren gefunden.« Ali sah jetzt sehr traurig aus. »Er war noch so jung … Wir müssten jeden Moment die Antwort auf den DNA-Test bekommen. Was ich schon sicher sagen kann, ist, dass er nicht unter Drogen stand. Zumindest hatte er nichts von den Sachen, auf die wir standardmäßig testen, konsumiert. Andererseits gibt es ja ständig neue Drogen, aber bis wir mehr wissen, ist das auf jeden Fall eine wichtige Information.«

»Ist den Opfern irgendetwas von dem, was Menschen

üblicherweise bei sich tragen, gestohlen worden? Portemonnaie, Schlüssel?«, erkundigte sich Mia.

»Nein, auch in der Hinsicht sind die Morde vergleichbar«, erklärte Ingrid. »Weder Tom Gruvberg noch Oskar Davidsson wurde die Brieftasche gestohlen. In Oskars Fall war sie verbrannt, aber laut dem Bericht, den wir gerade vom Brandtechniker bekommen haben, konnte man sehen, dass einige Karten darin gewesen waren. Und Oskars Handy lag ja rätselhafterweise unbeschädigt im Personalraum. Es war also nicht Geld, worauf der Täter aus war. Oskar hatte ebenso wie Tom Bargeld dabei, das im Portemonnaie belassen worden ist.«

Sie diskutierten weiter über mögliche Motive für die Morde.

»Jetzt noch zu dem anderen Fall«, sagte Ali, als sie nicht weiterkamen. »Wir haben Antwort von der Gerichtsmedizin den Säugling betreffend, der im Tyskmossen entdeckt wurde. Man hat DNA gefunden, aber keinen Treffer dazu. Wir haben darum gebeten, die DNA aufzuheben, um vielleicht später mal eine Verwandtschaft feststellen zu können. Die Leiche ist im Moor sehr gut konserviert worden. Es war ein knapp einen Monat altes Mädchen, dem die oberen Halswirbel gebrochen wurden, als ob es fest geschüttelt oder erdrosselt worden ist. Es gab sogar in den Weichteilen am Hals noch Blutergüsse. Ansonsten keine Schädelverletzungen, keine Frakturen. Die letzte Mahlzeit des Kindes war Muttermilch, und darin war ein hoher Gehalt an Silberionen. Die Mutter des Kindes kann also mit Silber in irgendeiner Form gearbeitet oder Silberionen eingenommen haben. Die Eingeweide des Kindes waren grau, und auch die Haut hatte einen grauen Ton, ebenso das Weiß der Augen. Nun ist schwer zu sagen, ob das an der Zeit im Moor liegt, oder ob das Baby an einer Silbervergiftung, also Argyrie, litt.«

»Wann ist die Kleine gestorben?«, fragte Bark, der nicht länger auf diese Information warten konnte.

»Im Jahre 1927, plus minus ein Jahr.«

Bark legte ein schiefes Lächeln auf. »Dann kann das Baby nicht 1981 nach einem intimen Zusammensein mit Außerirdischen gezeugt worden sein.«

»Nein, so überraschend das auch ist«, sagte Ali, ohne eine Miene zu verziehen. Nur die freundlichen braunen Augen lächelten.

»Für Mandis Skog war das Wirklichkeit«, bemühte sich Bark noch hinzuzufügen. »Seltsam an der Sache ist ja, dass es zwischen Mandis Skog und dem Säugling im Moor trotzdem eine Verbindung gibt. Mandis Tochter, Måna-Lisa, ist laut ihrer Chefin gefeuert worden, weil sie den Kitakindern Silberionen gegeben hat und damit riskierte, dass die Kinder Argyrie bekommen. Måna-Lisa ist Silberschmiedin und stellt Schmuck her, der wie eine Kopie der Halskette aussieht, die das Kind trug. Molly Gruvberg hat ebenfalls eine solche von ihr gemachte Kette. Es kann eine lokale oder traditionelle Form des Schmucks sein. Wir müssen sie mal danach fragen.«

Ali streckte sich und nickte bestätigend. »Ich habe einen Kollegen, der sehr an Mineralien und Edelsteinen interessiert ist. Den habe ich unter dem Siegel der Verschwiegenheit konsultiert, und er sagt, er wisse nicht, was für ein Stein das ist, der da in dem Anhänger eingefasst ist. Und er ist wirklich ein Experte auf diesem Gebiet. Er wird weiter für uns danach suchen. Der Stein, den das

Moorkind um den Hals trug, changiert in blau, grün und gelb und ist kristallklar. Kein Smaragd oder Tansanit, sondern eher wie ... Nordlichter. Ich kann es nicht anders beschreiben. Hat die Kette von Molly auch einen solchen schimmernden Stein?«

Bark war unsicher. »Es war ein Silberschmuck in derselben Form wie der im Moor, und der Stein war blaugrün. Ich habe nicht danach gefragt. Aber auch wenn morgen Samstag ist, werde ich die Silberschmiede von Måna-Lisa Skog aufsuchen.« Er warf Mia einen Blick zu, um zu sehen, ob sie auf diese Idee reagierte. »Sozusagen ein Ausflug außerhalb der Arbeitszeit. Wenn der Mord an dem Kind vor bald hundert Jahren geschehen ist, dann werden wir kaum Überstunden dafür bewilligt bekommen, uns in den Fall einzugraben.«

»Die 1920er-Jahre, ja, da ist es völlig ausgeschlossen, dass wir den Kindsmörder noch festnehmen können«, stellte Ingrid fest. »Dann lassen wir die Sache einfach fallen? Trotz allem ist es immer noch Mord und war damals ebenso grausam wie heute.«

»Ich bin dabei. Ich würde das sehr gerne rauskriegen«, sagte Mia.

»Also, ich denke da mal ganz wild an schwarze Diamanten«, sagte Ingrid. »Das gehört sicherlich nicht hierher, aber ich finde es trotzdem spannend. Natürlich gibt es auch eigens gefärbte Diamanten, aber die echten schwarzen Diamanten sind sehr ungewöhnlich. Man vermutet, dass sie von einem Meteoriten stammen, der mit der Erdoberfläche zusammengestoßen ist, und sie sind entweder in einem Verdampfungsprozess gebildet worden, oder sie kommen von dem Meteoriten selbst.«

Ali sah begeistert aus. »Mein Kollege hat auch von schwarzen Diamanten gesprochen. Das, was darauf hinweist, dass sie aus dem Weltall stammen, ist die hohe Anzahl Wasserstoffatome und der hohe Wert an Kohlenstoff-Isotopen in den Diamanten. Man hat sie fast ausschließlich in Brasilien und Zentralafrika gefunden. Tansanit gibt es nur in einem winzigen Grubengebiet von sieben mal zwei Kilometern Fläche in Tansania. Das ist nicht viel größer als die Silbergrube hier bei Hällefors.«

Barks Handy klingelte. Es war Gaby. Sie hatten eine DNA.

37

Das Ergebnis des DNA-Tests war keine Überraschung, aber Kristoffer Bark hatte trotzdem das Gefühl, einen Schlag in den Magen zu bekommen, als er an Oskar Davidssons Eltern dachte. Obwohl ihr Sohn bereits mithilfe der Röntgenbilder des Zahnarztes identifiziert worden war, hatten sie doch noch abgewartet und gehofft.

»Ich begleite dich«, bot Ingrid unerwarteterweise an. »Es ist halb neun. Von diesem Abend an können die Eltern anfangen zu verarbeiten, was passiert ist.«

In dem Moment fing Bark Mias Gesichtsausdruck auf. Es sah aus, als hätte sie damit gerechnet, mit ihm zu Oskars Eltern fahren zu können. Er wollte nicht zu gewichtige Schlüsse aus ihrem Mienenspiel ziehen, aber es könnte doch ein Zeichen von Interesse sein.

Kristoffer und Mia vereinbarten eine Zeit für den nächsten Tag, um nach Hällefors zu fahren. Er hatte zwar schon seit einer Weile versprochen, sich an diesem Tag um sein sechsjähriges Patenkind Moa zu kümmern, aber das würde sicherlich trotzdem gehen. In Hällefors mussten sie ja nichts anderes tun, als mit Måna-Lisa Skog über den Schmuck zu sprechen. Um die weiteren Vernehmungen der Zeugen kümmerten sich die Kollegen vor Ort. Die würden ihn als Ermittlungsleiter auch sofort benachrichtigen, falls irgendetwas Wesentliches auftauchte.

Auf dem Weg zu Oskar Davidssons Eltern war Ingrid ungewöhnlich still. Nachdem sie aufgebrochen waren und die Polizeizentrale auf dem Weg zum Parkplatz beim Reisezentrum verlassen hatten, fragte er, wie es ihr nach der längeren Krankschreibung nun mit der Rückkehr zur Arbeit ging.

Die Antwort war wie erwartet: »Wenn ich nicht zur Arbeit gehen könnte, würde ich durchdrehen. Am schlimmsten ist es abends und an den Wochenenden. Aber ich habe wieder mit meinem Buchcafé in Vintrosa angefangen.«

Plötzlich musste Bark an die Diebstähle im Polizeihaus denken. »Was ist eigentlich mit deinem Handy, das du verloren hast. Oder war es gestohlen worden?«

»Ich habe es zurückbekommen. Frag mich nicht, wie das zugegangen ist, aber Zimmermann hat es mir persönlich zurückgebracht.« Ingrid blieb stehen und packte seinen Arm. Er sah ihr an, dass es ihr ernst war. »Es gibt etwas, das du wissen musst. Deshalb wollte ich gerne allein mit dir sein. Mir ist schon klar, dass jetzt nicht die richtige Situation ist, um darüber zu reden, aber wenn ich nichts sage, dann kann es für dich kompliziert werden.«

Bark spürte, wie ihm das Herz bis zum Hals schlug. Hatte es mit Mia zu tun? Er schaute in Ingrids rundes freundliches Gesicht und lächelte sie beruhigend an, obwohl er nervös war, was sie wohl zu sagen hatte. Auch wenn sie es immer nur gut meinte, konnte Ingrid in ihrer Fürsorge manchmal etwas zu energisch sein. »Verkürz die Qual und sag es einfach.«

»Ich habe zufällig gehört, wie Gaby mit jemandem vom Gesundheitszentrum telefoniert hat. Es war völlig unmöglich, nicht mitzukriegen, was sie sagte. Ich war auf der Toilette in der Damen-Umkleide. Sie hat Ruth testen lassen, um rauszukriegen, wer der Vater ist, und hat nachgefragt, warum das Ergebnis so lange braucht. Du solltest darauf bestehen, von Gaby eine Antwort zu bekommen. Es ist doch ganz klar, dass du das Recht hast, es zu erfahren.«

»Danke«, sagte er, während die Gedanken von einem Szenario mit geteiltem Sorgerecht zu dem anderen wanderten, wo nur Leere herrschen würde, weil er sich schon so sehr mit dem kleinen Mädchen verbunden hatte, dem er auf dem Krankenhausparkplatz auf die Welt geholfen hatte und das er in der ersten Zeit nachts herumgetragen hatte, damit Gaby schlafen konnte.

»Was denkst du darüber?«, fragte Ingrid.

»Danke, dass du es mir erzählt hast.« Er schob den Gedanken, was das bedeuten könnte, weg. »Ich denke, jetzt konzentrieren wir uns auf das, was vor uns liegt. Grübeln kann ich dann ja heute Nacht.« Er rang sich ein ziemlich schiefes Lächeln ab, und Ingrid entging nichts. Sie setzten sich ins Auto und fuhren nach Westen durch die Stadt Richtung Tybble Zentrum. Dort parkten sie, um die letzten schweren Schritte entlang der Häuserreihe bis zu der Wohnung zu gehen, wo Oskar Davidsson mit seinen Eltern gelebt hatte.

Sie betraten das Treppenhaus und klingelten. Eine fremde Frau öffnete die Tür. Für einen kleinen Moment dachte er, dass sie sich vielleicht in der Wohnung getäuscht hatten, doch dann stellte sie sich vor. »Evelyn Davidsson. Ich bin Oskars Tante. Kommen Sie herein.«

Bark zeigte seinen Ausweis, doch das schien überflüssig zu sein.

Oskars Mutter, Susanne, lag auf dem Wohnzimmersofa mit einem Küchenhandtuch über den Augen. Im Raum war es dunkel. Ihr Mann, Patrik, kam langsam aus dem oberen Stockwerk, leichenblass und mit starrem Blick.

Ingrid stellte sich so dicht zu Bark, dass er die Wärme spüren konnte, die von ihrem Arm ausging. Eine Todesnachricht zu überbringen, war das Schwierigste, was es gab. Das Unausweichliche konnte nicht auf eine schonende Weise gesagt werden. Er wartete darauf, dass Patrik sich setzen würde, doch der blieb stehen. »Wir haben das endgültige Ergebnis des DNA-Tests erhalten. Es war Oskar, den wir in dem abgebrannten Haus gefunden haben. Er ist tot.«

Patrik sank beim Sofa auf die Knie und packte die beiden Hände seiner Frau so fest, dass seine Knöchel weiß wurden. Dann sah er zu Bark hoch. »Hat er sehr gelitten? Ist er verbrannt?«

Bark hatte kein Recht, ihnen die Wahrheit vorzuenthalten, doch er tat sein Bestes, um sie erträglich zu machen. »Jemand hat ihn mit einem Werkzeug niedergeschlagen. Wahrscheinlich dieselbe Person, die dann die Kita in Brand gesetzt hat. Er ist von dem Schlag auf den Kopf nicht gestorben, sondern wahrscheinlich, weil er Rauch eingeatmet hat. Ich glaube nicht, dass er bei Bewusstsein war, als das Feuer den Personalraum, in dem er auf dem Fußboden lag, erreichte.«

Oskars Mutter riss sich plötzlich das Handtuch vom Gesicht und setzte sich mit einem Ruck kerzengerade auf. »Jemand hat das Feuer gelegt? Jemand hat ihn niedergeschlagen? Was meinen Sie damit? Wer würde so etwas tun? War es Adrian, haben Sie den Kerl festgenommen?«

Ingrid schrak zurück über den ungefilterten Zorn, der aus Oskars Mutter herausbrach. »Wir haben Adrian wegen eines anderen Verbrechens festgenommen, und er wird so lange verhört werden, bis wir wissen, woran er beteiligt war.«

»Hatte Oskar Drogen genommen?«, fragte Patrik geradeheraus. Seine Frau warf ihm einen hasserfüllten Blick zu. »Ich frage, weil ich meinem Sohn einen Job in meiner Firma angeboten habe, wo ich ihn unter Aufsicht hätte haben können.« Er packte fest Susannes Schultern. »Aber du warst dagegen, du dachtest, er müsste sich selbst behaupten. Oskar war schwach. Er konnte Adrian und seinen Anhängern nicht widerstehen. Wenn du auf mich gehört hättest, dann würde er jetzt vielleicht noch leben!« Patrik brach in ein herzzerreißendes Weinen aus und wandte Bark das Gesicht zu. »Hatte er Drogen genommen?«

»Nein. Es deutet nichts darauf hin. Ich finde, Sie sollten sich nicht gegenseitig die Schuld geben. Wir wissen nicht, wer ihn getötet hat oder warum er angegriffen worden ist. Es gibt keinen Hinweis, dass er in irgendetwas Unrechtes verwickelt gewesen ist. Vielleicht war er nur zum falschen Zeitpunkt am falschen Ort.«

Susannes rotgeweinte Augen glühten vor Zorn. »Na, da hörst du es! Warum versuchst du mir die Schuld zuzuschieben?«

»Weil du fandest, dass er, als er in der Schule gemobbt wurde, seine Konflikte selbst lösen sollte. Ich wollte hingehen und mit der Klasse sprechen, aber das durfte ich nicht, weil du es nicht wolltest. Die ganze Zeit hast du mich verhöhnt, wenn ich versucht habe, Oskar zu helfen.

Jetzt sieh nur, wie das gelaufen ist! Unser Sohn ist ermordet worden!«

»Es gibt keinen Anlass zu denken, dass die Ursache etwas ist, was Sie als Eltern beeinflussen konnten oder was Oskar getan hat. Wir haben noch kein Motiv.« Bark litt mit ihnen, weil sie einander in der schweren Situation nicht unterstützen konnten. »Das, was Sie durchmachen, ist der Albtraum aller Eltern, und es ist sicher besser, wenn Sie versuchen, aufeinander aufzupassen und sich gegenseitig zu helfen.«

»Was wissen Sie schon davon?«, fragte Oskars Tante feindselig.

»Alles«, antwortete er und sah sie mit großem Ernst an.

»Ach ja? Haben Sie vielleicht auch ein Kind, das ermordet worden ist, oder was?«, fuhr sie fort, ihren Frust rauszulassen. »Wenn nicht, dann finde ich, Sie sollten aufhören, anderen Ratschläge zu geben, um die niemand gebeten hat.«

»Das habe ich tatsächlich. Und ich weiß, wovon ich spreche.« Bark hatte nicht vor, seine Geschichte zu erzählen. Er wollte die Eltern nur dazu bringen zu verstehen, dass sie, so wie sie sich jetzt verhielten, einander schadeten. »Es geschieht so leicht, dass man etwas Unbedachtes sagt, weil alles so wehtut und weil man solche Angst hat und verzweifelt ist und Schuld für das empfindet, was man getan oder nicht getan hat. Versuchen Sie nicht, sich gegenseitig zu beschuldigen.«

»Das betrifft vielleicht Sie und Ihre eigenen Erfahrungen«, erwiderte Oskars Tante mit säuerlicher Miene.

Bark sah ein, dass er sie nicht erreichen würde, er

sprach aber trotzdem weiter. »Wir wissen nicht exakt, was Oskar in der Nacht von Dienstag auf Mittwoch zugestoßen ist. Es könnte sein, dass jemand in die Kita eingedrungen ist, ohne zu wissen, dass Oskar dort war. Es kann ein reiner Zufall sein, dass er ausgerechnet in der Nacht, als es brannte, dort übernachten wollte.«

»Und wann wissen Sie das? Wann können wir erfahren, was passiert ist?«, fragte Patrik und streichelte seiner Frau unbeholfen über den Arm.

38

Es war Samstagmorgen, und Moa fand es herrlich, mit Mia Berger und ihrem Patenonkel Kristoffer Bark Auto fahren zu können. Sie hatte rote Haare und Sommersprossen, und die blauen Augen leuchteten vor Begeisterung. Wäre da nicht *Mama Muh und die Krähe* gewesen, das die ganze Zeit auf Repeat lief, wäre es ein rundum harmonischer Ausflug gewesen. Vera hatte Mama Muh auch geliebt, und in der Nacht waren Barks Gedanken, von dem Gespräch mit Oskars Eltern geweckt, zu der Zeit damals gewandert, zu dem Gefühl, eine entzückende Tochter zu haben und sie zu verlieren.

Moa fing an, rote Autos zu zählen, und bald waren sie in Hällefors. Bark hatte mit einem Blick auf die Karte festgestellt, dass Måna-Lisa Skog in der Nachbarschaft von Daniel Gruvberg am Svartälven wohnte. Als sie an ihrem Haus ausstiegen und Moa ganz selbstverständlich Barks große Hand packte, da spürte er, wie ihm das Herz vor Stolz anschwoll. Dieser kleine Mensch vertraute ihm, das war eine große Verantwortung.

Mia lächelte ihnen zu und erklärte Moa: »Jetzt werden wir sehen, wie man aus Silber Schmuck macht. Måna-Lisa hat eine Werkstatt, und wir werden sie besuchen.«

»Silber ist wie der Mond, und Gold ist wie die Sonne«, erwiderte Moa ernst. »Ich habe von Mama ein Goldmedaillon bekommen, aber ich darf es nicht anziehen, wegen Antonia. Weil ich das verlieren könnte. Gold ist superteuer«, sagte sie und sah Zustimmung heischend zu Bark hoch. »Teurer als Silber. Wenn man so einen Diamanten hat wie Antonia nämlich, dann macht man einen Ring aus Gold, nicht aus Silber für den Diamanten. Denn sonst ist das ja, als wäre der Diamant weniger wert.«

»Das ist ein kluger Gedanke«, sagte Bark und lächelte Moa an. Und aus diesem Gedanken erwuchs ein neuer: Wenn der Stein, der im Anhänger des Moorkindes saß, sehr ungewöhnlich und kostbar war, warum war er dann in Silber eingefasst? War das vielleicht, weil der Schmied den vollen Wert des Steins nicht erkannt hatte? Oder weil der Hersteller des Schmucks sich nichts anderes als Silber leisten konnte? Oder war es ganz einfach kein seltener und wertvoller Stein?

Måna-Lisa Skog stand auf der Veranda und rauchte, als sie kamen. Sie trug ein langes graues Kleid und darüber eine Lederschürze, und um das Haar hatte sie ein locker gebundenes Tuch im selben grauen Ton. Als sie ihrer ansichtig wurde, drückte sie ihre Zigarette an der Lederschürze aus und lächelte sie an.

Bark ging ihr entgegen und grüßte, doch Måna-Lisa Skog kümmerte sich nur um Moa. Trotz des schiefen Rückens ging sie unerwartet geschmeidig in die Hocke. »Wie schön, dass du mich besuchst, damit ich dir zeigen kann, wie man Schmuck macht.«

»Ich mach auch Schmuck«, sagte Moa. »Aus lila Perlen.«

»Siehst du, dann arbeiten wir ja mit derselben Sache, du und ich«, erwiderte Måna-Lisa Skog. Sie schenkte

Moa ein verschmitztes Lächeln und führte sie in ihre Werkstatt, wo es einen kleinen Schmelzofen gab, eine Werkbank mit Amboss und eine große Anzahl Zangen und anderes Werkzeug, von dem Bark nur raten konnte, wofür man es benutzte.

»Vielen Dank, dass Sie uns außer Dienst hier empfangen. Ich bin sehr neugierig auf eine Art Halskette, die Sie anfertigen. Molly Gruvberg besitzt eine davon, und die hat sie von Ihnen auf dem Hällefors-Markt gekauft.«

Måna-Lisa Skog beachtete ihn nicht, sondern führte Moa, die mit großen Augen staunte, durch ihre Werkstatt und hob sie auf die Werkbank. »Diesen Klotz mit den kleinen Kuhlen drin nennt man Würfelanke, das ist doch ein lustiger Name, oder? Und das hier ist ein Hornamboss.«

Bark wurde aufmerksam, als er die Form des Werkzeugs sah. Es war einer Hacke nicht unähnlich, nur ein bisschen kleiner, von einem Ende zum anderen vielleicht zwanzig Zentimeter lang. Er wechselte einen diskreten Blick mit Mia, die dasselbe gedacht zu haben schien. Doch es gab noch andere Fragen, auf die sie Antworten brauchten, bevor sie Måna-Lisa Skog das Gefühl vermittelten, dass sie verdächtig sein könnte.

»Das hier ist ja eine kleine Säge, wie für eine Puppe«, sagte Moa. »Und was ist das da?«

»Das ist eine Poliermaschine, wenn man möchte, dass das Silber glänzt«, erklärte Måna-Lisa Skog. Moa sah begeistert zu, wie sie etwas Silberschrott über einem Bunsenbrenner schmolz und das Silber sich zu Kugeln rollte.

»Haben Sie noch mehr Schmuck von der Sorte, wie Molly Gruvberg ihn gekauft hat?«, erkundigte sich Bark.

Måna-Lisa Skog zog eine Schublade in einem Wandschrank auf und nahm einen Kasten mit ungefähr zwanzig Ketten heraus, die vom Design her so aussahen wie die, welche er Molly Gruvberg hatte tragen sehen. »Meinen Sie die hier?«

»Ja, dieser grüne Stein – was ist das?«

»Mein Großvater nannte ihn Nordlichtsmaragd. Vielleicht war es aber auch sein Vater, Johannes, der sich den Namen ausgedacht hat. Ich weiß nicht, woher er den Stein hatte, aber ich benutze Acrylplastik in denselben Nuancen aus Blau, Grün und etwas Gelb. Ich mag es, wie der changiert.«

»Das ist wirklich schön. Wissen Sie, woher die Form des Schmuckstücks kommt? Ist diese Art eine Besonderheit aus der Gegend hier?«, hakte er nach.

Måna-Lisa Skogs Gesicht strahlte mit einem Mal. »Ich habe ein Bild, das ich aus einem alten Notizbuch kopiert habe.« Sie holte ein abgegriffenes Blatt Papier mit einer Bleistiftzeichnung darauf aus einer Kiste. »Der Schmuck auf dem Bild ist von meinem Urgroßvater Johannes Skog gefertigt worden, und zwar auf Bestellung von Birger Gruvberg, Toms Vater. Er hat bei ihm auch eine schöne Snusdose bestellt. Das Bild ist schwarz-weiß, wir wissen also nicht, welche Farbe der Stein hatte. Aber ich meine, mich zu erinnern, dass ich Tom mal mit einer Snusdose aus Silber gesehen habe, auf deren Deckel Steine eingefasst waren.«

»Und was waren das für Steine auf der Snusdose?«

»Keine Ahnung, Johannes hat sie, wie gesagt, Nordlichtsmaragde genannt. Es gibt keinen lebenden Menschen mehr, den ich danach fragen könnte. Sie haben ja meine Mutter kennengelernt, wie ich erfahren habe – ich bitte Sie, fragen Sie Mandis nicht danach, denn sie lebt nicht in derselben Wirklichkeit wie wir anderen.«

Måna-Lisa Skog hielt eine Kette hoch und reichte sie Mia. »Möchten Sie die vielleicht mal probieren?«

»Wissen Sie, wo der Originalschmuck ist, den Birger damals gekauft hat?«, fragte Mia und probierte die Kette vor einem gesprungenen Spiegel, der über der Werkbank hing.

»Vielleicht hat Lillemor den geerbt, ich weiß es nicht. Warum ist das denn so interessant?« Måna-Lisa sah sie prüfend an.

»Und war das Schmuckstück, das Johannes für Birger angefertigt hat, ein neuer Entwurf, oder gab es dazu eine ältere Vorlage?«, erkundigte sich Mia weiter, ohne auf die Gegenfrage einzugehen.

»Es gibt eine Steintafel aus dem 18. Jahrhundert mit schwer zu deutenden Bildern. Unter anderem eines von einer Frau. Sie trägt ein Schmuckstück, von dem ich glaube, dass es Johannes inspiriert hat.«

»Wo steht diese Steintafel?«, fragte Bark.

»Im Wald, westlich von der Gemeinde Silvergruvan. Nicht leicht zu finden.«

»Aber Sie wissen, wo sie ist?«, fragte er hoffnungsvoll nach.

»Nein, ich habe sie als Kind gesehen, erinnere mich aber nicht, wie wir dorthin oder da wieder weggekommen sind. Es war ziemlich viel Gestrüpp und unzugängliches Terrain dort, das weiß ich noch.«

»Und die Frau auf dem Steinbild, wer ist das?«, fragte Mia.

»Das weiß ich. Das ist die Grubenhexe, die über die

Schätze wacht, die es unter der Erde gibt. Wir haben vor einer Weile in der Historischen Gesellschaft darüber gesprochen. Aber niemand von denen wusste, wo die Steintafel steht oder wie man hinfindet. Carina, die in der Bibliothek arbeitet, meinte, in der Nähe gäbe es eine alte Erdhöhle. Ich glaube, dass Tom ihr das erzählt hat. Sie ist nämlich immer zu ihm nach Hause gegangen, weil sie gemeinsam Ahnenforschung betrieben haben.«

39

Um Beweismaterial beschlagnahmen zu können, hatte sich Bark in der Zentrale als im Dienst befindlich gemeldet und die Überstunden bewilligt bekommen. Als sie die Werkstatt in der Silberschmiede verließen, hatte er Gaby Wide kontaktiert und das Ambosshorn mitgenommen, das von der Form her auch die Mordwaffe sein konnte, mit der Tom Gruvberg und Oskar Davidsson erschlagen worden waren. Falls es Probleme geben würde, müsste Mia sich um die Kleine kümmern. Måna-Lisa Skog hatte gesagt, es handele sich um das einzige Ambosshorn, das sie besäße, und hatte ihnen böse nachgeschaut, als sie gingen. Aber Bark hatte keine andere Wahl. Wenn sie unschuldig war, dann war es keine große Sache, der Polizei ein Werkzeug für eine Woche auszuleihen. Måna-Lisa Skog hatte sich in der Nähe befunden, als die Kita brannte, und sie hatte in der Mordnacht die Möglichkeit gehabt, Tom Gruvberg umzubringen. Die Künstlerin war also durchaus noch nicht von der Liste der Verdächtigen gestrichen. Er hatte mit Mia darüber reden wollen, doch es war natürlich nicht gut, über eine Mordermittlung zu sprechen, wenn die kleine Moa dabei war.

Während sie zum Auto gingen, dachte Bark über Tom Gruvbergs Snusdose nach. Carina Lindgren hatte erzählt, dass er sie offenbar zu Hause bei Berit Nilsson zurückgelassen hätte – bei derselben Frau um die achtzig, die das Kind im Moor gefunden hatte. Handelte es sich hierbei um ein Zusammentreffen, wie man es in kleinen Orten oft hatte, oder war das hier keine zufällige Verbindung? Bark hatte beschlossen, Berit Nilsson einen Besuch abzustatten. Er wollte die Snusdose abholen, damit Alis Kollege, der Mineralien- und Edelsteinexperte, sich die Steine ansehen konnte. Wenn sie wertvoll waren, dann könnte das ebenso sehr ein Mordmotiv sein wie die Millionen, die Tom Gruvberg auf der Bank gehabt hatte.

Barks Handy brummte. Er flüsterte Mia kurz »Arbeit« zu, woraufhin sie »Alles gut, ich kümmere mich um Moa!« erwiderte. Er blieb ein Stück zurück und nahm das Gespräch an, und Mia tat ihr Bestes, die Kleine zu unterhalten, indem sie Hüpfkästchen auf den Boden zeichnete.

Der Anruf kam vom Diensthabenden, dem das Team aus Streifenpolizisten zugeordnet war, das in der Gegend von Tür zur Tür ging. Sie stimmten die Lage miteinander ab. Ein Zeuge hatte in der Nacht, als es brannte, Fotos von seinem Küchenfenster nahe der Kita gemacht. Bark sagte, wenn nicht etwas Bemerkenswertes dabei wäre, was sie direkt ansehen müssten, sollten die Bilder an Alex geschickt werden. Wegen Moa wollte er an diesem Samstag nicht zu viel arbeiten, auch wenn er während der Ermittlung natürlich rund um die Uhr ansprechbar sein musste. Es war schwierig, da das Gleichgewicht zu halten.

»Ich habe gewonnen«, sagte Moa, »ich bin nämlich auf keinen Strich getreten. Aber Mia hat sich dumm angestellt.«

»Das ist die Wahrheit«, erwiderte Mia. »Ich war ein bisschen ungeschickt. Jetzt sind wir superhungrig.«

Sie setzten sich ins Auto. Bark wusste von einem neu eröffneten Restaurant im Köpmannavägen: Georgs Garage Pub & Café. »Früher war das eine Werkstatt«, erklärte Bark. »Große Teile des Gebäudes werden immer noch als Garage vermietet, und es gibt Plätze für Leute, die an ihrem Auto schrauben wollen. Es ist schon mutig und erfordert echten Unternehmergeist, ein Lokal mit Stil an einem Ort zu eröffnen, wo es sonst nur Pizzerien gibt. Mit Ausnahme des Herrgården natürlich, aber die haben ja nur Essen für ihre Übernachtungsgäste oder Catering, kein Mittagessen.«

»Ich verhungere!«, rief Moa.

Das Restaurant hatte seinen ursprünglichen Werkstattcharakter bewahrt. Der Bartresen war schwarz gestrichen und mit den Logos der Automarken dekoriert. Sie bestellten Elchfrikadellen mit Preiselbeerkompott und Pfifferlingsoße sowie ein Mineralwasser für Moa und alkoholfreies Bier für Mia und Kristoffer. Moa war total fasziniert von einem Kühlschrank in Puppengröße, in dem die Milch für den Kaffee aufbewahrt wurde. Sie unterhielten sich fröhlich während der Mahlzeit, und es war eine schöne Stunde.

Dann begaben sie sich zu Berit Nilsson, die in ihrem Haus auf sie wartete. Bark hatte ihr Bescheid gegeben, dass sie kommen würden, und sie hatte Kaffee aufgesetzt, der auf der verglasten Veranda in Südlage serviert wurde, wo, obwohl Oktober, die Hitze fast unerträglich war. Mia wischte sich den Schweiß von der Stirn und öffnete die Verandatür, während sie auf Berit warteten, die in der Küche klapperte.

Kurz darauf kam Berit mit einer Kaffeekanne in der

einen und einem Kuchenteller in der anderen Hand zurück. »Das ist so nett von Ihnen, Kriminalinspektor Bark, dass Sie vorbeikommen, ich habe so viel über das Mädchen nachdenken müssen, das ich im Moor gefunden habe.« Sie wischte sich mit den Händen über die blaugeblümte Schürze, um Mehlreste zu entfernen. »Ich habe Biskuitrolle gebacken, bitte, bedienen Sie sich.«

»Die mag ich am liebsten!«, rief Moa. »Haben Sie ein Mädchen im Moor gefunden?« Interessiert schaute sie die alte Dame an. »Ist das ein Märchen?«

»Auf jeden Fall ist es wohl vor sehr langer Zeit passiert«, erklärte Bark. »Das Mädchen war schon seit Ende der Zwanzigerjahre im Moor, also im vorigen Jahrhundert.«

Berit schlug die Hände vors Gesicht. »Oh, das ist so schön zu hören. In gewisser Weise. Denn als es passiert ist, war es natürlich schrecklich, dass jemand sein Kind verloren hat. Genauso schrecklich, wie es heute für Eltern wäre, wenn es passieren würde.« Das war ungefähr derselbe Gedankengang, den auch Ingrid schon gehabt hatte.

Moa schien nicht weiter zuzuhören. Eine Katze kam vom Nachbarhaus herübergetrippelt und strich ihr um die Beine. Sie folgte ihr hinaus auf die Wiese, pflückte einen Grashalm und spielte damit. Zwitscherndes Kinderlachen ließ auch Kristoffer lächeln. Wenn man nur für den Rest des Lebens das lachende Kind in sich bewahren könnte.

»Haben Sie hier in Hällefors jemals von einem Baby gehört, das zu der Zeit verschwunden ist?«, fragte Mia.

»Ich bin 1939 geboren, es ist also zehn Jahre vor meiner Geburt passiert. Haben Sie Carina Lindgren aus der

Bibliothek gefragt? Niemand kennt sich so gut mit der Geschichte von Hällefors aus wie sie.«

Bark wechselte das Thema. »Wie ich gehört habe, hatten Sie letzte Woche in der Nacht von Dienstag auf Mittwoch unwissentlich Besuch von Tom Gruvberg.«

»Ja, als die Kita abgebrannt ist und jemand ... Tom getötet hat.« Es fiel Berit schwer, das auszusprechen, und sie schob eine kleine Strähne beiseite, die sich aus dem Pferdeschwanz gelöst hatte. »Ich glaube, dass Tom hier gewesen ist. Es war nicht so, dass er eingebrochen wäre. Er muss den Schlüssel gefunden haben. Als ich am Mittwoch aus Örebro zurückkam, wo ich über Nacht bei meiner Schwester gewesen war, da habe ich die Kaffeetasse und eine Snusdose auf dem Küchentisch entdeckt. Natürlich war ich sehr erstaunt. Ich habe die Dose mit in die Bibliothek genommen, um Carina zu fragen, ob sie vielleicht weiß, wem die gehören könnte. Carina weiß so was fast immer, und sie sagte, die wäre von Tom. Und dann hat sie sich freundlicherweise erboten, sich darum zu kümmern, aber ich habe gesagt, es wäre wohl am besten, wenn ich sie selbst bei der Polizei abgebe. Ich war nicht sicher, ob Sie noch Fragen dazu an mich haben könnten. Aber dann habe ich es einfach vergessen. Es ist wirklich schlimm. Ich schäme mich dafür und bitte um Entschuldigung, aber ich habe nicht begriffen, dass es wichtig sein könnte. Alle haben ja von dem Brand geredet und dass jemand im Feuer ums Leben gekommen wäre. Es ist so viel passiert und alles in der Nähe. Die Kita, die abgebrannt ist, und dann habe ich noch erfahren, dass Tom tot ist. Schreckliche Dinge. Man weiß gar nicht, ob man sich jemals wieder aus dem Haus trauen soll. Aber wenn man die Zeitungen liest, dann sind es ja nicht in erster Linie alte Damen wie ich, denen etwas zustößt. Es sind die jungen Männer, die sich gegenseitig totschießen.«

»Wo ist die Snusdose jetzt?«, fragte Bark.

»Als ich von Toms Tod hörte, habe ich gedacht, dass ich sie Lillemor geben sollte. Aber ich war so verwirrt.« Berit verstummte und betrachtete kopfschüttelnd ihre Hände auf dem Schoß. »Ich bin wirklich ein dummes Huhn.«

»Haben Sie die Dose noch?«, fragte Bark, diesmal etwas eifriger.

»Ich habe sie in der Kommode im Wohnzimmer.« Berit erhob sich mit gewisser Mühe von ihrem Stuhl, und Kristoffer fragte sich, wie sie es kürzlich lebendig aus dem Moor geschafft hatte, in das sie eingesunken war. Aber wahrscheinlich wurden bei jedem unerwartete Kräfte freigesetzt, wenn es wirklich darauf ankam. Berit verschwand im Haus und kam mit einer blanken Silberdose mit blau-grün changierenden Steinen darauf zurück, die sie vor Kristoffer hinlegte.

»So eine schöne kleine Dose!«, rief Moa, die jetzt die widerwillige Katze mit festem Griff im Arm hielt. Das Tier machte sich so lang wie möglich, um aus der Umarmung rutschen zu können.

Bark betrachtete das Muster der blau-grünen Steine auf dem Deckel, dann drehte er die Dose herum und las laut: »*Reden ist Silber, Schweigen ist Gold.* Das ist eine alte Schrift, und dann stehen da die Zahl 1927 und die Initialen J. S., was sicherlich Johannes Skog heißen soll, Måna-Lisa Skogs Urgroßvater, der Silberschmied war.«

»Und was ist mit Lillemor?«, fragte Berit ängstlich. »Sie wird die Dose sicher haben wollen.«

»Nachdem der Experte der Polizei sie untersucht hat, werden wir dafür sorgen, dass Lillemor sie bekommt«, versicherte ihr Kristoffer.

»Wie gut, dann muss ich mir da keine Sorgen mehr machen.« Berit reichte ihnen den Kuchenteller. »Wie gesagt, war ich in der Nacht, als das Schreckliche passiert ist, bei meiner Schwester. Was, wenn ich zu Hause gewesen wäre? Was wäre dann passiert? Hätte ich verhindern können, dass Tom stirbt?«

Bark signalisierte ihr, dass sie nicht zu viel darüber reden sollte, solange Moa zuhörte. Mia erkannte sein Dilemma und schlug vor, dass sie und Moa doch rausgehen könnten. Im Apfelbaum auf dem Hinterhof gab es eine Schaukel, zu der Moa gerne mitging.

»Was glauben Sie, wer Tom getötet haben könnte?«, fragte Bark.

Berit sah ängstlich aus. »Es gibt so eine Gang Jugendlicher, die hängen immer am Bahnhof rum. Tom hat sich mit denen überworfen. Früher hatte eine erwachsene Person das Recht, Jugendlichen zu sagen, wenn sie sich nicht gut aufführten, aber inzwischen wagt man ja nicht mehr, den Mund aufzumachen. Aber Tom, der hat sich getraut, und sie haben ihm gedroht, dass sie seinen Holzschuppen anzünden würden. Das hat Carina mir erzählt. Er hatte sich bei ihr darüber beklagt. Einer von denen heißt Adrian, das weiß ich genau.«

Bark hatte noch mehr Fragen. »Sie wohnen ja genau gegenüber von der Kita, durch ihr Küchenfenster können Sie sehen, wer dort ein und aus geht und wer im Hof ist.

Auch wenn Sie in der Nacht, als es brannte, nicht da waren, haben Sie doch vielleicht vorher jemanden gesehen?« Bark versuchte keine Suggestivfragen zu stellen. »Haben Sie in der letzten Zeit jemanden gesehen, der in der Kita nichts zu suchen hat, oder ist Ihnen irgendetwas anderes aufgefallen, was seltsam war?«

Berit schob ihre Brille auf die Stirn und starrte auf einen Punkt oberhalb von Barks Kopf, als stünde die Antwort dort auf einer Leinwand. »Ich habe Adrian und ihn, den neuen Praktikanten, am Zaun miteinander reden sehen. Die kennen sich also sicher.«

Bark nickte. Das war keine Neuigkeit, aber er unterbrach Berit nicht.

»Ja, und dann Montagfrüh. Ich bin zum Briefkasten gegangen, um die Zeitung zu holen, das war, bevor ich losgegangen bin, um im Tyskmossen Multbeeren zu pflücken, und da hab ich sie gesehen, Daniel und die Zwillinge. Die Jungs haben darum gestritten, wer schneller zur nächsten Laterne rennen kann und dann wieder zur nächsten, und Daniel hat laut gelacht und sie umarmt. Das sah so glücklich und lieb aus. Dann sind sie in die Kita gegangen. Ich weiß nicht, warum ich da am Briefkasten stehen geblieben bin, ich habe wohl einfach vergessen, wieder reinzugehen.«

»Und was ist dann passiert?«

»Daniel kam wieder raus, und ich sah, dass er weinte. Er schüttelte die Faust in Richtung Fenster und schrie Eva Sandell zu, sie solle verdammt gut aufpassen.« Berit sah zum Himmel, an dem sich dunkle Wolken zusammengeschoben hatten. »Bestimmt gibt es heute Abend noch ein Unwetter.«

40

Es war Samstagabend. Die Dunkelheit stand wie eine Mauer um das Haus ihres Vaters am Svartälven, der Regen fiel dicht vom Himmel und prasselte auf die Fensterbretter aus Blech. Lillemor wollte den Abend darauf verwenden, Toms Angelegenheiten ein wenig zu ordnen. Die Polizei war dagewesen und hatte die Buchhaltungsunterlagen der letzten sieben Jahre abgeholt sowie die Ordner mit alten Verträgen und hatte ihr dann wieder Zugang zum Haus gewährt. Unter den finsteren Dachbodenschrägen stapelten sich immer noch Unmengen von Papier. Matti Björk war vorbeigekommen. Er war besonders an einem speziellen Dokument interessiert gewesen, und sie hatte ihm eine Kopie davon gemacht und das Original der Polizei überlassen. Es gab so viel Durcheinander, so viel alten Kram, den Tom angesammelt hatte. Allein der Anblick der Schraubgläser, die er notdürftig ausgespült und aufgehoben hatte, und all der Milchverpackungen, die er mit Erde hatte füllen wollen, um sie zur Anzucht von Pflänzchen fürs Frühjahr zu verwenden, machte sie ganz müde.

Der Regen schlug Trommelwirbel auf dem Dach, und die Fensterbleche schepperten im falschen Takt dagegen. Es gab ein zugeklebtes braunes und abgestoßenes Kuvert, das sie der Polizei nicht gezeigt hatte. Darauf stand *Tes-*

tament, und es enthielt offenbar ein Konvolut Papiere. Sie hatte es gefunden, ehe die Polizei kam, eingeschmuggelt in einen der Ordner mit Briefmarken aus den Fünfzigerjahren. Ohne Testament würde sie alles erben, und das wäre mehr als gerecht, nach all den Jahren, die sie ihren Vater mit selbst gekochtem Essen versorgt und bei ihm geputzt hatte. Sie hatte den Umschlag nicht geöffnet, noch nicht. Sie musste ihre Kräfte dafür sammeln. Wenn es Toms Wunsch gewesen wäre, dass sie alles erbte, dann wäre ein Testament unnötig gewesen. Hatte er noch mehrere Erben bedenken wollen, dann war dafür ein geschriebenes und bezeugtes Dokument erforderlich. In der kommenden Woche hatte sie einen Termin beim Bestattungsinstitut, und das Beste wäre wohl, das Testament dort verlesen zu lassen, ohne den Umschlag zuvor geöffnet zu haben. Daniel würde sie begleiten.

Lillemor sank auf das abgenutzte Wohnzimmersofa. Sie verspürte eine mahlende Unruhe. Am Montag würde die Entscheidung des Familiengerichts verkündet werden. Molly hatte das alleinige Sorgerecht für die Zwillinge beantragt, aber Daniel verlangte ein Umgangsrecht jede zweite Woche – so wie es jetzt auch war. Daniel wohnte noch in dem früheren Haus, der vertrauten Umgebung der Kinder, und das war ein Vorteil. Aber Molly hatte einen Trumpf in der Hand. Die Leiterin der Kita und Molly waren befreundet, und Eva Sandell hatte vor Gericht voll und ganz Mollys Linie eingeschlagen. Sie hatte ausgesagt, Daniel hätte nach Alkohol gerochen, er hätte Zeiten verpasst, und die Kinder hätten keine sauberen Kleider angehabt. Das war gelogen, niemand wusste das so gut wie Lillemor, und das hatte sie auch vor Gericht gesagt, als sie als Zeugin an der Reihe war. Es war völlig aus der Luft gegriffen, dass die Jungs keine sauberen und ordentlichen Kleider zum Umziehen dabeigehabt hätten. Lillemor hatte selbst Kleidung gekauft und zur Jahreszeit passende Schuhe, und sie hatte dafür gesorgt, dass immer passende Wechselwäsche da war. Wenn es jemanden gab, der damit geschlampt hatte, dann war das Molly. Sie kaufte nur für sich selbst ein, teure Markenklamotten, und ließ sich in Stockholm für Tausende von Kronen die Haare mit echten Strähnen verlängern, und die Plastiknägel waren auch nicht gerade umsonst. Lillemor verstand, warum Daniel sich in sie verliebt hatte. Sie war schön wie ein Filmstar mit ihrem gestylten Haar, der schmalen Taille und den perfekt geschnittenen Kleidern. Und sie war intelligent. Doch seit der Trennung hatte Daniel keinen Alkohol mehr getrunken, wenn die Kinder bei ihm waren, und jetzt hatte er auch einen Job. Ein einziges Mal war er sieben Minuten zu spät gekommen, als er die Kinder abholen sollte, weil er einer alten Dame, der vor dem Supermarkt die Einkaufstüte gerissen war, geholfen hatte, ihre Sachen einzusammeln. Er hatte das Eva erklärt und sich entschuldigt. Aber die tat so, als hätte sie das vergessen.

Lillemor wischte sich die dummen Tränen ab, die immer weiter über ihre Wangen liefen, und schaltete die Kaffeemaschine ein. Niemand konnte die Kinder so zum Lachen bringen wie Daniel, sie liebten ihren Papa. Er war es, der mit ihnen Fußball spielte, mit ihnen schwimmen ging und ihnen das Skifahren beibrachte. Er war nachts wach, wenn sie krank oder ängstlich waren – nicht Molly, Gott bewahre, die hatte ja so einen wichtigen Job. Doch

Lillemor verspürte auch ein wenig Hoffnung, wenn sie an die Situation im Gerichtssaal zurückdachte. Sie hatte denen erzählt, was Daniel für die Zwillinge bedeutete, hatte ihnen kleine Szenen aus dem Alltag geschildert und gesehen, wie die Gesichter der Schöffen sanfter wurden. Der Richter hatte freundlich genickt, als sie gesagt hatte, dass Kinder doch männliche Vorbilder bräuchten. In der Welt der Kitas und Grundschulen waren meist Frauen unterwegs. Kinder sollten nicht in einer Welt ohne Männer aufwachsen müssen. Es sei doch wichtig für Kinder, auch eine Beziehung zu ihrem Papa und zu anderen männlichen Vorbildern zu haben, hatte sie gesagt. Da hatte der Richter ausgesehen, als würde er ihr am liebsten applaudieren. Vielleicht war er selbst ein alleinerziehender Vater. Oder er war mit einer alleinerziehenden Mutter aufgewachsen. Alle, die dort saßen, waren Menschen mit unterschiedlichem Hintergrund. Sie wusste nichts von ihnen und hatte einfach nur ihre Sache so gut vertreten, wie sie konnte – und nun musste sie hoffen. Daniel war bereit, alles zu tun, wirklich alles, um das Sorgerecht für seine Kinder zu behalten.

Die Kaffeemaschine schnaubte heftig und verstummte dann mit einem Seufzer als Anzeichen dafür, dass der Kaffee fertig war. Lillemor holte sich eine Tasse, sank wieder aufs Sofa und legte sich die fusselige Wolldecke um die Schultern. Es war bitterkalt. Auf dem Wohnzimmertisch lag ein Stapel Fotoalben, die Tom wahrscheinlich gemeinsam mit Carina Lindgren durchgeschaut hatte. Was wollte Tom denn über seine Vorfahren wissen? Ging es darum, das Leben für sich zu resümieren, ehe es zu Ende ging? Die Obduktion hatte ja ergeben, dass Tom

Krebs gehabt hatte, der von der Prostata ausgegangen war. Hatte er deshalb ein Testament gemacht? Lillemor hatte die Polizei angelogen und so getan, als gäbe es keines. Der nächste Schritt war, dafür zu sorgen, dass es verschwand. Sie hatte sich noch nicht entschieden, was sie tun wollte.

Auf gut Glück schlug sie ein Fotoalbum auf. Die Ordner waren so abgenutzt, dass sie fast auseinanderfielen. Die Blätter darin hatten an den Stellen, wo die gelblich braunen Fotografien abgefallen waren, Flecken von Weizenkleber. Sie sah Toms Taufe. Großvater Birger, den Arm um seine Frau gelegt. Birger sah grimmig aus auf dem Foto, und seine Frau sah mit ängstlichem Blick zu ihm hoch. Das musste aufgenommen worden sein, kurz bevor er von einem Bären zerrissen worden war. War es wirklich ein Bär gewesen? Und wer hatte ihn eigentlich im Wald gefunden? Darüber war viel geflüstert worden, als Lillemor ein Kind gewesen war, doch niemand wusste mehr genau, wie es vor sich gegangen war.

Das nächste Foto war vor der schönen roten Holzkirche von Hällefors aufgenommen worden. Ein Konfirmationsbild von Tom und seinen Kameraden. Tom hielt eine Kamera. Es war eine gebrauchte gewesen, die Toms Großvater von einem betrunkenen Fotografen bekommen hatte, der sich freikaufen musste. Tom hatte sich die Kamera gewünscht und eine Menge Fotos vom Hof gemacht, die er selbst entwickelt hatte. Es gab auch eine Fotografie von seiner Mutter, bevor sie in einem Sanatorium in Garphyttan an Lungentuberkulose gestorben war. Aber das Seltsamste war diese Serie Bilder aus dem Krokbornsparken im Frühjahr 1945, die alle dasselbe

Motiv hatten: eine schöne junge Frau, die laut Text auf der Rückseite Ester hieß. Es gab einen ganzen Ordner mit Fotos nur von Ester und niemandem sonst aus dem Sommer, bevor sie zurück nach Stockholm ging. Im darauffolgenden Herbst wurde Tom siebzehn Jahre alt. Was war passiert? Warum hatte er zwei Jahre später eine andere Frau geheiratet? Hatten ihre Eltern einander wirklich geliebt? Lillemor hatte keine Erinnerung daran, dass sie sich je umarmt hätten. Und dann war die Mutter im Kindbett gestorben, als der ersehnte kleine Bruder geboren werden sollte. Da war Lillemor selbst fünf Jahre alt gewesen.

Ein Foto war aus dem Album herausgefallen, und sie griff danach. Auf der Rückseite stand: *Vilho und ich*. Vilho war bei der Sprengung in einer Grube 1945 ums Leben gekommen. Vilhos Cousin, der alte Matti, hatte angedeutet, Tom sei damals dabei gewesen und hätte Vilho wegen des Silbers totgeschlagen. Was, wenn das die Wahrheit war? Lillemor griff nach ihrer Handtasche, in die sie das Testament geschoben hatte. Sie kämpfte mit ihrem Gewissen. War es denn so schlimm, wenn sie das las? Vielleicht ging es in dem Testament nur um eine kleine Summe, die Tom direkt Daniel oder irgendeinem wohltätigen Zweck hatte vermachen wollen. Es war dumm, sich unnötig Gedanken zu machen. Schnell riss sie das Kuvert auf und las, und eiskalter Zorn breitete sich in ihr aus. Tom wollte die Hälfte des Geldes auf der Bank, zehn Millionen Kronen, Carina aus der Bibliothek vermachen. Diese verdammte Hexe war eine Erbschleicherin, die Tom dazu überredet hatte! Voller Wut riss Lillemor das Testament in kleine Stücke. Wie konnte Tom auf so eine Idee kommen, nach allem, was sie für ihn getan hatte? Und er hätte doch wohl an Daniel und die Zwillinge denken können. Nein, wenn Tom an die gedacht hätte, dann hätte er Daniel schon vor langer Zeit von seinen Schulden befreien können. Er war ein geiziger und fieser alter Sack gewesen, aber seinen letzten Willen würde er nicht durchkriegen. Und Lillemor hatte keinen Funken eines schlechten Gewissens.

Das Handy klingelte und riss sie aus ihrem Zorn. Es war Berit Nilsson. Sie kannten sich nicht gut, hatten nur ein paarmal im Laden miteinander gesprochen.

»Entschuldigen Sie bitte, dass ich so spät anrufe. Mein Beileid, es ist ja ganz schrecklich, was Ihrem Vater zugestoßen ist. Ich rufe Sie an, um zu erzählen, dass Ihr Vater seine Snusdose bei mir vergessen hat. Er muss gewusst haben, wo mein Hausschlüssel liegt. Ich glaube, er hat sich hier versteckt, während Sie nach ihm suchten. Es tut mir so leid. Es muss ganz schlimm für Sie sein.«

»Es geht schon«, sagte Lillemor, aber eher damit Berit merkte, dass sie noch da war. Am liebsten hätte sie aufgelegt. Sie konnte die Neugier und die Trauerbezeugungen der Leute nicht ertragen. Sie wollte einfach nur, dass alles vorbei wäre.

»Ich habe die Snusdose der Polizei übergeben. Aber Sie werden sie zurückbekommen, die wollten sich darum kümmern, und ich wollte nur, dass Sie das wissen. Damit Sie nicht davon hören und glauben, ich hätte sie behalten.«

»Vielen Dank, dass Sie angerufen haben. Dann weiß ich Bescheid«, sagte Lillemor, um das Gespräch abzuschließen, überlegte es sich dann aber anders. »Warum wollte die Polizei die Dose behalten?«

»Es war irgendwas mit den blau-grünen Steinen. Wissen Sie, was das für welche sind?« Lillemor schloss die Augen und sah die Steine vor sich, und da fiel ihr eine Tüte mit Steinchen ein, die sie früher am Abend in einer von Toms Schreibtischschubladen gefunden hatte, und zwar in der abgeschlossenen, die Dinge von Birger enthielt. Zu Toms Lebzeiten hätte sie nie gewagt, diese Schublade zu öffnen. Es hatte sich sowieso schon den ganzen Abend so angefühlt, als würde er sie beobachten, wie sie in seinen Sachen wühlte, auch wenn von Rechts wegen jetzt alles ihr gehörte.

»Nein, ich habe keine Ahnung«, antwortete Lillemor mit so schwacher Stimme, dass sie ihre Worte wiederholen musste, damit Berit sie verstand. »Ich glaube, ich muss mich ein Weilchen ausruhen.«

»Meine Liebe, ich wollte Sie auf keinen Fall stören. Geben Sie gut auf sich und Ihre Familie acht«, sagte Berit.

Nachdem Lillemor das Gespräch beendet hatte, fuhr sie fort, Dinge auf zwei Haufen zu verteilen, die entweder weggeworfen oder zum Secondhand gebracht werden sollten. Als sie erschöpft war, legte sie sich wieder aufs Sofa und holte das Album mit den Fotos von Ester heraus und schlug es an der Stelle von vorher auf. Da war ein Foto von Ester und einer alten Frau mit schlohweißem Haar, die zusammen am Schlangenteich standen. Sie sahen arm aus. Sie erkannte ein paar Hühner, ein Schwein und eine verfallene Hütte. Lillemor drehte das Foto herum. Toms Handschrift war krakelig, aber sie hatte gelernt, sie zu lesen. Da stand *Ester und Rakel*. Lillemor hatte die Sage von der Alten am Schlangenteich gehört, der Grubenhexe, zu der man ging, um geheilt zu werden, die bei Entbindungen und am Sterbebett dabei war. Tom hatte den größten Respekt vor ihr gehabt. Als Lillemors Mutter ihren kleinen Bruder zur Welt bringen sollte, fuhren sie zuerst zu der Frau am Schlangenteich und dann erst ins Krankenhaus in Lindesberg. Beide starben. Vielleicht hätte man ihr Leben retten können, wenn sie rechtzeitig im Krankenhaus gewesen wären und die Mutter nicht erst bei einer Quacksalberin im Wald irgendwelchen Absud hätte trinken müssen, dachte Lillemor.

Es gab eine Nahaufnahme von Ester. Ihre Haut sah samtweich aus, die Lippen waren in einem perfekten Bogen geschwungen und die Augen … Irgendetwas war mit den Augen, das Lillemor an flammendes Nordlicht denken ließ, obwohl es doch ein Schwarz-Weiß-Foto war. Und dann die Nase … Die gebogene Form der Nase war nichts Ungewöhnliches. Aber diese Augen! Irgendetwas war mit den Augen.

Plötzlich wurde es ihr klar. Sie stand auf und spähte unruhig in die Dunkelheit hinaus. Dann verschloss sie die Eingangstür, zog die Gardinen vor, sodass niemand ins Haus sehen konnte, und nahm ihr Handy heraus, um Kristoffer Bark anzurufen. Nein, es war zu spät. Sie konnte ihn nicht stören, nicht um diese Uhrzeit. Laut formulierte sie die Worte für sich selbst und schickte ihm eine SMS. *Ich glaube, ich weiß, wer Tom getötet hat.*

Sie stand auf, um das Handy in die Tasche der Jacke zu stecken, die im Windfang hing. Wenn es nur endlich aufhören würde zu regnen, dann könnte sie nach Hause gehen. Es war nur ein paar Minuten bis dorthin. Lillemor hielt inne und horchte. Es klang, als wäre jemand auf dem Dachboden, wie Schritte auf der Treppe, aber das war sicher nur der Regen, der ihr einen Streich spielte. Natürlich war sie allein im Haus und einfach erschrocken über das, was sie herausgefunden hatte. Die Ähnlichkeit mit Ester. Die seltsamen Augen, die an Nordlicht erinnerten.

Lillemor trat wieder an den Schreibtisch. Sie öffnete die Schublade, um die Tüte mit den Steinen in den Farben des Nordlichts herauszunehmen, als plötzlich am äußeren Rand ihres Blickfelds ein Schatten vorbeihuschte. Das heulende Geräusch eines Schlags, und dann schnitt ihr ein unfassbarer Schmerz durch den Kopf. Sie schaffte es noch, sich umzusehen.

»Du. Ich habe gewusst, dass du es warst …«

4I

Lydia

Bevor ich zu Esters Hütte raufgehe, wasche ich mein heißes Gesicht im Schlangenteich. Ich bin außer mir vor Wut, weil Ester mir immer noch Dinge vorenthält. Gestern Abend spät habe ich durch das Fenster gesehen, wie sie eine kleine Schachtel herausnahm und den Inhalt in ihre Hand schüttete. Ich habe gesehen, wie die kleinen Steine in blau, grün und gold changierten.

Im Haus ist es so kalt, dass man den Atem sehen kann. Ester sitzt im Schaukelstuhl und sieht mich mit unergründlichem Blick an. Ich zünde ein Feuer an und setze Kaffee auf, während sie schweigt und die Stille die Grenze dessen überschreitet, was ich noch aushalten kann. Ich weiß nicht, ob sie die Fähigkeit besitzt, in das Verborgene zu schauen, ob es klar und deutlich für sie ist, welches meine Absichten sind, oder ob sie einfach nur Böses ahnt.

Ich gehe zur Kommode, nehme die Schachtel heraus und schütte die Steine auf den Küchentisch, damit sie sie besser sehen und sich daran erinnern kann, wo die herkommen. Die farbige Oberfläche ist wie von einer grauen Haut überzogen, aber in den Bruchstellen glitzern sie. »Was weißt du über die Steine, die wir in der Erdhöhle gefunden haben? Wenn du darauf antwortest, darfst du ein Weilchen im Mondlicht herumgehen. Wer weiß, es könnte deine letzte Nacht sein.«

Ester antwortet mir nicht, starrt mich aber in einer Mischung aus Hass, Mitleid und Trauer an.

Da sie nicht redet, tue ich es und knüpfe an das Gespräch an, das wir in Rakels Erdhöhle geführt haben. Wir fanden die Höhle fast unberührt vor, und der Anblick der Steintafel, der Feuerstelle und des Kochgeschirrs weckte etwas in Ester. Die Pritsche aus Holzplanken, auf der Rakel in den Sommernächten mit Aussicht über den Teich und mit dem Sternenhimmel über sich geschlafen hat, brachte Ester dazu zu erzählen, und ich erinnere sie jetzt daran. »Du hast gesagt, Birger habe die Nordlichtsmaragde von Rakel gestohlen. Sind das hier die drei kleinen Steine, die übrig waren?«

Sie nickt schweigend, und ich rede weiter. »Danach hat er ihre Tochter Hedvig, also deine Mutter, vergewaltigt. Sie wurde mit dir schwanger, die Geburt geschah in größter Heimlichkeit in Rakels Erdhöhle.«

Was ich zu ihr sage, weckt eigene Worte in ihr. »Als Birger erfuhr, dass meine Mutter mit seinem Kind niedergekommen war, floh Hedvig mit mir nach Stockholm«, sagt sie.

Ich versuche weiterhin die Wahrheit aus ihr herauszukitzeln, die ich einfach erfahren muss. »Deine Mutter war mit einer Schande belegt, und du hast sie geerbt. Wie war es denn so, als uneheliches Kind aufzuwachsen? Hat dein Lehrer dich geprügelt, wurden dir in den Pausen höhnische Worte zugerufen? Haben sie hinter deinem Rücken geflüstert? Ich will es wissen.«

»Es war schwer«, sagt sie zögernd.

»Du warst das Ergebnis einer Vergewaltigung, und deine Mutter Hedvig wollte dich nicht haben, oder? Sie konnte dich nicht lieben, und du wiederum hast dem Kind, das du später bekommen hast, meiner Mutter, niemals Liebe geben können. Was glaubst du, wie meine Kindheit ausgesehen hat, Großmutter Ester? Die Unfähigkeit, zu lieben und sich um ein Kind zu kümmern, zieht sich wie ein roter Faden durch unsere Familie.«

Meine Großmutter öffnet den Mund und schließt ihn wieder, dann sammelt sie sich, um zu antworten, doch was ich höre, erstaunt mich zutiefst: »Und dennoch weißt du nicht alles. Es ist viel schlimmer, als du dir vorstellen kannst.«

42

Kristoffer Bark hatte eine protestierende Moa wieder bei ihrem Onkel und ihrer Tante abgegeben. Nun war Sonntagmorgen, und obwohl Wochenende war, wachte er schon früh mit einem Gefühl der Unruhe auf, die ihm aus den nächtlichen Träumen gefolgt war. Der Tag mit Mia und der kleinen Moa in Hällefors war schön gewesen. Es hatte Augenblicke reinen Glücks gegeben, die er in seinem Herzen bewahren wollte. Als Mia das Hüpfspiel mit Moa gemacht und die Kleine hatte gewinnen lassen. Als Moa mit Berits Katze spielte und so sehr lachte, dass sie kiekste, und Mias Blick über den Rand des Bierglases im Garagen-Restaurant.

Dennoch stimmte irgendetwas nicht, und eine mahlende Sorge trieb ihn aus dem Bett und ließ ihn sein Handy kontrollieren. Vielleicht waren es die Albträume der Nacht, an die er sich nur vage erinnern konnte, Fragmente einer Bedrohung für Mia, und ein Feuer, aus dem er sie nicht retten konnte. Er war überzeugt, dass jeden Moment etwas Böses geschehen konnte.

Es war nicht einmal fünf Uhr und noch zu früh, um Mia anzurufen. Wenn er sie anrief, um zu sagen, dass er schlecht geträumt hatte, würde sie ihn für verrückt erklären. Schließlich war es mehr die Regel als die Ausnahme, dass man Albträume hatte, wenn man mitten in einer

Ermittlung steckte. Aber Alex konnte er anrufen, der war womöglich noch nicht einmal ins Bett gekommen. Mia hatte erzählt, dass in seiner Wohnung immer noch Rohre verlegt wurden, weshalb er bei ihr übernachtete. Wenigstens war Mia nicht allein.

Bark pflückte das Ladekabel aus dem Handy und wollte eben Alex anrufen, als er sah, dass er in der Nacht eine SMS von Lillemor Gruvberg bekommen hatte. *Ich glaube, ich weiß, wer Tom getötet hat.*

Bark rief sie an und wurde nach fünfmaligem Klingeln gebeten, eine Nachricht auf der Mailbox zu hinterlassen.

»Rufen Sie mich an, sobald Sie können. Ich will wissen, was Ihnen eingefallen ist«, sagte er, und versuchte noch ein paarmal, Lillemor zu erreichen, landete aber jedes Mal auf der Mailbox. Dann rief er Daniel Gruvberg an. Auch da keine Antwort. Schließlich nahm er Kontakt zum Einsatzleiter in Karlskoga auf und bat ihn, einen Streifenwagen zu Lillemor Gruvberg zu schicken.

Bark änderte seinen Plan und rief nicht Alex an, der wahrscheinlich noch zu viel Restalkohol im Blut hatte, um Auto zu fahren. Stattdessen wählte er Ingrids Nummer. Die hatte ja gesagt, dass die Einsamkeit an den Wochenenden und Abenden am schlimmsten sei und dass die Arbeit sie davon abhielt, verrückt zu werden. Zwar war sie kein Morgenmensch, aber er konnte es ja probieren.

Eine halbe Stunde später waren sie auf dem Weg nach Hällefors. Als sie Örebro gerade verlassen hatten, wurde Bark angerufen. Die Streife aus Karlskoga stand vor Lillemors Haus. Alles wirkte ruhig und still, die Eingangstür war verschlossen. Bark blieb in der Leitung, während die

Kollegen klingelten. Niemand öffnete. Sollten sie sich Zugang verschaffen?

»Ich rufe noch einmal bei Lillemor und dem Sohn an, dann melde ich mich wieder bei euch!« Doch auch diesmal erreichte er niemanden. Bevor er die Kollegen wieder anrief, weckte er Gaby Wide, die unglaublich erschöpft klang, aber nichts dagegen einzuwenden hatte, dass sie das Haus betraten. Sie fand auch, dass Lillemors SMS mit der Info über ihr Wissen um die Identität des Mörders bedeutete, dass sie in Gefahr war. Bark hörte Ruth im Hintergrund gurgeln und dachte an das, was Ingrid ihm zum Thema Vaterschaftstest anvertraut hatte. Wahrscheinlich lag Gaby neben Sten im Doppelbett, als sie das Gespräch annahm, und das verursachte in ihm ein komisches Gefühl, das sich nicht so leicht wieder abschütteln ließ.

Als sie an Nora vorbeigefahren waren, teilten ihnen die Kollegen mit, dass sie die Tür aufgebrochen hätten und in Lillemor Gruvbergs Haus gewesen seien. Sie war nicht dort, ihr Handy auch nicht, aber sie würden versuchen, es zu orten. Bark hatte noch mehrere Male während der Fahrt versucht, Daniel zu erreichen, doch ohne Erfolg.

»Sie könnte in Tom Gruvbergs Haus sein«, schlug Ingrid vor. »Da gibt es ja doch einiges zu tun, vielleicht war sie zu müde, um nach Hause zu gehen. Vielleicht ist es so einfach.«

»Gute Idee.« Bark rief auf Tom Gruvbergs Festnetztelefon an, doch das Klingeln hallte nur leer in seinem Ohr. Er meldete sich noch einmal bei den Kollegen und bat sie, nachzusehen, ob Lillemor im Haus ihres Vaters war.

»Kann sein, dass ich dich völlig unnötigerweise wegen dieser Sache geweckt habe«, sagte Bark und sah Ingrid an.

»Oder es ist ihr etwas zugestoßen. Bei so einer SMS hätte ich genauso reagiert. Wann hat sie die geschickt?«

»Um 23:32 Uhr gestern Abend. Im besten Fall übernachtet sie im Haus ihres Vaters, und wir können sie direkt vernehmen und fragen, was sie rausgefunden hat.«

»Du meintest doch, dass es ein Testament geben soll, obwohl nirgends eines registriert ist«, sagte Ingrid.

»Ja, die Bibliothekarin, Carina Lindgren, war ganz sicher, dass es ein Testament gibt, denn sie hat Tom Gruvberg geholfen, es aufzusetzen. Doch Lillemor wusste nichts davon. Hat sie zumindest gesagt. So ein Testament kann ja auch als Bedrohung empfunden werden, falls sie das Erbe, mit dem sie gerechnet hat, mit jemandem teilen müsste.«

Die Straße war schmal und wenig befahren, und vor ihnen hing mal wieder ein Epa-Traktor.

»Es ist auch nicht gerade einladend, zu überholen, wenn die Straße so viele Kurven hat«, entschied Ingrid, die am Steuer saß. Hinter ihnen fuhr ein anderer Wagen dicht auf, und im Rückspiegel tauchte schon der nächste auf.

»Der könnte doch verdammt noch mal rechts ranfahren und uns vorbeilassen!« Es machte Bark ganz kribbelig, dass sie so langsam fahren mussten. »Habe ich dir schon mal von dem entscheidenden Fehler meines Lebens erzählt?«, fragte er, denn er erinnerte sich plötzlich an ein Erlebnis, das er verdrängt hatte.

»Welchen entscheidenden Fehler deines Lebens meinst du?«, erwiderte Ingrid mit einem Lächeln und warf ihm

einen kleinen Seitenblick zu, den er geflissentlich ignorierte.

»Als ich nahe dran war, einen jungen Mann zu erschießen, der einen Epa fuhr? Das war übrigens ein Typ aus
Hällefors. Also, der ist frisch verliebt und fährt mitten in
der Nacht ins Zentrum, wo sein Mädel wohnt. Um ihre
Aufmerksamkeit zu erregen, dreht er eine Runde nach
der anderen mit dem Traktor, dessen Fehlzündungen wie
Pistolenschüsse knattern.«

»Wie romantisch«, schob Ingrid ein.

»Ja, oder? Sehr viel lauter können Brunftschreie von
Hirschen auch nicht sein. Eine ältere Dame erwacht von
dem lauten Geknalle und ruft die Polizei. Ich bin im Streifendienst und befinde mich nicht weit entfernt, als der
Alarm eingeht. Wir erhalten die Information, dass im
Zentrum von Hällefors eine Schießerei zwischen zwei
Gangs stattfindet. Als wir hinkommen, bin ich auf alles
gefasst, und mein Adrenalin ist durch die Decke. Wir
stoppen den Epa und holen den Typen raus. Er schiebt
die Hand in die Jackentasche, und ich glaube, dass er eine
Pistole rausziehen will. Um Haaresbreite hätte ich ihn erschossen. Einen verliebten Teenager. Dabei hatte er doch
nur versucht, seinen Ausweis rauszuholen, um uns behilflich zu sein. Das war eine komplette Fehleinschätzung
meinerseits. Wenn ich daran denke, kriege ich es immer
noch mit der Angst zu tun.«

»Und deshalb wirst du nächstes Mal vielleicht zu spät
schießen«, erwiderte Ingrid sachlich. »Aber du verlässt
dich ja gerne auf dein Bauchgefühl. Und ich sehe dir an,
dass du ehrlich besorgt bist, was Lillemor passiert sein
könnte.«

»Ja, wenn sie weiß, wer der Mörder ist, dann könnte sie bereits tot sein. Ich bin aber schon mit dem Gefühl aufgewacht, bevor ich ihre SMS gelesen habe. Es war irgendwas, das ich geträumt habe. Auf seine Träume kann man sich natürlich nicht verlassen, aber der war wirklich furchtbar.«

»Träume sind das Theater der Nacht, auf dessen Bühne der Tag in einer neuen Inszenierung gespielt wird. Was hast du geträumt?«

Bark wollte nicht erzählen, dass er eigentlich von Mia geträumt hatte, und dass die Sorge um Mia wegen des Verrückten, der hinter ihr her war, das Thema des Traums gewesen war … und noch etwas mehr. Die Mordwaffe, die blutverschmierte Hacke. Er hatte die Mordwaffe im Traum gesehen, und Lillemor hatte einen blutbefleckten Brief in der Hand gehalten. »Es war alles chaotisch und unverständlich.« Das war eine Lüge, aber er wollte keine Details preisgeben.

Als sie wenige Minuten vor Hällefors waren, wurden sie über Funk angerufen. Die Kollegen standen vor Tom Gruvbergs Haus und waren bereit hineinzugehen.

»Es hat heute Nacht geregnet. Die Fliesen vorm Haus sind teuflisch glatt! Die Eingangstür ist verschlossen. Wir klingeln.«

»Okay!«, rief Ingrid. Sie warteten.

»Entweder ist die Klingel kaputt oder ausgestellt. Wir haben jetzt mehrmals draufgedrückt und an die Tür gehämmert.«

»Wir sind gleich da«, sagte Bark.

Im Osten konnte man eine schwache Morgendämmerung erahnen, als sie zum Ufer des Svartälven und Tom

Gruvbergs Haus abbogen. Das Auto der Kollegen stand auf der Straße. Ingrid parkte, und sie stiegen aus.

Ohne richtig zu wissen, warum, schaute Bark auf dem Weg zum Haus in den Holzschuppen. Da war niemand. Aber irgendetwas war anders. Wo die Gartenhacke zwischen den anderen Werkzeugen ihren Platz gehabt hatte, hing jetzt ein Gerät, das genauso aussah wie die Hacke, die er zur Untersuchung in die Technik gegeben hatte. Machte sich da jemand ein Spielchen mit ihnen? Daniel Gruvbergs Aufregung um einen angeblich verminten Garten war ihm noch in frischer Erinnerung.

Bark trat näher und sah sich die Hacke an, ohne irgendetwas anzurühren. Sie war an beiden Enden blutverschmiert ... so sah es zumindest aus. Er rief die Kollegen, und sie nahmen das Werkzeug in Verwahrung.

Er ging zurück und holte die Tasche mit seiner Ausrüstung aus dem Auto. Sie zogen Handschuhe und Schuhüberzieher an, um keine Abdrücke zu hinterlassen, falls Tom Gruvbergs Haus, wie Bark befürchtete, ein Tatort war. Dann öffnete er die Eingangstür mit einem Dietrich. Ein bitterkalter Windzug schlug ihm entgegen und ein süßlicher organischer Geruch, den er nur allzu gut kannte. Er tastete nach einem Schalter, das Licht flackerte erst und beruhigte sich dann. Hinter sich hörte er Ingrids Schritte. Im Haus roch es nach altem Müll und Kartoffelschalen, doch als er durch die Küche ins Wohnzimmer ging, wurde der Blutgeruch immer stärker. Im Wohnzimmer waren die Jalousien heruntergelassen. Als er das Licht einschaltete, bestätigten sich alle seine Befürchtungen. Auf dem Fußboden zwischen Sofa und Couchtisch lag die tote Lillemor Gruvberg. Eine hartnäckige Fliege wanderte über ihre Wange und ließ sich nicht vertreiben, obwohl Bark mit der Hand wedelte. Lillemors Lippen waren gelblich bleich, und die Augen starrten weit weg, wohin kein lebender Mensch schauen konnte. Um ihren Kopf hatte sich eine Gloriole aus Blut gesammelt.

Bark beugte sich vor, um nach einem Puls an Lillemors Hals zu suchen, obwohl ihm all seine Erfahrung sagte, dass es zu spät war. Hinter sich hörte er Ingrids keuchende Atemzüge und dann das schnelle Tippen auf ihrem Handy, als sie die 112 anrief.

Vorsichtig fasste Bark Lillemors Arme an. Die Leichenstarre war bereits eingetreten. Die Finger waren zu Klauen gekrümmt, als hätten sie versucht, einen fliehenden Mörder zu packen. Da sah er die kleinen Schnipsel unter dem Tisch, ein zerrissenes Blatt Papier mit Text. Während er noch überlegte, was das sein könnte, nahm er sein Handy und rief Ali Kathami an.

43

Kristoffer verließ vorsichtig über die Schrittplanken, die seine Kollegen ausgelegt hatten, das Haus und kehrte in die frische Luft und die Morgendämmerung zurück, um Platz für den Arzt zu machen, der formell den Tod feststellen musste. Das war nun mal die Vorschrift, auch wenn kein Zweifel herrschte, dass Lillemor Gruvberg tot war.

Kurz darauf waren auch Ali und sein Kollege Rödeby vor Ort. Bark dachte an Daniel Gruvberg. Sie mussten ihm mitteilen, dass seine Mutter tot war. Lillemor war die wichtigste Stütze in seinem Leben gewesen, und jetzt würde das ganze Kartenhaus in sich zusammenfallen.

»Hier können wir nichts mehr ausrichten«, sagte Ingrid. »Lass uns gleich zu ihm fahren.«

»Ich glaube, er kümmert sich um die Zwillinge. Für den Fall, dass Molly das alleinige Sorgerecht bekommt, könnte es der letzte Tag sein, dass er sie hat. Sie treffen sich morgen auf dem Jugendamt«, erklärte Bark. »Wir sollten sehr behutsam vorgehen. Er steht unter großer Anspannung.«

Daniels Haus lag ein Stück weiter die Straße hinunter, und die Fahrt dorthin dauerte nur wenige Minuten. Sein schwarzer Volvo V70 stand nicht in der Auffahrt, stellte Bark fest, aber vielleicht war er ja in der Garage. Ein

Stück entfernt, in der Schmiede von Måna-Lisa Skog, brannte Licht. Vielleicht arbeitete sie ja schon so früh.

Sie stiegen aus dem Auto. Ingrid war genauso fasziniert wie Mia, wie idyllisch es hier war. »Und dieses schöne Haus mit Blick über den Svartälven hat Molly verlassen, um in eine Wohnung im Zentrum zu ziehen? Da muss es wirklich eine schwierige Beziehung gewesen sein«, stellte sie, genau wie Mia zwei Tage zuvor, fest.

»Man fragt sich, warum sie nicht im Haus geblieben ist, und er musste ausziehen«, meinte Bark.

»Da rate ich mal, dass die Initiative von ihr ausging, und er sich geweigert hat zuzuhören. Die einzige Methode, eine Veränderung herbeizuführen, war wohl, selbst auszuziehen.«

»Das hier wird nicht leicht«, sagte Bark und atmete tief die nach dem nächtlichen Regen frische Morgenluft ein. »Lillemor hat Daniel sehr unterstützt. Sie hat sich um die Kinder gekümmert und dafür gesorgt, dass sie hatten, was sie brauchten. Ich weiß nicht, ob er ohne sie klarkommen wird.«

»Und es wird sehr schwer für ihn, den Zwillingen zu sagen, dass ihre Oma tot ist«, erwiderte Ingrid mit trauriger Stimme.

Der Kies knirschte unter ihren Schuhen, als sie den Weg zum Haus entlanggingen. Bark sagte: »Ich muss an die Papierschnipsel denken, die unter dem Sofatisch lagen. Am Freitag waren die noch nicht dort. Könnte es sein, dass Lillemor das Testament gefunden hat? Ich hoffe, Ali ist gut im Puzzeln.«

Bark schloss die Augen und sammelte sich einen Moment, dann klingelte er. Niemand öffnete. Vor der Eingangstür lag eine Angelrute. Bark griff danach und legte sie auf das Fensterbrett, damit niemand darauf treten würde, und klingelte dann wieder. Als immer noch niemand zu hören war, ging er einmal um das Haus herum und versuchte in die Fenster zu sehen. Rollos oder Jalousien waren nicht heruntergezogen.

»Vielleicht gehen wir mal rüber zu Måna-Lisa Skog und fragen, ob sie weiß, wo sie sind«, schlug er vor.

»Ja, was anderes fällt mir auch nicht ein«, sagte Ingrid.

Aus der Werkstatt von Måna-Lisa waren regelmäßige Hammerschläge zu hören. Sie merkte nicht, dass Bark und Ingrid klopften, und deshalb gingen sie einfach rein. Zu seinem Erstaunen sah Bark, dass Måna-Lisa ihre Mutter bei sich hatte, Mandis Skog, die behauptet hatte, ein mit Außerirdischen gezeugtes Kind geboren und im Tyskmossen beerdigt zu haben. Eigentlich hatte Måna-Lisa gesagt, sie würde sich von ihrer Mutter fernhalten, doch nun saß Mandis da auf einem Holzstuhl und trank aus einem rissigen Keramikbecher. Sie trug ein weites grünes Kleid und hatte einen grün gepunkteten Schal um das rabenschwarz gefärbte Haar. Genau wie beim letzten Mal trug sie Handschuhe.

»Nein, Mama, ich kann dir nicht noch mehr Geld leihen, und du kannst nicht hier wohnen. Da muss es eine andere Lösung geben«, sagte Måna-Lisa gerade, als sie hereinkamen.

»Entschuldigen Sie, dass wir stören«, sagte Ingrid. »Aber wir suchen Daniel Gruvberg in einer wichtigen Angelegenheit. Wissen Sie, wo er ist?«

»Ich glaube, ja. Gestern kamen die Zwillinge zu mir rübergelaufen. Ein Ball war in meinem Rosenbeet gelandet, und ich habe gefragt, ob sie Kuchen wollten. Sie haben die ganze Zeit gleichzeitig geredet und waren so eifrig.« Sie wandte sich an Mandis. »Da warst du doch auch da, Mama. Sie haben erzählt, sie würden auf Angeltour gehen und in der Schutzhütte im Wald übernachten.« Måna-Lisa ging zum Fenster, hielt die Hand gegen das blendende Morgenlicht über die Augen und schaute hinaus. »Das Boot hat Daniel aber nicht mitgenommen. Er hat so ein Plastikboot mit Außenborder, aber das liegt noch am Steg.« Sie wies in die Richtung, damit Bark sehen konnte, welchen Steg sie meinte. »Ist irgendwas mit Molly?«

»Warum fragen Sie?«, wollte Ingrid wissen und ließ sich auf einem Stuhl neben Mandis nieder, nachdem sie mit der Hand den Schleifstaub abgewischt hatte.

»Molly hat Daniel gestern Vormittag Stiefel für die Kinder gebracht, und sie haben sich angeschrien. Die armen Kinder, sage ich Ihnen. Molly hat Daniel angebrüllt, er sei ein Säufer, der sich nicht mal um sich selbst kümmern könne. Und er hat, allerdings etwas leiser, gesagt, sie wäre ein Luder, und ihm wäre schon klar, dass sie einen anderen hätte, und sie solle doch aufhören zu lügen.« Måna-Lisa schüttelte indigniert den Kopf und fasste sich an den Rücken, als sie sich wieder setzte. »Wenn der Wind aus ihrer Richtung kommt, dann hört man alles so deutlich. Man würde sich wirklich wünschen, dass sie etwas netter miteinander wären, wenn Leo und Noah dabei sind, aber es war, als würden einfach nur alle Schranken fallen. Kurz sah es so aus, als würde Daniel ihr eine runterhauen, aber das hat er nicht getan.«

»Wann haben sie ihn und die Kinder zuletzt gesehen?«

»Gegen elf Uhr gestern Vormittag, nicht wahr, Mama?«

»Ja, was weiß ich. Zeiten und Stunden. Daran erinnere ich mich nicht gut.« Mandis setzte sich breitbeinig hin, stützte die Ellenbogen auf die Knie und legte den Kopf in die Hände. Sie sah erschöpft aus.

Måna-Lisa sagte: »Ich hab gesehen, wie Molly mit ihrem Auto abgerauscht ist, dass der Kies nur so stob, und ein paar Minuten später setzte sich Daniel mit den Zwillingen in sein Auto. Sie fuhren aber in unterschiedliche Richtungen.«

»Haben Sie eine Ahnung, wo sie normalerweise zum Angeln hinfahren?« Soweit Bark wusste, gab es mehr als vierhundert Seen in der Gegend. Es war wichtig, Daniel zu finden, nicht nur, um ihm mitzuteilen, dass seine Mutter tot war. Sie durften auch nicht vergessen, dass es die – wenn auch geringe – Wahrscheinlichkeit gab, dass Daniel in seiner Verzweiflung sie und seinen Großvater erschlagen hatte, um an das Erbe zu kommen.

Fast hatte er schon vergessen, was er gefragt hatte, als Måna-Lisa antwortete: »Noah hat gesagt, sie hätten eine Angelkarte gekauft, die man haben müsste, um zu angeln.«

»Wo kauft man die denn?«, fragte Bark.

Måna-Lisa wusste es nicht, aber Ingrid schaute schnell im Handy nach. »Im Buchladen von Hällefors, aber der ist heute zu, es ist schließlich Sonntag. Dann bei *Mickels Wald und Garten*, bei der Tankstelle. Was Edelfisch angeht, kann man sie meist vor Ort im Automaten kaufen.«

»Ja, aber das haben sie sicher nicht getan. Noah hat gesagt, sie hätten eine Angelkarte gekauft, und Daniel tankt immer in Hällefors, also fragen Sie am besten dort.«

Bark erkundigte sich noch, wo Måna-Lisa und Mandis sich während der Nacht befunden hatten, und die beiden konnten einander ein Alibi geben. Mandis war aus ihrer Wohnung verwiesen worden, weil sie mehrmals nachts laut geschrien und die Nachbarn gestört und außerdem einen größeren Wasserschaden verursacht hatte. Diese Nacht hatte sie bei Måna-Lisa geschlafen. Und die Handschuhe trug sie, weil sie Angst vor Bazillen habe, erklärte sie.

Hier würden sie nicht weiterkommen, und Bark und Ingrid wollten gerade gehen, als Mandis Ingrids Tunika packte und sie festhielt.

»Es geht um Mord, oder? Das habe ich ganz deutlich gespürt. Ich spüre das Böse, so wie man ein herannahendes Gewitter spürt. Es gibt Spannungen, die der Körper erfassen kann, wenn man innehält und in sich hineinfühlt. Es hängt ein schwerer Fluch über der Familie Gruvberg. Das hier wird ein Ende mit Schrecken nehmen. Ich spüre es. «

44

»Ich glaube nicht an Flüche«, sagte Bark auf dem Weg zur Tankstelle. »Wir haben drei Morde und einen oder vielleicht mehrere Täter. Denkbare Motive sind Gier, Rache für erlebte Kränkungen oder Ungerechtigkeiten, über die wir nichts wissen. Andere Motive könnten sein, einen Zeugen aus dem Weg räumen zu wollen, ferner Eifersucht oder reiner Wahnsinn. Aber das ist kein Fluch.«

»Solange es nicht jemanden gibt, der sich berufen fühlt, den Fluch zu erfüllen«, gab Ingrid zu bedenken.

»Das fällt für mich unter die Rubrik ›Reiner Wahnsinn‹!« Bark wollte nichts mehr von Zauberei und Hexenkünsten hören. Das Handy gab einen Ton von sich. Es war Staatsanwältin Gaby Wide.

»Was ist los in Hällefors?«

Ingrid sah ihn fragend an, und Bark sagte tonlos: »Gaby.«

Er erklärte Gaby die Lage und fragte: »Hast du auch die Leitung der Voruntersuchung für den Mord an Lillemor, oder macht das jemand anders?«

»Nach dem, was ich gehört habe, kann das ja wohl nichts anderes als Mord sein. Zimmermann ist der Meinung, dass die Morde zusammenhängen, also bin ich es.«

Ingrid sah ihn weiter mit diesem durchdringenden Blick an, den er so irritierend fand. »Okay, das wäre erst mal alles«, sagte er. »Ich melde mich, wenn wir Daniel gefunden haben. Er scheint gestern gegen elf Uhr vormittags mit seinen Söhnen auf Angeltour gefahren zu sein.«

Sie fuhren weiter zur Tankstelle. Dort erinnerte man sich an Daniel und die Jungs, die am Freitag dagewesen waren und eine Angelkarte gekauft hatten. Eine junge Frau um die dreißig, die Bark mit ihrem blonden Pferdeschwanz ein wenig an seine Schwester Kristina erinnerte, erklärte ihnen: »Daniel und die Jungs wollten den Silverleden gehen«, sagte sie. »Das ist ein Wanderweg von knapp sechzig Kilometern in unheimlich schöner Natur durch eine Region, in der man im 17. Jahrhundert Silber abgebaut hat. Der Weg ist durchgehend markiert, und es gibt Quellen zur Frischwasserversorgung.«

»Für welchen See haben Sie die Angelkarte gekauft?«, erkundigte sich Bark.

»Der heißt Södra Svensken, man kann dort auf Barsche und Hechte gehen. Es gibt eine Schutzhütte und einen Grillplatz. Und da ist auch Sandboden, wenn man sich zu baden traut. Es liegt am Fuß des ›Eulenhügels‹ Ugglekullen, von dort hat man eine schöne Aussicht.« Sie lachte. »Die Jungs haben von fleischfressenden Pflanzen geredet. Und man kann da tatsächlich fleischfressende Pflanzen am Wegesrand finden, zum Beispiel Fettkraut und Sonnentau. Ich habe sie gewarnt, denn die knapp sechzig Kilometer verlaufen durch bergiges Gelände. Das ist nicht so, als würde man auf ebener Strecke gehen. Auch wenn man gut trainiert ist, läuft man das keineswegs mal eben an einem Tag runter, und schon gar nicht, wenn man Kinder dabeihat. Wenn es ein Vergnügen sein soll, dann muss man ein paar Übernachtungen einplanen.«

»Vielen Dank, das war uns eine große Hilfe«, erwiderte Bark. Er hatte die ganze Zeit das starke Gefühl, dass dies hier nur der Anfang war und hinter der nächsten Ecke schon wieder etwas noch Schlimmeres wartete. Sie gingen zurück zum Auto, und er teilte dem Einsatzleiter mit, wo Daniel Gruvberg sich möglicherweise aufhielt. Eine Streife würde die Suche aufnehmen, während Bark und Ingrid weiter zu Molly Gruvberg fuhren, um zu hören, ob sie vielleicht mehr wusste. Auf dem Weg dorthin nahm er noch einmal Kontakt zu Gaby Wide auf, um die Erlaubnis zu erhalten, Daniels Handy zu orten, falls sie ihn nicht im Laufe der nächsten Stunde erreichten. Sie fand die Idee gut. Das schätzte er am meisten an Gaby: klare und schnelle Entscheidungen. Zumindest im Dienst.

»Meine Schwester und ich sind da mal gewandert«, erzählte Ingrid. »Man kommt an einem Hof vorbei, der Vackerfallet heißt, da ist es wirklich schön, und auf dem See Stora Per-Håksen wachsen Seerosen. Aber es ist, wie das Mädchen an der Tankstelle gesagt hat, das läuft man nicht mal so eben an einem Nachmittag. Wissen wir denn, wie lange Daniel und die Jungs dort bleiben wollten?«

»Soweit ich Lillemor richtig verstanden habe, sollten die Kinder am Sonntagabend wieder bei ihrer Mutter abgegeben werden«, sagte Bark. »Wir müssen das mit Molly Gruvberg besprechen. Wenn die beiden eine Zeit ausgemacht hatten, dann können wir uns ja dort mit ihm treffen, wenn wir ihn nicht vorher gefunden haben.«

Sie fuhren den Sikforsvägen entlang bis zum Mästarnas Park, wo Molly eine Wohnung gemietet hatte.

Ingrid kannte die Gegend und plauderte über die Skulpturen, die da standen und das schicke Formens Hus, in dem sich das Rathaus befand.

Bark hatte das Gefühl, dass Ingrid redete, um die schlimmen Erlebnisse der letzten Stunden von sich fernzuhalten. Beim Anblick von Lillemor mit eingeschlagenem Schädel in einer Blutlache war sie fast in Ohnmacht gefallen. Kristoffer war nicht sicher, wie belastbar sie momentan war, denn bis vor Kurzem war sie ja noch krankgeschrieben gewesen. »Anpassungsstörung F43.2« hatte als Diagnose auf der Krankschreibung gestanden, also eine psychische Belastungsreaktion. Er wollte sie nicht dazu zwingen, sich weiter mit dem Mord zu beschäftigen, dessen Opfer sie gesehen hatten. Wenn sie, um das alles auszuhalten, zwischen den Vernehmungen an etwas anderes denken musste, war das in Ordnung.

Sie parkten und stiegen aus dem Auto. Molly Gruvberg wohnte in einer Dreizimmerwohnung im zweiten Stock, und soweit er sich erinnerte, wohnte Eva Sandell, die Leiterin der Kita, im Erdgeschoss desselben Hauses. Schon im Treppenhaus waren Schreie zu hören, und ein rothaariger Junge um die fünf Jahre kam lebensgefährlich schnell auf dem Treppengeländer heruntergesaust, dahinter gleich noch ein rothaariger Junge, der ganz genauso aussah wie der erste. »Tschacka! Ich war Erster!«

»Ja, aber ich bin schneller gerutscht, viel schneller als du. Echt! Ich hab gewonnen. Gratulier mir! Voll die Todesfahrt, ich krieg die Medaille!«

»Seid ihr Noah und Leo?«, fragte Bark die beiden. Offenbar waren sie bereits wieder zu Hause.

»Ja, aber du kannst nicht wissen, wer wer ist, denn das

kriegt fast keiner raus. Leo hat einen Leberfleck auf der linken Backe und ich einen auf der rechten. Aber da muss man ja wissen, wo rechts und links ist.«

»Okay, dann bist du Noah. Ist deine Mutter zu Hause?«

»Ja, aber sie hat gerade Stress.« Noah runzelte die Stirn und schüttelte den Kopf. »Pass bloß auf. Du musst dir die Schuhe abputzen, bevor du reingehst!« Er hob den Kopf in dem Versuch, Barks Gesicht zu sehen, und fiel dabei fast auf den Hintern. »Wie heißt du?«

Bark ging in die Hocke, um auf Augenhöhe mit ihm zu sein. »Ich heiße Kristoffer und bin Polizist. Und ich verspreche, mir die Schuhe abzuputzen.«

»Und ich heiße Ingrid«, erklärte Ingrid. »Weißt du, wo dein Papa ist?«

»Nein, weil der hatte es supereilig. Jemand hat in der Nacht angerufen, und wir sind überhaupt nicht zum Angeln gegangen heute, so wie Papa es uns versprochen hat.«

»Weißt du, wer ihn angerufen hat?«

»Es klang wie eine Frau«, sagte Leo, der mit einem Rumms neben Noah auf dem Fußboden gelandet war.

Molly Gruvbergs Gesicht tauchte oben an der Treppe auf. »Leo und Noah, kommt bitte hierher! Ihr dürft nicht rausgehen, ehe ihr fertig gefrühstückt und euer Geschirr weggeräumt habt!«

»Könnten wir kurz reden?«, erkundigte sich Bark. »Es wäre gut, wenn sich jemand um die Kinder kümmern könnte. Es ist etwas … Ernstes geschehen.«

Molly Gruvberg hielt in der Bewegung inne. »Ich gucke mal eben, ob Eva zu Hause ist, dann können sie zu ihr runter.«

Eine Weile später saßen sie an Mollys Küchentisch. Sogar im Morgenmantel und ohne Make-up wirkte sie elegant, und die ungeordneten Locken sahen charmant aus. »Daniel, ist Daniel etwas passiert?«, fragte sie mit vor Entsetzen aufgerissenen Augen. »Ist ihm was zugestoßen? Hat er sich irgendwie verletzt?«

»Nein, aber er ist verschwunden. Wir suchen ihn. Es geht um Lillemor.« Bark machte eine kurze Pause, damit sie ihm folgen konnte. »Wir haben sie heute Morgen tot aufgefunden. Ermordet.«

Molly machte eine abwehrende Geste und ließ die Hand dann mechanisch auf den Tisch sinken. »Nein, das geht nicht. Das kann einfach nicht sein. Ich habe gestern Abend noch mit ihr gesprochen. Sie wollte zu Toms Haus gehen, und ich habe sie gefragt, ob sie Hilfe möchte, aber sie hat das abgelehnt und meinte, sie wolle allein sein. Sie täuschen sich, sie kann nicht tot sein.«

Bark übte keinen Druck aus, sie brauchte Zeit, um alles einsinken zu lassen und zu verstehen. Stattdessen wechselte er den Fokus. »Wenn ich es richtig verstanden habe, dann sollten die Zwillinge erst heute Abend zu Ihnen kommen. Ihr Ex-Mann wollte mit den beiden zum Angeln gehen und in einer Schutzhütte übernachten. Aber jetzt sind die Jungs hier. Was ist passiert?«

Mollys Augen wurden vor Wut zu schmalen Strichen. »Das, was immer passiert. Dass man sich auf ihn nicht verlassen kann. Sie sind nach Mitternacht zu mir nach Hause gebracht worden! Es war nach zwölf Uhr. Was, wenn ich nicht zu Hause gewesen wäre, oder wenn ich tief geschlafen hätte? Als ich Noah und Leo gefragt habe, was passiert ist, da haben sie gesagt, eine Frau hätte angerufen, und Papa hätte es dann supereilig gehabt. Sie haben Schlafsäcke und Luftmatratzen und einen Teil des Gepäcks zurückgelassen. Jetzt kann ich wahrscheinlich wie üblich hinfahren und mich um die Sachen kümmern. Ich bin es so leid, hinter Daniel aufräumen zu müssen. Und ich hoffe, dass ich ihn nicht mehr sehen muss, wenn ich erst das alleinige Sorgerecht habe, denn dann werde ich weit wegziehen.«

»Ihre Schwiegermutter, Lillemor, ist tot«, sagte Ingrid mit ihrer sanftesten Stimme, um sie daran zu erinnern.

Sie warteten Mollys bestürzte und fassungslose Reaktion ab, bevor Bark die Folgefrage stellen musste: »Wo waren Sie heute Nacht?«

»Hier in meiner Wohnung. Die Jungs waren total verdreckt, aber sie mussten trotzdem direkt ins Bett. Mir fiel es schwer, einzuschlafen, weil ich so wütend auf Daniel war. Er hatte den Jungs versprochen, dass sie Angeln gehen und den ganzen Sonntag im Wald verbringen würden. Und das hier könnte die letzte Chance gewesen sein, die er überhaupt hatte, um etwas Schönes mit ihnen zu unternehmen, und dann lässt er sie einfach im Stich und haut ab, weil ihn eine Frau anruft.«

»Haben Sie eine Ahnung, wer ihn angerufen haben könnte? Gibt es jemanden, den er trifft?«

»Das will ich nicht mal wissen. Ich bin fertig mit Daniel und wäre einfach nur dankbar, wenn er jemanden findet, der es mit ihm aushält.«

»Hat Daniel sich bei Ihnen gemeldet und gesagt, dass sie unterwegs sind?«

»Nein. Die Jungs sind auf dem Parkplatz abgesetzt worden, und ich hatte keine Ahnung, bis es klingelte.«

Molly stand vom Küchentisch auf und ging ruhelos auf und ab. »Von allem, was Daniel sich schon geleistet hat, ist das hier das Schlimmste. So verantwortungslos! Mitten in der Nacht! Was, wenn ich nicht aufgewacht wäre, um die beiden reinzulassen? Dann hätten sie alleine draußen in der Dunkelheit gestanden. Niemand hätte auf sie aufgepasst, und alles Mögliche hätte passieren können.«

»Könnte die Person, die Daniel angerufen hat, Lillemor gewesen sein?«, dachte Ingrid laut. »Was, wenn sie ihn angerufen hat, weil ihr Leben bedroht war?«

45

Es war Montagmorgen, und die alte Arbeitswoche war ohne Pause in die neue übergegangen. Im Laufe des Sonntags war die Suche nach Daniel Gruvberg intensiviert worden, jedoch ohne Erfolg. Bark und Ingrid hatten zusammen mit Kollegen aus Hällefors, Filipstad und Karlskoga die Gegend um den Wanderweg Silverleden abgesucht. Dabei hatten sie zurückgelassenes Gepäck gefunden, das den Namensschildern zufolge Daniel Gruvberg, Noah und Leo gehörte: Drei Isomatten, Schlafsäcke, einen gepolsterten Rucksack und Angelzubehör. In Lillemors Haus, das eine Viertelstunde zu Fuß von Tom Gruvbergs Haus entfernt war, war Daniel nicht, und ihr Auto, ein hellblauer Opel Omega von 1998, stand noch in der Garage.

Erst um Mitternacht waren sie wieder in Örebro gewesen. Daniels Handy war ausgeschaltet und konnte nicht geortet werden, aber Alex hatte mit Gaby Wides Genehmigung die Einzelverbindungsnachweise zu seinem Handy aus der letzten Woche in Auftrag gegeben. Doch noch lagen sie nicht vor.

Das Team versammelte sich im Turm, und Bark fasste zusammen, was sie über den Mord an Lillemor Gruvberg wussten und wie der Stand der Ermittlung war. »Wir wissen nicht, wer sie ermordet hat, doch wahrscheinlich haben wir die Mordwaffe. Laut Ali findet sich auf der

Hacke, die an der Wand in Tom Gruvbergs Holzschuppen hing, dieselbe Blutgruppe, wie sie auch Lillemor hatte: AB positiv. Ob es sich um dieselbe Gartenhacke kleineren Modells handelt, die beim Mord sowohl an Oskar Davidsson als auch an Tom Gruvberg benutzt wurde, müssen wir noch herausfinden. Lillemors Leiche ist heute zur Obduktion in die Gerichtsmedizin gebracht worden.«

Alex konnte sich nicht beherrschen und unterbrach ihn. »Versucht der Mörder, uns an der Nase herumzuführen? Warum dreimal die Hacke benutzen und sie dann in Toms Holzschuppen hängen? Soll das heißen, die Arbeit ist getan?«

»Im Moment gibt es ziemlich viele Fragezeichen«, meinte Gaby Wide, die sich dem Team angeschlossen hatte. Sie trug ein schwarzes Kostüm und eine weiße Bluse, das blonde Haar war zu einem strengen Pferdeschwanz zurückgekämmt. Bark bemerkte, dass sie angefangen hatte, wie Zimmermann mit hohen Absätzen herumzulaufen, ihre waren vielleicht sogar noch etwas höher.

»Lillemor Gruvberg hat mir am Samstag um 23:32 Uhr eine SMS geschickt, die ich erst am Morgen gesehen habe. Molly Gruvberg sagt, dass die Zwillinge ein paar Minuten nach Mitternacht bei ihr angekommen seien. Das bedeutet, dass sowohl Molly als auch Daniel die Möglichkeit hatten, Lillemor zu töten. Ich hoffe nicht, dass es so schlimm ist, allein schon wegen der Kinder, aber wir können niemanden und nichts ausschließen.«

Ingrid streckte sich und suchte Blickkontakt mit Bark, um das Wort ergreifen zu können. »Noah hat gesagt, dass eine Frau Daniel angerufen hätte. Könnte das Lillemor gewesen sein, oder war es jemand anders?«

»Vielleicht die Mörderin?«, schob Mia ein. »Wenn Daniel Gruvberg am Haus seines Großvaters aufgekreuzt wäre, wo Lillemor Gruvberg ermordet wurde, und Zeugen das gesehen hätten, dann würde er doch wohl für den Mord verantwortlich gemacht werden.«

Henrik bemerkte: »Hoffen wir mal, dass die Einzelverbindungsnachweise uns eine Antwort darauf geben.«

»Die Zwillinge sollten von jemandem vernommen werden, der Erfahrung mit Kindern in dieser Situation hat«, sagte Gaby Wide und sah Mia an. »Du hast doch schon Kinder vernommen, wenn ich mich richtig erinnere?«

Mia nickte. »Ja, denn damit es vor Gericht hält, ist es wichtig, alle Fragen gründlich im Vorhinein zu durchdenken, damit man nur ein einziges Verhör hat, das auf Video aufgenommen wird. Möchtest du, dass ich das vorbereite?«

Gaby nickte. »Ja, da Daniel Gruvberg offenbar unter dramatischen Umständen verschwunden ist und wir immer noch keinen Kontakt zu ihm haben, könnte das entscheidend sein.«

Bark hatte einen Einwand. »Vielleicht wäre es klug, damit bis nach der Entscheidung des Familiengerichts über das Sorgerecht zu warten. Daniel und Molly sollten sich ja deswegen heute um elf Uhr beim Jugendamt der Gemeinde einfinden. Vielleicht kommt er ja.« Er sah Mia an. »Bereite du doch schon mal die Fragen vor, und dann vernehmen wir ihn und die Zwillinge danach, wenn wir hoffentlich seine Version gehört haben.« Bark hob den Blick und sah allgemeine Zustimmung. »Mal grundsätzlich: Worum geht es hier überhaupt? Was halten wir davon?«

»Bei Tom und Lillemor Gruvberg kann es um das immerhin beträchtliche Erbe gehen, aber Oskar Davidsson passt irgendwie nicht hinein«, meinte Henrik. »Hat Ali gesagt, ob etwas fehlte? Lillemors Handtasche zum Beispiel oder ihr Portemonnaie oder Bargeld?«

»Alles war noch da, genau wie bei Tom auch«, sagte Bark. »Außerdem hat Ali das Puzzle mit den Papierschnipseln gelegt, und es handelt sich dabei tatsächlich um Toms Testament. Lillemor hätte ihren Erbteil bekommen, der jetzt an Daniel geht, und Carina Lindgren, die Bibliothekarin, erbt zehn Millionen Kronen.«

»Zehn Millionen! Ist das wahr?«, fragte Mia erstaunt.

»Zwei Personen haben seine Unterschrift bezeugt, was nicht bedeutet, dass sie wussten, was im Testament stand. Sie bezeugten nur, dass er bei der Unterschrift in guter geistiger Verfassung war.«

»Trotzdem sollten wir die beiden Zeugen zu einer Vernehmung holen, wir können unsere Kollegen in Hällefors darum bitten«, sagte Bark. »Und dann schlage ich vor, dass wir Daniel Gruvberg doch jetzt schon zur Fahndung ausschreiben. Die letzte Spur, die wir von ihm haben, ist, als er die Kinder auf dem Parkplatz abgesetzt hat, wo ihre Mutter wohnt. Irgendjemand muss doch das Auto gesehen haben.«

Gaby war sofort dabei. »So machen wir das.«

»Ich habe sein Auto gecheckt«, sagte Alex. »Er hat einen schwarzen Volvo V70, 2005er-Modell.«

Bark ergänzte, was er von dem Auto gesehen hatte, als sie am Freitag bei Daniel Gruvberg zu Hause gewesen waren. »Er hat eine abgenutzte Federung, hängt also hinten durch, und große Zusatzleuchten. Dann eine getönte

Heckscheibe, bei der die Tönungsfolie angefangen hat, ein bisschen abzublättern, und einen Aufkleber vom Tierpark Eskilstuna von 2021.«

»Ich habe das Vorstrafenregister überprüft«, sagte Ingrid. »Daniel hat für sechs Monate wegen Trunkenheit am Steuer den Führerschein verloren. Davor ist er schon einmal mit 0,3 Promille aufgegriffen und verwarnt worden. Das ist ein Jahr her. Wir können also annehmen, dass es ein Problem gibt, was Alkohol betrifft. Doch es ist nicht erwiesen, dass er andere Drogen nimmt.«

»Er nimmt Citodon gegen seine Rückenschmerzen«, ergänzte Bark.

Ingrid schaute auf ihrem Laptop nach. »Ich habe eine Kreditüberprüfung laufen lassen, und er hat das Haus bis zum Schornstein mit Hypotheken belastet – wahrscheinlich, um Molly auszahlen zu können. Und dann hat er kurzfristige Schulden bei einer Reihe von Kreditgebern von fast einer Million.«

»Aber laut Lillemor hatte er sich in letzter Zeit zusammengerissen und versucht, seine Finanzen in den Griff zu bekommen, um das Umgangsrecht für die Kinder jede zweite Woche behalten zu können. Seine Chancen, das durchzukriegen, standen besser, solange er mit Lillemors Unterstützung rechnen konnte. Heute erhalten sie den Bescheid.«

»Ich denke an die Kinder ... Wie soll das ohne Lillemor gehen?«, sagte Ingrid.

Auch Bark war bekümmert. »Sie scheint alles für sie getan zu haben.«

Henrik kratzte sich nachdenklich den Bart. »Wir können nicht ausschließen, dass Daniel sich das Leben genommen hat, oder? Wenn ich Gefahr liefe, von einem Tag auf den anderen meine Kinder zu verlieren, und wenn ich glauben würde, da keine Chancen zu haben und dass es meine eigene Schuld wäre, weil ich ein schlechter Vater war, dann würde ich die Sinnlosigkeit wahrscheinlich als zu groß empfinden, aufgeben und mir das Leben nehmen.«

Mia warf ihm einen freundlichen Blick zu. »Das ist nicht undenkbar. Aber der springende Punkt ist doch: Wer war die Frau, die Daniel mitten in der Nacht angerufen hat? Und was hat sie gesagt, dass er sofort aufspringt und losrennt?«

Darauf wusste Bark keine Antwort. »Mia und ich fahren zum Jugendamt in Hällefors, wo Daniel und Molly demnächst jemanden treffen sollen, der ihnen das Urteil des Familiengerichts überbringt. Damit will man einen Konflikt vermeiden und sie dazu bringen, den Beschluss gemeinsam zu bearbeiten. Das war Mollys Vorschlag. Womöglich hatte sie Angst, dass Daniel gewaltsam reagieren würde.«

Als sie gerade aufbrechen wollten, waren rasche Schritte auf der Treppe zum Turmzimmer zu hören, und Ali tauchte auf. »Gaby, ich bräuchte dich mal.«

Gaby sah erstaunt aus. »Okay?«

»Wir haben doch von dem Kind im Tyskmossen gesprochen, das eine Halskette trug.«

»Ja, aber nach so langer Zeit können wir niemanden für die Tat festnehmen, deshalb ist diese Ermittlung ziemlich weit unten in der Prioritätenliste gelandet.«

»Es gibt Verbindungen«, widersprach Ali. »Der Stein im Anhänger und die Steine in Tom Gruvbergs Dose sind laut Experten gleich.«

Mia sah seinen eifrigen Blick. »Måna-Lisa Skog hat sie Nordlichtsmaragde genannt. Offenbar hat ihr Großvater die so genannt, als er die Snusdose und den Anhänger für Birger, Tom Gruvbergs Vater, angefertigt hat.« Mia fiel etwas ein: »Toms Vater kann also dem Kind den Anhänger gegeben haben. Klingt das logisch?«

»Vielleicht sollte man die DNA zwischen Tom und dem Mädchen im Tyskmossen vergleichen«, schlug Ingrid vor.

»Wir haben klare Anweisung von Zimmermann bekommen, keine Ressourcen darauf zu verwenden«, meinte Gaby mit einem kleinen Lächeln. »Aber es kann ja jeder mal einen Fehler machen. Also gut, wir stellen versehentlich die Frage an das Forensische Labor, ob es zwischen den beiden eine Übereinstimmung gibt.«

Ali sah erleichtert aus. »Ich möchte sowohl die Steine im Schmuckstück als auch die in der Dose von einem unabhängigen Expertenteam untersuchen lassen. Die machen das aus reiner Neugier unter absoluter Verschwiegenheit und kostenlos. Das hier kann ein Typ Edelstein sein, der offiziell noch nie zuvor gesichtet wurde.«

»Das könnte dann auch ein sehr gutes Mordmotiv sein«, gab Bark zu bedenken.

Sie brachen auf, um sich jeder um seine Aufgaben zu kümmern. Bark und Mia begaben sich nach Hällefors, um Daniel Gruvberg zu treffen, falls er wie verabredet zu der Besprechung mit den Zuständigen vom Jugendamt kommen würde. Sie diskutierten über das, was während der morgendlichen Besprechung herausgekommen war.

Bark konnte Alis Neuigkeit nicht vergessen. »Gehen wir mal davon aus, dass es um die Steine ging und dass Tom durchaus beraubt wurde, obwohl es nicht so aussah wie ein Raub, da er seine Brieftasche mit dem Bargeld noch bei sich hatte. Denken wir mal stattdessen, dass der Dieb es auf die Snusdose abgesehen hatte. Aber die hatte er nicht dabei, denn er hatte sie bei Berit Nilsson auf dem Küchentisch vergessen.«

»Wenn die Steine das Motiv sind«, sagte Mia, »dann muss es jemand sein, der wusste, dass sie wertvoll sind. Und in dem Fall weist alles auf Måna-Lisa Skog und vielleicht ihre Mutter Mandis hin. Wer sonst kann das gewusst haben?«

»Tom könnte darüber nachgedacht und seine Gedanken mit jemandem geteilt haben. Und dann haben wir noch den Erzfeind Matti Björk. Könnte Birger die Steine gefunden und Tom dann am Fundort geschürft haben?«

Mia war verwirrt. »Aber wenn die Dose und der Schmuck in den Zwanzigerjahren hergestellt wurden, warum hat dann die Welt erst jetzt von den fantastischen Steinen erfahren?«

»Der Silberschmied Johannes muss ja gewusst haben, dass die Steine von unschätzbarem Wert sind, und er hat das Geheimnis in der Familie bewahrt.« Bark fiel ein, dass Måna-Lisa Skog angeboten hatte, das Notizbuch zu suchen, in dem Johannes seine Skizzen von älteren Schmuckstücken angefertigt hatte.

Mia warf ihm einen raschen Blick zu. »Man fragt sich, ob Måna-Lisa Skog ihren Kunden auf dem Markt, darunter Eva und Molly und vielleicht noch anderen, davon erzählt hat. Das ist doch ein gutes Verkaufsargument.«

»Ich glaube nicht, dass sie das getan hätte«, wandte Bark ein. »Aber wenn diese seltsamen Steine das Motiv sind, wie passt dann Oskar Davidsson ins Bild? Er ist auf dieselbe Weise ermordet worden wie Tom und Lillemor, scheint aber trotzdem außen vor zu sein.« Er dachte in eine neue Richtung. »Könnte er auf irgendeine Weise darauf gekommen sein, dass Tom Gruvberg wertvolle Steine besaß? Kann er sich welche davon beschafft und versucht haben, sie zu verkaufen? Vielleicht hat Tom ihn erwischt und ist in die Kita gefahren, um Oskar zur Rede zu stellen.«

»Das passt aber nicht«, sagte Mia. »Tom Gruvberg hat gesagt, er müsse die Kinder beschützen. Das klingt nicht so, als hätte er es auf Oskar Davidsson abgesehen gehabt.«

»Aber er war verwirrt. Möglicherweise hat er den Elchstutzen rausgeholt, und als er die Zwillinge sah, sein ursprüngliches Anliegen vergessen.«

Als sie fast in Hällefors angekommen waren, rief Alex an. »Es geht um das letzte Handy-Gespräch von Daniel. Ich habe jetzt eine Nummer. Leider kam es von einer Prepaidkarte und von einem nicht registrierten Handy, aber die Nummer gebe ich euch.«

Bark notierte sie und rief direkt an. Das Telefon war ausgeschaltet. Daraufhin nahm er wieder Kontakt zu Alex auf. »Wir müssen Daniels Handy finden, sowie er es einschaltet. Vielleicht hat es ja eine Suchfunktion.«

»Und noch eine Sache. Das vorletzte Gespräch ging an 1177, die Nummer des Gesundheitszentrums.«

»Kannst du dem mal nachgehen? Wahrscheinlich dauert es, die Schweigepflicht aufzuheben. Aber ich wüsste gerne, worum es in dem Gespräch ging. Wir sind jetzt in Hällefors. Man könnte doch meinen, dass jemand Daniels Auto gesehen und wiedererkannt haben sollte.« Bark wandte sich an Mia. »Würdest du sagen, Daniel wirkte verzweifelt genug, um seine Mutter und seinen Großvater wegen des Geldes umzubringen?«

»Kommt drauf an. Wenn jemand ihn verfolgt und seine Kinder bedroht hat, weil er offene Schulden hatte, dann wäre er zu allem fähig, glaube ich.«

46

Lydia

Ester ist körperlich gebrechlich und psychisch stark, obwohl sie über neunzig Jahre alt ist. Das ist ein Erbe, das
eine Generation übersprungen hat. Meine Mutter war
psychisch schwach, aber ich besitze Esters Stärke und
messe mich daran. »Meine Mutter konnte nicht für sich
selbst sorgen«, sage ich, um eine Reaktion zu provozie-
ren. »Sie war deine Tochter, und du hast dich von ihr zurückgezogen. Großmutter Ester, du bist mir eine Erklärung schuldig.«

In diesem Moment ist ihr Blick zugewandt, und über-
raschenderweise legt sie ihre knochige, kühle Hand auf
meine. »Nein, das konnte sie nicht. Deine Mutter Siv
konnte sich weder um dich, noch um sich selbst kümmern.«

»Erkennst du deine Schuld an meinem Unglück? Ich
bin ohne einen Erwachsenen aufgewachsen, der mir
Sicherheit oder die Fürsorge geben konnte, die ein Kind
benötigt. In der Schule haben sie gesagt, ich würde nach
Pisse riechen. Ich hatte selten saubere Kleider, keine
Sportsachen und viel zu enge oder zu große Schuhe – je
nachdem, was Mama finden konnte oder andere uns
gaben. Mama hat Geld vom Sozialamt bekommen, das

die besoffenen Typen ihr dann wieder abgeschwatzt haben. Sie war so gutgläubig und leicht reinzulegen, glaubte nie an das Böse. Unser Rattenloch wurde ein Aufenthaltsort für eklige alte Säufer. Ich wurde natürlich gemobbt und geschlagen, bis zu dem Tag, an dem ich mich entschied, mich zu wehren, die Haare einer Schulkameradin anzustecken und jemandem die Nase einzuschlagen. Das war vielleicht der beste Moment meines Lebens. Ich erhielt Respekt. Da plötzlich reagierte die Erwachsenenwelt. Erst da wurden Ressourcen eingesetzt.«

»Es tut mir so leid.« Esters Augen sind feucht. »Ich wusste nicht, dass es so schlimm war. Ich hätte mich zusammenreißen sollen, aber ...«

»Es war schlimmer, als du dir je vorstellen kannst. Glaubst du, dass die ekligen Alten mich in Ruhe gelassen haben, als meine Brüste wuchsen und weibliche Formen sichtbar wurden? Wo warst du da, Großmutter? Warum warst du nicht für mich da?«

Ester sieht aus, als würde sie die Worte gründlich abwägen. »Deine Mutter Siv hätte niemals gezeugt werden dürfen. Ich konnte das Kind, das ich geboren hatte, nicht ansehen, ohne dass es mich bei dem Anblick grauste. Ich schaffte es nicht, sie an meine Brust zu nehmen. Es gab keine Mutterliebe in mir. Ich hasste dieses kleine Bündel, das immer nur schrie. Sie hatte Klumpfüße und an der einen Hand nur vier Finger, und sie lernte erst sprechen und laufen, als sie schon fast fünf Jahre alt war. Ich wollte sie loswerden. Aber sie wollte leben, trotz aller Versuche, sie abzutreiben. Nur *Verzeihung* zu sagen genügt nicht, das weiß ich. Deine Kindheit war nicht einfach, und ich habe es nicht geschafft, dir zu helfen, ohne selbst in Scham und Dunkelheit zu versinken. Ich habe versucht, mir das Leben zu nehmen.«

Jetzt sehe ich, dass Ester weint.

»In Scham zu versinken? Meinst du die Scham, die das Schicksal der Mütter in unserer Familie ist?«

47

Daniel Gruvbergs Handy war in einem Graben in der Nähe von Toms Haus gefunden worden. Wie sie schon angenommen hatten, war es ausgeschaltet. Die Frage war nun, ob er sich dort befunden hatte, als seine Mutter ermordet wurde.

Bark nahm Kontakt zu Ingrid auf. Sie hatte die Aufgabe, einen noch tieferen Blick in Daniel Gruvbergs Finanzen zu werfen, und Kristoffer wollte wissen, wie weit sie gekommen war.

»Kannst du sehen, ob Daniel große Mengen Bargeld abgehoben hat? Oder ob er größere Summen auf unbekannte Konten überwiesen hat?«

»Du meinst, ob man den Verdacht haben muss, dass er erpresst wurde oder jemand von ihm Geld eintreiben wollte? Ich werde mal sehen, was ich finde.« Ingrid seufzte kaum hörbar. »Zimmermann war hier. Sie verlangt Ergebnisse. Sie hat Adrian Molinder als Verdächtigen ausgemacht, und jetzt, nach dem Mord an Lillemor, hat sie nichts Beruhigendes, was sie der Allgemeinheit sagen könnte. Nun kann Adrian Molinder aber Lillemor bewiesenermaßen nicht getötet haben, denn da war er in Untersuchungshaft und hat auf seine Verhandlung als Hauptverdächtiger im Fall der Brandstiftung mit Todesfolge und eines angezündeten Autos gewartet. Die Bewohner von Hällefors verlangen Aufklärung, nachdem nun drei Personen auf unbegreifliche Weise brutal ermordet wurden.«

»Adrian Molinder kann eine dritte Person dafür bezahlt haben. Falls Lillemor Zeugin von etwas geworden war oder wusste, wer Tom getötet hat. Natürlich hast du auch Adrians Finanzen gecheckt, oder?«

Jetzt klang Ingrid düster und fast traurig. »Ja, und da sieht es richtig übel aus. Adrian lebt von Sozialhilfe und ist arbeitssuchend, kriegt aber keinen Job, weil er im Knast war. Ihm sind die Flügel gestutzt, und er hat wenig Möglichkeiten, zurück auf den geraden Weg zu kommen, obwohl er jung und gesund ist und für die Gesellschaft von Nutzen sein könnte. Und so ist die einzige Methode, wie er sich versorgen kann, weiterhin Drogen zu verkaufen oder schwarz zu arbeiten.«

»Da hast du sicher recht. Man würde sich wünschen, dass es für ihn einen Weg zurück gäbe. Es ist ja wie lebenslänglich, wenn er keinen Job kriegt und die Gesellschaft ihn nicht wieder aufnimmt.« Bark suchte nach etwas Konkretem, das die Ermittlung weiterbringen könnte. »Haben Alex oder Henrik irgendwas herausgefunden, was ich wissen sollte?«

»Henrik ist nach Hause gegangen. Die Kita hat angerufen. Krankes Kind. Und Alex ist bei seiner Schießübung. Zimmermann hat ihn deswegen wieder genervt. Aber bevor er gegangen ist, hat er gesagt, dass die zuständige Person von der ärztlichen Notrufnummer ihm nach ein paar Runden in Sachen Schweigepflicht erzählt hat, dass sie Daniel Gruvberg den Rat gegeben hat, sich eine Tetanusspritze geben zu lassen.«

»Tetanus? Was kann da denn passiert sein?«

Bark und Mia waren jetzt angekommen und parkten wie beim letzten Mal auf der Dachterrasse des Polizeireviers von Hällefors. Bark verspürte eine quälende Unruhe, so als ob ihm etwas Wichtiges aus den Händen gleiten würde, weil er das Muster nicht erkennen konnte. Hing alles zusammen? War es ein Mörder, oder waren es mehrere Täter mit verschiedenen Motiven? Die Vorgehensweise war identisch. Die Kopfverletzungen der Opfer sahen aus, als wären sie mit demselben Werkzeug ausgeführt worden, nämlich der Gartenhacke, die plötzlich in Tom Gruvbergs Holzschuppen aufgetaucht war.

Weiter kam er nicht in seinem Gedankengang, denn sie wurden von den Kollegen im Polizeirevier mit einem Becher Kaffee begrüßt. Die hatten einiges zu erzählen.

»Wir haben einen Zeugen, der einen schwarzen Volvo älteren Modells irgendwo zwischen dem Mjödhamnen und der OK-Tankstelle gesehen hat, also im südlichen Teil des Ortes.«

»Mjödhamnen?«, fragte Mia erstaunt.

»Ja, das ist eine Firma, die machen Met aus Honig, wie die alten Wikinger. Denen ist es sogar gelungen, ihre Produkte im Alkoholgeschäft unterzubringen.«

»Entschuldige meine Neugier«, sagte Mia. »Sprich weiter!«

Der Kollege stellte den Kaffeebecher ab. »Es war am Samstagabend vor Mitternacht. Da hat der Zeuge das Auto beim Mjödhamnen gesehen. Und ein anderer Zeuge hat in der Nacht um halb zwei Uhr einen schwarzen Volvo in der Nähe vom Hammars Wirtshaus gesehen, das südlich vom Naturreservat Hammarmossen liegt. Der

Volvo ist auf den Västra Fjällbovägen eingebogen. Wir haben die Umgebung nach dem Auto abgesucht, jedoch ohne Erfolg.«

Bark schaute auf die Uhr. Es war an der Zeit, aufzubrechen. Um elf würden Daniel und Molly Gruvberg sich im Jugendamt treffen, um zu erfahren, wie das Familiengericht in ihrem Sorgerechtsstreit entschieden hatte. Das Urteil würde in Gegenwart der beiden Anwälte und zweier Jugendamtsmitarbeiter verlesen werden, und Daniel hatte alles zu verlieren, wenn er nicht auftauchte.

Bark und Mia liefen gerade das kurze Stück über die Straße, als sie Molly entdeckten. Sie ging mit dem Handy am Ohr vor dem Gebäude auf und ab. Als sie die beiden sah, eilte sie mit schnellen Schritten auf sie zu.

»Daniel geht immer noch nicht ans Telefon. Was, wenn er nicht kommt? Er weiß wahrscheinlich nicht, dass Lillemor tot ist. Niemand hat ihn gesehen, seit er die Zwillinge abgesetzt hat. Er ist ein Idiot, wenn er nicht kommt!«

»Das wäre natürlich überhaupt nicht gut«, stimmte Mia zu. »Wo sind die Zwillinge jetzt?«

»Sie sind in der Kita, die können übergangsweise Räumlichkeiten im Folkets Hus nutzen. Eva passt besonders auf sie auf, für den Fall, dass Daniel versuchen sollte, irgendetwas Dummes zu tun.«

»Wenn Daniel nicht kommt, dann muss ich die Kinder vernehmen, sie haben ihn zuletzt gesehen.« Mia erklärte, wie das vor sich gehen würde.

Molly sah resigniert aus. »Ich habe sie gefragt, aber sie wissen nichts«, sagte sie. »Sie sind einfach nur wütend und enttäuscht, weil sie nicht in der Schutzhütte schlafen und angeln durften, wie er es ihnen versprochen hat.«

Molly musste jetzt los zum Jugendamt, das auf der Rückseite des alten Rathauses lag. Bark und Mia folgten ihr und warteten draußen, damit sie mitbekamen, falls Daniel käme. Es gab zwei Eingänge auf der Rückseite. Rollos an den Fenstern schützten die Menschen, die dort drinnen um Hilfe baten, gegen Blicke von außen. Sicher war es für Molly als Chefin der Gemeindeverwaltung nicht leicht, sich dort in einem schwierigen Sorgerechtsstreit einfinden zu müssen. Nach einer Stunde sahen sie Molly mit rotgeweinten Augen wieder herauskommen.

Mia ging zu ihr. »Was ist passiert?«

»Daniel ist nicht gekommen! Ich hätte das hier gern aus der Welt geschafft. Warum macht er so was nur, wenn es ihm doch selbst schadet? Will er mich einfach nur bestrafen? Ich kann nicht mehr! Was soll ich nur tun?«

»Und das Urteil des Familiengerichts?«, fragte Mia und berührte vorsichtig Mollys Schulter.

»Das sieht nicht so aus, wie ich es mir vorgestellt habe. Wir haben nach wie vor geteiltes Sorgerecht. Das Gericht pocht auf das Recht der Kinder auf gute Beziehungen zu beiden Eltern. Ein Sorgerechtsstreit soll nichts mit Gerechtigkeit zwischen den Eltern zu tun haben. Die Bedürfnisse der Kinder werden als wichtiger angesehen als das Bedürfnis der Eltern, die Kinder bei sich zu haben. Die haben doch überhaupt nichts verstanden! Daniel hat Alkoholprobleme, und jetzt lebt seine Mutter nicht mehr, um für ihn in die Bresche zu springen!« Jetzt schrie Molly laut. Das passte überhaupt nicht zu der kontrollierten und wohlartikulierten Person, die Bark zuvor kennengelernt hatte. Offensichtlich war sie an ihre Grenzen gekommen.

»Das ist hart, das verstehe ich«, sagte er.

»Hart? Das ist verdammt ungerecht. Ich habe für alles Papiere vom Jugendamt und von anderen Zeugen, die seine Defizite klar unter Beweis stellen. Ich habe alles dokumentiert. Daniel ist damals völlig unvorbereitet zum Gericht gekommen. Aber es reicht offenbar aus, dass die Jungs sagen, dass sie ihren Papa lieb haben und mit ihm zusammen sein wollen. Immer war ich diejenige, die Grenzen setzen und streng sein musste, während Daniel zwischendurch gespielt und sie unterhalten hat. Ich bin so wahnsinnig enttäuscht und wütend und besorgt, wie es ihnen jetzt ergehen wird, ohne Lillemor, die sich um sie kümmern kann.« Molly warf einen Blick über die Schulter. Carina Lindgren kam aus der Bibliothek, grüßte, ging an ihnen vorbei und über die Straße zum Supermarkt. Molly wartete einen Moment, um sich zu versichern, dass sie außer Hörweite war.

»Eva von der Kita wird eine Beschwerde über ihn beim Jugendamt einreichen.«

Sie verabredeten, dass Molly direkt nach dem Mittagessen mit den Zwillingen zu einer Vernehmung auf das Polizeirevier kommen sollte. Mia und Bark gingen schon mal vor, um alles für die Videoaufnahme vorzubereiten.

»Heute Nacht habe ich ziemlich schlecht geschlafen«, gestand Mia. »Vernehmungen von Kindern sind das Schwierigste, was es gibt. Alle Fragen müssen sehr gut durchdacht sein und in der richtigen Reihenfolge stehen, und sie dürfen in keiner Weise suggestiv sein, aber trotzdem muss es noch Raum geben, um Folgefragen zu stellen, wenn etwas Unerwartetes auftaucht. Überdies muss man sich kurz halten, denn Kinder haben nicht viel

Geduld.« Sie schob ihr Mittagessen in die Mikrowelle. »Was, glaubst du, könnte Daniel passiert sein?«

Darauf hatte Bark mehr Antworten, als ihm lieb war. »Er kann sich umgebracht haben, weil er dachte, dass er seine Kinder nie mehr würde treffen dürfen. Jemand anders kann ihn umgebracht haben – Molly oder jemand, den sie damit beauftragt hat, oder jemand mit einem anderen Motiv als Rache oder Gier. Oder er hält sich absichtlich versteckt und will … was weiß ich … seine eigenen Kinder entführen.«

48

Kristoffer Bark setzte sich zum Mithören in das Zimmer mit dem Einwegspiegel. Im Vernehmungsraum saß Mia Berger und war im Begriff, mit einem kleinen rothaarigen Jungen namens Noah Gruvberg über das Verschwinden seines Vaters zu sprechen. Der Junge sprudelte vor Energie und konnte keine Sekunde stillsitzen. Als Bark ihn das letzte Mal gesehen hatte, war er das Treppengeländer in Molly Gruvbergs Hausflur heruntergesaust, und kurz danach war ihm sein Bruder Leo wie ein Wirbelwind gefolgt.

Molly und Noahs Zwillingsbruder warteten in der Bibliothek auf der anderen Straßenseite darauf, dass Leo an der Reihe wäre, vernommen zu werden.

»Meine Oma ist tot«, sagte Noah. »Tot bedeutet, dass sie nicht mehr in ihrem Haus wohnt, weil sie auf ihre alten Tage ein Engel geworden ist.« Das klang ein wenig altklug, so als hätte er es aus der Erwachsenenwelt übernommen, dachte Bark und konzentrierte sich auf jedes Wort.

»Und ich bin voll wütend auf sie, denn es ist gemein, Flügel zu benutzen, wenn nicht alle im Wettkampf Flügel haben. Oder wenn man als Extraleben Flügel kriegt, weil man auf Pilze getreten ist. Wenn das gemogelt ist, dann gewinnt man nämlich nicht.«

»Das stimmt«, sagte Mia. »Am Samstag wolltet ihr, dein Papa, Leo und du, angeln gehen. Hattet ihr da was dabei?«

»Ganz viel Essen. Ich hatte ein Brot in meinem Rucksack und Leo auch eins, aber er ist umgekippt, als wir gekämpft haben, und da ist der ganze Brotlaib platt geworden.«

»Und was hatte euer Papa für Essen dabei?«

»Zwei Pakete Wurst und Omas Fleischbällchen, denn die wollten wir auf die Brote tun.«

»Was habt ihr am Abend gegessen?«

»Papa hat ein Feuer gemacht, und wir haben Stockbrot gemacht.«

Mit diesen Fragen wollte Mia eine Vorstellung davon bekommen, für wie lange der Ausflug eigentlich geplant gewesen war. Es schien zu stimmen, dass Daniel vorgehabt hatte, die Kinder erst am Sonntagabend zu Beginn von Mollys Kinderwoche abzugeben.

Mia fragte weiter. »Habt ihr im Wald jemanden getroffen?«

»Nö.« Noahs Aufmerksamkeit war verloren gegangen, weil er in seiner Socke ein kleines Loch entdeckt hatte. Er zupfte und zog daran, um herauszufinden, ob er seinen großen Zeh durch das Loch schieben könnte. Das konnte er.

»Oh, du hast ja ein Loch in der Socke«, sagte Mia. »Deine Mama kann das sicher wieder stopfen. Jetzt möchte ich, dass du noch mal ganz doll daran denkst, wie es war, als ihr im Wald wart.«

»Da war ein Alter mit einem Hund, den wir nicht streicheln durften, weil der keine Kinder mag.«

»Kannst du dich erinnern, wie der Alte aussah?«

»Er war dick und hatte eine Glatze.« Noah lachte über sich selbst. »Und der Bauch von dem Hund hing so weit runter, dass der fast über sich selbst gestolpert ist.«

»Was ist dann passiert?«

»Wir konnten nur minikurz angeln, weil dann das mit dem Blut passiert ist. Es kam superviel Blut aus Papas Hand.«

Bark erinnerte sich, dass Daniel beim Gesundheitszentrum angerufen hatte, die ihm den Rat gegeben hatten, sich eine Tetanusspritze geben zu lassen.

»Wie ist das denn passiert?«

»Weiß nicht. Aber es ist Blut gekommen.«

»Was hat er dann gemacht?«

»Ein Pflaster draufgeklebt und eine Socke geholt.«

Kristoffer sah das Puppentheater vor sich, das er mit Vera als Publikum gespielt hatte, mit einem roten und einem grauen Strumpf auf jeder Hand als Rabe und Lamm, die sich unterhielten.

»Was hat er mit der Socke gemacht?«, fragte Mia.

»Hat sie ganz fest geknotet, um das Blut zu stoppen. Er war voll sauer auf den Alten und hat gesagt, dass der dran schuld war. Weil der Hund nicht an der Leine war.«

»Wie kam es denn, dass dein Papa verletzt war?«

»Der Hund hat ihn gebissen. Das war ein superdummer Hund, der hat Leo gejagt, und da hat Papa ihm einen Faustschlag versetzt. Pang, mitten auf die Schnauze.«

»Okay, und was ist dann passiert?«

Noah zog seine Socke aus und betrachtete sie von innen, um durch das Loch zu schauen.

»Der Alte hat gesagt, er ruft die Polizei an. Und Papa

hat gesagt, die Polizei sollte den Hund lieber erschießen.«
Noah sah traurig aus. »Das wollte ich nicht, auch wenn
der dumm war. Dann ist der Alte mit dem Hund weg, und
da haben wir geangelt.«

»Habt ihr was gefangen?«

»Darüber will ich gar nicht reden«, sagte Noah entschieden.

»Warum nicht?«, versuchte Mia und sah interessiert
aus.

»Weil Leo gemogelt hat und die ganze Zeit an der besten Stelle stand, da wo ich stehen wollte, und weil er mich
geboxt hat.«

»Was hatte denn dein Papa für eine Laune?«

»Alle mögliche Laune«, antwortete Noah, nachdem er
ein wenig nachgedacht hatte. »Wütend und froh und
traurig, und Angst hatte er auch.«

»Wieso hatte er Angst?«

»Weil Nacht war, und Leo hat geschlafen, aber ich
nicht, weil Papa und ich den Mond und die Sterne angeguckt haben. Man kann auf dem Mond landen, aber
man braucht dann solche Astronautenschlafanzüge und
eine Glaskugel auf dem Kopf. Und dann hat wer angerufen.«

»Kannst du erzählen, was der im Telefon gesagt hat?«

»Nein, aber es war eine Frau, und sie hat leise geredet.«

»War das eine Stimme, die du kanntest?«

»Weiß nicht. Aber Papa hat voll ausgesehen, wie wenn
er Angst hat, und dann hat er gesagt, dass wir uns beeilen
müssen.«

»Wo solltet ihr hin?«

»Zum Auto. Natürlich. Das war total weit, und ich habe meine Taschenlampe nicht gefunden. Das war ungerecht, weil Leo seine nicht ausleihen wollte und Papa auch nicht. Und da waren Gespenster im Wald, eine Grubenhexe, die uns gejagt hat.«

»Eine Grubenhexe, wie sieht die denn aus?«, erkundigte sich Mia neugierig.

»Das musst du meinen Uropa fragen, der weiß das. Aber der ist ein Engel geworden. Das muss ganz schön anstrengend sein für die anderen Engel, denn der flucht die ganze Zeit ganz schlimm. Die anderen Engel mögen das bestimmt nicht. Und die Flügel, stell dir vor, was der sich hat anstrengen müssen, als er ins Auto einsteigen wollte. Aber dass er zu uns nach Hause kommt, das will ich nicht.«

»Warum nicht?«

»Weil der sich dann vielleicht so aufplustert, dass überall Federn rumliegen, wie bei dem Vogel, den wir angeguckt haben. Der hat sich wahnsinnig aufgeplustert. Und dann hat er aus dem ganzen Gepluster ein Nest gebaut.«

Mia führte ihn zurück zum Thema. »Ist noch mehr passiert, während ihr zum Auto gegangen seid?«

Noah wand sich. »Ich hab gewusst, dass die da ist, weil Papa Angst hatte. Vor der hat er nämlich schon Angst, seit er klein war. Das hat Oma mal erzählt. Dass Papa Angst hat vor der Grubenhexe.«

»Hast du denn schon mal eine Grubenhexe gesehen?« Mia lächelte ihn aufmunternd an. »Ich hab die nämlich noch nie gesehen und bin ganz neugierig.«

»Ich hab die mal bei meinem Uropa gesehen. Die ist

344

superalt, mehr als dreißig oder so, vielleicht sogar hundert, und hat lange graue Haare und Hexenfinger. Aber als wir da waren, ist sie nicht reingekommen, sondern hat nur draußen gestanden.«

Mia unterdrückte ein Grinsen. »Ist auf eurem Weg zum Auto sonst noch was passiert?«

»Nein, und Papa hat Leo getragen, weil der nicht mehr laufen konnte. Ich wollte, dass Papa mich auch trägt, und da hat er alle anderen Sachen da hingelegt, damit er uns beide tragen kann. Mama ist superwütend deswegen, weil die Polizei gestern mit unseren Sachen gekommen ist.«

»Was ist dann passiert?«

»Du bist echt ganz schön neugierig«, sagte Noah und sah Mia streng an.

»Ja, ich weiß. In meiner Familie sind wir sehr neugierig und fragen viel. Was ist dann passiert?«

»Nix. Es war Nacht, und wir sind zu Mama gefahren. Und Papa hat uns superfest umarmt, und da habe ich gesehen, dass er traurig war, aber die Tränen hat er eingeschnauft. Und dann hat er gesagt, dass wir schnell reingehen sollen, und er hat den Code zur Tür auf einen Zettel geschrieben, obwohl ich den natürlich auswendig kann. Es ist ein Geheimcode. Man muss ihn haben, damit man die Tür aufkriegt.«

Noah rutschte vom Stuhl. »Ich muss aufs Klo. Ganz dringend.«

Mia unterbrach die Vernehmung. Danach war Noah nicht mehr in der Stimmung für weitere Fragen. Er wollte in die Bibliothek, damit Leo nicht alle guten Bücher kriegte. Die Zwillinge tauschten die Plätze. Leo war überhaupt nicht so mitteilsam wie sein Bruder, obwohl Mia ihr Bestes tat. Die meisten Antworten stimmten mit denen von Noah überein, außer was den Alten betraf, den sie getroffen hatten. Leo meinte, der habe eine Kappe getragen und zwei Hunde gehabt. Aber er war nicht sicher.

»Dein Vater hat euch also auf dem Parkplatz rausgelassen. Was ist dann passiert?«

»Wir sind die Treppe rauf und waren supermüde und haben an die Tür gebollert, bis Mama kam und aufgemacht hat, und sie war superwütend auf Papa.«

»Hast du sonst noch jemanden gesehen, als ihr vom Parkplatz kamt?«

»Bei meiner Erzieherin, die unten wohnt, war kein Licht.«

»Meinst du Eva?«

»Ja, weil ja Nacht war, und sie hat bestimmt geschlafen.«

Leos Augen füllten sich plötzlich mit Tränen. »Ich will nicht, dass mein Papa tot ist.«

»Warum denkst du, dass er tot wäre?«

»Weil Mama zu Tante Carina in der Bibliothek gesagt hat, sie wünschte, Papa wäre tot!«

49

Nach der Vernehmung hatte Eva Sandell die Zwillinge abgeholt, und Bark sprach noch einmal mit Molly Gruvberg.

»Es war dumm von mir zu sagen, dass ich wünschte, Daniel sei tot, wo die Kinder es doch hören konnten. Das gehört zu den Dingen, die man so dahinsagt. Und natürlich bin ich verärgert und böse auf ihn, aber ich will wirklich nicht, dass er tot ist. Ich habe Carina erzählt, dass er nicht aufgetaucht ist, als das Urteil verlesen wurde. Es ist mir einfach so rausgerutscht. Eigentlich weiß ich gar nicht, warum ich das überhaupt zu ihr gesagt habe. Wir stehen einander nicht nahe, auch wenn sie gemeinsam mit mir im Gemeinderat sitzt. Sie kümmert sich um den Bereich Kultur und Freizeit. Wir sind bei den meisten Themen unterschiedlicher Ansicht. Ich mag sie nicht besonders und finde sie schrecklich dogmatisch, sie hat über alles vorgefasste Meinungen. Aber vor allem ist sie ein Bremsklotz, was Umwelt und Klima angeht, eine richtige Klimawandelleugnerin.«

Erst jetzt gelang es Bark, eine Frage in den empörten Redefluss zu schieben. »Was halten Sie davon, dass Carina Lindgren als Erbin in Tom Gruvbergs Testament steht?«, fragte er, um ihre Reaktion zu sehen.

»Ist das so?« Molly starrte ihn aufrichtig erstaunt an.

»Ich bin davon ausgegangen, dass Daniel alles erben würde, jetzt, da Lillemor ...« Sie beendete den Satz mit einer resignierten Geste.

»Es sieht so aus, als würden sie zu gleichen Teilen erben.«

»Ist das wahr? Tom und die Bibliothekarin waren Freunde, aber ... das ist doch total lächerlich. Aber Tom war doch dement, oder? Oder was das nun auch immer war, was dazu geführt hat, dass er so verwirrt war. Das Testament kann keine Gültigkeit haben!«

»Die Personen, die seine Unterschrift bezeugt haben, waren der Ansicht, dass er klar und vernünftig war, und dann wird das Testament wohl gelten.« Bark machte eine kurze Pause, um dann das Thema zu wechseln. »Sind Ihnen je die blau-grünen Steine in Toms Snusdose aufgefallen?«

»Ja, die sind wahrscheinlich aus Glas oder Plastik, schätze ich. Ich glaube, Måna-Lisa Skog hat die Dose für ihn gemacht. Die ist doch aus Silber, oder? Ein bisschen ihr Stil.«

Bark korrigierte sie nicht. »Haben Sie jemals solche blau-grünen Steine zu Hause bei Tom, Lillemor oder bei Daniel gesehen?«

»Nein, darüber habe ich aber auch nie nachgedacht. Es sind also echte Steine?« Molly holte den Anhänger heraus, den sie um den Hals trug und der eine Kopie von dem war, den das Kind im Tyskmossen getragen hatte. »Måna-Lisa hat gesagt, es wären keine echten Steine, dafür aber reines Silber. Ich habe es trotzdem gekauft, weil ich es schön fand, und habe dreihundert Kronen dafür bezahlt. Es können also keine echten Steine sein.«

Bark wechselte wieder das Thema, da sie hier keine weiteren Informationen zu bieten hatte. »Jetzt hatten Sie ja ein wenig Zeit nachzudenken. Was glauben Sie, wer Daniel in der Nacht zum Sonntag angerufen hat? Warum könnte er es so eilig gehabt haben, dass er das Gepäck auf dem Wanderweg liegen ließ?«

Molly schnaubte. »Ich weiß es wirklich nicht. Das Einzige, worauf es mir ankommt, ist, dass die Kinder nicht zu Schaden kommen, wenn sie bei ihrem Vater sind. Ich hoffe, dass er nicht irgendjemanden direkt aus der Kneipe anschleppt, der das Elend noch weiter verschlimmert, und mit dem Elend meine ich seinen Alkoholismus.«

»Soll ich das so interpretieren, dass er möglicherweise jemand Neues kennengelernt hat?«

»Ich denke, Sie sollten es überhaupt nicht interpretieren, denn ich weiß es nicht. Ich weiß nur, dass Mitglieder dieser Familie sterben, und das macht mir solche Angst, dass ich weder essen noch schlafen kann. Die Leute hier in Hällefors sind aufgeregt, und man spricht davon, eine Heimatschutzgruppe zu bilden, wenn die Polizei nichts tut.«

»Die sollen besser Kontakt zur Polizei aufnehmen, damit wir zusammenarbeiten können.« Bark kam ein erschreckender Gedanke. »Gibt es jemanden, der Sie und die Kinder bedroht hat? Als Chefin der Kommunalverwaltung stehen Sie im Licht der Öffentlichkeit.«

»Nicht direkt. Der Einzige, der mir einfällt, der mir vielleicht schaden wollte, ist Daniel, aber der würde den Kindern niemals etwas antun. Er hat sie ja tatsächlich früher zu mir gebracht, als er gemusst hätte.«

»Eine Frage noch. Es gibt Verträge über Grund und Boden, den Tom Gruvberg als junger Mann erworben hat. Wissen Sie etwas darüber? Haben Daniel oder Ihre Schwiegermutter darüber gesprochen?«

»Tom hat niemals mit uns über sein Geld oder seine Projekte gesprochen. Aber ich habe versucht, ihm begreiflich zu machen, dass er auch eine Verantwortung für kommende Generationen trägt. Er hat Land bei den alten Gruben besessen, und ich habe versucht, ihm und Lillemor den Vorteil neuer Technik nahezubringen, mit der man die Gruben als Energiespeicher nutzen könnte. Jetzt, da es ein Unternehmen mit einer technischen Lösung dafür gibt, wollte ich eine Zusammenarbeit zwischen Tom und der Gemeinde erreichen, aber er war ein sturer alter Mann, der wollte, dass alles so bleibt wie eh und je. Und Carina hat ihn darin unterstützt.«

»Carina Lindgren?«

»Ja. Sie ist ja Ahnenforscherin und hält Kurse dazu ab. Eine richtige Heimatromantikerin, die alles bewahren will.«

Nachdem Bark die Vernehmung beendet hatte, sprach er noch mit den Kollegen vor Ort und fragte, ob es weitere Hinweise aus der Allgemeinheit zu dem Mord an Lillemor gab und ob die Kollegen etwas über Daniel Gruvberg oder seinen schwarzen Volvo herausgefunden hatten. Doch es gab nichts Neues zu berichten. Die Gegend, in der das Auto zuletzt gesehen worden war, hatte man gründlich abgesucht, doch ohne Erfolg. Måna-Lisa Skog hatte ihren Ersatzschlüssel zu Daniels Haus der Polizei überlassen. Für den Fall, dass er dort auftauchen würde, stand das Haus unter Beobachtung.

Bark und Mia setzten sich ins Auto und fuhren zu Tom

Gruvbergs Haus, um ein paar Worte mit dem Kriminaltechniker zu wechseln.

Rödeby war unterwegs, etwas zu essen zu besorgen, aber Ali war vor Ort. Sie setzten sich draußen auf die Gartenmöbel vom klassischen Grythyttan-Modell aus Stahl und Holz, die sicherlich schon viele Jahrzehnte überdauert hatten.

Ali war verärgert. »Man merkt, dass Tom Gruvberg neunzig Jahre Zeit hatte, Dinge anzusammeln. Und dass er gelinde gesagt sparsam war, an der Grenze zu geizig. In meinem ganzen Leben habe ich noch nicht so viele Gegenstände auf einem Quadratmeter gesehen, und ich lebe schon eine Weile. Es dauert unendlich lange, alles hier durchzugehen, und deshalb handelt es sich um einen perfekten Tatort. Schwer zu sagen, welche Fingerabdrücke dazugekommen sind, als Lillemor ums Leben gebracht wurde, und welche schon vorher da waren.«

»Aber ein einzelner Fingerabdruck von einer unerwarteten Person wäre doch ein interessanter Fund.«

»Na klar. Nachdem Tom Gruvberg ermordet worden war, haben wir das Haus durchsucht, aber es hat so viele Ecken und Winkel und Schrägen und unfassbar viele abgeschlossene Schränke. Und ich krieg zu viel von all den Essenskartons vom Lieferservice, in denen er Zeitschriften aufbewahrt und die er mit einer Mischung aus wichtigen Dokumenten und Reklame gefüllt hat. Manchmal werde ich gefragt, wie ich meinen Job eigentlich aushalte, und gemeint ist natürlich, wie es mir damit geht, so viele tote Menschen zu sehen. Aber das ist gar nicht das Schlimmste. Das Schlimmste ist, in Müll zu ersaufen.« Ali holte tief Luft.

»So übel?«, fragte Mia.

Bark sah den Kollegen erstaunt an. Normalerweise war Ali ein ruhiger Mann, der niemals die Stimme erhob. »Darf ich fragen, ob du etwas gefunden hast, was unsere Ermittlung weiterbringen könnte?«

»Ja. Lillemor scheint an dem Abend, an dem sie ermordet wurde, in alten Fotoalben geblättert zu haben, und das Geheimfach in der Wohnzimmerkommode habe ich erst jetzt bemerkt, da es offen stand.«

»Ich würde gern die Fotoalben mit jemandem durchgehen, der weiß, wer auf den Bildern zu sehen ist. Also, ich meine, wenn ihr damit fertig seid.« Bark fiel noch etwas ein: »Bevor sich Tom am Dienstagmorgen mit dem Elchstutzen auf den Weg gemacht hat, hatte er Besuch von jemandem. Ich habe dir zwei Weingläser zur näheren Untersuchung gebracht, gibt es da eine Info über die DNA oder in unserem System aufgeführte Fingerabdrücke?«

Ali war etwas peinlich berührt. »Es war so viel los hier, dass ich ganz vergessen habe, mich bei dir zu melden. Das eine Glas hatte ausschließlich Tom Gruvbergs, das andere für uns fremde Fingerabdrücke, aber die DNA hat gezeigt, dass du richtig geraten hast, nämlich dass er Besuch von einer Frau hatte.«

»Und ist sie im System?«, wiederholte Bark seine Frage.

»Nein, aber interessanterweise waren Tom und die unbekannte Frau sehr nahe miteinander verwandt.«

»Dann war es also Lillemor, die ihn besucht hat«, meinte Bark enttäuscht, doch das war unwahrscheinlich. »Wenn sie an dem Morgen bei Tom gewesen ist, warum hat sie ihn dann nicht daran gehindert, mit einem Elchstutzen in die Kita zu marschieren?«

»Wir wissen noch nicht genau, wer die Frau war«, sagte Ali kryptisch. »Lillemor war es jedenfalls nicht, denn die DNA stimmt nicht mit ihrer überein. Aber, wie gesagt, war er mit der Frau, die aus dem Glas getrunken hat, eng verwandt.«

50

Kristoffer Bark und Mia Berger kehrten spät am Nachmittag nach Örebro zurück. In ein paar Packpapiertüten hatten sie Toms Fotoalben mitgenommen und das Notizbuch, in dem Måna-Lisa Skogs Urgroßvater Johannes über seinen Silberschmuck geschrieben hatte. Bevor sie Hällefors verließen, sprach Bark noch mit dem Brandtechniker, der seine Untersuchung abgeschlossen hatte. Es waren keine neuen Informationen dazugekommen. In der Kita handelte es sich um Brandstiftung, der Verlauf war mit Benzin und einer Gasflasche beschleunigt worden.

Am Gerichtszentrum angekommen, nahm Bark Kontakt zu Oskar Davidssons Eltern auf. Susanne Davidsson ging ans Telefon, aber ihr Mann stand offenbar neben ihr und schob immer wieder Bemerkungen ein. Es war ein schreckliches Gefühl, ihnen noch immer nicht mehr darüber sagen zu können, warum ihr Sohn in den Flammen der Kita umgekommen war. Im Hintergrund hörte er Oskars Tante Evelyn, die versuchte, zu soufflieren und die Unzufriedenheit mit der polizeilichen Ermittlung zu befeuern. Bark versuchte, mit den Eltern über eine Zusammenarbeit zu sprechen, doch das endete damit, dass Oskars Mutter einfach auflegte. Oder war es Evelyn? Trotz aller Anstrengungen gab es nicht mehr zu sagen, keine weiteren Zeugen, die sie verhören konnten, keine Spuren oder Beweise, wer den Brand gelegt haben könnte. Es war ein Albtraum, dass dieses Verbrechen womöglich unaufgeklärt bleiben und so zu einem der Cold Cases werden würde, die liegen blieben, weil in der Zwischenzeit neue Verbrechen begangen wurden, bei denen noch die Chance bestand, den Täter zu finden.

Das waren schwere Gedanken, mit denen Bark ins Turmzimmer zurückkehrte, wo sich das Team versammelt hatte. Henrik hatte einen selbstgebackenen Apfelkuchen aus eigenen Äpfeln mit Vanillesahne mitgebracht, und Ingrid kochte gerade Kaffee. Und plötzlich hellte sich das Dasein doch ein wenig auf.

»Falls ihr es wagt, den zu essen, will ich euch sagen, er kommt aus einem Pesthaus. Henriks Sohn hat die Blattern«, verriet Alex, der sich bereits ein großes Stück genommen hatte. Darauf zu warten, bis alle am Tisch saßen, war nicht so sein Ding.

»So leicht bin ich nicht zu erschrecken.« Bark fasste kurz die Vernehmungen des Tages zusammen und wartete dann auf die Ergebnisse der anderen. Besondere Aufmerksamkeit fiel dem zu, was Ali herausgefunden hatte, nämlich, dass die Frau, mit der Tom Gruvberg Wein getrunken hatte, eine nahe Verwandte war, bei der es sich allerdings nicht um seine Tochter Lillemor handelte.

»Hat Tom denn noch irgendwelche anderen lebenden weiblichen Verwandten?«

»Nein!«, rief Ingrid. »Jedenfalls keine, die im Melderegister vorkommen.«

»Könnte er eine außereheliche Tochter haben, die ihn aufgesucht hat? Das hätte ja Auswirkungen auf das Testament«, gab Henrik zu bedenken und wickelte eine

Serviette um den Löffel, ehe er sich ein Stück vom Apfel-kuchen nahm. Doch auf seine Angst vor jeglichen Bazillen reagierte schon lange niemand mehr.

»Laut Ali war es keine Tochter.« Bark erinnerte sich, dass einer der Zwillinge eine ältere Frau gesehen hatte, eine Grubenhexe, die draußen im Garten gestanden hatte und nicht zu Tom reinkommen wollte, als sie dort waren. Er musste Daniel danach fragen. Es gab ziemlich viel, worüber er mit Daniel reden musste.

Es sah so aus, als ob Ingrid gerne noch mehr gesagt hätte, bevor Henrik sie unterbrochen hatte. Bark sah sie auffordernd an, und sie nahm den Faden wieder auf. »Ich habe die Forensik angerufen, und die haben ein weiteres Ergebnis. Jetzt haltet euch fest, denn das hat keiner von uns erwartet.« Ingrid ließ den Blick über sie wandern, um sicher zu sein, dass sie die Aufmerksamkeit aller hatte. »Die DNA zeigt, dass das kleine Mädchen, das ermordet im Tyskmossen gefunden wurde, und Tom Gruvberg nahe Verwandte waren. Weil sie in der gleichen Zeit oder vermutlich mit nur wenig Abstand geboren wurden, habe ich die Frage gestellt, ob sie vielleicht Geschwister sein könnten. Die Antwort lautete: nein. Sie waren jedenfalls keine Vollgeschwister. Vielleicht Halbgeschwister. Ich wollte Ali bitten, das zu erklären, denn bis ins Detail verstehe ich es nicht.«

»Das macht die Sache, dass eine weibliche Verwandte Tom besucht hat, ja noch seltsamer! Jemand, der keine registrierte Identität besitzt.« Mia sah nachdenklich aus. »Könnte es jemand mit einer geschützten Identität sein?«

Bark wandte sich an Ingrid. »Könntest du einen Stammbaum der Familie Gruvberg zeichnen? Du hast dich doch auch schon mal mit Ahnenforschung befasst. Das Testament kann der entscheidende Punkt sein.« Er sah auf sein Handy. »Ich würde gerne die DNA von Carina Lindgren kontrollieren. Wir dürfen nicht vergessen, dass die Bibliothekarin Ahnenforschung betreibt und als Erbin in dem zerrissenen Testament auftaucht. Könnte sie mit Tom Gruvberg verwandt und die Frau sein, die ihn besucht hat, ehe er mit dem Elchstutzen losgezogen ist?«

»Gehen wir denn jetzt davon aus, dass der Brand in der Kita überhaupt nicht mit den Morden an Tom und Lillemor zusammenhängt?«, erkundigte sich Alex und nahm sich noch ein Stück Kuchen, obwohl Mia ihm einen missbilligenden Blick zuwarf.

Bark beantwortete die Frage: »Tom war da, als es brannte. Das ist die einzige Verbindung. Zuerst bedroht er Kinder und Personal in der Kita, die auch seine Urenkel besuchen, und einige Stunden später, um Mitternacht, könnte er sie angezündet haben.«

Ingrid wusste noch mehr zu berichten: »Dann habe ich kontrolliert, woher Daniels Schulden kommen, und wie ich schon angenommen habe, waren es Verluste beim Online-Glücksspiel und beim Pferderennen. Darüber hinaus hat er Molly, wie schon erwähnt, beim Haus ausgezahlt.«

Alex unterbrach sie. »Ich habe Daniels Internetverkehr geprüft und habe dabei einen Freund in Lindesberg gefunden, bei dem er sein könnte. Unsere Kollegen sind auf dem Weg dorthin. Ich wollte ihn nicht vorwarnen.«

»Ausgezeichnet!«, sagte Bark.

Alex fuhr fort. »Der Mann heißt Urban. Sie sind zusammen auf die Trabrennbahn gegangen und haben auf Pferde gesetzt. Das Interessante ist, dass Urban ein nicht registriertes Handy mit Prepaid-Karte benutzt. Auch er hat große Schulden.«

Henrik fuhr sich mit der Hand durch seinen üppigen Bart. »Die Kinder haben mitgekriegt, dass Daniel, als sie auf dem Silverleden wanderten, von einer Frau angerufen wurde. Können sie sich getäuscht haben? Vielleicht hat Urban ja eine helle Stimme.« Er sah in die Runde. »Nur so eine Idee.«

»Wie auch immer«, sprach Alex weiter, »unsere Kollegen sollten bald in Lindesberg sein. Sie werden sich melden, wenn Daniel da ist und ansonsten, wenn sie Urban befragt und rausgekriegt haben, was er weiß.«

»Gut, hat jemand noch mehr?«

»Mir ist noch etwas eingefallen«, sagte Alex. »Oskar Davidsson hat seine Tante Evelyn sehr oft angerufen. Es wäre doch vielleicht interessant zu erfahren, worüber sie gesprochen haben.«

»Ja, gute Idee, wir holen sie so bald wie möglich zur Vernehmung«, sagte Bark und wandte sich an Mia. »Vielleicht hast du da mehr Erfolg als ich.«

»Einen Versuch ist es wert«, sagte sie.

Bark nickte. »Wie weit seid ihr mit der Identifizierung der Personen gekommen, die beim Feuer zugeschaut haben?«

»Sie sind sämtlich identifiziert und vernommen«, sagte Henrik. »Und wir haben uns an die Öffentlichkeit gewandt und um mehr Hinweise gebeten, es ist aber noch nichts Neues aufgetaucht.«

Als sie gerade aufbrechen wollten, bekam Bark einen

Anruf von einem der Kollegen in Lindesberg. Daniel war nicht bei seinem Freund. Laut Urban hatten sie sich seit dem Wochenende davor nicht gesehen. Damit mussten sie sich zufriedengeben.

Bark bat Mia, ihn mitsamt den Tüten mit Toms Fotoalben nach Hause zu fahren. »Morgen fahren Henrik und ich nach Hällefors. Ich kann den Gedanken an Toms Besucherin nicht vergessen, die Frau, mit der er verwandt ist. Vielleicht kann Matti Björk uns sagen, wer auf den Fotos von früher zu sehen ist – zumindest bei denen, deren Namen ich heute Abend nicht selber herausfinde.«

»Das klingt nett«, sagte Mia, warf ihm einen Blick zu und lächelte, sodass er sie erstaunt ansah.

»Wie meinst du das? Willst du mir bei unbezahlter Arbeit helfen?« Als Vorbereitung auf die Vernehmung mit Matti Björk am nächsten Tag die Fotoalben durchzusehen, war sicher nichts, wofür Zimmermann Überstunden genehmigen würde.

»Ja, das mache ich gern.«

Da Barks Kühlschrank zu Hause nicht so viel hergab, kauften sie sich in einem Restaurant in Tybble etwas zu essen. Für Bark einen Halloumi-Burger, und Mia nahm einen Salat mit Hähnchen und Krabben, der gut aussah. Die Abendluft war lau. Kristoffer wagte nicht, auf irgendetwas zu hoffen, war sich aber intensiv ihrer Gegenwart bewusst, als sie mit schweren Tüten, in denen die Fotoalben und das gekaufte Essen waren, die drei Treppen zu seiner Wohnung hochstiegen. Im Treppenhaus war Kindergeschrei zu hören, und der Geruch nach angebranntem Essen drang aus einer Wohnung im zweiten Stock, und kurz darauf begannen die Brandmelder zu piepen. Innerhalb der Wohnung waren Schritte zu hören, es war also eindeutig, dass jemand zu Hause war und sich um das Problem kümmerte.

Bark öffnete die Tür zu seiner Wohnung und ließ Mia ins Halbdunkel eintreten, dann schloss er die Tür. Sie stellte die Tüten auf den Boden und lächelte ihn an. Das Blut in seinem Kopf begann zu rauschen. Ihre Lippen waren so rot und weich. Er wusste genau, wie es sich anfühlte, sie zu küssen. Er wollte diesen magischen Moment nicht zerstören, indem er das Licht einschaltete, sondern ließ einfach fallen, was er in Händen hielt, machte einen kleinen Schritt näher und atmete ihren Duft ein.

In diesem Augenblick waren auf der Treppe schnelle Schritte zu hören, doch das interessierte ihn überhaupt nicht – bis das Licht sie beide blendete, als die Tür aufgerissen wurde. Und da stand seine Schwester Kristina. Man konnte sehen, dass sie geweint hatte.

»Morgan und ich haben uns gestritten. Kann ich heute Nacht hier schlafen?«

51

Lydia

Als ich vom Weg zu Esters Hütte hochsteige, denke ich an die Nordlichtsmaragde, die Birger ihrer Großmutter gestohlen hat. Rakel war die Alte vom Schlangenteich. Der Schatz aus Steinen ist auf mütterlicher Seite von einer Frau zur nächsten bis zu ihr weitergegeben worden. Es waren 77 Steine. Ester hat drei davon. Die anderen, die in falsche Hände gekommen waren, habe ich bei mir. Sie sollen der Sammlung wieder hinzugefügt werden.

Als ich in die Hütte komme, ist Ester rasend vor Wut. Das Radio ist eingeschaltet. Dort wird über den Mord an Lillemor gesprochen und dass ihr Sohn Daniel verschwunden ist. Nach ihm wird gefahndet.

»Lass mich raus!«, schreit Ester. Ihr Gesicht ist zornverzerrt. »Du hast kein Recht, mich gefangen zu halten.«

Ich hatte gehofft, sie sei sanftmütiger geworden. Als ich aufschließe, wartet sie direkt hinter der Tür mit einem Messer in der Hand auf mich. Ich entwaffne sie problemlos. Hat sie wirklich vorgehabt, mit einem Messer auf mich loszugehen?

Ich schütte die Steine auf den Küchentisch. Sie fangen das Mondlicht ein. »Die gehören jetzt dir«, verkünde ich feierlich und erwarte tiefste Dankbarkeit.

Sie wendet sich ab, nimmt sie nicht, und meine Enttäuschung ist größer, als ich verkraften kann. Die Tränen brennen mir in den Augen, und die Brust wird zusammengeschnürt. »Ich lasse dich raus, wenn du die ganze Wahrheit erzählst«, sage ich mit harter Stimme. »Wenn du mir meinen rechtmäßigen Platz gewährst, als die direkte Nachkommin von Rakel, der *Alten am Schlangenteich,* die ich bin. Tom war Birgers Sohn, du hast unseren Feind aufgesucht.«

»Du hast recht. Ich habe Tom besucht«, sagt Ester. »Begreifst du immer noch nichts? Siehst du nicht, dass unsere Familien miteinander verflochten sind? Ich habe ihn gewarnt, weil du Böses im Sinn hast. Ich bereue bitterlich, dass ich dich in mein Zuhause gelassen und dir mein Vertrauen geschenkt habe. Du bist es nicht wert.«

»Ich bin nicht auf das Geld aus«, sage ich so ruhig ich kann. »Es geht mir darum, die Kraft, die unsere Urmütter einst besaßen, als sie über die Schätze des Bodens wachten, wieder zu erwecken. Aber Birger hat nicht nur deine Mutter mit Gewalt genommen – er nahm auch die blaugrünen Steine, die unserer Familie gehörten. Das, was unser Schatz war, unser Geheimnis seit dem 18. Jahrhundert, als der Meteorit hier beim Schlangenteich herabgestürzt ist. Du hast es selbst erzählt, als wir in Rakels Erdhöhle waren. Du hast mir die Steintafel mit dem Text gezeigt, den niemand zu deuten vermag, und das Bild von einem Meteoriten, der beim Teich einschlägt. Du hast gesagt, dass der Text von den Steinen handelt und von der Kraft, die ihnen innewohnt. Das ist wichtiger als die Tatsache, dass Birger dein Vater war.«

Ester spuckt die Worte aus: »Ich will dich hier nicht

haben. Verschwinde, und möge die Ewigkeit dir verzeihen. Denn ich kann es nicht.«

Ihre Worte sind so hart. Sie treffen mich dort, wo sie am meisten wehtun. Ausgeschlossen zu werden kann mich immer noch zutiefst verletzen. Ich dachte, ich wäre abgehärtet, doch nun bin ich verletzt und böse.

Als ich gehe, nehme ich das Radio mit. Ihre einzige Verbindung zur Außenwelt. Von jetzt an erfährt Ester nur das, was ich ihr erzählen will, Wahrheit oder Lüge, das ist an mir. Ich bin das Fenster zur Wirklichkeit. Und wenn ich tatsächlich verstoßen bin, wenn es keinen Weg zurück zu Wohlwollen und Gemeinschaft gibt, dann kann ich genauso gut meinen Auftrag erfüllen. Das Schwerste steht noch aus, aber ich zögere nicht, das Böse mit der Wurzel auszureißen.

52

Es war Dienstagmorgen, und Bark saß mit seiner Schwester am Frühstückstisch. Anstatt mit Mia zusammen die Fotoalben von Tom Gruvberg durchzusehen, hatte er bis zwei Uhr nachts dagesessen und den Klagen seiner Schwester gelauscht. Kristinas Ehe war in Auflösung begriffen. Sie konnte ihrem Mann nicht vertrauen, und er seinerseits wollte nicht kontrolliert werden. Ja, er hatte vor einiger Zeit eine Arbeitskollegin geküsst, und nein, er hatte nicht vor, es noch einmal zu tun. Es war typisch für Kristina, dass sie die Stimmung in der Situation, in die sie gestern reingeplatzt war, überhaupt nicht bemerkt hatte. Sie war von Geburt an gewohnt, der Mittelpunkt der Welt zu sein, und er liebte sie, wenn auch widerwillig, weil sie seine Schwester war. Obwohl sie einen sehr kostbaren Augenblick ruiniert hatte.

»Was denkst du, soll ich jetzt tun?«, fragte sie und drehte ihr Toastbrot herum, um auf die weniger geröstete Seite Butter zu schmieren.

»So wie ich es verstehe, ist Morgan gegen seinen Willen von einer Arbeitskollegin geküsst worden, er wollte in die Sache nicht reingezogen werden, sondern hat lediglich schlechtes Reaktionsvermögen bewiesen und sich nicht schnell genug geduckt.«

»So kann man es ausdrücken«, erwiderte Kristina und

rammte das Buttermesser auf mörderische Weise ins Butterfass.

»Ihr habt eine lange Ehe hinter euch und zwei erwachsene Kinder. Vielleicht bekommt ihr bald Enkel. Denk doch mal nach! Mach eine Liste mit Pro und Contra einer Scheidung, und …«

»Das habe ich bereits getan, und natürlich überwiegen die Nachteile, aber trotzdem bin ich so wütend auf ihn.«

»Vielleicht liegt das daran, dass du ihn liebst«, schlug Bark vor und warf einen Blick aus dem Fenster. Mia war da, um ihn abzuholen. Sie stand neben ihrem Auto und spähte zu seinem Fenster hinauf. Er war gespannt, wie der Tag ablaufen würde, nach dem, was am Abend zuvor geschehen war. Würde sie so tun, als ob es diesen Fast-Kuss nicht gegeben hätte? Würde es eine Fortsetzung geben? Nichts wäre ihm lieber. Aber er wusste, dass sie Angst hatte und von einem Verrückten traumatisiert war, der hoffentlich im Gefängnis saß.

»Ich habe ja deinen Ersatzschlüssel«, sagte Kristina. »Ich kann abschließen, wenn ich gehe, werde noch ein bisschen hierbleiben und darüber nachdenken, was ich tun soll.«

»Okay!« Er hoffte, dass sie weg sein würde, wenn er nach Hause kam. Sie hatte bereits angefangen, so zu tun, als würde sie in seiner Wohnung wohnen, hatte sich mit allen möglichen Sachen ausgebreitet, mit ihren Kleidern und ihrem Make-up und einer Haarbürste in der Diele.

»Gestern habe ich Ella getroffen«, sagte sie, als er gerade die Tür hinter sich zuzog. »Sie sieht so gut aus. Und sie schreibt ein Buch und hat schon einen Vorschuss von einem Verlag gekriegt, der vorhat, es herauszugeben. Ist das nicht fantastisch? Weißt du noch, was für einen Spaß wir früher immer hatten, wir vier? Bevor Vera … verschwunden ist?«

Er tat so, als hätte er nichts gehört, und lief die Treppen hinunter ins Licht.

Mia sah ihn ernst an, als er sich neben sie auf den Beifahrersitz setzte. »Es tut mir leid wegen gestern. Ich weiß nicht, was ich sagen soll. Es war nicht meine Absicht, irgendwas zu starten.«

»Das ist gar nicht in der Wirklichkeit passiert, sondern nur in meinen Träumen«, erwiderte er lächelnd, doch sie blieb ernst. »Es tut mir leid, dass meine kleine Schwester aufgetaucht ist. Sie trampelt immer einfach überall rein, ohne irgendwas zu merken.«

»Sie scheint ein gutes Selbstvertrauen zu haben, und sie findet, dass du ein zuverlässiger Bruder bist. Das ist gut. In einer anderen Zeit, vielleicht in einem anderen Leben wäre ich gern in deiner Umarmung geblieben, aber momentan … geht es einfach nicht.«

»Ich würde mir das mehr wünschen als alles andere«, sagte er, legte seine Hand auf ihre und umfasste sie leicht. »Der Verrückte, vor dem du Angst hast, sitzt im Knast. Warum gönnst du dir nicht ein bisschen Leben?«

»Weil ich Angst um die Menschen habe, die ich liebe. Das ist das eine, und außerdem hat mich Gaby gestern Abend angerufen.«

»Gaby? Warum das denn?«

»Sie wollte nicht über die Arbeit reden, sondern sich mir anvertrauen, was mir eigentlich nicht so recht war. Aber sie hofft, dass du der Vater von Ruth bist. Was machst du, wenn es dein Kind ist, Kristoffer?«

Darauf war er nicht vorbereitet, antwortete aber so ehrlich er konnte. »Verantwortung für das Kind übernehmen. Aber ich werde nicht mit Gaby zusammenziehen.«

Mia sah ihn misstrauisch an. »Gaby glaubt, du wirst deine Meinung ändern, wenn du Ruths Vater bist. Sie hat eine Probe eingereicht in der Hoffnung, dass die DNA zu deiner passt. Ihren Mann möchte sie außen vor halten. Das ist vielleicht eine gute Info.«

»Ich habe einzig und allein wegen Gaby über die Sache geschwiegen. Weil sie es wollte. Aber danke, es ist gut zu wissen, dass sie eine Probe abgegeben hat. Das fühlt sich echt superfair an«, sagte er mit schlecht verborgener Ironie.

Mia nahm die Hand weg, drehte den Zündschlüssel, und sie fuhren Richtung Hällefors, wo Toms alter Erzfeind Matti Björk darauf wartete, vernommen zu werden. Als sie auf halber Strecke waren, rief Gaby an, um sich auf den neuesten Stand zu bringen. Kristoffer spürte Mias Seitenblick, und die Anspannung im Auto verdichtete sich. Er gab Gaby eine kurze Zusammenfassung der Ermittlungsergebnisse des Vortags und wie sie jetzt heute weitermachen wollten.

Gaby hielt mit ihrer Meinung nicht hinterm Berg. »Daniel Gruvberg ist seit der Nacht zum Sonntag verschwunden, es sind jetzt mehr als zwei Tage, und es wird nach ihm gefahndet. Anstatt in alten Fotoalben zu blättern, müssen sich alle darauf konzentrieren, ihn zu finden.«

»Wenn sein Großvater und seine Mutter ermordet wurden, dann liegt die Erklärung dafür vermutlich in der Familie, und deswegen planen wir eine Vernehmung von Matti Björk!«, entgegnete er, da Gaby seine Entscheidung infrage stellte. »Es verlängert die Arbeit nicht, erst die Axt zu schleifen, wie ein altes chinesisches Sprichwort sagt. Der Alte kann uns vielleicht Anhaltspunkte geben, wo Daniel sich befindet. Ins Blaue hinein zu suchen, ist Zeitverschwendung.«

»Was sagt denn Daniels Ex-Frau Molly?«, fragte sie.

»Molly hatte keine Ideen.« Bark erklärte, was er mit dem Team bezüglich der DNA der fremden Frau diskutiert hatte. »Ich würde gerne eine DNA-Probe von Carina Lindgren nehmen.«

»Mach das«, erwiderte Gaby.

Sie beendeten das Gespräch. Schweigend fuhren sie die letzten Kilometer nach Hällefors, wo Matti in seinem Haus nicht weit von der Kirche entfernt auf sie wartete.

Das Haus war klein und mit seinen schmutzigen Eternitplatten und dem Fundament, von dem das Mauerwerk schon in großen Placken abgefallen war, spürbar in die Jahre gekommen. Mattis rostiges altes Fahrrad mit dem Werkzeugkasten auf dem Gepäckträger stand an die Hauswand gelehnt.

Sie wurden in die Wärme und eine Geruchsmischung aus Katzenpisse, Kaffee und Schmutz eingelassen. Mia nahm die angebotene Tasse Kaffee mit Todesverachtung an, und sie setzten sich an den Küchentisch. Durch das von Fliegendreck gepunktete Fenster konnten sie das Kirchengebäude aus dem 17. Jahrhundert mit seiner schönen Fassadenverkleidung aus ochsenblutrot gestrichenen Holzschindeln sehen. Mia schlug eines der Fotoalben auf und sah den alten Matti aufmunternd an. »Können Sie mir etwas über die Familie Gruvberg erzählen?«

Matti knetete sich eine Portion Snus, schob sie unter

die Oberlippe und drückte sie dann mit einem schmutzigen Zeigefinger zurecht. »Toms Vater hieß Birger. Das ist der mit der Adlernase und dem kantigen Kinn. Daneben steht Toms Mutter, die arme Frau. Es heißt, er habe sie geschlagen. Er hat in der Eisengießerei gearbeitet und hatte ein hitziges Temperament, wenn er soff. Alle hatten Angst vor ihm, aber er ist dann von einem Bären erschlagen worden – oder von der Grubenhexe, wie manche sagen. Es heißt, er sei, obwohl er verheiratet war, hinter ihrer Tochter Hedvig her gewesen.«

»Hinter wessen Tochter?«, fragte Bark.

»Rakel Jordbro hatte eine Tochter, die Hedvig hieß, doch das waren natürlich nur Gerüchte. Nach dem Tod ihres Mannes ist Toms Mutter zu Birgers Bruder gezogen, und da wuchs Tom auf. Seine Mutter war kränklich und kümmerte sich nicht um den Jungen, und Birgers Bruder, den Sie da auf dem Foto mit der Heugabel in der Hand sehen, war streng und ernst. Keine leichte Kindheit. Und da haben wir Toms Hochzeitsfoto. Ich erinnere mich an seine Ehefrau, ein unterwürfiges Wesen, das im Kindbett starb, als sie ihm einen Sohn gebären sollte. Das habe ich Ihnen aber schon erzählt.«

»Hatte Tom eine Schwester oder eine Halbschwester?«, fragte Mia.

Matti kicherte. »Sie meinen, ob Birger noch mehr Kinder im Ort hatte? Das weiß ich nicht.«

»Was ist mit Hedvig geschehen, der Tochter von Rakel?«

»Sie bekam eine Stelle in Stockholm und ist nie wieder zurück nach Hällefors gekommen. Weder sie noch ihre Mutter Rakel ist auf einem der Fotos«, sagte Matti, nachdem er ein Weilchen geblättert hatte.

Mia holte das Album mit den Fotografien von Ester heraus, die Tom in den Vierzigerjahren im Krokbornsparken gemacht hatte. »Wer war sie?«

Matti lachte. »Ach, alle waren verliebt in Ester. Sie kam aus Stockholm und hatte eine Anstellung auf dem Gutshof. Sie war wohl nur über den Sommer hier, dann ist sie zurück nach Stockholm. Aber es heißt, sie sei wiedergekommen.«

Mattis Rekapitulation der Familienchronik wurde von Barks Handy unterbrochen. Es war Molly Gruvberg, und er ging kurz hinaus, um ungestört sprechen zu können. Er hatte schon mit Zimmermann über Personenschutz für Molly und die Kinder gesprochen, doch die Verantwortlichen waren noch zu keiner Entscheidung gekommen. Deshalb hatte er selbst die Kollegen in Karlskoga kontaktiert, und die würden zumindest einen Streifenwagen in der Nähe postieren.

Molly war empört, und es war zunächst schwer zu verstehen, wovon sie sprach. »Meine Kinder! Das ist doch er! Natürlich hat er sie mitgenommen. Das muss Daniel gewesen sein. Die Zwillinge sind weg. Sie waren auf einem Ausflug mit der Kita, und jetzt sind sie einfach weg. Sie sind seit bald zwei Stunden verschwunden. Eva hätte mich sofort anrufen müssen. Wir brauchen Hilfe beim Suchen!«

»Wo sind Sie?«

»Oberhalb von Silvergruvan. Ich meine den Ort, wissen Sie, wo der liegt?«

»Ja, und ich komme sofort. Was hatten die Jungs an?«

Molly atmete schwer. Sie war gestresst, aber er hoffte, dass sie sich trotzdem erinnern würde.

»Sie haben blaue Jacken, grüne Mützen und grüne Stiefel an. Schwarze Regenhosen. Die Kleider sind innen beschriftet. Sie fallen jedem auf mit ihren roten Haaren.«

»Eine gute Beschreibung. Ich melde mich.« Bark beendete das Gespräch und winkte Mia zu sich. »Wir müssen sofort los.« Auf dem Weg zum Auto rief er die 112 an. Mia hatte schon genug gehört, um den Ernst der Lage zu begreifen.

»Glaubst du, dass Daniel die Zwillinge entführt hat?«, fragte sie und antwortete im selben Atemzug auf ihre eigene Frage. »Wer sollte es sonst sein? Möglicherweise eine Verzweiflungstat, wenn er glaubt, dass Molly das alleinige Sorgerecht bekommen hat und er die Kinder nicht mehr wird sehen dürfen.«

53

Bark nahm Kontakt zur übergeordneten Einsatzzentrale von Bergslagen auf und erklärte dem Hauptverantwortlichen die Situation mit den verschwundenen Zwillingen. »Wenn es Daniel Gruvberg ist, der sie entführt hat, dann ist er möglicherweise verzweifelt. Es wäre klug, ihn nicht unter Druck zu setzen, falls er die Kinder im Auto hat.« Bark sah das Szenario schon vor sich, eine Verfolgungsjagd mit den Kindern ohne Sicherheitsgurte im Auto.

»Es sind gerade mal zwei Stunden vergangen, seit die Kinder verschwunden sind, ist es nicht ein wenig früh, um …?«

»Nein, ist es nicht! Die Kita hat einen Ausflug gemacht in ein Grubengelände mit großen Höhenunterschieden und steilen Abbruchkanten.« Bark wechselte einen raschen Blick mit Mia, die am Steuer saß. »Und es gibt ein Bedrohungsszenario. Vielleicht wäre es eine gute Idee, die Landstraße 63 in beide Richtungen zu sperren und auch die Straße 244 Richtung Grythyttan! Wir suchen nach einem schwarzen Volvo V70, und der Fahrer, Daniel Gruvberg, der Vater der Zwillinge, ist zur Fahndung ausgeschrieben.«

Der Einsatzleiter übernahm das Kommando über die Suche. Drohnen und Hundestaffeln sollten eingesetzt und der Heimatschutz dazugerufen werden.

Bark und Mia waren inzwischen in Silvergruvan angekommen. Schon aus der Ferne konnten sie Molly in einem roten Mantel sehen. Sie wedelte mit den Armen.

Mia parkte den Wagen, und Bark stürzte hinaus und eilte zu Molly. Es sah aus, als würde sie in sich zusammensacken, und er packte ihre Schultern.

»Sie sind weg!« Ihre Augen waren rotgeweint, und die Stimme trug fast nicht mehr. »Noah und Leo sind weg. Sie sind einfach verschwunden, und es gibt da oben Grubenlöcher und tiefe Schluchten. Und den Schlangenteich. Was, wenn sie ertrunken sind? Oder vielleicht hat Daniel sie auch mitgenommen. Womöglich ist er nicht nüchtern. Er weiß nicht, dass er den Sorgerechtsstreit gewonnen und das Recht hat, die Kinder wie bisher regelmäßig zu sehen. Ab nächster Woche schon.«

Molly zeigte ihnen den Weg zu der Stelle im Wald, wo die Erzieherinnen mit den Kindern gewesen waren, als die Jungs verschwanden. »Es waren zwei Erwachsene für achtzehn Kinder. So etwas funktioniert einfach nicht, wenn sie einen Ausflug machen. Meine Jungs sind so wild, die müssen immer unter Aufsicht sein. Sie kämpfen die ganze Zeit und steigern sich gegenseitig rein, noch gefährlichere Sachen zu machen. Und jetzt sind sie verschwunden!« Molly blieb stehen. »Hier war es. Sie haben Würstchen gegrillt, und plötzlich waren sie einfach weg. Niemand weiß, ob sie den Weg runter oder zu den Gruben oder zum Teich gegangen sind.«

»Wo sind denn die Erzieherinnen und die anderen Kinder?«, erkundigte sich Mia.

»Eva hat ihr Auto genommen und sucht nach Leo und Noah. Der Rest der Gruppe ist mit dem Bus zurück zum

Folkets Hus gefahren. Die Erzieherin, die mitgefahren ist, wird zurückkommen und helfen, sobald jemand sie ablöst.«

Molly wurde von einem Weinkrampf überwältigt. Mia nahm sie in den Arm.

Bark trat einen Schritt zur Seite, um Gösta anzurufen, seinen Kontakt in Silvergruvan, der ihnen schon bei der Suche nach Tom Gruvberg geholfen hatte. Er war Rentner und hoffentlich zu Hause. Vielleicht konnte er sogar einen Suchhund organisieren. In den ersten Stunden zählte jede Minute.

Gösta war gleich am Telefon. Er würde sofort kommen und die Nachbarsfrau mit ihrem Hund mitbringen und gleichzeitig auch noch alle Nachbarn zusammenrufen, die zu Hause waren.

Damit die Suchaktionen koordiniert und die Suchgebiete aufgeteilt werden konnten, rief Bark noch einmal den Einsatzleiter an und gab ihm Göstas Handynummer. Die Hundestaffel musste zuerst gehen, damit keine Spuren zerstört wurden.

Dann suchte er im Handy nach einer Karte von dem entsprechenden Gebiet. Es gab Kieswege, die markiert waren, aber auch viele andere Wege, die nicht auf der Karte verzeichnet waren. Das hatte er schon bemerkt, als sie hier nach Tom Gruvberg gesucht hatten. Da war es Nacht gewesen, aber obwohl es jetzt mitten am Tag war, fühlte es sich viel gruseliger an. Zwei Jungs im Alter von fünf Jahren waren verschwunden, und jemand in ihrer Nähe war offensichtlich ein kaltblütiger Mörder.

Gösta und sein Team teilten sich nach den Anweisungen des Einsatzleiters auf und begaben sich, bis die Verstärkung von der Polizei kam, in der Nähe auf die Suche. Die Rucksäcke der Jungs hatten beim Lagerfeuer gelegen, und die Hunde hatten daran schnüffeln können. Gleichzeitig mit der Polizei kam auch Eva Sandell zurück. Man konnte sehen, dass sie geweint hatte. Sie war am Boden zerstört. Die Haare, die sie immer zu einem strengen Pferdeschwanz gebunden hatte, waren in Unordnung, die Brille beschlagen.

»Es ist meine Schuld! Ich hätte besser aufpassen sollen. Aber ich musste auf die Toilette und bin hinter einen Busch gegangen. Dann ist eines der Mädchen mit seinen langen Haaren gefährlich nah ans Feuer gegangen, zwei Kinder haben sich gestritten, und ein Junge hat seine Wurst in die Glut fallen lassen. Ich habe nicht gesehen, wie die Zwillinge verschwunden sind. Mein Gott, wenn ihnen nur nichts passiert ist!«

»Wann war der letzte Augenblick, in dem Sie die beiden gesehen haben?«, fragte Bark.

»Sie haben mit Stöcken gekämpft und fanden es lächerlich, dass sie keine Schnitzmesser kriegten, und sie meinten, zu Hause bei ihrem Papa dürften sie das.« Eva Sandell warf einen raschen Blick auf ihre Armbanduhr. »Es ist jetzt schon bestimmt drei Stunden her, seit sie verschwunden sind.«

»Haben die beiden über irgendetwas gesprochen, haben Sie etwas wahrgenommen, was sie gesagt haben, kurz bevor sie verschwunden sind?«

»Manchmal fragt man sich, was sich in ihren Köpfen so abspielt.« Eva Sandell sah aus, als würde ihr etwas einfallen. »Ja, sie erzählten, ihr Papa hätte gewusst, dass sie heute auf einen Ausflug gehen würden. Leo sagte, dass er vielleicht mit ihren Schnitzmessern kommen würde, oder irgend so etwas.« Eva rang nach Luft und atmete lange und zitternd aus. »Ich erinnere mich nicht genau. Nur dass ich gesagt habe, dass kein Kind in der Kita ein Messer haben darf. Und dass es eine andere Sache ist, wenn sie die zu Hause haben, denn da bestimmen die Eltern.« Sie zog ihren Pferdeschwanz wieder fest und schob die Brille auf die Nase. Ihr Gesicht war rot vor Anstrengung.

»Wollten Sie nach dem Würstchengrillen noch irgendwohin? Könnten die Jungs vorweggegangen sein?«

»Wir wollten zum Kristina-Stollen, einem Grubengang, der 65 Meter in den Berg hineinführt. Da drüber gibt es noch den Erik Skottes-Stollen, und da wird es ziemlich steil. Aber ich glaube nicht, dass die Kinder schon mal hier waren. Sie hatten sicher keine Ahnung, in welche Richtung es geht. Sie können genauso gut runter zur Straße gegangen sein, um ihren Papa zu treffen. Deshalb habe ich das Auto genommen.« Eva Sandell zeigte auf der Karte, wie sie gefahren war und in welche kleinen Wege hinein. »Ich bin auf dem Kiesweg hin und her gefahren, um zu sehen, ob sie auftauchen.«

Sie einigten sich darauf, dass Mia zurück nach Hällefors fahren und die Kinder und die andere Erzieherin befragen würde, was sie gesehen und gehört hatten.

Auf Anweisung des Einsatzleiters schlugen Bark und Molly den Weg Richtung Schlangenteich ein. Sie hatte die hochhackigen Schuhe ausgezogen, lief barfuß und ließ sich von spitzen Steine und Wurzeln nicht aufhalten. Als sie versuchen wollte, ihren Ex-Mann anzurufen, hielt Bark sie davon ab, denn Daniel Gruvbergs Handy war ja in einem Graben an Toms Haus gefunden worden.

»Hat es da die ganze Zeit gelegen, während ich versucht habe, ihn zu erreichen?« Molly blieb stehen, und Kristoffer befürchtete, dass sie einen erneuten Wutausbruch bekommen würde, doch sie beherrschte sich und schob das Handy in die Jackentasche. »Wenn Daniel sie mit dem Auto eingesammelt hat, dann ist es sinnlos, hier den Wald zu durchsuchen«, sagte sie resigniert. »Aber trotzdem müssen wir weitersuchen, weil sie hier verschwunden sind und das ganze Gelände voller Gefahren ist. Wölfe und Luchse können auch über Kinder herfallen, nicht wahr? Wenn sie allein sind und es dunkel ist …«

Er versuchte, sie zu beruhigen. »Ich glaube nicht, dass diese Tiere Kinder angreifen würden. Der Wolf versucht eher, Menschen aus dem Weg zu gehen. Er ist auf andere Beute aus. Ich glaube nicht, dass die Gefahr besteht. Außerdem haben wir noch viele Stunden Tageslicht und gute Chancen, sie zu finden.« Er fing sie auf, als sie fast vor Erschöpfung umgefallen wäre. »Die Polizei hat Straßensperren aufgestellt, und die Leute in der Gegend wissen, dass wir einen schwarzen Volvo V70 suchen. Das Beste, was wir tun können, ist, hier zu suchen, bis wir wissen, ob jemand sie an der Straße aufgegriffen hat.«

Doch Molly konnte den Gedanken nicht loslassen, dass ihr Ex-Mann die Zwillinge entführt haben könnte. »Wie weit kann er gekommen sein? Bis Örebro, Karlskoga oder Filipstad? Bestimmt nimmt er nur kleine Straßen. Er ist doch nicht dumm. Was, wenn er ein anderes Auto genommen hat?«

»Hat er denn Zugang zu einem anderen Auto?«

»Er hat den Ersatzschlüssel zu Lillemors Auto, und der

Schlüssel zu Toms Oldtimer liegt im Handschuhfach, der Wagen ist nicht verschlossen.«

»Der Saab Sonett würde schon Aufmerksamkeit erregen«, entgegnete Bark, und das war natürlich eine Untertreibung. »Lillemors Opel hingegen würde eher unbemerkt bleiben.«

Bark nahm Kontakt zur Streife auf, die sich in Hällefors befand. Die würden kontrollieren, ob Lillemors Auto noch in ihrer Garage stand. Möglicherweise hatte Daniel es also bei Lillemor geholt, wenn er im Besitz des Ersatzschlüssels war.

Die Hundestaffel war vorangegangen. Bark und Molly liefen ebenfalls weiter, riefen nach den Zwillingen und hörten die anderen in der Suchkette ihrerseits in der Ferne rufen. Die tief hängenden Äste der Tannen zerkratzten ihnen Hände und Gesichter. Am schlimmsten war es für Molly, die einen Rock trug und barfuß war. Aber Bark versuchte nicht, sie aufzuhalten – eine Mutter, deren Kinder in Gefahr sind, konnte schon mal zur Löwin werden. Er passte seine Schritte an ihre an. Als sie das glänzende Wasser des Schlangenteichs zwischen den Bäumen hindurchschimmern sahen, waren die anderen schon vor Ort. Bark und Molly bekamen dann Order, auf einem anderen Weg zum Grillplatz bei Silvergruvan zurückzugehen.

Als sie dort ankamen, sah er Mia und Eva Sandell auf sie warten.

Barks Handy brummte. Er ging ran. Es war der Einsatzleiter. »Unsere Kollegen folgen einem schwarzen Volvo V70, der auf dem Weg nach Silvergruvan ist. Könnt ihr den abfangen?«

54

Wenn die Epilepsie nicht gewesen wäre, hätte Bark sich selbst hinters Steuer gesetzt. Mia fuhr gut, aber es nervte ihn, nicht die volle Kontrolle zu haben. Er hoffte, Daniel Gruvberg aufhalten zu können.

Da kam eine Nachricht über den Funk. »Das Objekt fährt den Sävenforsvägen nach Norden. Ist am Hedtjärnen vorbei und passiert jetzt den Sävtjärnen. Wir haben ihn gleich.«

»Gut!« Bark hatte die Karte im Handy. »Wenn der Volvo nach rechts in den Silverknutsvägen einbiegt, dann können wir ihn abfangen.«

»Okay. Wir liegen ein paar hundert Meter hinter ihm.«

»Haben sie das Kennzeichen oder nur das Automodell?«, fragte Mia.

Bark wollte diese Frage gerade weitergeben, als eine neue Nachricht kam: »Das Objekt fährt nach rechts.« Bark gab seine exakte Position an. »Wir biegen jetzt ab und schalten das Blaulicht ein, wenn wir dem Volvo begegnen. Ist er identifiziert? Habt ihr das Kennzeichen?«

»Nein, wir haben nicht so dicht ranfahren können, ohne zu riskieren, dass er das Gaspedal runtertritt, um uns abzuschütteln. Wir haben schließlich einen Streifenwagen.«

»Das ist klug, es könnten Kinder im Auto sein, und er ist möglicherweise verzweifelt!«

»Das haben wir gehört. Der Verrückte fährt Schlangenlinien, völlig unkontrolliert und deutlich über jeder Geschwindigkeitsbegrenzung. Verdacht auf Trunkenheit am Steuer. Ganz gleich, ob das hier Daniel Gruvberg ist oder jemand anders, sein Führerschein wird sich in Luft auflösen. Der hat vor ein paar Minuten ohne freie Sicht jemanden überholt. Wir haben ein Auto zwischen uns und dem Objekt.«

»Da!«, schrie Mia, nachdem ihnen ein Lastwagen entgegengekommen war. »Wir haben ihn!« Bark setzte das Blaulicht aufs Dach, als der Volvo auftauchte. Die Straße war schmal, aber an einer Stelle weiter vorn würden zwei Autos aneinander vorbeipassen. Mia bremste, stellte das Auto schräg über beide Fahrbahnen und sperrte so den ganzen Weg ab. »Hoffen wir mal, dass er auch anhält!«

Der Streifenwagen hinter ihnen schaltete ebenfalls das Blaulicht ein.

Es dauerte eine gefühlte Ewigkeit, bis der Volvo auf sie zukam und bremste. Durch die Windschutzscheibe konnten sie zwei erschrockene Gesichter erkennen. Bark stieg aus, ging hin und öffnete die Tür auf der Fahrerseite.

»Bitte steigen Sie aus dem Auto! Wir haben einiges zu besprechen. Wie sind Sie in den Besitz dieses Wagens gekommen?«

Der Geruch nach Alkohol war durchdringend. Ein stark betrunkener junger Mann krabbelte hinter dem Steuer hervor. Es fiel ihm schwer, das Gleichgewicht zu halten, und Bark musste ihn mit festem Griff stützen, weil der Jugendliche in die Knie sackte, denn seine Beine trugen ihn nicht. Sein Beifahrer war nicht gerade in besserem Zustand. Er lehnte sich auf seiner Seite aus dem Auto und übergab sich.

»Ich hab ja gleich gesagt, das ist eine beschissene Idee«, sagte er vorwurfsvoll zu seinem Kumpel. Dann begann er zu weinen. »Ich hab Geburtstag. Man wird doch mal seinen Geburtstag feiern dürfen.«

»Wie alt wirst du denn?«, fragte Mia und reichte ihm eine Rolle Haushaltspapier, die sie zwischen den Sitzen im Auto gefunden hatte, sodass er das Gröbste abwischen konnte.

»Sechzehn ... Keine will mit mir schlafen, weil ich zu hässlich bin.«

Bark schüttelte den Kopf. »Da hast du ganz schön Glück, dass dies nicht dein letzter Geburtstag war. Woher habt ihr das Auto?«

Da keiner von beiden imstande war, auf eine so einfache Frage zu antworten, beschloss Bark, sie aufs Revier zu bringen, wo er sie formell vernehmen konnte, wenn die Jungs einigermaßen ansprechbar waren.

Bark und Mia begaben sich aufs Polizeirevier in Hällefors. Während der Fahrt prüfte Bark aufmerksam jede Bushaltestelle und jeden Straßengraben, für den Fall, dass die Zwillinge auftauchen würden.

Bei Silvergruvan war die Suche noch in vollem Gange. Die Kollegen im Streifendienst, die bei der Festnahme der Jugendlichen dabei gewesen waren, nahmen die beiden zu einem Alkoholtest und einer späteren Vernehmung mit aufs Revier. Den Wagen selbst würden die Kriminaltechniker untersuchen. Während der Fahrt zurück nach Hällefors nahm Bark Kontakt mit Gaby auf, um ihr mitzuteilen, dass sie weder Daniel Gruvberg noch die Zwillinge, dafür aber das gesuchte Auto gefunden hatten.

Dann rief er Molly an, um sie auf den neuesten Stand zu bringen. Die erzählte, dass Eva Sandell ihr passendere Kleidung, ein Paar Stiefel und eine Tasse Kaffee besorgt habe, und dann hätten sie sich Gösta, den Polizisten und dem Heimatschutz angeschlossen, um weiter nach Noah und Leo zu suchen.

Jetzt warteten Bark und Mia darauf, Fahrer und Beifahrer von Daniels Volvo V70 vernehmen zu können. Die beiden Sechzehnjährigen waren aus der Gegend. Bark würde sich den Fahrer, Bill Hellström, vorknöpfen. Sein Beifahrer, Markus Larsson, saß mit Mia in einem angrenzenden Vernehmungsraum.

Bark begann mit Datum, Anwesenden und Personennummer und fragte Bill, ob er einsähe, wie ernst es war, dass er wegen Trunkenheit am Steuer festgenommen worden war. Der Alkoholtest hatte 2,59 Promille gezeigt.

»Wie seid ihr an das Auto gekommen?«

»Hab's geklaut.«

»Wo?«

»Scheiße, mir ist so übel.« Bill rülpste besorgniserregend. »An einem See. Ich habe keine Ahnung, wo genau.«

»Okay, erzähl, woran du dich erinnerst.«

»Markus hatte Geburtstag, und wir haben ein Tira... ein Tiramisu gemacht. Eier, Zucker, Cognac und Eierlikör und weiß der Teufel, was noch. Meine Mama macht immer Tiramisu mit Baileys und Wodka.«

Bark sah ein, dass Bill nicht wirklich in der Verfassung für eine Vernehmung war, aber sie mussten dringend erfahren, wo die Jungen das Auto herhatten.

»Wir haben alles, was zu Hause war, mitgenommen und Tiramisu gegessen. Markus ist von einem Mädel gedisst worden und wollte nicht mehr leben. Ich habe versucht, ihm das Leben zu retten. Es gab zwei Flaschen Cognac …« Bill sah aus, als würde ihn eine Erkenntnis heimsuchen. »Mein Vater flippt aus, wenn er das erfährt.«

»Dir ist schon klar, dass das hätte ziemlich schiefgehen können, oder? Du hättest dich oder andere totfahren können. Es wird eine Weile dauern, bis du nach dem hier überhaupt einen Führerschein machen kannst. Verstehst du, wie ernst das ist?«

»Markus hat eine Salbe gegen Akne gekriegt, aber das hat einen Scheißdreck geholfen. Er hätte die zweite Flasche Cognac niemals aufgemacht, wenn er einen Termin bei der Hautklinik gekriegt hätte. Seine Mutter hat's versucht. Aber der Arzt fand nicht, dass das mit seiner Akne so schlimm ist. Nicht so schlimm! Schließlich hat er vor, sich das Leben zu nehmen. Hab ich schon gesagt, dass er gedisst worden ist? Von einem Mädel, auf das er mindestens schon ein halbes Jahr scharf ist. Und die disst ihn an seinem Geburtstag. Also echt!«

Bark konnte nicht mehr tun, als die Sache zu bedauern, und wechselte die Spur. »Du bist wegen Trunkenheit am Steuer festgenommen worden und wirst wegen Autodiebstahls angeklagt. Was sagst du dazu?«

»Wir haben es nur geliehen. Der Schlüssel steckte … wir sind nicht eingebrochen«, sagte Bill zu seiner Verteidigung.

»Wo habt ihr das Auto gefunden?«

»An einem See, ich weiß nicht, wie der heißt.« Bill

zupfte an seinen halblangen Strähnen und kratzte sich dann den schütteren Bart unter dem Kinn.

»Kannst du hinfinden?«, fragte Bark.

»Ich glaub schon. Im Auto war niemand, und ich wollte es ja nur ausprobieren. Also sind wir zur Schule raufgefahren und haben das Mädel gefragt, ob sie es sich anders überlegt hat und eine Runde mitfahren will. Aber die hat gesagt, ich wär total bekloppt im Kopf. Ich nehme mal an, das hieß nein, also sind wir alleine auf einen Roadtrip gegangen.«

»Wohin?« Bark wollte herausfinden, ob es eine Chance gab, aus dem Jüngling eine Wegbeschreibung rauszukriegen.

»Sind ein bisschen rumgefahren. Markus wollte mir das Paradise Silvergruvan zeigen. Da kann man ein Zimmer mieten. Das klingt wie Paradise Hotel, im Fernsehen. Sie wissen schon, massenhaft tolle Bräute, die mit einem schlafen wollen.«

»Wann habt ihr den Volvo gefunden?«

»Heute Morgen. Wir haben den Bus genommen, der nach Nora fährt, wollten von der Schule und dem ganzen Mist weg. Aber hinter Grythyttan sind wir rausgeschmissen worden, weil der Fahrer fand, wir würden irgendwie Ärger machen. Dabei haben wir verdammt noch mal nichts gemacht. Ich habe nur gefragt, ob er ein Bier will und hab ihm das versehentlich auf den Schoß geschüttet. Verdammt, was haben wir gelacht.«

Eine halbe Stunde später fuhren Bark und Mia mit zwei reuevollen Jugendlichen im Auto in Richtung des Sees Grecken. Dort hatten Bill und Markus das leere Auto von

Daniel Gruvberg gefunden. Das war dieselbe Straße, die Bark und Mia am Morgen nach Hällefors gefahren waren. Also waren sie an dem See vorbeigekommen, ohne zu ahnen, dass der Volvo, den sie suchten, dort stand.

Bill zeigte auf eine Einfahrt, und sie bogen nach links ab. Der Kiesweg wurde immer schmaler, dann einspurig mit markierten Ausweichplätzen, bis sich der Wald öffnete und der See sichtbar wurde.

»Es war hier vorne«, sagte Bill, der plötzlich ganz sicher war.

Die Straße war zu Ende, aber die Autospuren reichten auf dem weichen Boden noch weiter. Man konnte deutlich sehen, dass hier ein Fahrzeug gekommen und wieder weggefahren war.

Markus stimmte zu. »Genau hier war's.«

In dem Moment bemerkte Bark etwas, das ihn schaudern ließ. Etwas oder jemand war vom Auto über den Boden hinunter zum Seeufer geschleift worden. Er konnte Schuhabdrücke erkennen, auch wenn sie fast in dem weichen Boden zerflossen waren. Er holte sein Handy heraus, rief zuerst den Einsatzleiter und dann Ali Kathami an, dann ging er weiter zum Wasser, wo die Spur in einem Schilfgebiet endete. Was er sah, ließ ihn einen verzweifelten Schrei ausstoßen. Er watete in das eiskalte Wasser hinaus.

55

Die Leiche hatte mit dem Gesicht nach unten in dem bräunlich gefärbten Wasser gelegen. Erst als Bark hinausgewatet war und den Mann herumgedreht hatte, stand außer Zweifel, dass er Daniel Gruvberg gefunden hatte. Sein erster Gedanke war, dass Noah und Leo ja mit ihrem Vater im Auto gefahren waren. Voller Sorge schwamm er im Wasser hin und her, hielt Ausschau nach ihren Leichen und versuchte, Windrichtung und Wasserbewegung einzuschätzen. In ihm wuchs ein Zorn, eine Wut, die der gleichen Ohnmacht entsprang, die er empfunden hatte, als er an einem Karfreitag vor vielen Jahren nach seiner eigenen Tochter gesucht hatte, als man noch fürchtete, sie sei ertrunken. Doch er fand die Kinder nicht.

Eine knappe Stunde später waren Ali Kathami und seine Kollegen von der Kriminaltechnischen Abteilung in weißen Schutzoveralls vor Ort. Bark sprach kurz mit ihnen und machte sich dann erneut auf, in dem etwa zehn Grad kalten Wasser nach den Kindern zu suchen. Er hielt inne und sah mit zusammengekniffenen Augen gegen die Sonne, die hinter den Wolken hervorgekommen war und Reflexe auf die Wasseroberfläche warf. Sein Herz blieb fast stehen, als er weiter draußen etwas Helles im Wasser schaukeln sah. Mit in den Ohren dröhnendem Puls watete und schwamm er zu dem, was er gesehen hatte, hinaus, stellte dann aber zu seiner Erleichterung fest, dass es sich um eine Plastiktüte handelte. Doch er gab nicht auf. Es kamen noch mehr Kollegen, die mit Booten hinausfuhren, um den See mit Schleppnetzen abzusuchen. Sie zwangen ihn, an Land zu gehen.

Erst da begab sich Bark mit schweren Schritten zu Ali, der schon nach ihm gerufen hatte.

»Du musst trockene Sachen anziehen, sonst wirst du krank!« Ali gab ihm eine Decke und eine Tüte mit Kleidung. »Die hat Ingrid mir mitgegeben, als klar war, dass ich hierherfahre.«

Bark dankte ihr im Stillen für ihre Umsicht.

Jemand kam mit einem Becher heißen Kaffees, und nun merkte Bark, dass er mit den Zähnen klapperte – aus Kälte und aus Angst, was wohl den Zwillingen zugestoßen sein könnte. »Ich muss Molly Gruvberg die Nachricht überbringen, dass ihr Ex-Mann tot ist. Das würde ich gern persönlich tun.« Er sah Ali an, der schweißgebadet war, nachdem er alles vorbereitet hatte, was nötig war, um Daniel Gruvbergs Leiche zu bergen. »Kannst du schon irgendwas sagen?«

Ali sah widerwillig aus.

Bark beharrte. »Irgendwas musst du mir doch geben können! Gibt es etwas, was darauf hindeutet, dass er ermordet wurde oder sich das Leben genommen hat? Die Zwillinge sind heute auf einem Kitaausflug verschwunden. Ich muss sie finden und hoffe, dass sie noch am Leben sind! Sag mir was, irgendwas, das mir zu verstehen hilft, was passiert ist. Was glaubst du, wann er gestorben ist?«

Ali kämpfte mit sich. »Ich kann hier nur mit Vermutungen kommen.«

»Deine Vermutungen sind immer gut begründet.«

Ali schüttelte bedächtig den Kopf. »Diesmal nicht.« Er zögerte noch einmal, fuhr dann aber fort: »Daniel hat einen Schlag auf den Hinterkopf bekommen, es sieht aus, als wäre dazu dasselbe Werkzeug benutzt worden wie bei den anderen Morden. Eine Art Gartenhacke mit Spitzen.«

»Aber die Mordwaffe, die blutverschmierte Hacke, ist nach dem Mord an Lillemor doch bei Tom gefunden worden. Glaubst du, es ist dieselbe Waffe?«, fragte Bark.

Ali dachte nach. »Möglich ist es. Wir wissen ja nicht, wer von beiden zuerst gestorben ist. Bei der Wunde und dem Blutverlust würde es mich wundern, wenn er ertrunken ist. Jemand hat den schweren Mann runter zum Wasser geschleift. Es gibt Schuhabdrücke, und einer davon ist richtig gut. Ich rate mal Größe 38, wahrscheinlich also eine Frau. Einigermaßen gut trainiert, wenn es ihr alleine gelungen ist, die Leiche wegzuschleppen. Außer den Reifenspuren des Volvos haben wir keine weiteren gefunden. Man kann sich also fragen, wie sie hierhergekommen ist.«

Bark versuchte, den Weg des Mörders zum Tatort zu rekonstruieren. »Bill und Markus sind mit dem Bus gefahren. Möglicherweise hat sie also auch den Bus genommen. Aber wie konnte sie wissen, dass Daniel hier war? Sie könnte getrampt oder mit dem Fahrrad gefahren sein. Das Wahrscheinlichste ist aber, dass sie mit Daniel in seinem Auto gefahren ist – möglicherweise war es jemand, den er kannte. Jedenfalls wusste sie ziemlich sicher, dass wir nach Daniel und dem Auto suchen. Also hat sie – wenn es nun eine Frau ist – das Auto hier stehen lassen. Könnte sie von jemandem Hilfe gehabt haben?«

Ali sah zweifelnd aus, versuchte sich an einem halbherzigen Nicken, das dann in einem Kopfschütteln endete. »Die Schuhabdrücke sind tief in den Boden gepresst und verlaufen zusammen mit der Spur der Leiche, die Richtung Wasser gezogen wurde. Nachdem ich deine ausgeschlossen hatte, habe ich keine anderen Fußspuren finden können. Und du sagst ja, dass weder Mia noch einer der Jugendlichen aus dem Auto gestiegen ist, als ihr hier angekommen seid, oder?«

»Korrekt. Die sind im Auto sitzen geblieben.« Bark zog das nasse Hemd aus und wickelte sich die Decke um den Oberkörper. »Was glaubst du, wie lange Daniel im Wasser gelegen haben kann? Das letzte Lebenszeichen von ihm kam in der Nacht von Samstag auf Sonntag, als er die Zwillinge auf dem Parkplatz abgesetzt hat. Noah und Leo waren die Letzten, die ihn gesehen haben.«

»Mit Ausnahme des Mörders«, fügte Ali hinzu. »Du hast gefragt, wie lange die Leiche im Wasser gelegen haben kann. Wenn ein Mensch ertrinkt, sinkt die Leiche wie ein Stein auf den Grund. Aber Bakterien – vor allem die im Bauchraum – erzeugen Gase. Eine Leiche, die eine Weile im Wasser gelegen hat, findet man für gewöhnlich mit dem Gesicht nach unten, denn der Körper dreht sich auf diese Seite, weil Arme und Kopf schwer sind. Ich würde also sagen, ein paar Tage. Und wenn er den Schlag auf den Kopf erst kürzlich erhalten hätte, dann wäre auch mehr Blut im Wasser gewesen.«

»Also kann er schon seit der Nacht auf Sonntag hier gelegen haben? Das wären dann drei Tage.«

»Das ist möglich. Aber bisher ist es nur eine Vermutung von mir.«

»Habt ihr im Auto Blutspuren gefunden? Du sagst, es

müsste viel Blut gewesen sein. Könnte er in seinem eigenen Auto erschlagen worden sein?«, beharrte Bark und zog sich unter der Decke die restlichen Kleider aus. Seine Zehennägel waren blau vor Kälte, und er zitterte.

»Wir haben sofort nach Blutspuren im Auto Ausschau gehalten, aber keine gefunden. Im Moment untersucht Rödeby die Umgebung. Ich glaube, dass Daniel außerhalb des Autos erschlagen worden ist. Eine Mordwaffe haben wir noch nicht gefunden, aber die Verletzung ähnelt wie gesagt der von Tom. Mehrere Schläge mit der stumpfen und mit der spitzen Seite.«

Alex kam zum See, um Bark abzuholen, der sich inzwischen umgezogen hatte. Zwar hatte er seine Polizeiuniform anziehen müssen, aber das war immer noch besser als die nassen Kleider. Inzwischen hatte er auch schon mit Gaby gesprochen, die bestätigte, dass jetzt nach den Zwillingen gefahndet wurde.

Er erzählte Alex, dass Mia sich zur Polizeistation begeben hatte. Sie würde zusammen mit einem Kollegen aus Hällefors die Vernehmung der beiden Jugendlichen fortsetzen, die Daniel Gruvbergs Auto gestohlen und ihnen dann den Ort gezeigt hatten, wo sie darauf gestoßen waren. Auch wenn Bark es bezweifelte, konnte man doch nicht ausschließen, dass sie die Täter waren.

Dann rief Kristina an. Sie wollte ein Interview mit Molly, und er hatte ihr entschieden klargemacht, dass sie das nicht tun und Molly in Ruhe lassen sollte. Noch ehe er fertig gesprochen hatte, drückte Kristina das Gespräch schon weg, und das machte ihn richtig wütend.

Bark setzte sich in Alex' Auto und hatte nicht mal Lust

zu fragen, warum Alex mit seinem eigenen Auto kam, wenn es doch in der Polizeigarage funktionsfähige Fahrzeuge mit intakter Gangschaltung gab. Alex war über die Lage informiert, doch Bark fügte noch ein paar Details hinzu. »Die beiden Autodiebe sind festgenommen und sitzen in der Vernehmung. Wir müssen zu Molly Gruvberg. Sie ist immer noch im Wald bei Silvergruvan und sucht nach ihren Kindern. Wir müssen ihr sagen, dass Daniel tot ist, ehe sie es von irgendwo anders hört.«

Alex senkte den Kopf, warf die schwarze Haartolle zur Seite und sah genervt aus. »Was hältst du von alldem? Was passiert hier eigentlich? Die ganze Zeit sind wir einen Schritt hinterher und müssen Todesnachrichten überbringen. Und was machen wir jetzt mit Molly? Das ist verdammt noch mal ganz schön beschissen.«

»Ja, da hast du absolut recht. Prio eins ist es, die Zwillinge zu finden. Ich will, dass wir in der Gegend um Silvergruvan weiter nach ihnen suchen, das ist im Moment das Klügste – aber nur, wenn sie aus freien Stücken verschwunden sind, also falls nicht jemand sie mit dem Auto entführt hat. Wir konnten bisher nicht ausschließen, dass Daniel sie mitgenommen haben könnte, aber das ist nach neuesten Erkenntnissen unmöglich, wenn er seit drei Tagen da im Wasser lag. Demnach hat jemand anders sie entführt. Wir haben drei Tote derselben Familie in absteigender Generationenfolge: Tom, Lillemor, Daniel. Die Zwillinge sind die Letzten, die von der Familie Gruvberg in Hällefors noch übrig sind. Sie sind Toms Erben. Meine Frage ist also: Wer hat Interesse an ihrem Tod? Geht es um Toms Erbe? Wir müssen uns voll und ganz darauf konzentrieren, die Kinder zu finden.«

»Falls den Kindern was passiert, wer erbt dann alles?«, fragte Alex.

Das konnte Bark nur vermuten. »Ich nehme mal an, Molly. Sie erbt, was den Kindern zugestanden hätte. Aber es fällt mir schwer zu glauben, dass Molly ihren eigenen Kindern Schaden zufügen würde. Wem würde es nutzen, sie zu entführen? Carina Lindgren erbt die andere Hälfte von Toms Geld. Die Schuhabdrücke sind klein, ungefähr Größe 38. Das deutet darauf hin, dass es eher eine Frau war, die Daniels Leiche zum Wasser geschleift hat.«

Alex legte trotz Gegenverkehrs einen unerwarteten U-Turn hin, während Bark das Gefühl hatte, seine Eingeweide würden weiter geradeaus fahren. »Was zur Hölle machst du?«

»Ich hab die Schutzwesten vergessen. Ingrid hat schusssichere Westen mitgeschickt. Ich habe ihr versprochen, dir persönlich eine in die Hand zu geben. Sie liegen im Technikerbus.« Alex legte den falschen Gang ein, und das Auto ruckte. »Dann lass uns mal zusammenfassen, welche Frauen in der Ermittlung schon vorgekommen sind«, fuhr Alex ungerührt fort, während sich Bark krampfhaft am Griff über der Beifahrertür festklammerte.

»Molly Gruvberg, Carina Lindgren, Eva Sandell und Måna-Lisa Skog plus ihre Mutter Mandis. Und Berit Nilsson, aber die ist über achtzig und wäre niemals imstande, Daniels Leiche ins Wasser zu ziehen.«

Alex wandte den Blick von der Straße und sah Bark an. »Laut Statistik müsste es ein Mann sein. Was, wenn es ein Jugendlicher aus der Gang um Adrian ist? Einer, der tötet, um in der Gang dazuzugehören? Ein Junge mit kleinen Füßen. Oder ein Mädchen.«

56

Lydia

Ich dachte, ich würde Erleichterung und Befreiung empfinden, wenn Daniel tot wäre. Aber ich bin immer noch
außer mir vor Wut, und das vor allem auf Ester. Ihr gan-
zes Leben lang hat sie sich rausgezogen, um das Schwere
nicht erleben und keine Verantwortung übernehmen zu
müssen. Als ich auf der Schwelle zu ihrer Hütte stehe,
denke ich, dass sie nicht davonkommen soll. Wir dürfen
nicht länger Opfer dessen sein, was früher passiert ist.
Jetzt können wir zurückschlagen und uns auf dem Grund
und Boden niederlassen, der uns gehört. Rakel war stark,
und ich werde in ihre Fußstapfen treten, ich werde die
sein, die über den Grund und Boden wacht und über das
verfügt, was unter der Erde ist. Zu mir werden die Menschen kommen, um Heilung und Linderung an Körper
und Seele zu erfahren.

Indem ich ihr erzähle, dass Daniel tot ist, mache ich
Ester mitschuldig. Also beschreibe ich ihr ausführlich,
was passiert ist, auch wenn sie nichts davon hören will.
»Am ersten Schlag auf den Hinterkopf ist Daniel nicht
gestorben. Ich habe seinen Schädel so lange zerschlagen,
bis ich ganz sicher sein konnte, dass er tot war. Ich wollte
ja nicht denselben Fehler machen wie bei Oskar, von dem

ich schon dachte, dass er tot sei, und der dann wieder aufwachte. Wieder und wieder habe ich mit der stumpfen und der spitzen Seite der Hacke auf Daniels Kopf eingeschlagen. Die Leiche war schwerer, als ich dachte. Natürlich hätte ich ihn auch im Gras neben dem Auto liegen lassen können, aber ich dachte, wenn ich ihn im Schilf verstecke, wird es länger dauern, bis er gefunden wird. Dann habe ich die Hacke, die ich mir von dir ausgeliehen habe, in Toms Holzschuppen gehängt. Da wird die Polizei sie finden, mit deinen Fingerabdrücken drauf. Und wenn sie dich finden, wirst du auf keine Fragen antworten können.«

Ester sieht mich an, und ihr Blick ist schwarz vor Entsetzen. »Tom und Lillemor – hast du die beiden auch getötet?« Meine Antwort ist nur eine Bestätigung dessen, was sie in ihrem Innern bereits weiß. »Ich musste es tun. Sie trugen böse Gene in sich. Sie sind unsere Feinde! Ich habe Lillemor getötet und habe ihr die Nordlichtsmaragde weggenommen, die sie von uns gestohlen haben.«

Und da sagt sie plötzlich etwas, das mich wütend macht. »Du trägst selbst die Gene in dir, die du ausrotten willst. Auch wenn es eine Vergewaltigung war, so ist und bleibt Birger doch dein Urgroßvater. Genau wie wir anderen alle auch, trägst du sowohl das Böse wie auch das Gute in dir, du bist keine Ausnahme. Und du hast die Wahl.« Esters Entsetzen wird noch größer, als sie erkennt, was mein nächster Schritt sein wird.

Ich kann nicht umhin zu lächeln, denn ihre Angst verleiht mir endlich ein Gefühl der Überlegenheit. »Jetzt möchtest du sicher wissen, was mit Daniels Zwillingen geschehen ist, nicht wahr? Ich habe gesehen, wie sie weggelaufen sind und habe sie dann mit dem Auto an der Straße aufgesammelt und ihnen mit Schlafmittel gemischte Limonade angeboten. Als sie eingeschlafen waren, habe ich sie in den Kofferraum meines Autos gelegt. Falls du findest, dass sie leben sollten, dann erzähl mir doch, wo du warst, als ich ein Kind war, und warum du mir nie geholfen hast. Obwohl du durchaus begriffen hast, dass ich im reinen Elend aufgewachsen bin und Übergriffen ausgesetzt war, hast du doch keinen Finger für mich gerührt. Du wusstest, dass Mama alte Männer nach Hause eingeladen hat. Die wollten, dass ich mich für sie ausziehe, ich habe Geld dafür gekriegt, und Mama fand das gut. Wir brauchten Geld. Mit dreizehn Jahren hatte ich meine erste Abtreibung. Wo warst du da, *Großmutter*? Wenn ich deine Antwort gehört habe, werde ich über das weitere Schicksal der Zwillinge entscheiden. Was verbirgst du vor mir? Was hat dich so böse gemacht, dass du nichts mit deinem eigenen Kind oder mit mir zu tun haben wolltest? Da genügt mir die Geschichte von Birger, der deine Mutter vergewaltigt hat, nicht. Was ist dann passiert? Wie tief reicht die Scham?«

57

Es war später Nachmittag. Auf der Fahrt nach Silvergruvan hatte Bark Kontakt zum Einsatzleiter und dem Hundeführer aufgenommen, die vor Ort waren. Wie immer nach einer Fahrt mit Alex plagte ihn ein leichtes Unwohlsein, das seine Konzentration auf das, was vor ihnen lag, beeinträchtigte. Das lag nicht nur an dem Wunderbaum, der an Alex' Rückspiegel hing, sondern hauptsächlich an dem völlig unvorhersehbaren Fahrstil. Zum wiederholten Mal wurde ihm bewusst, was es für ein Fluch war, an Epilepsie zu leiden und keinen Führerschein mehr zu haben. Davon abhängig zu sein, dass Alex trotz seiner mangelnden Impulskontrolle den Verkehr meisterte, war eine echte Herausforderung.

»Wie zum Teufel hast du eigentlich deinen Führerschein bekommen?« Das war vielleicht nicht sonderlich diplomatisch formuliert, aber Bark riss langsam der Geduldsfaden.

Alex blinzelte ihm auf eine neckische Weise zu, die Kristoffer erstaunt innehalten ließ. »Du ahnst ja gar nicht, welche Türen ein kleines Lächeln öffnen kann. Vielleicht solltest du das auch mal probieren. Du könntest sagen: *Alex, mein Lieber, vielen Dank, dass du mich fährst.* Ich finde nämlich, dass du froh sein solltest, dass ich dich fahre. Ein einfaches Danke würde schon genügen.«

»Das gibt die Situation aber grade nicht her! Spür mal die Stimmung ab, bitte!« Alex hielt an, und Bark riss mit einem Ruck den Duftbaum vom Spiegel und schmiss ihn aus der geöffneten Tür. Nachdem er ausgestiegen war, sog er tief die frische Luft ein. Gemeinsam gingen sie zu der Stelle, wo die Kitakinder gegrillt hatten. Während der Fahrt hatte Bark eine SMS an Molly Gruvberg geschickt und sie gebeten, dorthin zu kommen, hatte aber keine Antwort erhalten. Es war schwer vorauszusehen, wie sie die Nachricht von Daniels Tod aufnehmen würde. Und die Tatsache, dass sie immer noch keine Spur von den Zwillingen hatten.

Bald konnten sie Molly und Eva kommen sehen. Molly war außer sich und schimpfte mit Eva, sodass es laut zu hören war.

»Du bist persönlich verantwortlich dafür, dass meine Kinder verschwunden sind. Warum musstet ihr denn unbedingt einen Ausflug machen, wenn ihr doch nicht genug Personal hattet, um für ihre Sicherheit zu sorgen?«

Evas Stimme war ruhiger und weicher. »Weil die Kita abgebrannt ist. Die Räume, die wir jetzt haben, müssen an uns angepasst werden. Wir haben Handwerker vor Ort …« Sie versuchte, beruhigend den Arm um Molly zu legen, doch sie wurde brüsk abgewiesen.

»Fass mich nicht an«, zischte Molly.

Eva verzog das Gesicht und schien nicht zu wissen, wie sie sich verhalten sollte.

Jetzt waren sie so nahe gekommen, dass Bark Mollys verweintes Gesicht sehen konnte. Doch sie war ganz auf Eva konzentriert und schimpfte schonungslos weiter.

»Dir ist ja wohl klar, dass Tom und Lillemor ermordet

worden sind, oder? Unsere Familie wird bedroht, und wir wissen nicht, worum es dabei geht. Es könnte also sein, dass jemand es auch auf die Kinder abgesehen hat …« Molly unterbrach sich, als sie Bark und Alex sah. Sie erhob sich wieder von dem Baumstumpf, auf den sie sich gesetzt hatte, und eilte zu ihnen.

Der Eifer in ihrer Miene verließ sie, als sie Barks ernstes Gesicht sah. »Nein, nein, nein … sie dürfen nicht tot sein.«

Bark beeilte sich, ihr die Lage zu erklären. »Die Kinder haben wir nicht gefunden, aber Daniel.«

»Diesen Idioten. Dann hat er sie bestimmt irgendwo versteckt.« Molly packte Kristoffers Arm, um ihm die Wahrheit abzuringen. »Wo sind meine Kinder?«

»Wir setzen uns mal ins Auto da vorne. Ich muss allein mit Ihnen reden.«

Schweigend gingen sie zu Alex' Wagen. Bark setzte sich neben Molly auf den Rücksitz. Er konnte sein eigenes Gesicht neben ihrem im Rückspiegel sehen.

Molly betrachtete ihn wie einen Richter, der Todesurteile ausspricht. »Sagen Sie schon, was ist passiert!«

»Daniel ist tot am See Grecken gefunden worden, nicht weit von seinem Auto entfernt. Alles deutet darauf hin, dass er ermordet worden ist.«

Molly reagierte nicht darauf, dass Daniel tot war, sondern schien erst einmal aufnehmen zu müssen, was Kristoffer gesagt hatte. »Und die Kinder?«

»Es gibt keine Spur von den Zwillingen. Man hat den See ohne Ergebnis abgesucht.«

»Sind sie ertrunken? Ich verstehe nicht.« Molly nahm seine Hand, und ihre Fingernägel gruben sich in seinen Handballen.

Bark sprach ruhig und hielt ihren Blick fest. »Ich glaube nicht, dass sie dort sind. Daniel ist möglicherweise schon seit drei Tagen tot. In jedem Fall länger als die Zeitspanne, seitdem die Zwillinge verschwunden sind. Ich frage Sie noch einmal: Was glauben Sie, wer sie entführt haben könnte – falls sie nicht selbst abgehauen sind und sich verlaufen haben?«

»Wir haben die ganze Gegend abgesucht. Wir sind in die alten Gruben geklettert, die Grubengänge entlanggegangen, haben im Wald gesucht. Die Hunde haben keine Spur aufgenommen. Sie schlagen hier am Grillplatz an und auf dem Kiesweg, wo der Bus die Kinder rausgelassen hat. Wie sicher kann man sein, dass die Hunde die richtige Witterung aufnehmen?«

»Die Suchhunde der Polizei sind besonders dafür trainiert. Ich würde sagen, es ist sehr sicher.« Bark suchte nach den richtigen Worten, sich ihrer Unterstützung zu vergewissern, ohne sie noch mehr zu verängstigen. Falls das überhaupt möglich war. »Wenn die Hunde hier keine Spur aufgenommen haben, dann könnte das bedeuten, dass sie mit einem Auto an der Straße abgeholt worden sind. Gibt es jemanden, der einen Vorteil davon hätte, Ihre Kinder zu entführen?«

»Entschuldigen Sie, aber ich kann nicht klar denken. Ich verstehe das alles nicht. Ich muss raus und weitersuchen. Bald wird es dunkel und kalt. Wir können nicht einfach nur hier herumsitzen.« Molly stieg aus dem Auto und stolperte zum Grillplatz, wo Alex saß und mit Eva sprach, die offenbar empört und traurig zugleich war und versuchte, ihr Handeln zu rechtfertigen.

Da bekam Bark einen Anruf von Ingrid. Er fasste die

Lage für sie zusammen, dann sagte sie abschließend: »Wenn die Kinder nicht wieder auftauchen, wird die ganze Familie Gruvberg ausgelöscht sein. Ich muss immer wieder an die Frau denken, die Tom besucht hat, eine Halbschwester, vielleicht auch eine Cousine. Eine Tochter kann es nicht sein, denn dann müssten die Übereinstimmungen größer sein.«

»Müssen wir das jetzt besprechen?«, fragte er gestresst.

»Ja, denn es könnte wichtig sein, den größeren Zusammenhang zu sehen. Wir haben nämlich noch ein Ergebnis aus der Gerichtsmedizin«, sagte Ingrid. »Das Kind im Tyskmossen hat exakt dieselbe DNA wie die Frau, die Tom besucht und mit ihm Wein getrunken hat. Aber es kann nicht dieselbe Person sein, denn das Baby ist schon um das Jahr 1927 herum gestorben.«

»Und wenn es Zwillinge sind?«, sagte Bark, ohne richtig zu wissen, wohin er damit kommen wollte. »Zwillinge können dieselbe DNA haben, aber die Fingerabdrücke sind verschieden. Wenn das Kind im Moor und die Frau, die Tom besucht hat, Zwillinge waren, dann würde die Überlebende heute über neunzig Jahre alt sein, oder?«

»Ja. Und falls es keine anderen Verwandten gibt, würde dann die mutmaßliche Halbschwester oder Cousine Tom beerben? Oder geht es dann an den Allgemeinen Erbfonds?«

»Das weiß ich nicht«, sagte Bark. »Tom hat die Hälfte seines Vermögens Carina Lindgren von der Bibliothek vermacht. Die beiden haben gemeinsam Ahnenforschung betrieben. Möglicherweise weiß sie, wer die unbekannte Frau war. Wir müssen noch mal mit der Bibliothekarin sprechen. DNA und Fingerabdrücke bringen uns dann vielleicht weiter.« Und plötzlich wurde ihm klar: »Carina Lindgren könnte Tom Gruvbergs Tochter sein. Wenn es keine anderen Erben gibt, bekommt sie jetzt wahrscheinlich alles. Die unbekannte Frau könnte dann ihre Mutter sein.« Bark wurde klar, dass er schon mal an diesem Gedanken vorbeigekommen war. »Tom Gruvberg hatte doch in seiner Jugend eine Beziehung mit einer Frau namens Ester. Es scheint, als hätten die beiden einen Liebessommer zusammen verlebt, und dann ist sie verschwunden. Nach Stockholm gezogen, war es nicht so? Sie hat auf dem Gutshof gearbeitet. Wie sie mit Nachnamen hieß, wissen wir nicht, aber such doch mal nach einer Ester in Hällefors, die über neunzig Jahre alt ist.«

Ingrid klang skeptisch. »Wäre Carina Lindgren fähig, all diese Menschen zu töten? Ich meine, besitzt sie die physische Kraft?«

Nun kamen die Erkenntnisse Schlag auf Schlag. »Ja, sie leitet dreimal wöchentlich die Gymnastikgruppe im mittleren Niveau. Ich erinnere mich, das an einem Anschlagbrett in der Bibliothek gelesen zu haben.«

»Es ist ein erschreckender Gedanke, dass sie die Zwillinge ja durchaus hätte abholen können«, sagte Ingrid.

»Ja, die Kinder haben sie bestimmt schon in der Bibliothek gesehen und wissen, wer sie ist. Wenn sie die beiden aufgefordert hätte, ins Auto zu springen, dann hätten sie das bestimmt getan.«

»Und Daniel hätte sie sicher auch bereitwillig im Auto mitgenommen, wenn sie ihn darum gebeten hätte.« Bark spürte, dass sie hier etwas Wichtigem auf der Spur waren. »Könntest du mal Carina Lindgrens Verwandtschaftsverhältnisse überprüfen?«

58

Bark winkte Alex zu sich, der völlig verständnislos aussah. »Aber wir müssen doch bei der Suche helfen, oder?«

»Das ist exakt, was wir tun werden. Ich glaube nicht, dass die Zwillinge hier sind«, erklärte Bark und berichtete, was die Hundepatrouille erreicht hatte. »Die sind jetzt bereit, die Suche aufzugeben. Es gibt hier keine Witterung, die sie aufnehmen können.«

»Das dürfen sie nicht. Molly wird das niemals zulassen. Eva Sandell sagt, dass Molly total besessen sei von der Vorstellung, die Grubenhexe könnte die Kinder verschleppt haben. Molly ist am Rande des Nervenzusammenbruchs, fast psychotisch. Das würde wohl jedem so gehen. Das hier ist schrecklich, und mit jeder Stunde, die vergeht, wird die Chance kleiner, dass wir die Jungen lebend finden.«

»Umso wichtiger ist es, die Fakten zu betrachten und nicht einfach nur drauflos zu suchen. Der Grecken ist abgesucht, es deutet nichts darauf hin, dass die Kinder im See liegen. Sie können nicht mit Daniel im Auto gefahren sein, denn der hat seit mehreren Tagen schon im Wasser gelegen, und die Zwillinge sind erst heute Morgen verschwunden. Ich bin immer mehr davon überzeugt, dass jemand sie von der Straße aus mitgenommen hat, an dem Punkt, an dem die Hunde die Witterung verloren haben.

Es war jemand, den sie kannten und bei dem sie freiwillig mitgefahren sind.«

»Måna-Lisa Skog? Sie ist doch ihre Nachbarin. Oder ihre schreckliche Mutter.«

»Das ist ein guter Gedanke«, sagte Bark, als sie zu Alex' Auto gingen. »Aber Carina Lindgren hat mehr Vorteile davon, wenn die Zwillinge endgültig verschwinden. Weißt du, was ich denke?«

»Meistens nicht, du bist eigentlich immer eine Wundertüte«, entgegnete Alex.

Bark hatte keine Zeit zu lächeln, sondern wollte die Familiengeschichte zusammenfassen, die sich herauskristallisiert hatte. Doch Alex unterbrach ihn, denn er hatte das meiste schon von Ingrid und Mia gehört.

»Alles gehört zusammen«, sagte Bark, dem plötzlich die Einsicht kam. »Ester hat eine Zwillingsschwester. Ich glaube, das Kind, das im Tyskmossen gefunden wurde, war sozusagen der Startschuss. Wahrscheinlich hat der Fund des Babys Ester dazu gebracht, Kontakt mit Tom aufzunehmen, um ihm zu erzählen, dass ihre Zwillingsschwester gefunden worden ist.«

Alex versuchte, diese Idee fortzuführen. »Tom ist mit dem Elchstutzen in die Kita marschiert, weil jemand, von dem wir annehmen, dass es Ester war, ihn gewarnt hat, dass den Zwillingen etwas zustoßen könnte. Und du meinst, der Säugling, der im Tyskmossen gefunden worden ist, war der Anfang von allem?« Alex sah aus, als würde er gar nichts begreifen.

Bark dachte weiter. »Tom und Ester waren verliebte Teenager. Sie hatten einen gemeinsamen Sommer, dann ist sie nach Stockholm verschwunden.«

»Könnte sie schwanger gewesen sein?«, war Alex' erster Gedanke.

»Möglicherweise war es so schlimm«, sagte Bark. »Nehmen wir mal an, Toms Vater Birger hatte nicht nur *ein* Kind im Dorf, sondern Zwillinge.«

»Aber das würde dann bedeuten, dass Ester Toms Halbschwester war. Tom hat sich in seine Halbschwester verliebt. Was für ein verdammtes Pech!«

»Ja, so muss es gewesen sein!« Bark war das ganze Ausmaß noch nicht klar gewesen, ehe Alex es so deutlich aussprach.

Jetzt schien auch Alex zu begreifen. »Verdammte Scheiße. Ist Ester nach Stockholm abgehauen, um eine Abtreibung oder so vornehmen zu lassen? Oder das Kind zur Adoption freizugeben?«

Bark versuchte, auf das zurückzugehen, was sie sicher wussten. »Wir nehmen ja bloß an, dass sie schwanger war. Das wissen wir nicht sicher. Aber wenn Ester die Tochter von Birger war und es keine anderen Verwandten in direkter Linie mehr gibt, dann ist sie die rechtmäßige Erbin von Toms Vermögen. Wenn Ester noch lebt, dann ist sie über neunzig Jahre alt. Sie könnte kaum die Mörderin sein. Aber möglicherweise hat sie Kinder, und das könnte dann Carina sein, denn Tom hat sie in seinem Testament bedacht. Ich meine, Tom könnte doch gewusst haben, wie die Dinge liegen, und es als gerecht angesehen haben, das Erbe zwischen Lillemor und seiner Tochter, die er mit Ester hatte, aufzuteilen, ohne die unerhörte Wahrheit zu offenbaren, nämlich dass sie ein Kind zusammen hatten, obwohl sie Halbgeschwister waren.«

»Vielleicht wusste Tom ja gar nicht, dass Ester seine

Halbschwester war, als sie Sex hatten. Wer könnte ihm das erzählt haben?«

»Das wissen wir nicht. Laut dem alten Matti Björk ist Ester 1945 weggezogen. Und jetzt dürfen wir annehmen, dass sie zurück in Hällefors ist, wissen aber nicht, wo sie wohnt oder wie lange schon. Ingrid versucht, etwas über sie rauszukriegen.«

Bark versuchte sich zu konzentrieren, aber seine Gedanken wanderten in alle möglichen Richtungen. »Wir wissen auch nicht, warum Esters Zwilling 1927 im Moor versenkt worden ist. Und wir wissen, dass es kein natürlicher Tod war. Hat jemand das eine Mädchen getötet und im Tyskmossen begraben, während das andere Mädchen, Ester, leben durfte?«

»Das klingt nach so einer Opfer-für-die-Götter-Geschichte«, meinte Alex. »Total krank. Was, wenn der Mörder dasselbe mit Mollys Jungs machen will, den einen dem Moorgott opfern, um den Familienwahnsinn zu wiederholen.«

»Oder den einen Jungen der Grubenhexe geben. Es gibt einen Mythos, dass sie Kinder in den Berg lockt und sie dabehält, und wenn sie je wieder rauskommen, sind sie verändert, haben eine graue Haut und wirken abwesend, weil sie völlig besessen davon sind, wieder in den Berg zurückzukehren.«

»Aber das ist nur ein Märchen«, gab Alex zu bedenken und schüttelte sich, wie um das unangenehme Gefühl loszuwerden.

»Es ist ein Mythos oder eine Sage. Wir wissen nicht viel über die Agenda der Mörderin, nichts darüber, was ihre Gedanken und Taten steuert, oder ob wir mit der

Annahme überhaupt richtig liegen, dass es sich um eine Frau handelt. Deshalb müssen wir Carina Lindgren so schnell wie möglich aufsuchen. Ich nehme mal an, dass du die Protokolle der Vernehmungen mit ihr gelesen hast. Wenn die Bibliothekarin Esters Tochter ist, dann könnte sie auch ihre Halbschwester Lillemor und deren Vater Tom ermordet haben.«

»Aber mal ganz hypothetisch«, wandte Alex ein: »Wenn Ester als Teenager schwanger geworden ist, dann kann Carina nicht ihre und Toms Tochter sein. Die wäre nämlich jetzt 76 Jahre alt, aber sie arbeitet ja immer noch in der Bibliothek. Ich glaube, dass Carina noch keine 65 ist.«

»Okay, da hast du recht. Aber Carina kann immer noch Esters Tochter mit einem anderen Vater sein. Mal sehen, was Ingrid über Carina Lindgrens Familienverhältnisse herausfindet. Vielleicht gibt es eine Spur zu Ester und ihrer Familie.«

Sie begaben sich zur Bibliothek. Dort wanderte Carina völlig sorglos mit ihrem Wagen herum und stellte zurückgebrachte Bücher an ihren Platz in den Regalen. Sie trug eine erdfarbene Tunika, und ihre üppigen roten Haare waren zu einem Zopf auf dem Rücken geflochten. Sie erkannte sie und lächelte ihnen zu.

»Ich habe von Måna-Lisa gehört, dass Sie sich für den Schmuck interessieren, den ihr Urgroßvater hergestellt hat. Deshalb habe ich hier ein Buch über das Schmuckdesign aus der Gegend für Sie reserviert«, sagte sie, trat an ein Regal beim Empfangstresen und holte das Buch hervor. »Bitte schön.«

»Danke«, sagte Bark überrascht. Dann fragte er: »Gibt

es jemanden, der Sie am Empfang vertreten kann? Wir müssten Ihnen noch ein paar Fragen stellen.«

Carinas Kollegin übernahm den Empfang, und sie wurden wie letztes Mal schon in den Personalraum gebeten, wo sie ungestört sprechen konnten. Bark schaltete das Aufnahmegerät ein, während Alex sich im Hintergrund hielt. Carina Lindgren hatte zuvor ausgesagt, dass sie kein Alibi für die Zeit des Mordes an Tom hatte, sondern in der Nacht allein zu Hause gewesen war und erst am Morgen erfahren hatte, was passiert war.

Laut der jüngsten Vernehmung, die von den Kollegen in Hällefors durchgeführt worden war, hatte Carina auch kein Alibi für die Nacht zum Sonntag, in der Daniel verschwand und Lillemor ermordet wurde, aufweisen können. Das letzte Telefongespräch, das Lillemor geführt hatte, war von Carinas Anschluss gekommen. Laut Carinas Zeugenaussage hatten sie über das Testament gesprochen. Eine Dreiviertelstunde nach Abschluss dieses Gesprächs hatte Lillemor eine SMS an Barks Diensthandy geschickt. *Ich glaube, ich weiß, wer Tom getötet hat.*

»In der Nacht von Samstag auf Sonntag, in der Lillemor Gruvberg getötet wurde, befanden Sie sich laut einer früheren Aussage zu Hause in Ihrer Wohnung. Wir wissen, dass Sie Lillemor am Samstagabend um 22.45 Uhr angerufen haben. Worüber haben Sie so spät am Abend gesprochen? Es muss wichtig gewesen sein.«

Carina sah verärgert aus. Röte breitete sich auf ihrem Gesicht aus und ließ die Sommersprossen zusammenfließen. »Das habe ich Ihren Kollegen schon mitgeteilt. Eigentlich müssten Sie das im Vernehmungsprotokoll nachlesen können.«

»Dort steht, dass Sie Lillemor erzählt haben, dass es ein Testament gibt. Wussten Sie über den Inhalt Bescheid?«

»Nicht exakt, aber ich hatte so eine Ahnung, nachdem Tom ja gesagt hatte, dass er mir etwas vermachen würde.«

»Ich wüsste gern, wie Lillemor darauf reagiert hat.«

Carina strich sich die Haarsträhnen, die aus dem Zopf gerutscht waren, hinter die Ohren. Sie sah bekümmert aus. »Ich habe Tom bei der Ahnenforschung geholfen. Gegen Ende des Krieges hatte er eine Geliebte namens Ester.«

Bark hielt die Luft an. »Erzählen Sie von Ester. Ist sie Ihre Mutter?«

Carina sah jetzt total verblüfft aus. »Nein, nein. Nicht meine. Aber Ester hatte eine Tochter mit Tom. Er hatte einen dahingehenden Verdacht und wollte Informationen über das Kind, das wohl 1946 geboren war. Das Mädchen hieß Siv Jordbro. Ich forschte weiter und nahm Kontakt zu Leuten auf, die sie gekannt hatten. Wenn ich es richtig verstanden habe, war sie geistig schwach und kränklich, an der rechten Hand hatte sie nur vier Finger, und irgendwas stimmte auch mit dem einen Fuß nicht. Ich habe viel Übung auf dem Gebiet der Ahnenforschung und wurde zu Toms Privatdetektivin. Das alles habe ich niemandem sonst erzählt, und ich hoffe, dass es unter uns bleiben kann. Siv ihrerseits bekam eine Tochter namens Lydia – das hat mir eine ehemalige Nachbarin von Siv erzählt. Ester hatte also eine Enkelin.«

59

Während der Befragung von Carina Lindgren vibrierte Barks Handy unentwegt. Es war Ingrid, und sicherlich war es dringend, also unterbrach er kurz und verließ den Personalraum der Bibliothek.

»Carina Lindgren ist nicht die Tochter von Ester Jordbro«, sagte Ingrid ohne Umschweife. »Es ist mir gelungen, Ester zu finden. Sie besitzt eine Hütte am Schlangenteich, nicht weit von der Gemeinde Silvergruvan, und möglicherweise befindet sie sich jetzt dort.« Bark erhielt die exakte Adresse.

»Gibt es noch mehr Informationen, die ich brauchen könnte?«, fragte er.

»Ester hatte eine Tochter, Siv Jordbro. Und eine Enkelin namens Lydia Jordbro, geboren 1966. Sie ist ausgebildete Apothekerin, hat aber vor acht Jahren ihre Approbation verloren, weil sie Arzneimittel gestohlen hat, und darf ihren Beruf jetzt nicht mehr ausüben. Damals wohnte sie in Huddinge. Seither findet sich keine Adresse von ihr und auch keine Handynummer. Ich vermute mal, sie hat ihre Identität geändert und arbeitet vielleicht in irgendeinem Gesundheitszentrum«, sagte Ingrid. »Übrigens haben Zimmermann und ich Streit. Sie ist hier aufgekreuzt und hat versucht, meine Arbeit im Detail zu steuern und mit ganz anderen Direktiven zu versehen, als ich sie von dir und Gaby erhalten habe. Sie will, dass ich mich auf Adrian und seine Gang konzentriere, weil wir die sowieso schon wegen Verstoßes gegen das Betäubungsmittelgesetz dran haben. Wenn die den Mord an Oskar und Tom verübt haben, dann wäre der Fall doch gelöst und der Mörder festgenommen, meint sie. Das wäre eine Katastrophe. Ich glaube nämlich, dass die Morde alle zusammenhängen. Also habe ich Gaby angerufen, und jetzt streiten die beiden sich, und ich habe mich in meiner Abseite verbarrikadiert, nachdem ich mit Zimmermann mal Tacheles geredet habe.«

»Und was hast du zu ihr gesagt?«, fragte er und ahnte das Schlimmste.

»Ich habe ihr gesagt, dass sie mediengeil ist und begriffsstutzig und habe ihr die Tür gewiesen.«

»Das war nicht gut.« Bark schielte auf sein Handy und sah, dass Zimmermann auch schon versucht hatte, ihn zu erreichen. »Versuch mal, weiter nach Esters Tochter Lydia zu suchen. Ich möchte alle relevanten Informationen, sowie du etwas findest. Eine Adresse, eine Handynummer. Gibt es ein Passbild oder irgendein Dokument mit persönlichen Angaben, sodass wir wissen, wie sie aussieht?«

»Ich arbeite daran. Wir haben Ärger mit dem Internet. Ich schicke alles, sobald ich kann. Übrigens: Gaby fand es nicht ausreichend, Lydia nur wegen ihrer Verwandtschaft mit Ester und Toms Erbe zur Fahndung auszuschreiben.«

»Das verstehe ich. Trotzdem glaube ich, dass hier der Schlüssel zu der Frage liegt, wer die Zwillinge entführt hat.« Bark wurde klar, dass er sowohl Hilfe als auch ein bisschen Glück brauchte. »Kannst du auch mal die Familiengeschichte von Måna-Lisa Skog überprüfen? Sie könnte ihren Namen geändert haben, möglicherweise ist sie Lydia. Ihre Mutter heißt Mandis Skog und wäre in dem Fall Esters Tochter. Das stimmt vom Alter her auch besser.« Bark fiel etwas ein. »Mandis sagt, sie habe Angst vor Bazillen und trägt deshalb Handschuhe. Was, wenn sie damit verbergen will, dass ihr Finger fehlen, so wie bei Siv?«

Bark kehrte zu Carina Lindgren und Alex in den Personalraum zurück. Als Alex fragte, ob Carina Fingerabdrücke und eine DNA-Probe abgeben solle, winkte er ab. »Ich habe nur noch eine einzige Frage: Wann hat Tom Gruvberg erfahren, dass Ester eine Tochter geboren hat?«

Carina musste nicht lange nachdenken. »Toms Freund Vilho hat ihm erzählt, dass Ester seine Halbschwester war. Aber Tom wusste zuerst nicht, dass Ester von ihm schwanger war. Erst nachdem Tom und ich über die Ahnenforschung miteinander bekannt wurden, habe ich Ester ausfindig gemacht, und die Geschichte klärte sich. Tom und Ester hatten erst im Mai dieses Jahres wieder Kontakt. Nachdem er seine Krebsdiagnose bekommen hatte, hat er sie aufgesucht, und sie trafen sich ein paarmal am Schlangenteich. Kurz darauf kam Ester in die Bibliothek und bat mich um Hilfe mit Toms Adresse, weil sie keinen Computer hatte und es ja keine Telefonbücher mehr gibt, worüber sie sehr empört war.«

Bark und Alex verließen die Bibliothek und gingen zur Polizeistation, um dort auf Mia zu warten. Die Vernehmungen mit den beiden Jugendlichen, die Daniel Gruvbergs Auto gestohlen hatten, waren nicht weiter interessant gewesen.

Bark entschied, dass Alex und ein Kollege Måna-Lisa Skog und ihre Mutter zur Vernehmung holen sollten, während Mia und er selbst zu der Hütte am Schlangenteich fahren würden, um mit Ester Jordbro zu sprechen.

Während der Fahrt rief er den Einsatzleiter in Silvergruvan an. Es begann dunkel zu werden, und die Helfer waren im Begriff, die Suche nach den Zwillingen bis zum nächsten Morgen einzustellen. Die Gefahr, dass jemand in der Dunkelheit fallen und sich verletzen würde, war einfach zu groß. Sie würden die Gegend aber in der Nacht weiter mit Drohnen und Wärmekameras absuchen.

Dann rief Bark Molly an. Eva Sandell ging an ihr Telefon. »Molly geht es nicht gut. Sie ist gerade beim Arzt im Gesundheitszentrum. Ich habe sie hergefahren und sitze im Wartezimmer. Vor einer halben Stunde hat sie eine Panikattacke bekommen und fing an zu hyperventilieren, dann ist sie in Ohnmacht gefallen. Sie ist von einem Hügel gestürzt, aber zum Glück hat sie sich nicht verletzt. Nur ein paar Schrammen. Sie hat viel zu wenig getrunken heute und ist dehydriert.«

»Melden Sie sich, wenn man mit ihr sprechen kann«, bat Bark und gab ihr seine Handynummer.

Eva Sandell versprach das.

Inzwischen war es dunkel geworden, und die Straßenlaternen brannten. Bark dachte an die Zwillinge. Waren sie draußen in der Kälte und Dunkelheit? Ein eisiger Griff umschloss seine Kehle und wurde zu einem Kloß im Hals. Lebten sie überhaupt noch? Wenn Lydia sie entführt hatte, um jemanden zu erpressen, dann hätten sie inzwischen etwas von ihr gehört. Das Schweigen war angsteinflößender als eine Forderung nach Geld. Bark versuchte, sich Måna-Lisa Skog als Mörderin vorzustellen. Ihre Kindheit mit einer unter Wahnvorstellungen leidenden Mutter konnte nicht leicht gewesen sein, und Måna-Lisa war als Erste an der brennenden Kita gewesen. Sie musste augenblicklich vernommen werden. Gleichzeitig hatte er das Gefühl, rausgehen und nach den Zwillingen suchen zu müssen.

»Aber jetzt rauszugehen, ohne zu wissen, wo wir suchen sollen, ist sinnlos«, sagte Mia, als würde sie seine Gedanken erahnen.

»Okay«, sagte Bark. »Wir fahren jetzt zu Ester. Wenn Lydia die Kinder entführt hat, dann sind sie vielleicht da.«

Ingrid hatte ihm eine Karte von der Gegend um den Schlangenteich auf sein Handy geschickt, die Bark studierte, während sie zu der Hütte fuhren. Im besten Fall hatte Ester da vielleicht ein Foto von ihrer Enkelin Lydia.

Bark rief Henrik an, um zu hören, wie die Dinge standen. »Bist du im Büro?«

»Nein, ich bin auf dem Weg zu der Familie von Oskar Davidsson. Mia hat das an mich delegiert, weil sie ja mit dir in Hällefors ist. Wir wollten doch seine Tante Evelyn befragen wegen der Telefonate, die sie und Oskar vor dem Brand geführt haben. Er hat sie an dem Tag mehrmals angerufen, und ich soll rauskriegen, worüber sie gesprochen haben. Evelyn Davidsson ist 55 Jahre alt, Erzieherin und Single, gemeldet in Huddinge.«

Ehrlicherweise musste Bark zugeben, dass er das Thema über allem anderen wieder vergessen hatte. »Huddinge?«

Lydia hatte in Huddinge gewohnt. »Hat Ingrid erzählt, was sie wegen dieser Lydia herausgefunden hat?«

»Ja«, erwiderte Henrik kurz.

»Melde dich, wenn etwas Wichtiges dabei rauskommt.« Jetzt wollte er selbst versuchen, ein Foto von Lydia zu finden, hatte aber kein Netz. Irgendetwas schien damit nicht zu stimmen.

Der Schotterweg, auf den sie eingebogen waren, endete, und sie mussten das Auto abstellen. Bark schaltete seine Taschenlampe ein, um das letzte Stück des Weges zu beleuchten. Ein rostiger alter Saab stand auf dem Wendeplatz, daneben ein verfallener Schuppen mit Doppeltür, und schon bald entdeckten sie oben am Waldrand das kleine Haus mit grasbewachsenem Dach. Er schaute in den Schuppen hinein, doch der war leer.

Sie gingen zum Haus hinauf, und Bark wollte eben anklopfen, als er sah, dass der Schlüssel von außen steckte. Ein Fenster ging auf, und eine alte Frau schob den Kopf hinaus. Das musste Ester sein.

»Lassen Sie mich raus, Sie müssen mir helfen. Ich bin hier eingeschlossen! Ich komme nicht raus!«

Bark drehte den Schlüssel herum und öffnete die Eingangstür. Sie traten ins Dunkel. Auf der Küchenbank saß eine sehr alte Dame in einen bodenlangen grauen Mantel gewickelt mit der Kapuze wie ein Schal über den Schultern. Das lange weiße Haar war geflochten und hing über die eine Achsel. Ihre Haltung war gerade, und der Blick aus den grün-blauen Augen klar, fast neugierig. Neben ihr auf der Bank stand ein Feldstecher.

»Ich habe auf Sie gewartet«, sagte sie zu Barks großem Erstaunen. Er nahm an, dass sie sie verwechselte.

Bark zeigte seinen Ausweis und stellte sich vor. Auch Mia streckte die Hand aus und sagte ihren Namen.

»Ich bin so dankbar, dass Sie hier sind. Sie müssen die Zwillinge retten. Retten Sie Lillemors Enkelkinder! Alles, was geschehen ist, hat mit meinen Lügen, mit meiner Schuld zu tun. Ich bin zu alt, um alles wiedergutzumachen. Man kann die Uhr nicht zurückdrehen.« Sie bedeutete ihnen, dass sie sich setzen sollten. »Das Einzige, was ich tun kann, ist, Ihnen die abscheuliche Wahrheit über den Fluch mitzuteilen, der auf der Familie Gruvberg liegt.«

Kristoffer und Mia setzten sich Ester gegenüber. Im Fenster hinter ihr lag der See schwarz und glänzend wie ein dunkler Kontrast zu ihrem weißen Kopf. »Meine Großmutter Rakel war es, die den Fluch ausgesprochen hat. Aber es hätte nicht so schlimm ausgehen müssen. Sie hatte die Wahl.«

»Wen meinen Sie?«, fragte Mia.

»Lydia. Lydia hatte die Wahl.«

»Haben Sie Kontakt zu Lydia? Eine Telefonnummer?«

»Nein, sie kommt hierher, wenn sie mit mir reden will. Aber ich fürchte, dass sie heute Nacht zum letzten Mal hier war.«

»Haben Sie ein Foto von ihr?«

»Nein, und sie hat sich sehr verändert, seit sie ein Kind war. Als sie zum ersten Mal kam, wusste ich erst nicht, wer sie ist, obwohl sie doch mein eigenes Enkelkind ist.«

»Wissen Sie, wo sie ist?«, fragte Bark, der sich anstrengen musste, ruhig zu sprechen. »Könnte sie die Zwillinge entführt haben?«

60

Bark wollte Ester nicht aus dem Blick lassen, ehe er eine Antwort bekam. Er wiederholte seine Frage: »Könnte Lydia die Zwillinge entführt haben?«

»Ja. Und ich habe Tom davor gewarnt, dass es passieren würde. Die Jungs haben keine Schuld an dieser Sache. Ich weiß nicht, wohin Lydia sie entführt haben könnte. Sie ist total verrückt und gefährlich.«

»Besteht die Gefahr, dass sie den Kindern etwas antut?«, fragte Mia mit leiser Stimme.

»Es besteht die Gefahr, dass sie die Kinder tötet. Es ist nicht einmal sicher, dass sie noch leben. Aber damit Sie das verstehen, muss ich von Anfang an erzählen.«

Bark wand sich. Die Zeit lief ihnen davon. Sie mussten die Kinder finden. Er hoffte, Esters Geschichte würde sie voranbringen. »Wir hören.«

»Meine Großmutter Rakel war es, die den Fluch über die Familie Gruvberg ausgesprochen hat«, wiederholte Ester. »Und sie war es auch, die Toms Vater, Birger, verflucht hat, sodass er in einer Mondscheinnacht verblutet ist.«

»Was hatte er denn getan, um das zu verdienen?«, fragte Bark nach und warf einen raschen Blick auf die Uhr. Es war nur eine Minute vergangen, aber es fühlte sich bereits an wie eine Ewigkeit.

»Birger war ein Schlägertyp, der sich einfach genommen hat, was er haben wollte. Meine Mutter Hedvig galt in jungen Jahren als sehr schön, und Birger hatte ein Auge auf sie geworfen. Er war unglücklich verheiratet mit einer Frau, die durch ihn zu einem grauen Schatten wurde. Meine Mutter hingegen war voller Leben und Freude. Das Licht und die Fröhlichkeit zogen Birger an, und er wollte sie besitzen.« Esters Augen füllten sich mit Tränen und liefen über. »Eines späten Abends, als die Frau, die meine Mutter werden sollte, allein zu Hause war, kam Birger hierher zur Hütte. Er rief ihr zu, sie solle aus dem Haus kommen, denn er habe etwas für sie. Eine Halskette mit einem seltsamen grün-blauen, in Silber gefassten Stein. Es waren die Steine meiner Großmutter Rakel, die Nordlichtsmaragde, die sie benutzte, um kranke Leiber und Seelen zu heilen. Birger hatte die Steine schon vor einer Weile gestohlen und eine Snusdose und eine Kette damit anfertigen lassen. Er wollte meiner Mutter den Schmuck geben, wenn sie sich ihm hingeben würde. Aber sie sagte Nein, denn sie hatte keine Gefühle für ihn, und außerdem war Birger ja verheiratet. Und da nahm er sie mit Gewalt.«

»Deshalb hat Ihre Großmutter Rakel ihn verflucht«, sagte Bark, um zu zeigen, dass er verstanden hatte.

»Es war schlimmer als das, viel schlimmer. Meine Mutter Hedvig wurde schwanger. Die Monate vergingen, und sie gebar Zwillinge. Das eine Kind war ich und das andere meine Zwillingsschwester, die Sie im Tyskmossen gefunden haben. Als Birger erfuhr, dass Hedvig Mutter geworden war, bekam er es mit der Angst. Er wollte kein uneheliches Kind im Dorf haben, das einen Anspruch auf den Hof erheben könnte. Er riss meine Schwester aus Hedvigs Arm, tötete sie und versenkte sie im Moor.«

»Mit der Kette«, sagte Mia. »Und Sie haben überlebt.«

»Birger wusste nicht, dass wir Zwillinge waren. Mutter floh mit mir nach Stockholm, und dort blieben wir, bis sie starb, als ich siebzehn Jahre alt war. Da zog ich nach Hause zu Großmutter Rakel, die mir eine Arbeit im Gutshof besorgte.« Ester lächelte traurig. »Eines Abends ging ich zum Tanzen im Krokbornsparken, und da lernte ich Tom kennen. Wir verliebten uns. Wir wussten ja nicht, dass wir Halbgeschwister waren. Ich wurde schwanger. Rakel begriff schnell, was los war. Sie erzählte mir die Wahrheit, und natürlich war ich am Boden zerstört, als ich das hörte. Damit niemand das Schändliche erfahren sollte, was wir getan hatten, schickte sie mich zu einer entfernten Verwandten nach Stockholm. Und da habe ich meine Tochter Siv geboren. An einer Hand hatte sie nur vier Finger, und sie hatte einen Klumpfuß. Ich konnte sie nicht ansehen, weil sie eine Erinnerung an die Blutschande war, der Tom und ich uns schuldig gemacht hatten. Das Baby schrie so schrecklich. Ich konnte nicht schlafen. Mehr als einmal habe ich erwogen, sie zu töten, aber ich konnte nicht. Eine Mutter ist es ihrem Kind schuldig, es zu lieben, aber das brachte ich nicht fertig.«

»Gab es denn keinen anderen Erwachsenen, der Ihnen helfen konnte?«

»Nein, zu Anfang nicht. Dann gab ich sie in eine Einrichtung, und da ist sie aufgewachsen. Siv war schwachsinnig und gutgläubig. Sie begriff nicht, dass man sie ausnutzte. Mit neunzehn wurde sie schwanger. Sie brachte Lydia zur Welt und konnte sich nicht um sie kümmern, wie eine Mutter es hätte tun sollen. Ich hätte ihnen helfen sollen, doch auch das brachte ich nicht fertig. Der Anblick meiner Tochter und des hässlichen, rot verschrumpelten Bündels, das sie zur Welt gebracht hatte, war mir unerträglich. Ich ließ sie im Stich.«

»Und jetzt, nach all den Jahren, hat Ihre Enkelin Sie aufgesucht?«

»Ich habe schon befürchtet, dass sie Rache nehmen will, aber zunächst hat sie mich lediglich um eine Erklärung gebeten, und ich habe ihr all das so erzählt, wie Ihnen gerade. Sie sagte, die Schuld läge bei Birger und Tom, und sie würde alles, was den Frauen aus unserer Familie angetan worden ist, rächen, bis Birgers Familie ausgelöscht sei. Ich habe versucht, ihr klarzumachen, dass auch sie und ich Birgers Erbgut in uns tragen, aber sie war rasend vor Wut und hörte nicht zu, weil sie von ihrer Rache besessen war.« Ester schlug die Hände vors Gesicht. »Ich glaube, dass Lydia Tom und Lillemor getötet hat. Sie sagt, sie hätte auch Daniel getötet, und sie wird die Zwillinge töten, wenn Sie sie nicht aufhalten. Ich hoffe, es ist noch nicht zu spät.«

Mia schob eine Frage ein. »Wann war Lydia bei Ihnen? Wann hat sie die Geschichte von Ihnen erfahren?«

»Ich wohne hier in Rakels Hütte, seit ich Rentnerin bin. Im Mai bekam ich einen Brief von Tom. Er schrieb, er habe Krebs und wolle mit mir sprechen, bevor er sterben würde. Lydia kam im Juli zum ersten Mal zu mir in die Hütte und sagte, sie würde am ersten August nach Hällefors ziehen. Es war eine unglaubliche Überraschung und auch ein Schock, sie wiederzusehen. Sie wollte alles über ihre Herkunft erfahren. Da erzählte ich ihr unsere Geschichte von der mütterlichen Seite. Aber sie wollte mir nicht glauben. Erst als das Kind im Moor gefunden wurde,

419

begriff sie, dass es die Wahrheit war. Das machte etwas mit ihr. Sie ist psychisch nicht ganz gesund. Sie glaubt, sie wäre meine Großmutter Rakel, die wiedergeboren wurde, um Rache zu nehmen. Von sich selbst spricht sie als die Alte vom Schlangenteich.«

»Wissen Sie, welchen Beruf Lydia hat?«

»Lydia wollte nicht von ihrem Leben sprechen, sondern nur von der Vergangenheit hören. Ich weiß nicht, was sie arbeitet. Doch ich hatte das Gefühl, dass Rakels Gene sich vererbt haben und sie medizinkundig ist.« Ester sah immer aufgeregter aus. »Sie müssen sie aufhalten, das ist unsere einzige Chance, dass die Kinder am Leben bleiben.«

Bark stand auf, ging kurz aus der Hütte und rief Ingrid an.

»Lydia, die sich sehr wahrscheinlich anders nennt, ist Anfang August nach Hällefors gezogen. Kannst du damit was anfangen? Vielleicht prüfen, wer um diese Zeit alles hergezogen ist?«

»Noch besser. Ich habe ein Foto von Lydia gefunden und schicke es dir. Henrik sitzt mir gegenüber. Er hat etwas Wichtiges zu sagen.«

»Gut. Ich höre.« Bark wechselte einen Blick mit Mia, die sich weiterhin mit Ester unterhielt.

»Hier Henrik. Ich habe gerade die Vernehmung mit Evelyn Davidsson beendet, Oskar Davidssons Tante. Oskar hatte offenbar herausgefunden, dass die Leiterin der Kita unter falscher Identität dort arbeitet. Das Schreckliche ist, dass er sich möglicherweise dadurch in die direkte Schusslinie gebracht hat. Evelyn Davidsson kannte die richtige Eva Sandell in Huddinge, weil sie mit ihr zusammengearbeitet hat, und Oskar hat sie nach ihr gefragt, weil er das Gefühl hatte, da würde etwas nicht stimmen. Als Evelyn ihm ein Foto von Eva Sandell auf einem Lucia-Fest in der Kita in Huddinge zeigte, begriff er, dass die Eva Sandell, die sich als seine Chefin ausgab, offensichtlich ein Bluff war. Eine ganz andere Person als die Frau auf dem Foto. Möglicherweise hat er ihr das auf den Kopf zugesagt und vielleicht sogar versucht, sie zu erpressen, falls er Geld für Drogen brauchte.«

»Dann ist Eva Sandell, die Erzieherin der Zwillinge, also eigentlich Lydia Jordbro!«, rief Bark. Im selben Augenblick kam eine Mail von Ingrid mit einem Passfoto, und da gab es keinen Zweifel mehr: Lydia Jordbro hatte Eva Sandells Identität gestohlen.

»Als ich das letzte Mal mit Eva gesprochen habe, war sie mit Molly im Gesundheitszentrum in Hällefors. Wir wissen nicht, wo sie jetzt ist, aber ich habe ihre Telefonnummer.«

Bark kontaktierte die Einsatzleitung. »Mia und ich fahren jetzt zu ihrer Wohnung. Schickt eine Streife ins Gesundheitszentrum, falls denn um diese Zeit noch jemand vor Ort ist und weiß, was passiert ist.« Er dachte fieberhaft nach. »Überprüft, ob es ein auf Eva Sandell gemeldetes Auto gibt, und nehmt Kontakt zu Gaby Wide auf! Wir müssen sofort nach Eva Sandell fahnden und sie festnehmen!«

Bark wollte Ester nicht allein in der Hütte zurücklassen. Mia schlug vor, dass sie mit ihnen ins Gesundheitszentrum fahren sollte, weil sie so mager und angegriffen wirkte. Doch Ester weigerte sich. »Es ist mein Leben, und ich entscheide selbst, welche Gefahren ich bereit bin einzugehen. Bisher hat Lydia mich nicht getötet. Ich weiß nicht, wohin sie die Jungen entführt hat, aber vielleicht kann ich es herausbekommen. Wenn sie kommt, bin ich vorbereitet und kann mit ihr sprechen.«

61

Die Zeit drängte, und ohne Ester noch groß erzählen zu können, dass Lydia den Namen Eva Sandell angenommen und als Leiterin der Kita Lillbacka in Hällefors gearbeitet hatte, rannten Kristoffer und Mia zum Auto.

Als Bark auf den Beifahrersitz sank, wurde ihm klar, dass sie einen Vorteil hatten: Lydia wusste nicht, dass sie entlarvt war. Er nahm wieder Kontakt zur Einsatzzentrale auf und bat, ein Gespräch, das er gleich führen wollte, zurückzuverfolgen.

»Ich werde sie auf der Nummer, die sie mir gegeben hat, anrufen und nach Molly fragen«, erklärte er Mia, die den Zündschlüssel herumdrehte, sodass die Scheinwerfer des Autos den Schotterweg erleuchteten.

Bark wartete auf das Signal der Einsatzzentrale, dann rief er an. Keine Antwort. Das Handy schien ausgeschaltet. »Ich rufe Molly an«, sagte er und bat, auch dieses Gespräch zurückzuverfolgen. Lydia Jordbro war mit Molly beim Arzt gewesen, und vielleicht waren sie ja immer noch zusammen.

Molly ging mit träger Stimme ans Telefon. »Ich bin zu Hause in meiner Wohnung.«

»Ist Eva bei Ihnen?« Fast hätte er »Lydia« gesagt, besann sich aber noch im letzten Moment.

»Nein, sie wollte weiter in Silvergruvan nach Noah

und Leo suchen.« Ihre Stimme brach, und Molly begann laut zu weinen und zu schluchzen. »Ich muss da hin. Ich muss meine Kinder finden. Helfen Sie mir, dahin zu kommen. Wir müssen … Wo sind sie bloß?«

»Wir kommen zu Ihnen. In einer Viertelstunde sind wir da.« Bark beendete das Gespräch und nahm wieder Kontakt zur Einsatzleitung auf. »Möglicherweise ist Eva Sandell nach Silvergruvan gefahren.«

»Da haben wir zwei Streifen. Eva, oder besser gesagt Lydia, fährt einen Skoda Octavia in Silbermetallic von 2015.« Der Kollege las das Kennzeichen vor. »Das Auto ist zur Fahndung ausgeschrieben.«

»Gut. Lydia hat die Wohnung unter der von Molly. Wir sind auf dem Weg dorthin. Es kann sein, dass sie die Zwillinge bei sich hat. Die Jungs kennen sie und würden sicherlich bei ihr ins Auto steigen, wenn sie ihnen das anbieten würde.« Bark fiel etwas ein. »Als die Jungen verschwunden sind, hat Lydia sofort ihr Auto genommen und damit angeblich nach den beiden gesucht. So hat sie die Kinder möglicherweise weggebracht. Sie hat als Apothekerin gearbeitet und könnte ihnen ein Schlafmittel gegeben haben.«

»Wir schicken alle verfügbaren Einheiten raus und bitten um Verstärkung aus Örebro, Karlskoga und Filipstad. Die Fahndung ist über Radio raus und wird demnächst auch über die Fernsehnachrichten verbreitet.«

Vor Barks innerem Auge erschien das schreckliche Bild von den Zwillingen, wie sie im Kofferraum von Lydias Auto lagen, und wie sie dann, von Tabletten betäubt, in Übelkeit und Panik aufwachten. Wenn sie überhaupt noch lebten. Vielleicht hatte sie den beiden eine tödliche

Dosis Schlafmittel gegeben. Alle Häuser in Silvergruvan und Umgebung mussten durchsucht werden. Lydia war direkt nach dem Verschwinden der Jungen ungefähr eine Stunde weg gewesen. In der Zeit musste sie es zum Versteck hin und wieder zurück geschafft haben, falls sie die Kinder irgendwo untergebracht hatte. Somit musste alles in diesem Radius durchsucht werden. Oder sie lagen immer noch im Kofferraum ihres Autos, dachte er.

Mia sagte nichts, Bark sprach umso mehr. Er konnte seine Sorge nicht für sich behalten. »Ich erinnere mich an eine Sache, die Måna-Lisa Skog gesagt hat, als ich sie fragte, warum ihr in der Kita gekündigt worden war ...« Den genauen Wortlaut konnte er nicht wiedergeben, er erinnerte sich aber deutlich an den Inhalt. »Måna-Lisa sagte, ihr sei gekündigt worden, weil die Kinder lieber zu ihr kamen und sie umarmten. Lydia hätte niemals einen so vertrauten Kontakt zu ihnen gehabt.«

»Du meinst, sie war eifersüchtig, weil andere Liebe bekamen, aber sie nicht? Das passt ja durchaus zu dem, was Ester über Lydias Kindheit erzählt hat. Ich kann mir vorstellen, dass ihre Mutter Siv nicht viele Möglichkeiten hatte, ihrem Kind Liebe zu geben, da sie selbst ja auch keine bekommen hatte. Wahrscheinlich empfindet Lydia eine große Sehnsucht nach dem, was andere haben und was sie noch nie bekommen hat. Dieses Unbegreifliche und Schwierige, das man Beziehungen nennt, macht ihr Probleme, und obwohl es Unbehagen weckt, fühlt sie sich doch dazu hingezogen.« Als sie auf die asphaltierte Straße kamen, zog Mia den Sicherheitsgurt straff und trat aufs Gaspedal. »Was war dein Eindruck, als wir Lydia wegen des Brandes in der Kita vernommen haben?«

Bark schob die Gedanken an die beiden Jungen beiseite und versuchte, sich auf Mias Fragen zu konzentrieren. Um zu wissen, wo Lydia möglicherweise war und was sie tat, mussten sie verstehen, was in ihr vorging. Mia war Expertin im Erstellen von Täterprofilen. Bark dachte einen Moment nach. »Sie war klar und sachlich, problemorientiert und nicht gefühlsbetont, als sie erfuhr, dass Oskar Davidsson bei dem Brand ums Leben gekommen ist. Sie hat die richtigen Worte gesagt, aber ohne Gefühl. Und als sie Oskar als Person beschrieben hat, da kritisierte sie ihn, weil er sich in die Konflikte der Kinder eingemischt und sie für sie gelöst hatte. Sie hatte den Verdacht, dass er vielleicht früher selbst gemobbt worden war.«

»Ich glaube, sie hat uns in dem Moment, ohne es selbst zu wissen, von ihrer eigenen Kindheit erzählt. Davon, dass sie gemobbt worden ist und niemand ihr geholfen hat. Sie fand es provozierend, dass Oskar den Kindern half und dass er zu Hause bei seinen Eltern wohnte, die sich um ihn kümmerten.«

Inzwischen waren sie beim Mästarnas Park angekommen und stiegen aus dem Auto. Bark sah sich nach einem silberfarbenen Skoda um, wie Lydia ihn fuhr, konnte aber auf den Parkplätzen an der Straße keinen entdecken.

»Es besteht die Chance, dass Lydia in ihrer Wohnung ist und die Zwillinge dort hat. Sie weiß nicht, dass sie aufgeflogen ist, wir können also mitspielen und sie bitten, reinkommen zu dürfen.« Bark nahm Kontakt zur Einsatzzentrale auf und erfuhr, dass eine Streife auf dem Weg war, um sie zu unterstützen. Er würde warten, bis die Kollegen vor Ort waren.

In Lydias Fenstern war kein Licht, aber Mollys Wohnung darüber war hell erleuchtet, und sie konnten Molly in ihrer großen Verzweiflung unruhig durch die Räume wandern sehen.

»Ich gehe mal zu ihr rauf«, sagte Mia. »Vielleicht weiß sie mehr, als ihr klar ist.«

»Okay. Ich warte auf die Kollegen, und dann klingele ich bei Lydia. Ihre Wohnung ist im Erdgeschoss, da kann sie leicht aus dem Fenster steigen, wenn sie Unheil wittert. Wir müssen die Wohnung deshalb auf mehreren Seiten im Blick behalten.«

Ein paar Minuten später war die Streife gekommen, und Bark stand vor Lydias Wohnungstür. Er hatte noch einmal versucht, sie übers Handy zu erreichen, aber sie ging immer noch nicht ran. Bark hatte das beklemmende Gefühl, am falschen Ort zu sein, während das Leben der Kinder in Gefahr war, und umklammerte krampfhaft die Tasche, in der er das Werkzeug zum Aufbrechen der Tür hatte. Nun schoss der rasende Zorn in ihm hoch, den er im Auto neben Mia noch unterdrückt hatte. Wenn Lydia die Kinder verletzt oder getötet hatte, war er nicht sicher, ob er sich dann im Griff haben würde. Der Puls pochte hart und taktfest in seinen Ohren. Lydia würde für das hier zur Rechenschaft gezogen werden.

Obwohl er achtmal lange geklingelt hatte, geschah nichts. Da öffnete er die Tür mit einem Dietrich und betrat die Wohnung. Es roch nach Putzmittel mit Tannennadelduft. Die Räume waren sparsam möbliert und wirkten kahl. Es gab ein Bett und einen Küchentisch mit zwei Stühlen. Mehr nicht. Keine Anzeichen wie Kleider, Bücher oder auch nur Essen im Kühlschrank, die anzeigten, dass jemand hier wohnte. Lydia in Gestalt von Eva Sandell musste geplant haben, die Kinder während des Ausflugs zu entführen. Danach war ihr Auftrag ausgeführt. Sie hatte nie vorgehabt, hier dauerhaft zu wohnen, es war nur ein vorübergehendes Dach über dem Kopf. Hatte sie noch mehr Schlupflöcher? Hier waren die Kinder jedenfalls nicht. Und auch Lydia nicht, also eilte er die Treppe zu Molly und Mia hinauf.

Er klingelte nicht, sondern trat durch die nur angelehnte Tür einfach ein. Bark fand die beiden am Küchentisch über eine Karte der Gemeinde Hällefors gebeugt. »Eva hat mich gebeten, ihr diese Karte auszuleihen«, erklärte Molly, die noch nicht verinnerlicht hatte, dass sie jetzt von Lydia sprachen. »Das war gestern. Heute Morgen lag die Karte auf dem Dielenfußboden. Sie hatte sie durch den Briefschlitz geworfen.«

»Hat sie gesagt, wofür sie die Karte ausleihen wollte?«, fragte Bark.

»Sie wollte sich auf den Schulausflug vorbereiten. Sie meinte, dass es doch Spaß machen würde, seine neue Heimat kennenzulernen, oder so etwas.«

Mia lächelte ihr sanft zu. »Hat sie von einem bestimmten Ort gesprochen? Oder Sie nach einem besonderen Platz gefragt?«

Molly zitterte vor Anspannung am ganzen Leib. »Ich kann mich einfach nicht erinnern. Mein Mund ist so trocken, dass ich kaum mehr sprechen kann.« Sie nahm einen Schluck von dem Tee, den Mia aufgebrüht hatte. Ein Teller mit geschmierten Butterbroten stand auch auf dem Tisch. »Ich hätte die Tabletten im Gesundheitszentrum nicht nehmen sollen. Ich muss mich zusammenreißen. Eva, ich meine Lydia, wollte, dass ich sie nehme, und zwar vier anstelle von zwei. Aber das habe ich nicht getan. Ich habe nur zwei genommen.« Sie wandte sich an Bark. »Mia sagt, Sie glauben, Lydia hätte meine Kinder. Erst war ich erleichtert, aber dann hat Mia den Rest erzählt.«

Molly erwartete eine Antwort auf ihre unausgesprochene Frage – ob er hinter dem stünde, was Mia gesagt hatte –, und er nickte. »Lydia ist gefährlich.«

»Wenn ich nur mit ihr sprechen könnte. Wir waren doch Freundinnen. Während des ganzen Scheidungsprozesses war sie es, die mich am meisten unterstützt hat. Manchmal war es ein bisschen zu nah, fand ich, zum Beispiel wenn sie hier übernachten wollte, weil ich traurig oder wütend war. Sie hat dann komplett die Regie übernommen und bestimmt, was ich über Daniel denken und glauben sollte. Sie wollte genau festlegen, was ich zu ihm und Lillemor sagen sollte. Das war dann am Ende so anstrengend, dass ich ihr sagen musste, dass ich in Ruhe gelassen werden wollte. Da bin ich mir dann sehr undankbar vorgekommen, aber ich musste es einfach tun. Sie kannte keine Grenzen. Könnte es sein, dass sie deshalb die Kinder entführt hat, weil ich sie zurückgewiesen und eine Grenze gezogen habe?«

»Nein, ich glaube, sie hatte diesen Plan schon lange, und nichts hat sie davon abgebracht«, sagte Mia. »Lydia hat offensichtlich große Probleme mit Beziehungen. Sie wünscht sich Nähe, versteht aber die Spielregeln nicht und kann menschliches Verhalten nicht deuten. Sie weiß nicht, was passend ist. Um das zu bekommen, was sie haben will, wird sie eifersüchtig kontrollierend.«

»Fällt Ihnen irgendetwas ein, was sie gesagt hat, das Ihnen jetzt im Nachhinein seltsam vorkommt?«

Molly streckte sich, fasste sich an den Rücken und sah sie an. »Sie hat nach jemandem namens Birger gefragt. Ob ich wüsste, wo der begraben ist. Ich nahm an, dass sie Toms Vater meinte, und habe ihr gesagt, dass er sicherlich auf dem Nordfriedhof neben der Kirche von Hällefors liegen würde. Ich war nicht einmal sicher, ob es das Grab noch gibt, er ist ja schließlich gestorben, als Tom noch ganz klein war, und es gab kein besonderes Band zwischen ihnen. Etwa einen Tag später sah ich, dass sie eine Rose gekauft hatte, und ging davon aus, dass sie die vielleicht auf Birgers Grab legen wollte. Doch als ich sie danach fragte, meinte sie, die wäre für jemand anders, eine Person namens Rakel. Ich weiß nicht, wer das ist. Es war irgendein Jahrestag von einem wichtigen Ereignis im Jahre 1927.«

Bark wechselte einen Blick mit Mia. Das war das Jahr, in dem Rakel Birger dafür verflucht hatte, was er ihrer Tochter angetan hatte, und für das Kind, das er getötet und im Moor begraben hatte. Bark wollte die Gräber der Familie auf dem Friedhof von Hällefors sehen. Es war ein Schuss ins Blaue, dass Lydia dort sein könnte, aber er hatte keine anderen Ideen. Vor seinem inneren Auge sah er die Leichen der Zwillinge in einem tiefen Grab. Er schüttelte die Vorstellung ab. Seine schlimmsten Ahnungen durfte er nicht aussprechen, solange Mia in der Nähe war.

Bark und Mia gingen, als Carina Lindgren kam, um Molly Gesellschaft zu leisten. Der Konflikt, den die beiden während der Zusammenarbeit in der Kommunalverwaltung gehabt hatten, schien nun wie weggeblasen.

Es war eine Erleichterung, Molly nicht alleinlassen zu müssen.

Nach ein paar Minuten Autofahrt parkten sie an der schönen roten Stabkirche. Aus der Ferne sah Bark einen anderen Besucher mit einer Gießkanne. Er eilte hin und fragte, wo die Familien Gruvberg und Jordbro ihre Gräber hatten. Der Mann wies in Richtung der Kapelle, die für kleinere Trauergesellschaften genutzt wurde. Rakel und ihre Tochter, Esters Mutter Hedvig, hatten ein gemeinsames Grab südlich davon. In der schmalen grünen Vase stand eine verwelkte Rose. Der Text auf dem schmutzigen Grabstein war nahezu unleserlich. Daneben gab es ein neueres Grab mit einer deutlichen Inschrift. Siv Jordbro war 1946 geboren worden und 1980 gestorben. Auf das Grab ihrer Mutter hatte Lydia keine Rose gestellt, aber auf der anderen Hälfte des Steins war noch Platz für mehr Text, so als würde sie davon ausgehen, eines Tages hier begraben zu werden, dachte Bark und überlegte, ob Lydia es wohl provozierend fand, dass im Familiengrab ein Platz auf sie wartete.

Gleichzeitig war ihm zutiefst bewusst, dass Mia neben ihm stand, und er dachte daran, wie kurz das Leben war. Eine schwindelnde Sekunde lang hätte er fast ihre Hand genommen, als sie gemeinsam über den Kiesweg zu den protzigen Gräbern der Familie Gruvberg gingen. Er tat es aber nicht.

Im größten der Gräber waren Birger und sein Bruder Seite an Seite beerdigt. Im selben Grab lagen Toms Mutter und das Kind, das bei der Geburt gestorben war. Bald würden hier drei neue Gräber für Tom, Lillemor und Daniel gegraben werden. Plötzlich war es so furchtbar konkret, dass sie nicht mehr am Leben waren. Der Aushub einer der Gruben war schon begonnen worden, eine Persenning war darüber gedeckt. Wahrscheinlich war dieses Grab für Tom gedacht. Der Gedanke, den er bei Molly gehabt hatte, dass die Leichen der Kinder auf dem Friedhof sein könnten, kehrte mit voller Macht zurück. Könnte Lydia die Kinder hier begraben haben?

62

Lydia

Ich habe mein Auto in Esters verfallenen Schuppen gestellt, damit es nicht zu sehen ist, falls jemand vorbeikommt. Es ist fast im unwegsamen Gelände stecken geblieben. Die Zwillinge habe ich an einem sicheren Ort, sie schlafen so tief, als ob sie schon tot wären, scheinen kaum mehr zu atmen. Vielleicht habe ich ihnen diesmal eine zu hohe Dosis Schlafmittel gegeben.

Als ich zur Hütte komme, ist die Tür aufgeschlossen, und mir wird klar, dass jemand da war. Aber Ester weigert sich zu sagen, wer es war. Sie setzt Tee auf. Der Tisch ist mit den geblümten Teetassen, Servietten und einem Glas Honig gedeckt, als hätte sie mich erwartet. Als sie fertig geklappert hat und sich hinsetzt, binde ich sie mit einem Seil um die Taille fest. Hier soll sie sitzen und auf meine Fragen antworten. Mir nicht entwischen.

»Ich kann das, was passiert ist, nicht ungeschehen machen! Was willst du von mir?«, ruft sie und zerrt an dem Seil, um sich zu befreien.

»Du sollst deine Ansprüche aufgeben und mir den Auftrag geben, den Rakel als die Alte vom Schlangenteich hatte. Du sollst sagen, dass ich die Auserwählte bin, die diese besonderen Kräfte besitzt. Zu mir sollen die Menschen kommen, um Heilung an Körper und Seele zu erfahren und um guten Rat in den schweren Stunden des Lebens zu erhalten.«

Ester sieht mich an, als hätte ich den Verstand verloren. Ich bin kurz davor, sie für ihren höhnischen Gesichtsausdruck zu schlagen.

»Es gibt keinen Auftrag, keinen Segen, den ich geben kann. Jeder muss seine Weisheit selbst finden und Verantwortung für seine Taten übernehmen«, sagt sie.

»Gib mir deinen Segen, Rakels Platz einzunehmen!«, sage ich mit lauter Stimme. Sobald Ester das getan hat, werden die Zwillinge sterben. Ich habe mich nun entschieden, die bösen Gene sollen mit den Wurzeln rausgerissen werden. Es stört mich, dass sie glaubt, wir könnten verhandeln.

»Ich gebe dir meinen Segen, wenn du die Zwillinge zu ihrer Mutter zurückkehren lässt. Sie haben nichts mit der ganzen Sache zu tun.«

»Warum sollen sie zu ihrer Mutter zurück dürfen, wenn ich ohne Fürsorge und Liebe aufwachsen musste?«

Ester sieht mich mit unerwarteter Schärfe an. »Weil auch du das Gute in dir trägst. Die Eigenschaften, die dich für den Auftrag als die Alte vom Schlangenteich qualifizieren würden. Beweise das und lass sie leben!«

Der Tee, den sie gekocht hat, ist gut, er schmeckt nach Wiesenblumen, Pfefferminze und Waldhonig. Ich beschließe, nicht auf das zu hören, was sie sagt. Warum sollte ich die Zwillinge verschonen? Ihnen ist doch in ihrem jungen Leben schon all das zuteilgeworden, was ich nie bekommen habe. Alles, was ich jemals haben wollte.

63

Bark und Mia mussten ihre Suche nach den Zwillingen für den Abend einstellen. Um sie in der Morgendämmerung wiederaufnehmen zu können, hatten sie sich im Sävenfors Lodge eingemietet, einem Hotel nördlich von Hällefors. Das lag von der Gemeinde Silvergruvan aus gesehen auf der anderen Seite des Schlangenteichs und verschmolz mit der Natur und dem auf das 18. Jahrhundert zurückgehenden Silbergruben-Ambiente. Im Hauptgebäude gab es eine neue Abteilung, die sich mit der Herstellung von Wein beschäftigte. Die Brücke über den Fluss führte direkt ins Haus. Im besten Fall hätte jemand aus dem Personal oder von den Hotelgästen Informationen über die verschwundenen Zwillinge. Mia telefonierte kurz mit Alex, der in die Stadt zurückgekehrt war, und sagte ihm, dass sie über Nacht bleiben würde.

Obwohl es schon so spät war, bekamen sie in der Bar, die mit einem Bärenfell auf dem Boden, Holzstapeln am Tresen und mit Elchgeweihen dekorierten Lampen ganz im Sinne eines Wildnis-Motivs eingerichtet war, noch etwas zu essen. Unter ruhigeren Bedingungen hätte Bark diese Atmosphäre in vollen Zügen genossen. Jetzt aber sprachen sie mit dem Personal, und die Gäste wurden an der Bar versammelt. Doch niemand konnte etwas über die verschwundenen Zwillinge sagen.

Bark und Mia zogen sich in ihre Zimmer zurück. Durch das Fenster konnte Bark eine alte Hütte auf der anderen Seite des Teichs sehen. Sein Zimmer hatte einen Schlafalkoven und ein Schaffell auf dem Fußboden, und es war sehr ruhig. Er kam trotzdem nicht zur Ruhe, und obwohl es schon nach Mitternacht war, ging er das Material durch, das Ingrid und Henrik ihm zu Lydia Jordbro geschickt hatten.

Es war eine erschütternde Lektüre von einem vernachlässigten Mädchen, das mit einer dysfunktionalen Mutter aufgewachsen war in einer Zeit, in der das Recht der Eltern auf ein Kind wichtiger war als das Wohl des Kindes. Im Alter von dreizehn Jahren hatte Lydia eine späte Abtreibung gehabt. Laut Gerichtsurteil stand außer Frage, dass Lydia von dem Trinker vergewaltigt worden war, mit dem ihre Mutter zu der Zeit zusammenlebte. Daraufhin wurde sie in einer Pflegefamilie untergebracht, aus der sie abhaute, und dann in eine andere Familie gegeben, in der es ihr besser ging und wo sie auch in der Schule gut mitkam. Schließlich machte sie eine Ausbildung zur Apothekerin. Sie hatte ein paar kurze Beziehungen hinter sich, doch keine Kinder. An keinem Arbeitsplatz war sie länger als ein Jahr geblieben und war dann, nachdem sie beim Medikamentendiebstahl erwischt worden war, spurlos verschwunden. Die Miete für ihre Wohnung in Huddinge hatte sie nicht mehr bezahlt, und auch andere Rechnungen waren überfällig und lagen beim Inkasso. An dieser Stelle endete Lydia Jordbros Spur. Hatte sie da eine andere Identität angenommen und ihre biologische Großmutter Ester Jordbro aufgesucht, um die Wahrheit über ihre Herkunft zu erfahren?

Um halb drei schlief Bark schließlich ein, wachte aber gegen vier Uhr wieder auf. Sein erster Gedanke galt den Zwillingen.

Im Laufe der Nacht war die Temperatur auf zwei Grad gesunken. Er nahm Kontakt zu seinen Kollegen auf. Noch gab es keine Spur von Lydia Jordbro, ihrem silbernen Skoda oder den Zwillingen. Bark rief Ingrid an, die durchgearbeitet und die Informationen vom Hinweistelefon sortiert hatte, doch es gab nichts Neues. Der Diensthabende, der den Sucheinsatz in Hällefors leitete, konnte dem nichts hinzufügen.

In jeder Nachrichtensendung wurde mit Fotos von den Zwillingen und von Lydia, wie sie als Leiterin der Kita ausgesehen hatte, gefahndet. Wenn sie die Gelegenheit hatte, dann würde sie bestimmt wieder ihr Aussehen ändern. Die seltsamen blau-grünen Augen hinter Kontaktlinsen zu verstecken und die Haare zu färben, würde nicht lange dauern. Die Nase war groß und gerade, auf der Oberlippe hatte sie eine Narbe. Sie war mittelgroß und von normaler Statur. Und sie trug eine Brille. Das war die Beschreibung, mit der man an die Öffentlichkeit gegangen war.

Sie wussten nicht, ob die Jungen noch lebten. Wenn Lydia sie getötet hatte, musste sie jetzt die Leichen loswerden. Und dann verschwinden – ihre Identität wieder ändern, wenn sie dafür die richtigen Kontakte hatte. Jemand mit dem Wissen, wie man Pass und Führerschein fälschte, hatte ihr geholfen, Eva Sandell zu werden. Dieser Kontakt würde ihr möglicherweise noch einmal helfen zu verschwinden. Doch das würde sicherlich teurer und schwieriger werden, denn nun hatte sie mindestens vier Leben auf dem Gewissen.

Henrik würde im Laufe des Tages weiter Oskar Davidssons Tante Evelyn vernehmen. Nach dem Verhör am Tag zuvor war es ihm spät am Abend gelungen, die Frau zu erreichen, deren Identität Lydia Jordbro gestohlen hatte. Die hatte sich schon über seltsame Schreiben der Behörden und über Transaktionen auf ihren Bankkonten gewundert. Am Tag zuvor war dann plötzlich ihr Konto leer gewesen, und sie hatte Anzeige bei der Polizei erstattet.

Eine halbe Stunde später klopfte Bark an Mias Tür und bat sie, ihn zu Ester Jordbro zu fahren. Er machte sich Sorgen um sie, und außerdem mussten sie die alte Frau noch einmal befragen. Vielleicht wusste sie heute Dinge, die ihr am Abend zuvor nicht eingefallen waren.

Mia hatte anscheinend auch nicht viel geschlafen. Ihre Lider wirkten schwer, und sie hatte Ringe unter den Augen. Wie sich herausstellte, hatte auch sie weitergearbeitet. Sie war bereit, mit zu Ester Jordbro zu kommen, band ihr dickes dunkles Haar zu einem strengen Pferdeschwanz, griff nach ihrer Jacke, und sie machten sich auf den Weg zum Wagen.

»Ich habe heute Nacht mehrmals mit Molly gesprochen«, sagte sie, »und habe versucht, sie dazu zu bringen, sich an irgendetwas zu erinnern, was Lydia Jordbro gesagt hat. Alles könnte ein Hinweis sein, wo sie sich befindet. Glaubst du, sie ist bei Ester?«

Normalerweise hätte Bark niemals eine neunzigjährige Dame zu nachtschlafender Zeit gestört, doch diese Situation war eine Ausnahme. Es ging um das Leben der Kinder.

»Und hat sich Molly an irgendwas von Bedeutung erinnert?«, fragte er, ohne auf ihre Frage einzugehen, als sie sich ins Auto gesetzt hatten …

»Ja. Dass die Kinder Lydia nicht mochten. Sie wohnte so nah und kam andauernd zu ihnen hoch, aber sie wollten nie zu ihr gehen. Die Zwillinge haben ständig gestritten, wer die Wettkämpfe gewonnen hatte, die Molly sich für sie ausdachte, und dann haben sie sich selbst Urkunden gemalt, weil sie gewonnen hatten. Ziemlich süß. Lydia fand das ärgerlich. Ihr ist es nie gelungen, die beiden zu beruhigen, wenn sie aufeinander losgingen. Sie verlangte Gehorsam und Kontrolle. Soll heißen, dass Molly eigentlich schon gespürt hat, dass Lydia keine Pädagogin war. Außerdem hatte sie so eine seltsame Art, die Kinder auf dem Schoß festzuhalten und ihnen Umarmungen abzuringen.« Mia wandte sich von ihm ab und startete den Wagen, dann fuhr sie fort: »Aber gleichzeitig war Lydia als Leiterin der Tagesstätte eine wichtige Person im Sorgerechtsstreit. Molly bereut sehr, dass sie die Zwillinge zu Lydia in die Kita gegeben hat, obwohl sie gespürt hat, dass mit ihr etwas nicht in Ordnung war.«

Bark sah das anders. »Die Situation mit dem Sorgerechtsstreit und ihrem anstrengenden Job war stressig für sie. Molly konnte ja nicht wissen, dass Lydia unter falscher Identität lebte. Hat Lydia denn mit Molly über irgendeinen Ort gesprochen, wo sie sich jetzt verstecken könnte? Die Polizei hat ja sehr schnell Straßensperren eingerichtet. Es würde mich wundern, wenn sie die Region verlassen hätte, schon gar nicht in ihrem eigenen Auto.«

»Nein, Molly und ich sind alle möglichen Stellen

durchgegangen. Lydia besitzt nichts hier in der Gegend. Sie war recht neu zugezogen, es ist nicht wahrscheinlich, dass sie sich hier gut auskennt.«

»Hat Lydia von alten Zeiten gesprochen, von Ester oder Rakel?«, fragte er.

»Nur, dass sie manchmal auf dem Friedhof war. Dort hatte Lillemor sie gesehen, die im Kirchenchor sang, und es Molly gegenüber erwähnt.« Mia drehte die Heizung auf, es war eiskalt im Auto. »Was hoffst du, wird Ester uns noch sagen können?«

Bark war müde, und es fiel ihm schwer, seine Gedanken zu sammeln und sich zu konzentrieren. »Ich hoffe, dass unsere Fragen Ester zum Nachdenken gebracht haben und ihr dann noch etwas eingefallen ist. Esters Bericht darüber, wie schlecht es den Frauen in der Familie immer ergangen war, könnte Lydia dazu gebracht haben, sich rächen zu wollen. Rakel wurde zu ihrer Ikone und ihrem Vorbild. Vielleicht könnte Ester ihr noch mehr erzählt und Orte genannt haben, an denen man sich verstecken kann.«

»Jetzt, wo du das sagst, fällt mir was ein: Molly hat gesagt, dass Lydia einen Pfad im östlichen Grubenfeld erwähnt hat, wo man hundert Meter weit in den Wald hineingehen kann. Und Gösta hat doch von einer Erdhöhle mit Hühnern und Schweinen erzählt. Aber den Weg zu der Alten vom Schlangenteich findet niemand mehr, und es ist auch nicht sicher, ob es die Höhle überhaupt noch gibt.« Mia seufzte laut. »Das ist so nervenaufreibend. Wir wissen nicht, ob wir nicht Zeit auf die falschen Dinge verschwenden.«

»Auf jeden Fall ist es besser, wenn wir jeder noch so

kleinen Idee folgen, als wenn wir aufgeben, weil wir nicht wissen, wo die Kinder sind. Die Erdhöhle ist ein Tipp, danach können wir Ester fragen. Die Grubenregion, wo Tom – wenn man dem alten Matti Björk glaubt – seinen Freund Vilho umgebracht hat, ist vom Heimatschutz abgesucht worden. Ein anderer historisch wichtiger Ort fällt mir nicht ein. Der Hof, auf dem Tom aufgewachsen ist, gehört nicht mehr der Familie Gruvberg. Der neue Besitzer ist kontaktiert worden. Das Einzige, was mir noch einfällt ... sind die neuen Gräber auf dem Friedhof.«

Weiter kamen sie nicht, denn Bark bat Mia, anzuhalten. »Wir fahren nicht bis vor. Was für Möglichkeiten bleiben Lydia, wenn sie an den Straßensperren nicht vorbeikommt?«

»Das Auto zu wechseln?«

»Oder hierher zurückzukehren. Sie weiß, dass sie jederzeit zu Ester kommen kann und dass die überdies kein Telefon besitzt.«

Bark teilte der Zentrale mit, wo sie sich befanden. Sie zogen sich schusssichere Westen über, und Bark nahm seine Dienstwaffe mit, die Alex ihm gestern nach Hällefors mitgebracht hatte. Mia nahm eine Taschenlampe, schaltete sie jedoch nicht ein. Der Mond schien, und der Schotterweg zeichnete sich wie ein helles Band durch die Vegetation ab.

Esters Hütte lag im Schatten großer Tannen. Die Fenster waren dunkel. Bark konnte kein Auto auf dem Wendeplatz oder in der Nähe des Schuppens erkennen.

Er klopfte an und meinte, ein schwaches Jammern auf der anderen Seite der Tür erahnen zu können. Er fasste an die Klinke. Es war abgeschlossen. Jetzt war aus der

Dunkelheit deutlich ein Weinen und Jammern zu hören. Da warf er sich mit voller Kraft gegen die Tür, und sie sprang auf.

Mias Gesicht lag im Schatten, und er konnte nicht ablesen, was sie dachte. Er hielt die Hand hoch und bedeutete ihr, dass er zuerst hineingehen und alles sichern würde. Er holte seine Waffe heraus, bereit, sie zu benutzen, wenn nötig. Lydia konnte sich in dieser Hütte befinden, und sie war bewiesenermaßen zu allem fähig.

Er schaltete die Deckenleuchte ein, und der Anblick, der sich ihm im blendenden Licht bot, war nicht der, den er erwartet hatte.

64

Bark schob die Pistole zurück ins Holster und versuchte, die Situation so schnell wie möglich zu verstehen. In der Küche saß Ester, an einen Stuhl gefesselt. Ihr Kinn hing auf die Brust. Zu ihren Füßen lag eine Person, die sich schwach bewegte und jammerte. Eine Teetasse war zerbrochen, die Scherben lagen auf dem Fußboden verstreut.

Mia eilte zu Ester und fühlte ihren Puls. Dann sah sie Bark an und schüttelte den Kopf. »Ich glaube, sie ist tot!«, sagte sie zögernd und versuchte, Esters Kopf anzuheben.

Bark bemerkte, dass der Körper der Alten Widerstand leistete. Wahrscheinlich war die Leichenstarre schon eingetreten, wenn auch noch nicht voll entwickelt. »Prüf mal, ob ihre Pupillen auf das Licht der Taschenlampe reagieren«, sagte er.

Mia unternahm einen Versuch. »Die Pupillen sind geweitet. Sie ziehen sich nicht zusammen, und der Körper ist steif und kalt«, sagte Mia mit brüchiger Stimme.

Bark ging neben dem zitternden Körper auf dem Fußboden in die Hocke und drehte ihn zu sich. Lydia! Es war Lydia, und ihre Pupillen waren riesig. Ihre Lippen waren blau, das Gesicht bleich und die Augen dunkel vor Angst. Sie versuchte etwas zu sagen, nuschelte aber so, dass er sie nicht verstehen konnte.

»Wo sind die Zwillinge?«, fragte er und umfasste ihre von kaltem Schweiß nassen Wangen mit beiden Händen. »Antworten Sie, was haben Sie mit Leo und Noah gemacht?«

In einem großen Kraftakt riss Lydia seine Hände weg und starrte ihn feindselig an. Sie atmete schnell und keuchend.

Bark holte das Handy aus der Jackentasche und rief die 112 an. Er beschrieb die Symptome. »Sie hat riesige Pupillen, deshalb glaube ich nicht an Morphium oder ein anderes Opiat. Cannabis könnte es sein … aber es geht ihr richtig schlecht, sie scheint nicht genug Sauerstoff zu bekommen.«

Als Bark auf alle möglichen Fragen geantwortet hatte, erhielt er die Mitteilung, dass ein Krankenwagen unterwegs sei und in zirka dreißig Minuten da sein würde. Er war unsicher, ob Lydia so lange durchhalten würde. Sie durfte nicht sterben! Sie mussten erfahren, wo die Zwillinge waren. Kristoffer half ihr auf, sodass sie mit dem Rücken zur Wand auf dem Fußboden saß. So konnte sie etwas besser atmen.

»Ich bleibe hier«, sagte er zu Mia. »Such du das restliche Haus und den Schuppen ab, ob die Kinder hier irgendwo sind.«

»Und Ester?«

»Wir können nichts mehr für sie tun. Such nach den Kindern. Wenn du Lydias Wagen findest, sieh in den Kofferraum!«

Mia verließ die Küche. Als sie nach den Kindern rief, merkte er, wie das Adrenalin ihm durch den Körper rauschte und sich seine Muskeln zur Abwehr des Schrecklichen, das ihnen zugestoßen sein könnte, anspannten. Vor ihm saß Lydia. Sie wusste, ob die Jungen noch am Leben waren. Er musste sie zum Reden bringen.

»Lydia, wo sind die Kinder?« Er benutzte ihren richtigen Namen, damit sie begriff, dass ihr Theater zu Ende war. Oder gab es vielleicht noch eine dritte Person? Jemanden, der Ester gefesselt und getötet und der Lydia betäubt hatte? Diese Szenerie vor ihm, mit zwei Opfern und ohne Täter, wollte sich ihm nicht erschließen.

Lydia sah ihn an, ohne ihn wirklich zu sehen, rang nach Atem, und ihr Mund verzog sich zu einem kleinen höhnischen Lächeln – oder zumindest meinte er, ein solches zu sehen. Er brauchte eine Antwort.

»Ich bitte Sie, Lydia. Sagen Sie mir, wo die Zwillinge sind.«

»Ester, meine eigene verdammte Großmutter, hat mich reingelegt.«

»Was meinen Sie? Wie reingelegt?«

Lydia sprach in kurzen Sätzen, und dazwischen sog sie Luft ein. »Sie hat uns vergiftet. Hat selbst von dem Tee getrunken. Diese teuflische Hexe.«

»Was für ein Gift? Wissen Sie das?«

»Belladonna. Eisenhut. Ein tödlicher Cocktail«, sagte Lydia mit großer Anstrengung. »Ich werde das hier nicht überleben.«

»Können Sie sagen, ob die Zwillinge noch leben? Ja oder nein?« Bark merkte, wie sich Lydias Atmung zusehends verschlechterte. »Sie müssen mir sagen, wo sie sind! Sie haben sie während des Ausflugs entführt und sind mit ihnen weggefahren.«

»Möglicherweise.« Da war wieder dieses kleine Lächeln. Kam es aus einem Gefühl der Überlegenheit, obwohl es ihr so schlecht ging? Bark musste sich beherrschen, um nicht gewalttätig zu werden.

»Ist Ihnen klar, wie furchtbar Sie sich Molly gegenüber verhalten? Sie haben ihr Leid und ihre Sorge doch selbst gesehen. Warum wollen Sie sie quälen? Wo sind die Kinder?«, brüllte er mit dem Mund an ihrem Ohr.

Im selben Moment kam Mia außer Atem angelaufen. »Ihr Auto steht im Schuppen. Die hier habe ich in ihrem Kofferraum gefunden. Das ist Noahs Mütze, der Name steht drin. Darüber hinaus keine Spur von den Kindern.« Mia sah verzweifelt aus. »Kann ich mit ihr sprechen?«

Bark zitterte vor unterdrücktem Zorn und Frust. Wenn jemand wusste, wie schwer es ihm fiel, seine Wut zu kontrollieren, wenn er provoziert wurde, dann Mia.

Die allerdings kämpfte mit härteren Bandagen, als er gedacht hatte. »Es ist nicht sicher, dass Sie überleben, bis der Notarzt kommt. Wir können versuchen, Sie zum Auto zu bringen und dem Krankenwagen entgegenzufahren. Das erhöht Ihre Überlebenschancen.«

Lydia sah sie mit ihren seltsamen Augen an. Die blaugrüne Iris war fast völlig im schwarzen Loch der Pupillen verschwunden. »Helfen Sie mir!«

»Wenn Sie überleben, landen Sie im Gefängnis, und ich glaube, dass Ihre Zeit bei den Mitgefangenen dort erträglicher wird, wenn Sie Noah und Leo nicht getötet haben. Leben sie noch?«

»Ich weiß es nicht.« Lydia war in sich zusammengesackt und hatte einen Anfall schwerer Atemnot. Mia stützte sie, sodass sie den Rücken strecken und die Lunge sich weiten konnte.

»Gib mir den Autoschlüssel, dann hole ich den Wagen«, sagte Bark. Er ignorierte sein Fahrverbot, das hier war eine Notsituation. Mia war es gelungen, Lydia etwas in Aussicht zu stellen, das sie haben wollte, und das womöglich dazu führen konnte, dass sie erfuhren, wo die Jungen waren. Es war eine kleine Chance.

»Kann ich das so interpretieren, dass die Möglichkeit besteht, dass die Jungen noch leben? Wo sind sie?«, fragte Mia und reichte Bark den Schlüssel, der ihn ergriff, aber noch stehen blieb und auf Lydias Antwort wartete.

Lydia kämpfte erneut mit dem Atem und versuchte zu sprechen.

»Ja, vielleicht«, keuchte sie und rang nach Luft, während die Schultern sich rhythmisch hoben und senkten und die Muskeln im Brustkorb sich bis zum Äußersten anspannten. »Sie sind draußen.«

»Draußen? Waren sie heute Nacht draußen?«, fragte Bark. Er dachte an Rakels Erdhöhle. Jetzt, da Ester tot war, würden sie niemals erfahren, wo die lag.

»Holen Sie das Auto!«, flüsterte Lydia.

Bark begab sich in die Dunkelheit hinaus. Auf der Schwelle hörte er noch, dass Lydia um Wasser bat. Er hätte sie gern weiter unter Druck gesetzt, jetzt, da sie so nahe dran waren, mehr zu erfahren. Doch Mias Methode, Lydia Vorteile anzubieten, statt sie anzuklagen, funktionierte besser. Das einzig Wichtige war, die Jungen lebend zu finden.

Als er zurückkam, hörte er Mias Stimme. Ruhig und freundlich. Sie war ein Profi. »Die Kinder sind unschuldig. Sie haben nichts mit dem zu tun, was Birger getan hat. Ich weiß, wie Ihre Kindheit aussah. Mit einer Mutter, die unfähig war, Sie zu beschützen und dafür zu sorgen, dass Sie die Fürsorge bekamen, die Sie brauchten. Sie haben immer noch die Chance, das Richtige zu tun, die Zwillinge zu retten. Wo sind sie?«

Lydia holte Luft und griff sich ans Herz. Die Augäpfel schienen sich in ihren Höhlen zu verdrehen, sodass zeitweise nur das Weiße zu sehen war. »Ich habe sie begraben … lebendig.«

65

»Ist das die Wahrheit, oder sagen Sie es nur, um uns zu quälen? Wo haben Sie die Kinder begraben?« Bark hob Lydia hoch. Sie war schwerer und muskulöser, als er gedacht hatte, aber er trug sie zum Auto hinaus, während Mia den anderen mitteilte, dass sie dem Krankenwagen entgegenfahren würden. Wenn Lydia jetzt starb, würden sie nicht erfahren, wo sie die Jungen begraben hatte. Falls das denn die Wahrheit war ... Er meinte, ein fieses Lächeln erahnt zu haben, als sie das sagte.

Bark setzte sich mit Lydia auf den Rücksitz. Vorsichtig legte er die Hand über ihren Brustkorb, um zu spüren, ob sie atmete. Er hatte das Gefühl, der Brustkorb würde sich heben, doch die Atembewegungen waren sehr schwach. Mia fuhr auf dem rutschigen Schotterweg, so schnell sie konnte, und er hoffte, dass ihnen niemand entgegenkam. Er tastete nach dem Puls an Lydias Hals, doch da war nichts zu spüren. Sie hatte aufgehört zu atmen.

»Halt an. Sie atmet nicht mehr, hat keinen Puls. Ich muss es mit Herzdruckmassage probieren, bis die anderen kommen.«

Mias angespanntes Gesicht im Rückspiegel zeigte, dass sie verstanden hatte. »In ein paar Sekunden sind wir auf der asphaltierten Straße!«

Als Mia gebremst hatte, öffnete Bark die Autotür und

stieg aus. Er streckte sich in den Wagen und versuchte es mit Herzdruckmassage, doch die Unterlage war zu weich. Er überlegte, Lydia auf den Boden hinauszuziehen, doch dann sah er schon in der Ferne das Blaulicht des Krankenwagens. Mia blinkte mit dem Fernlicht. So gut er konnte, arbeitete Bark noch eine knappe Minute weiter, bis der Notarzt da war. Als Lydia in den Krankenwagen gehoben wurde, war sie immer noch nicht wieder bei Bewusstsein.

In der Entfernung konnten sie mehrere Streifenwagen sehen.

Bark fasste einen raschen Entschluss. »Lydia hat gesagt, sie seien lebendig begraben. Du musst bei ihr bleiben, falls sie aufwacht. Wenn irgend möglich, musst du sie dazu bringen, dir zu sagen, wo die Jungen sind. Ich habe so eine Ahnung, wo sie sein könnten.«

Mia schien in dieselbe Richtung gedacht zu haben. »Ich fahre hinter dem Notarzt her. Was glaubst du, wo sie die Jungen gelassen haben kann?«

Bark schoss plötzlich ein Bild von der verwelkten Rose auf Rakels Grab und von der Grube, die für Toms Sarg gegraben worden war, durch den Kopf. Lydia war dort gewesen. »Ich werde zum Friedhof fahren. Es kann sein, dass sie die Jungen in einen Sarg auf den Grund des Grabs gelegt und dann Erde darüber gestreut hat, weil sie mit Toms Beerdigung rechnete.«

»Du meinst, sie liegen da, seit sie gestern Morgen vom Ausflug verschwunden sind?«, fragte Mia.

»Sie kann sie im Kofferraum ihres Autos gehabt haben oder bei Ester. Es muss doch einen Grund dafür gegeben haben, dass sie Ester gefesselt hat. Das Wichtigste ist jetzt, die Kinder zu finden.« Bark konnte nicht länger warten. »Bring mich erst zum Friedhof, und dann kannst du weiter zum Krankenhaus in Lindesberg fahren und bei Lydia sein. Ich übernehme die Kommunikation mit der Einsatzzentrale, während du fährst.« Er bereitete sich in Gedanken schon vor. »Ich brauche einen Spaten.«

»Ich habe einen im Auto«, sagte Mia.

Als Bark am Friedhof rausgelassen wurde, war es immer noch dunkel, aber die Straßenlaternen wiesen ihm den Weg. Nachts sah es hier anders aus, alle Farben waren verschwunden, und die rote Kirche wirkte dunkelgrau vor dem schwarzen Himmel. Er lief den Kiesweg entlang bis zum östlichen Teil des Friedhofs, wo die Gräber der Familie Gruvberg lagen. Offiziell müsste er sicher umständlich eine Genehmigung einholen, um in ein Grab zu steigen, doch diesen formellen Kram musste er auf später verschieben.

Er packte den Spaten, riss die Persenning weg und rief nach den Jungen. Es kam keine Antwort. Kurz meinte er, eine Bewegung zu erkennen, doch da spielten ihm Licht und Schatten vor einem Ast einen Streich. Dann stieg er in die Grube. Erst arbeitete er mit den Händen und dann vorsichtig mit dem Spaten von den Rändern nach innen, um die Jungen nicht zu verletzen, falls sie dort lagen. Mit der ganzen Kraft seines Zorns warf er die Erde hoch, während er darüber fluchte, dass sie Lydia nicht dazu gebracht hatten, mehr zu sagen. Ester war tot, und erst jetzt wurde ihm klar, dass sie ihre Enkelin wahrscheinlich zu einem Tee eingeladen und sie beide vergiftet hatte, um zu verhindern, dass Lydia die Jungen tötete. Wenn es so war, dann musste Ester gewusst haben, dass sie noch lebten, und davon ausgegangen sein, dass Lydia sie an einen Ort gebracht hatte, wohin sie zurückkehren würde, um sie zu töten. Sie hatte Lydia mit sich in den Tod gerissen, in der Hoffnung, dass jemand anders Noah und Leo lebend finden würde. Bark schaufelte weiter und wischte sich Schweiß und Tränen aus den Augen. Als er sich einen weiteren halben Meter nach unten gegraben hatte, war klar, dass die Kinder nicht hier in Toms Grab sein konnten. Lydia hatte sie woanders versteckt.

Es waren Schritte über den Kies zu hören, und ein Mann kam auf das Grab zu. Bark stützte sich auf den Spaten, um einen Schritt aus der Grube hinaus zu machen, und landete auf dem Gras. Der Mann, der ihm entgegenkam, war mit einem dicken Holzpfosten bewaffnet. »Was Sie da tun, ist ein Verstoß gegen die Friedhofsruhe! Wenn Sie vorhaben, die Toten ihres Eigentums zu berauben, dann kann ich Ihnen nur sagen, dass ihnen kein Schmuck mitgegeben wird, wenn sie in die Erde kommen. Und das nur, um zu vermeiden, dass solche wie Sie ihre letzte Ruhe schänden. Ich bin Küster hier und habe schon die Polizei gerufen.«

»Ich bin Polizist! Laut Paragraph 21 Polizeigesetz ist das hier ein Notfall.« Bark holte seinen Ausweis heraus, doch dem Küster fiel es schwer, in der Dunkelheit etwas zu erkennen. »Sie müssen mir helfen! Ganz bestimmt haben Sie im Fernsehen den Fahndungsaufruf nach Lydia Jordbro und den beiden Fünfjährigen gesehen. Ich suche hier nach diesen beiden Jungen.«

»Glauben Sie, jemand hat sie in einem Grab versteckt? Wenn ich hier jemanden verstecken wollte, dann in der

Sakristei drinnen in der Kirche. Da gibt es eine Klappe im Boden zum Keller. In alten Zeiten hat man da üble Verbrecher festgehalten, die in Örebro verurteilt werden sollten.« Der Küster sah peinlich berührt aus. »Gestern Abend habe ich vergessen die Kirche abzuschließen. Und heute Morgen ist es mir in aller Frühe wieder eingefallen. Deshalb bin ich hier.«

»Zeigen Sie mir die Klappe im Boden«, sagte Bark und warf den Spaten von sich. Sie gingen in die Kirche, und der Küster zeigte ihm den Weg am Altar vorbei in den dahinterliegenden Raum. Mit vereinten Kräften hoben sie die Holzklappe ab. Bark sprang in das Loch, aber der Raum war leer. Er dachte fieberhaft nach.

»Ich brauche jemanden, der mich zu Matti Björk fährt. Wissen Sie, wo der wohnt?«

»Der alte Matti, der einen Volvo Amazon mit geteilter Frontscheibe fährt?«

»Ja, genau der. Ich habe noch eine andere Idee, wo die Jungen sein könnten, und er kann mir vielleicht helfen, dorthin zu finden.«

»Matti ist ein alter Mann, wollen Sie ihn um diese Zeit wecken?«

»Normalerweise ist er nachts wach und fährt durch die Gegend. Es geht um das Leben der Jungen. Ich brauche Ihre Hilfe. Wenn ich zu Fuß dahin gehe oder auf meine Kollegen warten muss, dann verlieren wir kostbare Zeit.«

»Okay, ich fahre Sie, wenn Sie sich auf eine Zeitung setzen. Ich bin etwas pingelig mit meinem Auto, und Sie haben sehr viel Erde überall. Ich verstehe, dass das hier ein Notfall ist, aber ...«

»Ich verspreche Ihnen eine Innenraumreinigung, wenn wir nur jetzt losfahren.«

Matti Björk saß am Küchentisch, als sie hereingestiefelt kamen. Er sah aus, als würde er sich über seinen unerwarteten Besuch freuen, und lud sie ein, sich zu setzen und an seinem Frühstück teilzunehmen, das aus Kaffee, vorgeschnittenem Sirupbrot und dicken Scheiben Fleischwurst bestand.

»Ich komme gleich zur Sache«, erklärte Bark. »Sie haben mir gegenüber Rakel Jordbro erwähnt und gesagt, sie habe sommers immer in einer Erdhöhle gewohnt. Wissen Sie, wo die war?«

Matti zwinkerte ihnen mit seinen braunen Augen zu. »Es könnte sein, dass ich mich erinnere. Die lag ziemlich abseits, östlich vom Schlangenteich. Ich bin seit zehn Jahren nicht dort gewesen. Wege verändern sich und nehmen eine andere Richtung, deshalb kann ich also nichts versprechen. Aber wenn ich meinen Morgenkaffee getrunken habe, kann ich einen Versuch unternehmen. Trinken Sie doch selbst einen, wenn Sie möchten. Die Tassen stehen im Schrank. Wenn ich aufstehe, tun mir immer die Knie weh, deshalb wäre es mir recht, wenn Sie sich selbst bedienen.«

Bark versuchte, nicht die Nerven zu verlieren. »Es ist eilig, Matti. Es geht um das Leben von Noah und Leo Gruvberg, Lillemors Enkel. Denen sind Sie bestimmt schon mal begegnet.«

Matti lachte. »Das sind richtige Lausebengel, und streiten tun sie sich die ganze Zeit. Diese Familie ist wirklich hart geschlagen, das kann man sagen. Tom, Lillemor und Daniel sind uns genommen worden. Und jetzt sind auch noch die Zwillinge verschwunden, ich hab es im Fernsehen gesehen. Das ist Rakels Fluch über die Familie Gruvberg, der hier zuschlägt.«

Bark hatte, noch während Matti sprach, dessen Schuhe, die Jacke und seine Kappe geholt und half ihm beim Anziehen. »Es ist wirklich dringend, Matti«, sagte er so beherrscht er konnte.

Matti arbeitete sich in die Jacke und schob seine Pfeife in die Tasche. »Wir nehmen mein Auto. Es ist einfacher für mich, selbst zu fahren, als den Weg zu erklären.« Bark befürchtete, dass diese Autofahrt seine letzte sein könnte. Matti tastete sich kurzsichtig und im breitbeinigen Altmännergang den Weg zur Eingangstür. Hoffentlich konnte er besser fahren als laufen.

Bark rief die Zentrale an. Die würde alle verfügbaren Streifen zum östlichen Teil des Schlangenteichs schicken, darunter auch eine Hundestaffel.

»Ich komme in meinem Auto hinterher und helfe«, verkündete der Küster. »Wenn Matti keine Angst hat, seine Oldtimerperle zu verkratzen, dann will ich ihm in nichts nachstehen.«

»Vielen Dank für Ihren Einsatz«, sagte Bark. Niemand wusste, wie weit sie in Mattis Oldtimer kommen würden. Da war es ein gutes Gefühl, ein weiteres Auto dabeizuhaben.

Als der Alte mit einiger Mühe in seine Rostlaube geklettert war, fiel ihm ein, dass der Tank leer war. »Das Benzin ist so teuer geworden, dass man sich inzwischen entscheiden muss, ob man essen oder tanken will, wenn man zum Laden kommt.«

Bark wurde allmählich wütend. »Können wir nicht das Auto vom Küster nehmen?«

»Das geht nicht, ich muss selbst fahren, wenn ich den Weg finden soll, ansonsten geht es in den Kurven zu schnell, da kann ich nicht denken, und mit Automatik kenne ich mich nicht aus.«

Bark dachte fieberhaft nach. Zu tanken würde sie noch weiter aufhalten. »Haben Sie Viertakterbenzin für Ihren Rasenmäher im Haus?«

»Zwei Kanister, glaube ich.«

»Dann nehmen wir das und fahren los.«

»Aber Sie können doch nicht Rasenmäher-Benzin in das Auto schütten!«, protestierte der Küster mit Entsetzen.

»Die Erfahrung hat gezeigt, dass es funktioniert. Ich hab das schon mal gemacht«, versicherte Bark so überzeugend er konnte. »Und hier geht es um Leben und Tod!«

Sie fuhren in ungleichmäßigem Tempo durch die Landschaft, die in der Morgendämmerung erwachte. Ohne die große Anspannung wäre Bark von der schönen Aussicht über Seen und Wälder hingerissen gewesen. Doch jetzt war er verbissen. Er würde Zimmermann später einiges erklären müssen, doch bevor er nach Örebro zurückgerufen wurde, musste er die Kinder finden.

Das Handy brummte. Er checkte das Display. Es war Mia, und er ging sofort ran.

»Hallo, wie geht es?«

»Nicht so gut«, sagte Mia in diesem sanften Tonfall, von dem er gelernt hatte, dass sie ihn nur anschlug, wenn es richtig schlimm war. »Lydia ist tot. Sie ist nicht wieder zu Bewusstsein gekommen.« Mia schniefte kurz und räusperte sich dann. »Was soll ich jetzt tun? Soll ich zu Molly fahren?«

»Vielleicht ist es besser, wenn sie schlafen kann, bis wir Genaueres wissen. Wenn die Kinder leben, brauchen sie eine Mutter, die bei Kräften ist.«

»Stimmt«, sagte Mia, und dann wurde es still.

»Kannst du den Chef vom Dienst anrufen und über alles, was wir wissen, Bericht erstatten? Ich habe schon Bescheid gesagt, wohin ich unterwegs bin.«

»Und wohin bist du unterwegs?«

»Zu Rakels Erdhöhle im Wald. Wir versuchen sie mit Hilfe von Matti Björk zu finden.« Bark beendete das Gespräch.

Matti saß hinter dem Steuer und murmelte vor sich hin. »Hoffen wir nur, dass der Wolf sie nicht geholt hat. Der Bestand an Wölfen ist ganz schön gewachsen. Ich habe ja nichts gegen Wölfe, aber es sind zu viele. Es gibt Bauern, die aufgegeben haben, weil der Wolf ihre Schafe reißt, und die Jäger hier in der Gegend wollen ihre Spürhunde nicht in den Wald schicken, wenn ein Tier in einen Autounfall verwickelt war, aus Angst, dass sich die Wölfe auf ihre Hunde stürzen. Ein Elch kann da manchmal eine Woche liegen und elendig an seinen Verletzungen sterben. Viele von uns finden, dass die Wolfspopulation hier verringert werden sollte, und zwar weil wir eine Vielfalt an anderen Tieren wie Elche und Hirsche haben wollen. Aber in Stockholm verstehen die unsere Realität gar nicht. Die können gerne ein Rudel Wölfe abkriegen und damit im Kungsträdgården kuscheln. Wollen Sie einen typischen Hällefors-Witz hören?«

Bark war wirklich nicht danach, aber er protestierte nicht, solange es Matti wach und bei guter Laune hielt.

»Treffen sich zwei Alte an der Tankstelle. ›Ich hab einen Wolf gesehen, der über die Straße gelaufen ist‹, sagt der eine. ›Einen Wolf? Aber da hast du ja wohl nicht gebremst, oder?‹, sagt der andere.«

Bark lächelte pflichtschuldigst. »Sind wir bald da?«, fragte er, als Matti an einer Kreuzung langsamer wurde.

»Ich bin ein bisschen unsicher, ob es hier links oder rechts geht. Soweit ich mich erinnere, ging der Weg eigentlich geradeaus.« Matti zog seine Kappe ab und kratzte sich den Kopf. »Es gibt Wölfe und Luchse und Elche, und es ist nicht lange her, da hab ich gehört, einer hätte hier unten am See einen Bären gesehen. Ich hoffe, dass die Jungs einen Schutzengel haben.«

66

»Ich bin ganz sicher, es war rechts«, sagte Matti und packte das Steuer fest mit seinen schmalen, knotigen Händen. Für sein hohes Alter war er erstaunlich stark, denn von Servolenkung konnte keine Rede sein.

Bark spähte gegen das schwache Dämmerlicht durch die Windschutzscheibe. In dem unbewussten Versuch, aufs Gaspedal zu drücken, presste er seine Schuhsohle fest auf den Boden des Wagens. Matti nahm die Kurven in Zeitlupe, während er plauderte, und wurde noch langsamer, wenn er in Gedanken versank.

»Ich habe Tom all die Jahre gehasst, und ich bin sicher, dass er meinen Cousin Vilho ermordet hat, aber seiner Familie wollte ich nichts Böses. Lange habe ich den Verdacht gehabt, dass Tom gierig geworden war und den neuen Silberfund, den er geschürft hat, nicht mit jemand anders teilen wollte. Aber da habe ich mich getäuscht. Carina, die in der Bibliothek arbeitet, hat erzählt, dass Tom gar nicht durch sein Land reich geworden ist. Sie hat gesagt, er hätte das gekauft, um alles so zu bewahren, wie es früher war. Er wollte mehr Naturschutzgebiete und unberührte Landschaft.«

»Aber vermögend war er schon«, flocht Bark ein.

»Er hat Aktien gekauft und einfach ein irres Glück gehabt. Carina hat mir nach Toms Tod davon erzählt, sie brauchte wohl jemanden, dem sie sich anvertrauen konnte. Sie hat mich gefragt, ob es in Ordnung wäre, wenn sie ihren Teil des Erbes annimmt, und ich fand, dass es ganz richtig wäre. Es war doch wohl Toms Sache, das zu entscheiden, wenn er ihr im Testament das Geld vermachen wollte.«

»Ja«, sagte Bark zögernd und mit den Gedanken ganz woanders.

»Toms Vater Birger war ein Weiberheld«, sagte Matti. »Es geht das Gerücht, Tom hätte eine Schwester gehabt. Womöglich hat Vilho genau das Tom an dem Morgen erzählt, als er mit der Sprengung sein Leben aufs Spiel gesetzt hat. Was, wenn Tom in dem Moment erfahren hat, dass die Frau, die er heiraten wollte, seine Schwester war. Wenn er Birgers Temperament geerbt hatte, ist er vielleicht so wütend geworden, dass er Vilho totgeschlagen hat, obwohl der doch nur der Überbringer der Botschaft war.«

»Ja«, sagte Bark. »So kann es gewesen sein.«

Matti redete weiter. »Ob Molly wohl wieder in das Haus zurückziehen wird, jetzt, wo Daniel tot ist? Leisten könnte sie sich das doch. Da hat sie dann Måna-Lisa als Nachbarin, und die kann ihr sicher helfen, sich um die Kinder zu kümmern. Jetzt, wo Måna-Lisa die Silberschmiede in ihrem Haus hat. Ihre Mutter ist wohl auch dahin gezogen. Das ist bestimmt nicht ganz einfach. Aber es ist sehr nett von Måna-Lisa, sich um sie zu kümmern.«

»Ja«, echote Bark abwesend.

»Natürlich nur, wenn Molly nicht von Hällefors wegzieht, aber wohin sollte sie denn gehen? Hällefors ist schließlich das Zentrum der Welt, denn ich sag immer, wenn man hier mal angekommen ist, liegt ja alles andere an der Peripherie.«

Dazu fiel Bark kein Kommentar ein. Er überlegte, ob die kleinen Jungen die ganze Nacht draußen oder erst noch bei Ester gewesen waren. Hatten sie wohl etwas zu essen und zu trinken bekommen, und hatten sie große Angst? Im besten Fall waren sie noch zusammen und lebten – er wagte nichts anderes zu denken. Mit einem Blick in den Seitenspiegel stellte er fest, dass der Küster ihnen weiterhin folgte. Bark hatte in der Eile gar nicht nachfragen können, wie er hieß. »Ist es noch weit bis zu der Erdhöhle?«, fragte er, um Matti daran zu erinnern, wohin sie unterwegs waren. Der Alte schien recht klar im Kopf, aber sicher sein konnte man nie. Vor allen Dingen nicht, ob er nach all den Jahren den Weg noch finden würde.

»Ja, wir sind auf dem richtigen Weg. Wer einmal der Grubenhexe begegnet ist, vergisst sie nie wieder. Diese Augen ... wie Nordlicht. Und Pupillen wie bodenlose Seen. Alle hatten Respekt vor Rakel. Mit einem einzigen Blick konnte sie andere dazu bringen zu gehorchen. So hat sie den Bären dazu gebracht, über Birger herzufallen. Der gehorchte ihrem Befehl. Als die Leiche gefunden wurde, hatten andere Tiere sie übel zugerichtet. Füchse, Ratten und Vögel hatten sich an seinem Kadaver gütlich getan. Man konnte aber annehmen, dass es die sterblichen Überreste von Birger waren, weil er die Snusdose dabeihatte. Ja, Teufel auch.«

Matti hielt an und sah auf die Tanknadel. »Ich glaube, das Benzin, das wir in dem anderen Kanister haben, wird auch für die Heimfahrt reichen. Hier ist der Weg zu Ende.

Jetzt müssen wir am See entlanggehen, bis wir zu einem Hügel kommen. Weit ist es nicht mehr.«

Sie wanderten am Wasser entlang. Das Sonnenlicht erweckte die Herbstfarben zum Leben, und Bark war wieder einmal erstaunt, wie schön und unberührt die Natur hier war. Matti fiel es schwer, das Gleichgewicht zu halten, da der Boden uneben war, und Bark hakte ihn unter.

»Ist es so nah, dass Sie uns eine Richtung zeigen können?«

»Ja, es ist gleich da vorne. Sehen Sie den Habicht, der da oben kreist?« Matti zeigte zum Himmel.

»Den sehe ich!«

»Gut«, sagte Matti, »denn da ist es. Wenn von der Erdhöhle überhaupt noch was übrig ist. Die kann auch eingestürzt sein. Vielleicht hat die Natur sich auch zurückgeholt, was ihr von Menschenhänden abgerungen worden ist.«

Bark überließ Matti dem Küster. »Können Sie Matti zurück zum Auto helfen?«

»Natürlich. Laufen Sie nur! Sie müssen sich ja beeilen.«

Bark rannte den Pfad am Ufer entlang, bis er einen kreuzenden Weg entdeckte, der zum Hügel hinaufführte. Im Lehm waren frische Fußspuren zu erkennen, die an die beim See Grecken erinnerten, wo Daniel getötet worden war. Plötzlich entdeckte Bark etwas im Moos. Ein grüner Kinderstiefel. Er schaute hinein, im Stiefel stand der Name Leo. Das Kind war also diesen Pfad gegangen, oder Lydia hatte einen nach dem andern hingetragen, falls sie ihnen Schlafmittel gegeben hatte.

»Noah und Leo, seid ihr hier?« Bark rief aus vollem Hals, doch nichts geschah. Das Echo seiner Stimme hallte übers Wasser und äffte ihn höhnisch nach. Er beeilte sich, auf den Hügel zu klettern, und rief weiter. Hoffentlich hatte er die Kinder nicht verschreckt. Einen Moment stand er ganz still und horchte. Doch alles, was er hörte, waren der Wind im vergilbten Gras und der traurige Ruf eines Seetauchers auf der anderen Seite des Wassers.

Es war nicht schwer, die Öffnung zur Erdhöhle zu finden. Der Gedanke, dass Rakel hier in den Sommermonaten während der ersten Jahre des 20. Jahrhunderts mit Hühnern und Schweinen und einer Ziege gelebt hatte, kam ihm gar nicht seltsam vor. Diese Erdhöhle würde in jedes Zeitalter passen – nur nicht in sein eigenes.

»Hallo! Noah und Leo, seid ihr da drinnen?«, fragte er mit seiner freundlichsten Stimme … Und da bewegte sich etwas in der Höhle. Tiere oder Menschen? Er war nicht sicher.

Bark fühlte in der Jackentasche nach, ob er die Taschenlampe dabeihatte, dann fiel ihm aber ein, dass er die Mia gegeben hatte. Also holte er das Handy heraus und leuchtete damit so gut es ging. Die Öffnung zur Erdhöhle war mit morschen Brettern abgestützt und sehr schmal. Er war nicht sicher, ob sie nicht einstürzen würden, wenn er hineinkroch. Das Risiko konnte er nicht eingehen, falls die Jungs da drinnen waren.

»Hallo, Noah und Leo. Seid ihr da drinnen? Ich bin Kristoffer, erinnert ihr euch an mich? Ich bin Polizist und war bei euch und eurer Mama zu Hause, und ihr seid auf dem Treppengeländer runtergesaust.« Er spürte, wie Tränen seine Kehle zuschnürten und hoffte, dass sie da drinnen in der Dunkelheit waren und noch lebten.

67

Ohne ein weiteres Lebenszeichen aus der Erdhöhle erhalten zu haben, beschloss Bark in Absprache mit der Einsatzleitung, dass sie einen Krankenwagen brauchten. Wenn die Kinder von Lydia mit Tabletten betäubt worden, ausgekühlt und ohne Wasser gewesen waren, dann ging es ihnen möglicherweise sehr schlecht. Ingrid hatte ihm schließlich erzählt, dass Lydia in der Apotheke Medikamente gestohlen und so ihre Stelle verloren hatte. Da war es durchaus eine Ironie des Schicksals, dass sie nun von ihrer eigenen Großmutter vergiftet worden war.

Bark ging vor der Öffnung der Erdhöhle in die Hocke.

»Hallo, Noah und Leo, das hier ist ein Wettkampf. Wer zuerst rauskommt, gewinnt!«

Es raschelte wieder, und dann waren schleppende Schritte zu hören, und schließlich tauchte ein schmutziges und verweintes kleines Gesicht in der Öffnung auf. »Noah kann nicht mitmachen, weil er nur schläft. Er schläft und schläft und will nicht reden.« Leos Lider waren schwer und fielen immer wieder zu, obwohl er versuchte, die Augen aufzureißen. Bark öffnete seine Arme und nahm ihn hoch. Der Junge roch nach Rauch und Schmutz und hatte definitiv in die Hose gemacht, aber er lebte.

»Jetzt seid ihr in Sicherheit, und gleich kannst du mit deiner Mama telefonieren.«

Nach einer kurzen Meldung an die Einsatzleitung versuchte er aus Leo herauszubekommen, was er wusste. »Wo in dieser Erdhöhle ist Noah, ist er in der Nähe des Eingangs oder weiter drinnen?«

»Er ist gleich hier, aber Eva, unsere Erzieherin, die hat gesagt, dass wir nicht aus der Grotte kriechen dürfen, denn dann holt der Wolf uns. Aber du hast ja eine Pistole, und wenn der Wolf beißen will, dann kannst du uns beschützen.«

»Ganz sicher.« Bark legte sich flach auf den Boden und streckte den Arm so weit er konnte in die Höhle hinein. Es reichte nicht. Er schob sich noch mehr nach vorn und spürte dabei, wie die Öffnung der Erdhöhle mit einem Regen von Erde und kleinen Steinen nachgab. Die Höhle durfte jetzt nicht einstürzen und den Jungen da drinnen begraben. Sich mit der Hand vortastend, spürte er Stoff unter seinen Fingern und etwas, das vielleicht ein Gesicht und ein Arm war. Erde rieselte ihm in die Augen, und er konnte nichts mehr sehen. Mit festem Griff zog er Noah ganz vorsichtig nach draußen. Der Junge lag regungslos und mit geschlossenen Augen da. War er tot? Hatte Leo hier in der Erdhöhle mit seinem toten Zwillingsbruder gesessen?

Bark befürchtete schon alles Mögliche, bis er endlich sah, dass Noahs Brustkorb sich hob. Da konnte er die Tränen nicht mehr zurückhalten. Er weinte, und Leo strich ihm über die Wange und sagte, dass er doch nicht traurig sein sollte, denn Eva hätte doch versprochen, dass sie bald wiederkäme, und die wüsste ja, wie man wieder nach Hause kam. Der Junge streckte sich nach Barks Handy.

»Jetzt will ich mit Mama reden, bestimmt macht die sich total Sorgen.«

Bark wählte die Nummer von Molly Gruvberg. Sie war beim ersten Klingeln sofort dran und sprach mit schleppender Stimme. Als sie begriff, dass es Bark war, begann sie laut zu weinen. »Nein, nein, Sie dürfen nicht sagen, dass sie tot sind!«

»Ich habe sie gefunden!«, rief Bark. »Leo ist hier und will mit Ihnen reden.«

»Und Noah?«

»Er atmet und lebt, ist aber nicht bei Bewusstsein. Ein Krankenwagen ist unterwegs.« Nun versagte Kristoffer die Stimme, und er gab Leo das Handy. Nachdem der Junge mit seiner Mutter geredet und ihr versichert hatte, dass es ihm gut ging, begannen sie die Wanderung hinunter zur Straße. Leo konnte selbst gehen, und Bark kletterte mit Noah auf dem Arm durchs Gestrüpp den Abhang hinunter.

Zwanzig Minuten später war auch der Krankenwagen da, der nun die beiden Jungen ins Krankenhaus von Lindesberg brachte, wo Molly auf sie wartete. Matti und der Küster waren zurück nach Hällefors gefahren, aber Mia kam mit ihrem Auto, um Bark abzuholen. Sie stieg aus dem Wagen, ging ihm mit ausgestreckten Armen entgegen und zog ihn an sich. Nach allem, was geschehen war, war das genau das, was er jetzt brauchte. Sie nahe bei sich zu spüren. So standen sie mehrere Minuten, dann lehnte sie sich zurück und sah ihn mit ihren fantastischen braunen Augen an. Sie hatte geweint, eine Träne glitzerte immer noch in den Wimpern. Ihr Blick verschmolz mit seinem. Ihre weichen roten Lippen waren unwiderstehlich nah, und er küsste sie. Weinte und küsste sie vor Freude, dass sie die Kinder gefunden hatten.

»Jetzt kriege ich eine Vorstellung davon, wie du als Kind ausgesehen hast, wenn du draußen gespielt hattest«, sagte sie lachend, als er sie schließlich losließ. »Irgendwie schaffst du es nicht, längere Zeit unverletzt und sauber auszusehen.«

Kristoffer hatte gar nicht darüber nachgedacht, wie er wohl aussah, und warf nun einen Blick in den Seitenspiegel des Autos. Sein Gesicht war von Erde, Schweiß und Tränen bedeckt. Er bat Mia, kurz zu warten, und ging hinunter zum See, um sich grob zu waschen.

Während der achtzig Kilometer langen Fahrt nach Örebro brachten sie sich gegenseitig auf den neuesten Stand der Dinge. Mia erzählte von Lydias Tod. Sie hatte einen Krampfanfall bekommen, das Herz hatte aufgehört zu schlagen, und es war dem Notarzt im Krankenwagen nicht gelungen, sie am Leben zu erhalten. Als sie im Krankenhaus ankamen, war sie schon tot. In ihrer Jackentasche hatte Mia eine Tüte mit Steinen gefunden – es waren dieselben grün-blauen Steine, die auch auf der Snusdose und in dem Anhänger waren, den das Baby im Moor um den Hals gehabt hatte. »Die Nordlichtsmaragde, von denen Ester erzählt hat und die einst Rakel gehörten.« Mia wollte wissen, wie es ihm ergangen war, nachdem sie sich getrennt hatten, und Kristoffer erzählte, wie er verzweifelt auf dem Friedhof gegraben hatte, und von der Hoffnungslosigkeit, als die Jungen nicht da waren. Und wie ihm dann eingefallen war, dass Matti Björk vielleicht wusste, wo sich Rakels Erdhöhle befand.

»Und Noah, wie steht es um ihn?«, erkundigte sie sich.

»Molly hat eben eine SMS geschickt. Noah wird es ohne weitere Beeinträchtigungen schaffen.«

»Das ist so schön zu hören.« Mia betrachtete ihn eingehend. »Also, duschen musst du vielleicht nicht unbedingt, aber du solltest definitiv was anderes anziehen«, erklärte sie, als sie ihn in der Garage der Polizeizentrale absetzte. »Zimmermann wartet auf dich.«

68

Bark hatte Mias Rat, sich etwas anderes anzuziehen, nicht befolgt. Er wollte das Gespräch mit Regina Zimmermann so schnell wie möglich hinter sich bringen, um dann ins Turmzimmer zu den anderen seines Teams zurückzukehren. Die Polizeichefin der Region Bergslagen saß an ihrem Schreibtisch. Das weiße Haar war im Nacken zu einem strengen Knoten zusammengedreht, und die Ärmel der weißen Bluse waren wie für einen Fight hochgekrempelt. Sie hatte auf ihn gewartet und sah sehr ernst aus.

»Da Lydia Jordbro tot ist, gibt es keinen Verdächtigen, den man anklagen könnte. Der Fall wird geschlossen. Die Stockholmer Polizei benötigt umgehend Mia Bergers Kompetenz. Aber deswegen habe ich dich nicht hierherkommen lassen.«

»Okay.« Wenn es nicht um den Konflikt mit Ingrid ging, konnte er wirklich nicht erraten, warum sie ihn auf dem Kieker hatte. Ein Dank, eine Anerkennung dafür, dass der Fall gelöst und es ihnen gelungen war, das Leben von Noah und Leo Gruvberg zu retten, wäre vielleicht angebracht gewesen. Das Leben der anderen Opfer war nicht zu retten gewesen. Nicht einmal jetzt, da alles aufgeklärt war, konnte er erkennen, wie sie Eva Sandell zu einem früheren Zeitpunkt hätten verdächtigen können.

Regina Zimmermann bohrte ihren stahlblauen Blick in seinen. »Wir haben hier eine Policy, jedenfalls, solange ich die Chefin bin. Ich habe das schon einmal gesagt, und ich sage es jetzt noch einmal. Personen, die zusammenarbeiten, dürfen kein Paar sein. Das gilt nicht nur für die Polizisten im Streifendienst, sondern auch innerhalb des Teams einer Ermittlung, denn das führt zu Ungleichgewicht und schlechter Stimmung, vor allem, wenn jemand mit dem Leiter der Ermittlung zusammen ist. Verstehst du, worauf ich hinauswill?«

Bark wurde es eiskalt. Wusste Zimmermann etwas über ihn und Mia, wurde sie deshalb nach Stockholm zurückgeschickt? Wie hatte Mia die Entscheidung wohl aufgenommen? Sie hatte Stockholm verlassen, weil sie dort dem Psychopathen begegnet war, der ihr Leben und das von Alex ruiniert hatte. Mia hatte Angst. Hatte sie mit Regina Zimmermann darüber sprechen können?

Seine Chefin trommelte mit dem Stift auf den Schreibtisch. »Du sagst nichts. Soll ich das so interpretieren, dass du verstehst, was ich meine, oder dass du überhaupt nicht begreifst, was ich von dir will?«

»Erklär es mir gern«, sagte er, um Zeit zu gewinnen, und hoffte, seine Miene würde ihn nicht verraten.

Es war offensichtlich, dass Zimmermann die Situation belastend fand. Eine tiefe Falte bildete sich auf ihrer Stirn, und auf ihrer Oberlippe hatten sich kleine Schweißtropfen gesammelt. »Kristoffer, wir wissen beide, dass im Zusammenhang mit Kursen und Firmenfesten vorübergehende – nennen wir es mal Seitensprünge – vorkommen. Das ist nicht gut für die Gruppendynamik, aber es geht mir hier nicht um vorübergehende Verirrungen im

Alkoholnebel. Ich habe erfahren, dass du eine Beziehung mit Gabriella Wide hast, aus der ein Kind entstanden ist. Du bist mit zum Kreißsaal gefahren und hast sie im Auto entbunden.«

»Hast du mit Gaby gesprochen?«

»Das werde ich noch tun.«

Ihm war klar, dass es keinen Sinn hatte zu fragen, wer die Quelle der Information war, die sie bekommen hatte. »Okay, dann denke ich, du solltest dir anhören, was Gaby zu sagen hat. Meine Meinung ist, dass wir niemals ein Paar waren und dass wir es auch niemals sein werden. Den Rest musst du mit ihr besprechen.« Er erhob sich. »Gibt es noch mehr? Ansonsten wartet viel Arbeit auf mich.«

Ingrid und Mia hatten beide gesagt, dass Gaby eine DNA-Probe von der kleinen Ruth für einen Vaterschaftstest eingereicht hatte und jetzt auf die Antwort wartete. Doch Ingrid oder Mia waren es wohl kaum gewesen, die Zimmermann etwas verraten hatten, das konnte er sich von keiner der beiden vorstellen. Aber die Wände der Polizeizentrale hatten eben viele Augen und Ohren.

»Eins noch. Anstelle von Mia Berger werdet ihr eine andere zusätzliche Ermittlerin für das Team bekommen. Ich würde euch gerne einander vorstellen.« Regina Zimmermann nahm ihr Handy und führte ein kurzes Gespräch. »Sie wird jede Minute hier sein.«

»Wie heißt sie?«

»Jessika Hellskog. Eine kompetente Ermittlerin, die gewisse Schwierigkeiten gehabt hat … und die ich deshalb in dein Team versetzen muss, wo sie in einem etwas ruhigeren Tempo und unter Aufsicht arbeiten kann. Wie du weißt, hatten wir Probleme mit Diebstählen. Kleptomanie ist eine Krankheit. Ich kann ihr nicht kündigen.«

»Findest du, dass unser Team in einem ruhigen Tempo arbeitet?«, konterte er und wies in einer ausladenden Bewegung auf seine schmutzigen Kleider und die verdreckten Schuhe. Dann ging ihm auf, um wen es sich handelte. »Jessika Hellskog, die sollte doch schon früher zu uns kommen. Hat sie nicht Ingrids Handy gestohlen und Gabys Brieftasche und ihre Turnschuhe, und war da nicht auch irgendeine Essensdose, die verschwunden ist?«

»Exakt, das sind genau die Schwierigkeiten, bei denen du ihr als Chef des Teams behilflich sein sollst. Wenn Jessika Stress ausgesetzt ist, dann nimmt das etwas seltsame Ausdrucksformen an.«

»Von durch Stress ausgelöster Kleptomanie habe ich noch nie gehört, aber wenn du es sagst. Vielleicht könnten wir damit anfangen, einen abschließbaren Schrank für unsere Wertsachen aufzustellen.«

»Ich denke, du könntest damit anfangen, sie zu begrüßen«, sagte Zimmermann und warf einen eindeutigen Blick zur Tür, wo eine Frau um die fünfunddreißig auftauchte. Dafür, dass sie einen so schlechten Ruf hatte, sah sie verblüffend gewöhnlich aus: schlank, hellbraune schulterlange Haare, die mit einem olivgrünen Tuch zurückgebunden waren, runde Brille, olivgrüne Anzughosen und eine etwas tantige Bluse in Brauntönen, dazu Gesundheitsschuhe.

»Meine Güte, wie siehst du denn aus?«, sagte Jessika Hellskog und grinste breit. »Bist du durch ein Abflussrohr gekrochen?« Und mit dieser Eröffnung war das Eis gebrochen. Er schätzte ihre Aufrichtigkeit.

»Willkommen zu einem Tag bei uns«, entgegnete er. »Ich kann nicht versprechen, dass es stressfrei wird.« Er lächelte sie an und nahm sich vor, ihr eine Chance zu geben. »Was kannst du gut?«, fragte er direkt.

»Abgeschlossene Schränke zum Aufbewahren von Wertsachen knacken«, erwiderte sie, und er begriff, dass sie das Ende ihres Gesprächs mitgehört hatte.

»Dann hoffe ich mal, dass wir dafür Bedarf haben werden. Willkommen im Team im Turmzimmer«, sagte er großzügig, nickte Regina Zimmermann zu und verließ den Raum.

Auf dem Weg zum Turm entdeckte Bark den Chef der Techniker in der Kantine. Ali winkte ihn zu sich. Sicherlich war er schon seit dem Morgengrauen hier, denn um zehn Uhr pflegte er ein zweites Frühstück einzunehmen. Bark holte sich eine Tasse Kaffee und setzte sich ihm gegenüber.

»Hartes Match im Gully-Ringen?«, fragte Ali mit einem Blick auf seine Kleidung. »Wer hat gewonnen?«

Bark grinste. »Wer nicht bereit ist, sich schmutzig zu machen, nimmt die Polizeiarbeit nicht ernst.«

Ali wollte informiert werden, wie es während der Nacht und in den frühen Morgenstunden zugegangen war, als die Zwillinge lebend gefunden worden waren. Und Bark, der erst jetzt spürte, wie erschöpft er war, gab ihm eine kurze Zusammenfassung. »Die Jungen scheinen okay zu sein. Aber die Reaktionen auf das Schlimme, was sie miterlebt haben, können auch später noch kommen. Molly ist bei ihnen, und sie werden noch einen Tag zur Beobachtung im Krankenhaus bleiben.«

Ali nickte nachdenklich. »Molly Gruvberg hat mich angerufen.«

»Wirklich?« Bark war erstaunt.

»Ja, und was sie sagen wollte, war wichtig. Es wird ja kein Gerichtsverfahren geben, die Ermittlung ist eingestellt. Molly hat mich gebeten, über die Entdeckung der Steine, die wir Nordlichtsmaragde nennen, Stillschweigen zu bewahren. Ich habe meinem Mineralienexperten schon das Versprechen abgenommen, und ich bitte dich um dasselbe. Wer weiß sonst noch was? Mia? Måna-Lisa Skog? Kannst du mit den beiden reden? Wir müssen das Ganze für uns behalten.«

»Und warum?«, fragte Bark, obwohl er die Antwort schon ahnte.

Ali sah ihn sehr ernst an. »Wegen Noah und Leo. Sie erben von Tom Millionen, aber nicht nur das, sondern auch die blau-grünen Steine, die – wenn es sich dabei um den einzigen Fund von Steinen nach einem Meteoriteneinschlag handelt – unglaublich viel wert sein können. Molly möchte, dass die Zwillinge eine ganz normale Kindheit haben, vor allen Dingen nach dem Trauma, das sie jetzt erlitten haben. Erst wenn sie mündig sind, sollen sie gemeinsam beschließen, was mit den Nordlichtsmaragden, der Snusdose und der Halskette geschieht.«

»Das klingt klug«, sagte Bark und stand auf. Er musste seine Schwester anrufen. Als sie zuletzt bei ihm übernachtet hatte, war Kristina völlig durcheinander gewesen. Er wusste nicht einmal, ob sie wieder nach Hause zu ihrem Mann gezogen war, weil er keine Zeit gehabt hatte, sie anzurufen und zu fragen, wie es ihr ging.

Es dauerte lange, bis Kristina ranging, und sie sprach mit sehr leiser Stimme. »Morgan schläft. Wir haben die ganze Nacht gestritten, aber ich denke, wenn man so viel

Kraft auf einen Streit verwendet, dann ist die Beziehung wohl wichtig, oder? Wir haben beschlossen, wieder in Paartherapie zu gehen.« Sie machte eine kleine Pause. »Gestern habe ich mich mit Ella getroffen. Sie schreibt immer noch an diesem Buch und hat mich gefragt, wie du als Kind warst. Womöglich will sie darüber in ihrem autobiografischen Buch über den Alkoholismus schreiben.«

»Über meine Kindheit?«, fragte er und ahnte das Schlimmste.

»Ja!« Kristina klang fröhlich und hoffnungsfroh. Bark beendete das Gespräch und enterte die Treppe zum Turmzimmer. Was trieb Ella da eigentlich? Und warum hatte sie Kristina diese Fragen gestellt und nicht ihm direkt?

Als Bark oben ankam, waren alle da: Ingrid, Alex, Mia und Henrik. Henrik hatte eine Torte gebacken – nicht gerade ein Kunstwerk, mehr so wie beim Kindergeburtstag, mit gekauftem Tortenboden, Sahne, zerdrückten Bananen und Streuseln obendrüber.

»Was ist hier los?« Bark wechselte einen Blick mit Mia. Ein Augenblick des Verwunderns. Sie nickte traurig.

»Das ist für die Verabschiedung von Mia«, erklärte Henrik. »Sie wird uns wieder verlassen.«

Zimmermann hatte Mia also mitgeteilt, dass sie in Stockholm arbeiten würde. Die Botschaft der Chefin war äußerst deutlich gewesen. Wenn sie ein Paar wurden, dann würden sie nicht zusammenarbeiten dürfen. Aber Regina Zimmermann hatte den Vorfall mit Gaby als Beispiel genommen. Er fragte sich, wann nach all den anderen Menschen auch er mal erfahren würde, was der Vaterschaftstest ergeben hatte.

Henrik schickte Teller mit Torte herum. Er fing als Erster an zu reden. »Ich habe lange mit Oskar Davidssons Eltern und seiner Tante Evelyn gesprochen. Sie haben es schwer, aber es ist dennoch eine Erleichterung für sie, dass Oskar sterben musste, weil er zufällig Eva Sandells wirkliche Identität entdeckt hatte und nicht wegen irgendwelcher Drogengeschichten.«

Nun erzählte jeder reihum, was sich im Verlauf der Ermittlung angesammelt hatte, und Bark fasste schließlich alles zusammen und lobte sie für ihren Einsatz.

Mia sah auf die Uhr und sagte, sie habe einen Zug zu erwischen. Fast unmerklich schüttelte sie den Kopf und warf ihm einen Blick zu, der bedeutete, dass er den Ball flach halten und keine Gefühle zeigen sollte. So interpretierte er es zumindest. »Bestimmt sehen wir uns bald wieder«, sagte sie und ließ den Blick über ihre Arbeitskollegen wandern, ehe sie aufstand und ging.

Bark konnte nicht anders, als ans Fenster zu treten, wo er das Reisezentrum und den Zug sehen konnte, der sie nach Stockholm bringen würde. Er stand auf Gleis drei. Die einzige Möglichkeit, wieder mit ihr arbeiten zu dürfen, setzte voraus, dass er sie nun gehen ließ. Ohne zu wissen, wann sie sich wiedersehen würden.

Nach der durchwachten Nacht konnte er keinen Papierkram mehr erledigen. Stattdessen feierte er ein paar Überstunden ab und machte sich auf den Weg zu seiner Wohnung. Da wollte er eine Dusche nehmen – auch wenn er immer noch schwach Mias Duft auf seiner Haut ahnen konnte. Er liebte sie wahnsinnig und wusste noch nicht, wie er es schaffen sollte, keinen Kontakt zu ihr zu haben.

Im Flur lag ein Brief von der Gerichtsmedizin. Was

konnte das wohl sein? Das Telefon klingelte, und einen kurzen, atemlosen Augenblick glaubte er, es wäre Mia. Doch zu seiner Enttäuschung hörte er Gabys Stimme. »Hallo, Kristoffer, ich habe gehört, dass du schon nach Hause gegangen bist. Kann ich vorbeikommen?«

»Ich kann nicht ... ich muss ein paar Stunden schlafen. Wenn du mir erzählen wolltest, wie der Vaterschaftstest ausgegangen ist, dann höre ich gerne jetzt zu.«

Gaby seufzte tief. »Okay. Du bist nicht Ruths Vater. Du wirst das Ergebnis des Tests noch schriftlich bekommen, aber ich wollte es dir trotzdem persönlich sagen. Sten und ich haben einen neuen Anfang gemacht. Schließlich war er zuerst untreu, und ich habe ihn verlassen und fand, es sei meine persönliche Sache, mit wem ich Sex habe. Er weiß nichts davon. Jetzt sind wir froh, dass wir die kleine Ruth haben. Es ist unmöglich, Kinder zu bereuen, die man bekommen hat. Ich rechne mit deiner Diskretion.«

»Danke, dass du angerufen hast«, sagte Bark und drückte das Gespräch weg. Diese Neuigkeit zu verarbeiten, würde einige Zeit dauern. Er nahm eine lange Dusche und ging dann ins Schlafzimmer, das im Dunkeln lag. Doch da nahm er den Duft wahr, den er wiedererkannte. Magnolien.

»Du bist hier!«

Mia Berger saß in seinem Bett und lächelte ihn an.

»Jetzt bist du aber erstaunt!«

»Allerdings, und froh. Wie bist du in die Wohnung gekommen?«

»Wir haben wohl alle einen kleinen Kleptomanen in uns, wenn es mal wirklich darauf ankommt«, sagte sie und klapperte mit seinem Ersatzschlüssel zwischen Daumen und Zeigefinger. »Nein, ich mache nur Witze. Die Wahrheit ist, dass Kristina, nachdem ich ihr die Situation erklärt hatte, mit dem Schlüssel im Bahnhof vorbeigekommen ist.«

»Und was genau hast du zu ihr gesagt?«, fragte er und zog den Bademantel aus. Dann kroch er zu ihr und stellte fest, dass sie auch keine Kleider anhatte. »Du bist wirklich mutig«, sagte er. »Was, wenn ich jemanden mit nach Hause gebracht hätte?«

»Ich war sicher, dass du dazu keine Energie mehr haben würdest. Und was den Schlüssel angeht, so habe ich deiner Schwester gesagt, dass ich den Zug morgen früh nehme. Ich habe es ja nicht geschafft, mich ordentlich von dir zu verabschieden.«

»Wie ordentlich hattest du es dir denn vorgestellt?«, fragte er und hob die Decke, sodass er sie ansehen konnte. »Du bist so unfassbar schön!«, flüsterte er und küsste sie.

Sie sah ihn mit diesem Blick an, der jeden Zweifel dahinschmelzen ließ.

»Ich liebe dich!«, sagte er und meinte es von ganzem Herzen.

Mia legte ihm einen Zeigefinger auf den Mund und schüttelte den Kopf. »Sag nichts. Wir versprechen uns nichts. Das hier passiert jetzt, und es ist unser Geheimnis.«

Er war so glücklich und traurig zugleich, denn er fühlte sich nach seiner aufrichtigen Liebeserklärung abgewiesen. »Irgendwann kann ich dich ja vielleicht mal mit dem Hällefors-Style locken«, sagte er, um ihre Worte abzuschwächen und die verletzten Gefühle zu übertönen.

»Was ist denn der Hällefors-Style?«, fragte sie und sah ihn neugierig an.

»Auf der Motorhaube.«

»Ach so, der alte Klassiker. Den darf man nicht verpassen. Das machen wir, wenn wir nächstes Mal in Hällefors sind«, sagte sie in leichtem Ton, schlang ihr Bein zwischen seine und küsste ihn. »Ich liebe dich auch – so sehr«, sagte sie. »Ich will mit dir Sex haben und bei dir schlafen und zusammen mit dir aufwachen und meiner Angst vor der Zukunft trotzen. Irgendwann wird es vielleicht so sein. Aber wenn ich morgen gehe, darfst du nicht versuchen, mich aufzuhalten. Versprich mir das.«

Und er versprach es, obwohl es so schwer war. Doch er begriff, dass es die einzige Möglichkeit war, sie jemals wiederzusehen.